長編超《スーパー》伝奇小説
書下ろし
魔界都市ブルース

菊地《きくち》秀行《ひでゆき》

闇《やみ》の恋歌《こいうた》

NON NOVEL

祥伝社

目次

カバー＆本文イラスト／末弥　純
装幀／かとう みつひこ

主な登場人物

秋《あき》せつら……〈魔界都市〝新宿〟〉でせんべい屋兼人捜し《ディスカバー・メン》センターを営む美麗の魔人。千分の一ミクロンの特殊鋼で作られた妖糸を操る。

美冬《みふゆ》……欧州の小国クリニアマラカからやって来た謎の美女。

修羅《しゅら》……美冬の兄？

水上理世子《みなかみりよこ》……美冬と修羅の母？　クリニアマラカの元王室専属家庭教師。

メフィスト……死人をも甦《よみがえ》らせる恐るべき美貌の〈魔界医師〉。

水月豹馬《みなづきひょうま》……〈新宿〉一の用心棒《バンサー》。〝ザ・パンサー〟の異名をとる。常人には見えないパンチを繰り出す。

トンブ・ヌーレンブルク……チェコ第二の魔道士。

人形娘……魔力を扱う人形。大鴉《おおがらす》と共にトンブに仕える。

屍刑四郎《かばねけいしろう》……〈新宿警察〉の腕利《き》き刑事。巨大な回転式拳銃《リボルバー》〝ドラム〟を操る。〝凍らせ屋《スパイン・チラー》〟の異名をとる。

夜香《やこう》……〈戸山《とやま》住宅〉を棲家《すみか》とする吸血鬼たちの若き長《おさ》。

梶原義丈《かじわらよしたけ》……〈新宿〉の区長。

朝比奈泰三《あさひなたいぞう》……与党民自《みんじ》党の国会議員。

リゾラ・ベンダー……暗殺集団〝血の五本指《ブラッディ・ファイブ・フィンガーズ》〟のボス。キスで相手を虜《とりこ》にする。

マリオ〈〝血の五本指〟の一人〉……夢を駆使《くし》し、不可視の糸を使う。

DM〈〃〉……次元を操る。

〝渡し守〟〈〃〉……生ける人々を黄泉の国へと送る渡し役。

〝銃火《ファイア》〟〈〃〉……旧ドイツ軍制式軽機関銃《LMG》MG42で妖術射撃を行なう。

ゾッホ将軍……クリニアマラカの現大統領。

プロローグ

その部屋には、いつも蒼《あお》い光がゆれていた。

光は千古の闇よりさらに遥《はる》かな時間《とき》の彼方《かなた》からこの部屋に漂《ただよ》っているような、〝疲れ〟と〝重さ〟を湛《たた》えていた。

この部屋以外の何処《どこ》にもない。

世界の何処にもない光であった。

それは――この部屋も世界の何処にもないという意味であった。

存在するのはわかっている。しかし、何処にあるのか誰も知らない。

訪ねた者はいる。だが、自分の意志で来たのではない。

だから、一度出て行ったら、二度と戻れない。

この部屋と外とを自在に往《ゆ》き来できるのは、ひとりだけだ。


彼は青い光に包まれた黒檀《こくたん》の大デスクの後ろに腰を下ろしていた。

確かに青く染まっているのに、腰までかかる髪は闇のような漆黒《しっこく》で、肩から全身を覆《おお》うケープは、聖夜の雪のように白い。

その顔は――

青銅の表紙の古書を繰《く》りながら、ふと首を傾《かし》げただけで、青い光はざわめき、揺曳《ようえい》し、彼方の闇へと退《しりぞ》きかかる。

恥《は》じらっているのだ。白い医師のその美貌に。

ドクター・メフィスト。

そして、ここは院長室。〈魔界都市〝新宿〟〉の内《な》側《か》の異郷〈メフィスト病院〉の、そのまた異郷。

黒い巨大な扉と、その彼方の大デスクの間を、黒い河が音もなく流れ、架けられた黒曜石《こくようせき》の橋を渡っても、白い医師のもとへ辿《たど》り着けるとは限らない。

月輪の美貌と
青い光と

初源の宇宙的静寂と――

それだけがふさわしい院長室であった。

ふと、メフィストは顔を上げた。

かすかな音でも拾うかのように眼を細めて固着する。

変化はない。

青い光は揺れもせず、空気ひとすじ動かない。

だが。

メフィストだけが、それを感じた。存在しない光のゆらぎを。あり得ない空気の動きを。

彼は立ち上がり、デスクの左横にそびえる黒い円柱に歩み寄った。

それが生きもの――というより、知り合いでもあるかのように、白い医師は話しかけたのである。

光沢《こうたく》を刷《は》いた表面が、声を吸い取った。

「いま、〈余震〉があった」

とメフィストは言った。

「これより大きなものは、あの日以来、八万九一〇二回あった。〈第二の〝魔震〟〉と呼ばれたものもある。だが、これほど近いものはない」

近い？　何に？

〈魔　震《デビル・クエイク》〉にか？

メフィストの前後左右を紫の光のすじが流れはじめた。

それが床に、天井に当たるたびに、その部分は深い亀裂を生じさせていった。

光が触《ふ》れると、大デスクは音もなく二つに裂けた。

その破壊の様は、何故《なぜ》か、ひどくこの部屋に馴染《なじ》んでいるように感じられた。

「憶《おも》い出したか。すべてを」

その肩の高さに当たる円柱の一角が、紫にかがやいた。

かがやきが収まると、円柱には無惨な裂傷が刻まれていた。えぐり取られたものだ。裂け目は指の形を露《あら》わにしていた。

「〈記憶〉が戻った」

とメフィストはつぶやくように言った。この白い医師には珍《めずら》しい、あるいはまことにふさわしい虚無の色が美貌を染《そ》めていた。

「〝オリハルコン〟の柱を傷つけることは、想像し得《う》るいかなる生命体をもってしても不可能だ。はて、誰のしたことか」

メフィストの頬《ほお》を光がかすめた。最後のひとつ——それがためらうように、恥じ入るように、怯《おび》えるように、白い美貌の周囲を旋回している。

メフィストが右手をふった。その掌《たなごころ》へ吸いこまれた光を、彼は口もとへ近づけ、あっさりと呑《の》みこんだ。

「済まんが、知りたくはない。つたない工作だが、我慢してもらおう」

メフィストも部屋も蒼い光を取り戻していた。

メフィストの感じた〈余震〉は、光塊に封じられていた部屋の過去を甦《よみがえ》らせたのか。

天井は崩《くず》れ、壁は剝落《はくらく》し、床も陥没した院長室は、溢《あふ》れる光に蒼く彩《いろど》られた。

無惨な破壊孔から覗《のぞ》く星々は、人類がいまだ知らぬ宇宙の法則によってかがやき、動き、青黒い波頭を上がらせる稲妻は、同時に、水平線の彼方で暴力的に移動する巨大な大陸のようなメカニズムをも照らし出した。この院長室は〈新宿〉にもこの世界にも存在しないようであった。

そして、メフィストは言った。——オリハルコン、と。

それは、海中に沈んだと言われる伝説の大陸アトランティスにあって、生命線ともいうべきエネルギー炉の壁を覆っていた絶対金属の名前ではないか。今なお未知なる理由で、アトランティスは陶器の破片ひとつ残さず歴史から消失したが、オリハルコンだけは、絶対と謳《うた》われるその破滅の時の底より、時折発見され、好事家《こうずか》の陳列室を飾るという。

薄片の破壊ならできる。だが、オリハルコンの柱をえぐり取れるエネルギーは、世界に存在しない。
しかし、この院長室で、やってのけた者がいる。
誰が？
それを知る記憶を、メフィストはふたたび封じた。
何故《なにゆえ》に？
そして、敢《あ》えて訊《き》かねばなるまい。
誰が？

第一章　遭遇《そうぐう》と予兆

1

依頼人との打ち合わせを予定より早く済ませ、秋《あき》せつらは〈新伊勢丹《いせたん》〉へ買物に出ることに決めた。「秋人捜しセンター《DSM》」の玄関たる裏口を出て〈新宿駅〉方面へ向かうと、必然的に「秋せんべい店」の前を通る。

「お出かけですか、若旦那《わかだんな》」

はしゃぐような声が弾《はず》み、しなやかな姿が固い音をたてて路上へ駆けて来た。

まだ、木のサンダルがあったのだとせつらは少し驚いた。懐《なつ》かしい気もした。

ひと月前に雇ったバイトは、一八の女子大生だった。近く――十二社《じゅうにそう》に住む娘で、〈区外〉の女子大に通っている。学部は文学部だと思ったが、せつらはもう忘れていた。

「その、若旦那はやめてくれ」

と言った。

「あら――お嫌《いや》ですか？」

娘は口に手を当てた。困ったふうはない。せつらの口調は、いつも春風駘蕩《しゅんぷうたいとう》なのだ。

「前から言ってるよね？」

娘は人さし指で、丸い顎《あご》を押すようにしながら、眉《まゆ》を寄せた。

「――そうだっけ。ごめんなさい、忘れちゃった。夏ボケだわ」

そうか。

ボケているのは、せつらのほうかもしれなかった。

まだ、夏だったのだ。蒸し暑いのは、陽《ひ》ざしのせいばかりではなく、打ち水が蒸発するためだ。

男顔負けのがっちりした肩も腕も剝《む》き出しの〝インビジブル・シャツ〟、思いきりカットした髪の毛、陽の光を跳ね返すホットパンツから剝き出しの素足、汗ばんだ肌と、何よりもせつらを映《うつ》す瞳《ひとみ》のかがやきよ。

そして、なお、映るせつらの美しさ。天使を描いたいかなる泰西《たいせい》の名画も、彼の美貌には遠く及ばない。この世ならぬものの手がこの世に遺《のこ》した美しい奇蹟のひとつが、秋せつらという名の若者であった。

熱い風が二人の間を渡っていく。

まだ、夏だ。夏は終わっていない。

「でも」

娘は少し咎《とが》めるように、美しい雇い主を上眼遣《うわめづか》いに眺《なが》めて、

「若旦那を、若旦那って呼ぶのが、いちばん似合いますよ。いつも黒ずくめだけど、和服や浴衣《ゆかた》姿も似合うと思うなあ」

「やめてくれ」

「はいはい」

娘は腕白《わんぱく》息子をあやす母親みたいな調子でうなずいた。

よく見ればコンタクト・レンズを装着しているのがわかる。せつらの美貌を直視して眩暈《げんうん》の虜《とりこ》にならずに済む唯一の方法だ。はじめて実行に移したのは、十何代か前のバイトの娘だというが、正確なところは霧の中である。

そして、脳が簡単な発狂状態に陥《おちい》らずに済んだ眼で見ると、この黒衣の若者は、大いに母性愛を刺激するタイプであるらしい。

何代か前のバイト娘は、店のシャッターに、食べちゃいたいと書き遺し、それから半年後に〝若旦那〟が気づくまで、シャッターはそれに同意する客や通行人の筆跡で埋《う》め尽くされたことがある。

店の前面に、食べちゃいたいと書かれまくったせんべい屋も稀《まれ》だろう。しかも、食べられるのがせんべいに非《あら》ず若き店主であるに到っては。——とにかく、そういう男なのであった。

「じゃ」

要求が通れば用がないとばかりに、素《そ》っ気《け》なく身

を翻《ひるがえ》し、

「そうだ」

とふり返ったせつらを、ふくれっ面《つら》が迎えた。

一向《いっこう》に気にせず、せつらは〈駅〉のほうへ顔をやや向けて、

「あの太鼓《たいこ》と笛――なに？」

と訊いた。

「ああ、十二社神社のお囃子《はやし》ですよ」

「神社の？　お祭りでもあるの？」

「〈新宿〉で最後の夏祭り。確か今日チラシが入ってましたよ。えーと〝さらば、夏の光〟」

「へえ」

「若――いえ、盆踊りできるんですか、社長？」

「できない。それから、社長もやめたまえ」

「あら、どうして？」

「前に〈職安《しょくあん》通り〉の韓国料理屋へ入ったら、シャチョさんシャチョさんと一〇回以上、肩を叩《たた》かれた」

「辛《つら》い目に遇《あ》ってるんですね」

「そう。じゃ、後はよろしく」

飄然《ひょうぜん》と――というより、むしろ、悄然《しょうぜん》と去っていく主人の後ろ姿を、娘はある感慨をこめて見送った。

夏はまだ終わらない。

だから、いつか終わる。

それが、いま自分が身を浸《ひた》しているある一時期の終焉《しゅうえん》と等しいような気がして、娘は知らぬ間に眼を潤《うる》ませていた。

若い主人の姿はすでに通りになく、晩夏の風だけが、それと気づかぬ者も多い次の季節の兆《きざ》しを含んで吹きつけて来た。

西新宿〈十二社〉から〈新伊勢丹〉へ抜けるには、〈青梅《おうめ》街道〉へ出て真っすぐ大ガードをくぐり、〈靖国《やすくに》通り〉へ入る。そこから〈新伊勢丹〉が面する〈明治《めいじ》通り〉までは、歩いて一〇分もかからな

い。

〈新宿〉に雲霞《うんか》の如《ごと》く集《つど》う掏摸《すり》やら〝路上強盗《ハロー・マン》〟〝千円殺し屋《ヒットマン》〟の数を考えれば、必ずしも安全を保障し得るルートとはいえないが、少なくとも、もっとも便利な道――〈最高危険地帯《モスト・デンジャラス・ゾーン》〉こと〈新宿中央公園〉を脇に見ながら、〈旧・副都心〉の瓦礫《がれき》の中を通り抜けるルートに比べれば、天国と地獄の差は確かにある。

　で――

2

せつらは当然、〈地獄〉を選んだ。選んだ以上、この若者は決死隊のような表情も身構えもない。晩夏の蒼穹《そうきゅう》の下を、鼻歌混じり――歌ってはいないが――に進んでいく。彼にとっては〈新宿〉のあらゆる場所が、法に守られた安全地帯なのだ。

　ロボットを思わせる〈熊野《くまの》神社前交番〉を右に見ながら〈駅〉のほうへ向かえば、右方は高さ五メートルを越す、厚さ五〇〇ミリの超高密度鋼の隔板の前後を、強化コンクリートで固めた塀である。

　内側には、地球上のありとあらゆる〝封じ〟の呪文が刻まれ、聖体、紋章等のイコンが象嵌《ぞうがん》されているというが、壁の建造は極秘だったためTV中継も新聞報道もされず、実体を知る〈区民〉はほとんどいない。壁は他所で造形され、深夜のうちに搬送、一夜で組み立てられたものである。インターネット上に飛び交う情報も、告げるのはここまでだ。

　塀の阻《はば》むものは、言うまでもなく、〈新宿中央公園〉に潜《ひそ》む妖物、死霊の類《たぐい》である。〈新宿〉中に満ち溢れたそれらの同類で、しかし、けっして同類ではあり得ない、宇宙がその存在を否定すべき忌《いま》わしいものたち。

　夢みる生物を夢そのものに変えてしまう、巨大なる蛤《はまぐり》――蜃《しん》。

　聴覚を失ったものの耳にも優しく聴こえる憑依霊《ひょういれい》

のささやき――〝パーク氏の声〟。

巡回〈部品屋〉から品物を買い、全身の破損パーツを補《おぎな》いながら、生命あるものを殺戮《さつりく》しつづける公園の嫌われ者――サイボーグ〝殺戮者《バーサーカー》〟。

物好きにも園内へ侵入した人々に憑依し、塀を越えてあらゆる生命体の根絶を企《くわだ》てる〈魔震〉の死霊たち。

　のほほんと道をゆくせつらの右方に、ざわざわと入り乱れる無数の足音――何とかして取って食らいたい、取り憑《つ》きたいと願う妖物たちのそれだ。

　五メートルの壁の頂《いただ》きから、見よ、剛毛でできたような蜘蛛《くも》状の足が一本、こればかりは塀の外へとのびた青葉と枝とを押しのけて出現した。

　数メートルの向こうで蠢《うごめ》く妖物の足音と気配も知らぬげに歩む黒衣の美青年――まるで地獄を歩み、死を気にもかけぬ聖天使のように。

　その頭上で黒い足が鎌《かま》のようにふりかぶられる。

　次の瞬間、塀の角に設けられた銀色のレーザー砲台が旋回するや、真紅色の光のすじが、足先から五〇センチばかりを切断してのけた。

　耳を覆いたくなるような悲鳴を上げてそいつは引っこみ、レーザー・ビームの延長線上にある〈十二社〉のレストランの窓ガラスが丸く蒸発する。塀に面した建物は、すでに〈区〉が買い取ってある。

　切断された足は、黒煙を噴きつつせつらのかたわらに落ちた。鋭い先が三〇センチもアスファルトにめり込む。

　ちら、と眼をやり、すぐに蒼空をふり仰いで、

「夏の風物詩、その一《いち》」

　正直な感想であったろう。足も止めず、彼は程なく〈新都心〉へ入った。

　その名のとおり、完成時には、〈京王プラザ〉〈ヒルトン東京〉〈センチュリー・ハイアット〉の三大ホテルを擁《よう》し、ノートルダム寺院を模したといわれる〈都庁〉と、それを中心に張り巡《めぐ》らされる道路脇に、〈住友ビル〉をはじめとする高層ビルが整然と

建ち並んでいた東京の大中枢《ちゅうすう》——そこに立ち働くすべての人々の願いは、〈新都心〉から〈新〉の字が消える日であったという。

だが、現在は——

三大ホテルはことごとく大地の狂った怒号《どごう》に我と我が身を押しつぶし、〈京王プラザ〉など、新旧館ともに斜めに切断されて、そのわずかなずれの孕《はら》む未来の崩壊ゆえに、マゾヒストたちの憧憬《しょうけい》と自慰のメッカに祀《まつ》り上げられている。

中空を走る道路もあちこちが陥没し、崩れ落ち、いま、せつらの眼の前に、一台のタクシーが止まった。

運転手が顔を出し、

「乗ってきませんか、お客さん。このところ、急に人がいなくなっちまってね」

青白い顔は右半分が欠けている。頭部は五センチほどが陥没し、赤黒い中身をのぞかせている。

〈魔震〉によって生じた瓦礫の直撃を受けたきり、自分が死んでいるのも忘れて走り廻っているのだろう。

「いや」

せつらは軽く首をふった。嫌悪《けんお》も労《いた》わりもなく、ごく自然に。

「そうすか、じゃあ、また。久しぶりで人に会えましたよ」

走り去るタクシーを見送るせつらの髪を、昨日より確実に冷気を含んだ風が吹き乱す。

過ぎる風の中に、幾つもの人の顔が浮かんでいるのを、彼は気づいているか。

風は血臭を含み、怨《うら》みを含み、哀《かな》しみを含み——そして、秋せつらは、風の吹き渡る地上に遣《つか》わされた天使のごとく、汚れなき光の珠《たま》を全身に結ばせて立ちつくす。

ふと、彼は左へ眼をやった。

道路はゆるやかなカーブと傾きを保ちつつ、〈ヒルトン東京〉のエントランスへと吸いこまれていく。

崩れ落ちた玄関の前に止まった黒塗りの外車から、二つの影が現われたところだった。

異様に太ったスーツ姿が、長身の、遠目にもたくましい若者の肩を抱いている。

若者の着ている衣裳《いしょう》は、紫のタンクトップと黒いレザー・パンツだった。

盛り上がった筋肉が、自然にまかせたものではなく苛酷《かこく》な鍛錬《たんれん》に耐えて来たことは、陽光の与える艶《つや》と影とが構成する隆起《りゅうき》でわかった。

太った男がその肩を押すようにして、二人は玄関へと向かった。

正常なホテルの機能は〈魔震〉の日に停止しているが、廃墟《はいきょ》には別の役目ができた。

崩れかけた玄関を抜ければ、無惨なホールが二人を迎えるだろう。

だが、隅《すみ》のエレベーター・ホールで昇降ボタンを押せば、ライトがかがやき、あの重い始動音が伝わってくる。

後は太っちょの選んだ階へ上がればいい。少なくとも、彼が開けるドアの内部《なか》だけは、崩壊前のホテルの、塵《ちり》ひとつない豪華な造りを誇っているはずだ。

半ば廃墟と化したホテルの中で奇跡的に無事だった部屋や被害の少なかった部屋を改造し、爛《ただ》れた欲望のはけ口に使用する金持ちの数は、かなり多いという。怨霊も呆《あき》れ返る破倫破廉恥《はれんち》な蛮行だが、せつらの前のカップルも、そのひと組だろう。

玄関をくぐる前に、若者が足を止めてせつらのほうを向いた。

浅黒い精悍《せいかん》な顔立ちに、羞恥《しゅうち》ややましさはかけらもない。

ふと、ここがコンクリートとガラスとシリコンの茫々《ぼうぼう》たる廃墟ではなく、見渡す限り大地の続く広大無辺な平原であるような気が、せつらにはした。若者はたぶん、そこからやって来たのだった。

眼が合った。

若者は、誰もが想像しそうにない行動に出た。

微笑を浮かべたのである。

それだけだ。

彼はすぐ、赤銅色《しゃくどういろ》の肩を白くぶよついた芋虫《いもむし》のような指に押されるまま、ロビーへと吸いこまれた。

せつらもすぐ歩き出した。ひどく長いことここに立っていたような気がした。

陽光がアスファルトの上に、美影身を映している。それは、若者の肌を灼《や》いた光とは、まったく別のものだった。

——来なければ良かったのに。

せつらはそう思った。

春の宵《よい》を一杯機嫌で歩む大店《おおだな》の若主人のように、のほほんと、ぼんやりと。

あるボディガードとの最初の邂逅《かいこう》を、彼はこうやって終えたのであった。


必要な品を買い求めてから、地下の食品売り場へ下りた。

上は完膚《かんぷ》なきまでにやられた旧〈伊勢丹〉の中で、ここだけは被害が少なく、近所に大きなマーケットもないせいで、すぐに復興されたが、やはり、おかしな連中が紛《まぎ》れ込んでいる。

ある客が、煮えくり返るような店内を移動しようと悪戦苦闘していると、肩を叩かれ、ふり向いた鼻先に警備員がいた。

どちらに？　と訊かれて目的の売り場を告げると、連れていってあげましょうと言う。

もう見えているから結構ですと断わっても、まあまあと押し切られた。

その警備員は客が買物する間も眼を離さず、泥棒と間違われているような嫌な気分だった。

出口まで来ると、警備員はようやく微笑し、お客にも、どうしてついて来たんですか、と問い質《ただ》す余裕ができた。

今日は定休日なんですよ。

血を凍らせながらふり向くと、店内には客も売り子もおらず、買ったばかりの品も消えていた。

存在しない店員から存在しない物を買い取るのを、どうして黙って見ていたのか、警備員はついに話さなかったという。

もうひとつ――

ベビー・カーに生後間もない赤ん坊を乗せて入店した婦人客が、品物を決めかねて売り場をぐるぐる廻っていると、ある場所で必ず子供が泣く。

それも、その子にライオンの知識があって、その動物が眼の前にいる――そんな狂気じみた泣き方で、婦人客はそのたびに眼を凝《こ》らすのだが、いつも前にいるのは、一七、八の清純そうなレジ係である。

おかしなものが化けているのでは、と話しかけてみても、普通の返事が返ってくるし、他の客もその娘の手から釣銭や品物を平気で受け取っている。〈区民〉たるものが、妖怪変化《へんげ》の類に怯《おび》えていては物笑いだから、ささやかな品を買って帰った。鮪《まぐろ》の刺身だったという。まったく普通の刺身で、おかしなことは何もなかった。

但《ただ》し、翌日から婦人客は必ず、ＴＶと新聞の『今日の死亡欄』に眼を通すようになった。

丸枠で囲まれた死亡者の写真の中にレジで見かけた客の顔があったのだ。

翌日もまた。

翌々日も。

婦人客とその家族がどうなったかはわからない。

レジ係は――いなかった。

？　と見廻すと、頭上を聞き覚えのある羽搏《はばた》きが叩いた。

「あ、すみませーん」

濃紺の色彩が上下に流れて、とん、とレジスターの向こうで、娘の姿を取った。

「人手が足りなくて。お待たせいた――」

言いかけて、レジ係は、あら？　という表情になった。

せつらも、へえ、と放って、

「バイト？」

桃色の顔が、照れ臭《くさ》そうに笑って、

「はい」

指で押せば、ぽんと跳ね返しそうだが、この娘の頬はセルロイドでできている。

青い瞳は真物《ほんもの》のサファイアで、制服の腰まで流れる金髪は、黄金を打ちのばした糸を縒《よ》ったものだという。

〈新宿〉は人形でも生きていけるのだ。

「トンブ様が魔法薬の服《の》み過ぎでお腹《なか》をこわしまして」

珍しく興味を抱いて、せつらは訊いてみた。

「何の薬？」

人形娘は身を乗り出し、難しい顔で、

「痩《や》せ薬です」

それはこわすだろう、とせつらは思った。

台の上にせつらが並べた品を見て、

「林檎《りんご》ですか」

人形娘は珍しそうな口調になった。

「うん」

「秋さんの好み――全然わかりませんわ。覚えといて――林檎よ」

二人の頭上で、林檎林檎と羽搏きが旋回した。

「またとなけめ《ネヴァー・モーア》」

天井の廻る大鴉《おおがらす》を見上げて、

「いいのかい？」

とせつらは訊いた。

「ええ、わたしや赤ちゃんやお客さんが忘れた荷物を運んだり、結構、役に立つんです」

こちらもいつの間にか戻ってきたもうひとりのレジ係が林檎を袋に詰め、人形娘がレジを叩いた。

「一五八円です」

千円札を出してお釣を受け取ってから、せつらはもうひとりのレジ係を見た。

顔がひどく青ざめ、少しも生気が伝わってこない。

人形娘が、ちらと眼をやってから、小声で、

「家から連れて来た歩く死骸《ウオーキング・デッド》です。臨時雇いですけど、お客さんが怖がると困るので、内緒にして下さい」

「君も大変だな」

労《ねぎら》う事もなく口にすると、人形娘は満面の笑顔になった。胸のペンダントをせわしなくいじったのは照れかくしだろう。

「いえ。それに、ここじきやめますから」

せつらは袋を抱えて、じゃあと右手を上げた。

「失礼します」

人形娘の挨拶はせつらの背中に当たった。

おびただしい女客たちの声が後を追った。

「ね、あのいい男、誰よ？」

「あなたの知り合い？」

「連絡先教えて。お礼するわよ」

「あたし、もう駄目《だめ》」

重い音が連続した。せつらの顔を見てしまった客たちがひっくり返りはじめたのである。お客さま、しっかり、担架《たんか》を持って来いの叫びが連続した。その頭上を不吉な黒い鴉が舞った。

「またとなけめ《ネヴァー・モーア》」

子供が、怖いようと泣きはじめた。

みずからの生じさせた騒動の渦《うず》をふり返りもせず、すれ違う通行人たちを恍惚《こうこつ》たる彫像に変えながら、せつらは地下通路へ出た。

〈ヒルトン東京〉の前を通りかかったのはそれから二時間程後だった。

建て直した店舗で営業中の「ＴＳＵＴＡＹＡ」で、三カ月ばかり前ロードショーにかかったラブ・

コメディのDVDと風しのぶの新曲MDを買い、〈小滝橋《おたきばし》通り〉の「ビデオ・マーケット」で輸入DVDを冷やかしているうちに、秋に近い夏の日は、いつもより濃い空気の色と涼しさを含みはじめていた。

　エントランスから見覚えのあるリムジンが一台、通りに乗り出し、特別仕様らしい高トルクエンジン音を排ガスごとひと撒《ま》きして、せつらのかたわらを〈駅〉のほうへと走り去った。黒いワンウェイ・ガラスの窓がせつらだけを映した。

　せつらは傾斜路の傾きに立って、玄関のほうを見た。

　待つほどもなく、あの若者が現われ、こちらへ歩き出そうとして、せつらに気がついた。

　若者は足を止め、また笑った。今度は少し照れ臭そうだった。

　せつらは紙袋を覗いた。

ひとつ選んで、若者のほうへ放った。

肩のあたりで受け止めた。小気味いい音が鳴った。

若者は摑《つか》んだ林檎を見つめた。それから、せつらへ視線を移して、

「いちばん、いいやつか？」

と訊いた。

「二番目」

とせつらは答えた。聞こえる距離ではない。唇を読んだのである。若者もまた。

「正直者だな」

せつらは黙って歩き出した。足下の影だけを見て歩いた。二度とふり向かなかった。

3

オフィスへ戻る前に、店へ顔を出した。

「よかったあ」

とバイト娘が、峠を越した重病人を見るような表

情で迎えた。

　ほんの一〇分前まで、店は二〇〇人近い客でごった返していたという。

「みんな、若旦那と社長——あら、どっちがいいですか？」

「どっちでも」

「いい加減だわ」

「じゃあ、どちらもやだ」

「なら——せ……」

　少し小さな声である。

「ん？」

「いえ、何でも。——店長は？」

「いいね」

　娘は眉を寄せた。

「私と同じ夏ボケですか？　だったら、長引きますよ」

「ふむ」

「とにかく、お客さんは、みんな店長目当てなんです。いないと言っても帰りません。挙句《あげく》に、ここのおせんべい、あの人《ひと》が焼いたの？　なら、みんな引き取るわって言い出した女がいて、喧嘩腰《けんかごし》の言い争いになりました。おかげで、みいんなハケましたけど、この二時間で三〇〇万近い売り上げです」

「なんでそんな？」

　さすがに、せつらがぼんやりと訊いた。

　正規の値段の二〇倍近い売り上げである。

「どれも店長の手焼きだって言ったんです。それと——ブロマイド付けました」

「ブロ——って、どこから見つけて来たの？」

「私も前、店長の追っかけしてたんです。その頃、通りの向こうから写真撮《と》らせてもらいました。他にも随分《ずいぶん》いたわ」

「じゃあ、稀少《きしょう》価値ないね」

「並みのアイドルならね」

　娘は悪戯《いたずら》っぽく笑った。

「店長は別——同じ角度、同じポーズの写真でも、どこか違ってる。いいえ、同じでもいいの。他人が持っていれば、それも欲しいんです」

「けど、三〇〇万は……」

「あら。最初から値段なんか付けてませんよ。幾らまで吊《つ》り上げられるかしら――なんて」

せつらは、眼球だけを動かして天を仰《あお》いだ。万国共通――お助け下さいの合図だ。

「お給料上げてくれます？」

不意に娘が切り出した。

「どうして？」

「三〇〇万も売り切ったのと――いいアイディア出します」

「どんな？」

「駄目。上げるって約束してくれたら。店長、これで結構シビアだから」

「上げよう」

娘はうなずいてから、得々と、

「値段を今日の倍にします」

「はあ」

「その代わり、懸賞を出します。五等〝秋店長と近所の喫茶店でコーヒー・タイム〟四等〝一流レストランで会食〟三等〝二四時間〈新宿〉名所巡り〟二等〝一緒におコタへ〟一等〝ホテルで過ごす夕べ〟そして、特等――」

「却下《きやつか》」

「ひっどーい。絶対当たりますよ、これ。一〇〇倍でも売り切れですよ」

「〈区長〉にしょっぴかれる」

「そんなこと――わかりっこないわ。二度としなければ大丈夫ですよ」

「前にやった」

「え？」

今度は娘が眼を剝《む》く番だった。

「お客の中に、〈区長〉の娘と〈教育委員会〉の委員長の息子がいた。呼び出されて油を絞《しぼ》られた」

「――店長が？」

「いや、メフィストのとこからダミーを借りて」

「狡《ずる》くないですか、それ?」

「その辺は議論しないでおくよ」

「結構、悪どい〜〜〜」

今風に語尾をのばす娘を無視して、せつらは店を出ようとした。

「あ、それ何ですか? いい匂い」

娘が走り寄って覗き込んだのは、林檎の紙袋である。とてもバイトとは見えない。

「林檎だ、いいなあ〜。おいしそう」

せつらは通りへ出た。外から裏のオフィスへ廻る。

「いいなあ〜。おいしそう」

娘はそれから三回それを繰り返し、最後に、ですってばとつけ加えた。

「秋DSM《ディスカバー・メン》センター」のオフィスこと奥の六畳間へ入ると、せつらは大きな卓袱台《ちゃぶだい》に林檎の紙袋を置いた。別の買物は、パソコンと資料センターを載《の》せたスチール・デスクに置く。卓袱台は秋以降、炬燵《こたつ》に変わる。

廊下に出るドアに近い冷蔵庫から冷えたグラスと冷茶のポリタンクを取り出し、一杯ひっかけた。つけっ放しのエアコンの冷気が、やや汗ばんだ美貌を撫《な》でる。コートのポケットからハンカチを取り出して拭《ふ》いた。さっきのバイト娘なら、このハンカチも、汗付きで売りましょうと言い出すに違いない。

コートを脱いで椅子にかける。下は黒い綿シャツだが、ご丁寧《ていねい》に長袖とハイネックだ。せつら以外の男なら、全身汗まみれだろう。夏の盛りでも同じ服装なのを考えると、特殊な体温調整法を心得ているか特異体質だが、どちらかは不明だ。

飲み終えて、

「効《き》く」

ぼんやりつぶやいてから、卓袱台の前に正座した。これが曲者《くせもの》で、座敷に慣れていない依頼者は膝《ひざ》を崩しても、結構な苦行を強《し》いられる。一説によると、着座後約二〇分で、話の内容に関係なく、せつらは調査料金の話をはじめるというが、〈秋ＤＳＭ〉はリーズナブルといわれ、その辺を問題にした依頼人はいない。

もっともほとんどの依頼人はせつらの顔がぼやける特殊コンタクトを使っていないから、足の痺《しび》れなど気にもならないという説もあって、これが正しそうだ。

また、一説によれば、せつらは四季を通して、熱い煎茶《せんちゃ》を愛飲するといわれるが、これはもう嘘だとわかる。

紙袋から林檎が卓袱台に転がった。

いちばん艶《つや》のいいやつを手に取って眺めた。少し胸が痛んだ。

口元に近づけたとき、チャイムが鳴った。

驚きも怒りもしなかった。要予約とは誰にも伝えていない。電話一本かけるにも、盗聴を用心する連中は多いのだ。パソコン通信も同様である。この街では〝パソコン通信を盗聴する〟妖物を造り出すのも簡単な作業なのだ。

卓袱台の上のコードレス・フォンを取り上げ耳に当てた。インターフォンも兼ねている。

「はあ」

とても商売人《プロ》の応答とは思えないが、相手もむっとしたふうで、

「仕事の依頼だが」

傲慢《ごうまん》を絵に描いたような声である。

「料金を申し上げます」

とせつらは告げた。

声は沈黙した。度胆《どぎも》を抜かれたのだ。

いきなり喚《わめ》いた。

「おまえのとこは、客を内部《なか》へも入れずに金の話をするのか!?」

せつらは受話器を見つめて、首を傾げた。こうなると危《やば》い。

「話が決まったら、お客」

「なにィ？　——おれを誰だと思ってる？」

「禿《はげ》でしょ」

ＴＶカメラはついていないが、せつらにはわかる。

「あ、青すじが立ってる」

「貴様あ……」

「捜索費用は一日一億」

せつらは平然と言った。

「交通費、食事は実費、捜査が成功したら、捜索対象ひとりにつき十億」

その声を怒号が掻き消した。

「おれは国会議員——朝比奈泰三《あさひなたいぞう》先生の秘書だぞ。浅井義弘《あさいよしひろ》という。そのつもりで応対しろ」

「秘書のつもりでいいのかな？」

「………………」

毒々しい無色の念が通話口から噴きつけて来た。耐性のない子供なら、これだけで罹患《りかん》しかねまい。

「後悔するなよ」

明らかに歯ぎしりに没頭している。

「ぎりぎりぎり」

と言って、せつらはスイッチを切った。

インターフォンを一撃くらいするかなと思ったが、浅井は荒々しく歩み去った。ドアの周囲にはさぞや、〈新宿〉の邪霊悪霊が歓《よろこ》びそうな怨念が濃厚に漂《ただよ》っているだろう。

林檎へ戻ったが、口にする気にはならなかった。

「禿」

とつぶやき、せつらは林檎を見つめた。艶光っている。

「いけない」

二つとも冷蔵庫へ収めたとき、またチャイムが鳴った。

浅井だった。

「先程は失礼しました」

別人のように丁寧な口調に、せつらは事態を悟った。

「いやあ、朝比奈先生から、ひどく叱責《しっせき》されましてね。何たる莫迦者《ばかもの》だとこっぴどくやられました。何《なに》卒《とぞ》お許しください」

せつらは沈黙した。今度はどうあしらってやろうかと考えているのである。

「あらためて、人を捜していただきたい。あ、いや、ここで結構」

上から言われるとここまで卑屈になれるのか。驚くべき浅井の変貌であった。必要とあれば、ゴキブリにも揉《も》み手をするだろう。

「秘書さんとは話をしないことにしてる」

せつらは茫洋と言った。

どう出るかと思ったら、

「わかりました！」

少し呆然とした。

「仰《お》っしゃるとおりです。すぐ、朝比奈先生と連絡を取ります。しばらくお待ちください」

また遠ざかっていく。話しぶりからして、国会議員さまはみずから出馬する気であらせられるのだ。

となると――かなり重大な依頼と見ていい。

せつらは別格として、〈新宿〉には一〇〇人以上の探偵や人捜し屋がいる。ある程度地理に詳しく、情報屋や裏稼業の小ボス・クラスの二、三人と付き合いがあれば、そこそこの成果は上げられるのだ。

ラッキーかな、と思ったとき、またも鳴った。今度は携帯だった。

「おれだ――〝ラット〟だ」

声は切迫していた。緊張と恐怖――怒りがあるだけ《ヽヽ》ましだ。闘志は消えていないらしい。

知り合いの情報屋だ。

「どした？」

「袋の鼠《ねずみ》になっちまった。悪いが助けてくれ」

「ガードマンは？」

〝ラット〟の情報収集能力と中味の信頼性は、〈新宿〉の中でも五指に数えられる。従って口封じを狙う敵も多く、複数のガードマンを雇っているはずだ。

「みんな殺《や》られた。何とか敵の眼をくらまして、いま、〈駅〉の構内にいる」

〈新宿〉で〈駅〉といえば〈新宿駅〉しかない。

「厄介《やっかい》なところに」

せつらは茫洋と嘆息した。

「他のガードマン会社に連絡して。じゃ、ね」

「まま待ってくれ」

向こうの哀訴は狂気の態《てい》を帯びた。

「なりふり構わず、潜り込んじまったんで、何処にいるのかもわからねえんだ。救出を依頼する」

「僕よりガイドのほうがいいよ。外道棒八《とみちぼうはち》ってのがいるけどな」

「確か、地の底でひと暴れして引退中だ」

「他にはねえ」

「き、来た」

〝ラット〟の声は、ぎゅうと絞《しぼ》りこまれた。たぶん、心臓も。

「奴ら――一〇人近くいる。おれの武器じゃどうにもならねえ。何とかしてくれ。依頼を受けろ」

「相手の素姓《すじょう》は？」

せつらは訊いた。嘘でもいいから、もう少し焦《あせ》ってやれと誰でも思う、春の野に遊ぶ声であった。

「たぶん――〝外攻局〟か、その意を汲《く》んだ奴らだ。でかい話を聞いてる」

「何だい、それ？」

「救《たす》けてくれたら教える。そうだ、うまくやりゃ、いい儲《もう》けになるぞ」

「へえ」

せつらは立ち上がった。

超絶の美貌と経済観念とは関係ないらしい。

残った冷茶を干してから、

「周りには何が見える？」

と、受話器に訊いた。

〈新宿駅〉は、敷地全体が陥没し、その擂鉢《すりばち》状の中心部に、数本の鉄骨が墓標のごとくそびえ立って、一種のストーン・ヘンジを形成している。

英国のソウルズベリー——その荒涼たる平原部に古代の偉容を屹立《きつりつ》させる遺跡と〈新宿駅〉の環境的類似を指摘したのは、宗教学者でも、旅行家でも、カメラマンでもなく、その凶々《まがまが》しさに打たれた平凡な一主婦であった。

〈新宿通り〉、〈靖国通り〉の地下に広がる地下街〈サブナード〉との連絡は完璧に断《た》たれたものの、異世界の震度を叩きつけた〈魔震〉は、奇怪な通路を八方へ走らせ、あの〈旧〉新宿壊滅後、一度も地上へ出たことのない人々や生物の棲《す》む異形《いぎよう》の地下世界を完成させたという。

何度となく〈区内〉〈区外〉のメンバーからなる合同調査隊が送り込まれたが、ひとりとして戻らず、その試《こころ》みが中止された後は、偶然足を踏み入れ、奇蹟的に帰還した酔っ払いや浮浪者、観光客等からの断片的目撃談により、ようやく、謎の霧に包まれた〈新宿駅〉地下世界の実像が明らかになりつつあるのだった。

地下世界に赴《おもむ》くのは簡単だ。陥没地帯へ入るまでもなく、〈新宿通り〉〈靖国通り〉を走るアスファルトやコンクリの亀裂に身を入れればよい。

せつらは、〈サブナード〉上——安売りショップの前に開いた亀裂から侵入した。一度入ったことがある場所だった。

不可視の糸に身を預けて、二〇メートルの垂直降下を行なう。知らぬ者の眼には、天から舞い下りた黒い天使と映るだろう。また、そう考えて異を唱《とな》える者などない秋せつらのかがやく美貌であった。

潜伏場所付近の光景を付属カメラで写して以来、〝ラット〟の連絡は絶えていた。

電源を切らないままの携帯からは、

「野郎ども、来やがれ」

という悪罵《あくば》と、三発の銃声とを最後に、すべての物音が途絶えていた。恐らく一発が命中したのだろう。

　アスファルトと黒土の混ざった地上へ下り立つや、せつらは〈駅〉の方角へと歩き出した。

　目撃者たちの話によれば、地下世界は妖物妖虫の蠢《うごめ》く地獄だが、せつらの進む先には静寂と虚無だけが広がっていた。

　位置からすれば、〈サブナード〉と〈新宿通り〉地下通路とを結ぶエスカレーターがあるあたり。せつらは足を止めて左右を見廻した。

〝ラット〟の携帯カメラが映し出した光景は、まさしくその地点であった。

　ひと渡り見廻したとき、エスカレーターのあたりから、低い呻《うめ》き声が洩《も》れて来た。

第二章　夏の娘

1

せつらは、のんびりとしか言いようのない足取りで、目的地へ辿《たど》り着いた。

雑駁《ざつぱく》に重なり合ったコンクリ塊《かい》の下から、エスカレーターの残骸が覗いていた。

せつらはその陰へ視線を当てた。

見知らぬ男が仰向けに倒れていた。その顔を見て、

「やっぱりね」

この若者にすれば、しみじみという口調で、せつらはひとつうなずいた。ダーク・スーツにネクタイを結んだ身体は、ぴくりとも動かない。瞳孔《どうこう》も開き、呼吸もしていない。死は確実に男の身体を蝕《むしば》んでいた。

胸のあたりに四個の弾痕を穿《うが》たれた上衣の下から、黒い鎧《よろい》のようなものが見えていた。防弾ベストである。〝ラット〟愛用の徹甲鋼弾には通じなかったらしい。

せつらは黙然《もくぜん》と死者を見つめていた。光はある。亀裂のどれかが外に通じているのだ。

さらに、天井から降りそそぐ光の帯がひとすじ、ふたすじ、幽界の天使のようなその顔を、髪を、肩を照らしている。

なんという黒い天使の美しさ。

死者が身じろぎしたのも、そのせいかもしれない。

とうに冷たくなっていた身体が、一度大きく痙攣《けいれん》すると、かっと両眼を見開いたではないか。

だが、死に属する身体がこの世に留《とど》まるのはやはり無理なのか、眼はたちまち幽明の霧に煙り、瞼《まぶた》はどんよりと落ちかかる。

「こら」

せつらがのんびり叱咤《しった》すると、男はまたこの世の未練を憶《おも》い出したかのように眼を見開いた。

「誰？」

せつらが訊いた。彼を知るものが聞いたら、眼を剝くような厳しい声音《こわね》であった。当然だ。彼が尋ねる相手は、死人なのだから。

血の気《け》を失った唇が、意味もなく動いた。

「外務……省……特別……攻撃……局の……先塚《さきづか》……だ……第一特攻C《サークル》」

他の場所なら、どんな拷問を受けても口を割りそうにない男であった。それが、せつらの顔を見、声を聞いただけで洗いざらい吐露《とろ》しようとしている。美貌の力だ。自分を導く堕天使に見えるのだ——たぶん。

「何故《なぜ》、〝ラット〟を狙う？」

男——〝外攻局〟員・先塚 某《なにがし》は、美しい天使兼支配者の問いに答えようとした。

「クリニア……マラカ……」

瞬間、男は大きくのびをするや、何ともいえない声をひとこと吐《は》き出した。血の塊だった。みるみる男の表情が消えていった。せつらの美貌や秘技をもってしても、どうしようもない巨大な力が、男を呼び戻したのである。

口の端からひとすじ、黒い蛇のようなものがこぼれると、男は完全な死者となって、せつらの足下に動かなくなった。

せつらの妖糸を駆使した技に〝死人《しびと》つかい〟がある。これは妖糸自体を一種の神経繊維と化せしめて、死者を自在に動かす妖術だが、操られる死者には思考能力がない。

千分の一ミクロン——存在自体が怪《あや》しまれるチタン鋼の糸は、秋せつらの指が命じるままに鉄板を水のごとく断ち、死人を動かすのであった。のみならず、ひとたび巻きつけば、相手が一〇〇キロ離れてもその位置と動きをせつらに伝え、体内に侵入すれば所有物から内臓の疾患部までを明らかにする。

「仕様《しよう》がないな」

未練があるともどうでもいいとも取れる言葉を遺

して、せつらは踵《きびす》を返した。

前方にひしゃげた通路――〈サブナード〉の末路が、市谷《いちがや》方面へとせつらを導いている。少しの気取りもてらいもなく、せつらは闇に潜りこんだ。

一〇メートルも行かずに足を止めた。この辺には、まだわずかな光がある。前方に点々と横たわる身体のひとつ……一番奥のそれはせつらの携帯のスクリーンに映った〝ラット〟の服を身につけていた。

逃げる〝ラット〟と追手が、ここで射ち合ったのだろう。

だが、

「首が無い」

とせつらは単刀直入《たんとうちょくにゅう》につぶやいた。たちまち、

「そうか、あいつがいた」

解決をみつけた。そいつが現われたのも、それを祝うためかもしれない。

「……せ……つ……ら……あああ……」


この世で聞きたくない声があるとすればこれだ。呼んで欲しくない声があるとすればこれだ。

せつらの前方五メートルほどから先は、闇に閉ざされていた。

地上から五〇センチばかりの所に、〝ラット〟の顔が浮かんでいた。

青白い燐光《りんこう》の中でも、眼鼻立ちは、はっきりとわかった。表情には意思が伴っている。死者の顔ではなかった。

脂《あぶら》ぎった顔が、せつらを見て破顔《はがん》した。快食快眠を重ねたように、生気に溢れていた。

「よお。来たか」

声も明るい。ゴルフにでも出かけるようだ。

「何とか」

とせつら。こちらは、ちっとも同調していない。

「――残念ながら間に合わなかったな。このへぼ人捜し」

「心外だ」

「何が心外だ。おかげでおれは首を盗《と》られちまったじゃねえか」

「クビカリグモっていたねえ」

他人事《ひとごと》のように言った。〃ラット〃の首は苦笑した。

せつらは気づいていただろうか、通路の西側の闇に仄白《ほのじろ》い光が点々と灯《とも》っている。

首だ。倒れている外攻局員の首だ。それを包む青白い光は、奪われた首に新たな生命《いのち》を与えた結果だろうか。

左側のひとつが不意に動いた。

せつらめがけて跳んだ。伝説の生首を思わせた。

「よせ!」

〃ラット〃の叫びが終わらぬうちに、男の首は縦横四つに分断されて、せつらの足下に散らばった。

ほとんど同時に、前方の闇の奥で、何かが落ちる重い音が鳴った。

「胴体まで真っぷたつか。だから、よせと言ったのによ」

〃ラット〃の顔は、背後の仲間たちをふり返った。

どの顔にも怯えが根を張っている。

単なる獲物としか思えぬ美しい若者が、自分たちと等しい人外の存在だと、嫌でも看破《かんぱ》せざるを得なかったのである。

「じゃ、おれたちは引っ込む。もう会うこともねえだろう。何もせず見送ってくれ」

せつらの返事も聞かず、生首は一斉に後じさりはじめた。その彼方《かなた》に、クビカリグモとやらの胴が待っているのだろう。

「おっと」

〃ラット〃は何かを憶い出したらしい。ずっと後ろで、ぱしっという音がした。手を打ち合わせたのだ。

「電話で言った金儲けの話だが――興味あるか?」

せつらはかぶりをふった。ここへ来たのは、それに引かれたからであるが、依頼人がこうなっては、もはや、金銭的執着は失われたらしい。

「おれはまだあるが、もう仕様がねえ。あんたもあきらめてくれ」

遠ざかり行く顔が、青い光の中で言った。

せつらは右手を上げて応え、顔が完全に見えなくなると、早速、〝ラット〟の胴のかたわらにしゃがみ込んだ。

素早く懐中から財布を抜き取り、IDカードを奪って後は戻した。キャッシュ・カードも兼ねているそれを使って、一日分の報酬を引き出さなくてはならない。依頼は果たしたのだ。

外には午後遅い陽ざしが満ちていた。死に満ちていようとも、光は光だった。

擂鉢の底で大きくのびをして、せつらは傾斜を昇りはじめた。

昇り切ったとき、次はどうするか、予定は立っていた。

〈新宿〉のガイドブックを製作する編集部へ出掛け、誰かを捕まえて、〈新宿〉でいちばん〈危険な場所〉は何処《どこ》だと訊く。相手は平然と、ガイドブックに記載されたランキング一位を答えるに違いない。〈新宿中央公園〉だと。しかし、なおも食い下がり、本当に危険な場所は、と尋ねると、相手は奇妙な笑みを浮かべて、それは〈二丁目〉だとうなずくだろう。

あの魔性の集《つど》い狂うこの世の地獄〈新宿中央公園〉でも、数次に及ぶ調査団と護衛隊、都合五〇〇人以上を呑みこんだ〈西早稲田《にしわせだ》〉でもなく、〝主《ぬし》〟の存在が絶えてなお、数千人の人々が吸いこまれ消滅しつづける〈河田《かわだ》町〉ですらない。〈新宿〉を知り尽くしたプロの選ぶ〈最高危険地帯《モスト・デンジャラス・ゾーン》〉とは、実に、〈駅〉から一キロと離れていない土地に広がる〈二丁目〉なのであった。

〈新宿駅〉の南口前を走る〈甲州《こうしゅう》街道〉が〈明治

通り〉と交わり、その少し先で枝別れした後、〈新宿通り〉と合流する。この交差点の東を占める一角は、いわゆるゲイ、ホモ等の異端性愛者が多く、〈二丁目〉と言えば、その溜り場の意であった。

それがどう変わったか。

高圧電流を通したバリケードで囲まれているのは、他所《よそ》の危険地帯と等しいが、これも他所と同じく、あちらが掘り抜かれ、こちらが切断されて、人間の出入りは自由に近い。

せつらは、〈駅〉からまっすぐ〈新宿通り〉へ下り、四谷《よつや》方面へと進んでバリケードの前に出た。

〈二丁目〉は〈新宿通り〉の両側を占める。

まず――通りを渡って〈靖国通り〉寄りの区画のバリケードから入った。

空気が変わった。

匂いも、成分も、雰囲気も。

地面の下から立ち昇る瘴気《しょうき》のせいだ。撤去されぬ瓦礫《がれき》の下に埋もれたきりの死霊のせいだ。何処からともなくせつらの全身に注がれる飢えと敵意と欲情に満ちた視線の主――妖物の放つ妖気のせいだ。

この辺り一帯はゲイバー、ホモバーの入ったビルが異端の王国を形成していたのだが、今は見る影もない。

他の危険地帯とは桁《けた》違いに凶暴凶悪な妖物や死霊の徘徊《はいかい》する〈最高危険地帯〉の例に漏れず、倒壊した店舗もビルも、一部を除いて放置されたまま、あの運命の時刻の惨劇の光景を克明に留《とど》めている。

驚くべきことに、そんな死の世界のあちこちに、テントやプレハブの小屋がおずおずと点立し、何軒かからは、夕餉《ゆうげ》の支度《したく》らしい煙のすじが弱々しく、しかし、明らかに生の証《あか》しを主張しつつ立ち昇っている。

ここにも生きる者がいる。あるいは、ここでしか生きられぬ者たちが。

いつの間にか、せつらの右隣りに小柄な人影が並んでいた。

掻《か》き乱したような白髪を背負《せお》い、真っ赤なワンピースに身を包んだ老婆である。ワンピースは切り刻まれたようなボロだ。

「〝二丁目新聞〟は要《い》らんかね?」

こう言っても、新聞の束《たば》など持ってはいない。

せつらは足を止め、うなずくと、差し出された掌《てのひら》へ、五百円硬貨を載《の》せた。

「釣《つり》はないよ」

「取っといて。――その代わり、極秘情報を頼むよ」

手が銀貨を握って引かれた。ひびの入った、固い掌だった。恍惚《こうこつ》たる声が、

「いいともさ。あんたみたいないい男――はじめて見たよ。誰も知らない、うちの新聞だけの記事を読み上げてやるよ」

せつらは眼を細めて待った。

「この先――『太宗寺《たいそうじ》』近くのマンションに、どえらく強い若いのがいるってさ。『火紋組《かもんぐみ》』のサイボーグ若衆を一〇人、素手《すで》で再起不能にしちまったそうだよ」

「それは凄《すご》い」

こう言ったものの、本気かどうかはわからない。聞くものをすべて夢心地にしてしまう秋せつらの声であった。

「名前は知らないけれど、ヨーロッパ辺りの小国の出身らしいよ。〈二丁目〉へ身を隠すようなタイプじゃあない。陽の当たる場所でひと旗もふた旗も上げられる麒麟《きりん》児《じ》だよ。それが来たってことは、よくよくの事情があるに違いないね」

ここで婆さんはひと息ついだ。

この間にある種精神的な化学変化が起こったらしい。次の言葉と表情には、せつらでなければ顔をそむけて遠ざかりそうな卑《いや》しい翳《かげ》が滲《にじ》んでいた。

「ここからが、本当の極秘だけどね、その若いのは、金持ちの助平爺《すけべじじ》いを愉《たの》しませちゃ、大枚を稼《かせ》いでいるらしいよ」

「ふうん」

「火紋組とのトラブルてのは、〈二丁目〉の麻薬中毒《ヤクチュー》が、『ギャザラ交易』の対抗組織に一服盛られて、ロボット状態でギャザラの社長を射っちまったのさ。あんたも知ってるだろうが、ギャザラってのは、背後に〈新宿〉の産業独占を狙う東欧マフィアが控えてる。それは残酷な連中だよ。けど、表立って動くと〈区民〉の反感を買う。いくら、東欧全体を支配する暗黒組織だって、〈新宿〉じゃ所詮《しょせん》、人間の集まりだからね。反感を持たれたら、その日のうちに妖物の餌にされちまう。火紋組が雇われたのは、穏便《おんびん》に済まそうって、奴らなりの知恵さ。そうなったら、ヤクチューもおしまいだ。〈二丁目〉の結束は、それほど固くないからね。ところが、その前に立ちはだかったのが、さっきの若いのだったわけさ」

「へえ」

「火紋組を撃退した上、〈二丁目〉の連中を集めて団結を説《と》いた。驚くじゃないか。今じゃここは、まるで政党か武道団体みたいに団結してるよ。火紋組や『ギャザラ交易』のアタックに備えて、訓練もはじまった。あの若いのは、絶対、プロのボディガード——いや、軍人だと思うよ」

せつらは頭上をふり仰いだ。あくまでも茫洋とした表情を風が渡り、何かを吹き払っていった。透明な皮膚のような、はかない何かを——

哀《かな》しみだったかもしれない。

2

さらに一〇分ほど〈記事〉の誦読《しょうどく》を聞いてから、せつらは老婆と別れた。

累々《るいるい》たる瓦礫の広がりの中に、半壊程度のビルや店舗が残っている。

二メートルほど前方の地面が陥没していた。

穴の直径は約一〇メートル。急な傾斜から、崩れ落ちたらしいビルの一部が覗いている。無限軌道《キャタピラ》が露呈《ろてい》した車輛は戦車だろう。行方《ゆくえ》知れずになった調査団を護衛した末路は無惨だった。

穴の外周の向こうで奇妙な作業が行なわれていた。

穴の縁《ふち》から、登山用のナイロン・ザイルを腰に巻いた少年がひとり、傾斜を下りようとしているのだ。五、六歳と思《おぼ》しい陽灼けした顔は恐怖と緊張にこわばっている。

目的はひとつ、眼下の傾斜から突き出た自衛隊の輸送トラックだろう。幌《ほろ》が破れているところを見ると、何度か同じ行為が繰り返されたものだろう。それにしては、少年の怯えが理解できなかった。

少年を支えるザイル——命綱は、穴の縁から五メートルばかり離れた瓦礫のひとつに巻きつけてあった。そこに、同い歳くらいの少年と少女が五人、穴の縁にもうひとり少年がいる。こちらは傾斜を下りはじめた少年以上に緊張でがちがちだ。

理由は、ザイルの少年の足下を見れば一目瞭然だった。固い黒土と見えるものが、ひと足ごとにあっさりと崩れ、砂状に流れ落ちていく。

「急げ」

と穴の縁の少年が声を抑えて促した。

「あいつが眼え醒《さ》ますぞ」

ザイルの少年がうなずいた。五メートルの距離を残して斜面を蹴った。同時に、たわめていたザイルを解放する。

グレーのTシャツとジーンズ姿は、正確に幌の穴に吸いこまれた。

床を踏むと同時に、トラックが傾いた。大量の土が落ちていく。

「タキちゃん!?」

穴の縁の少年が我を忘れて身を乗り出す。

その足下が崩れた。

噴出しかけた叫びを、少年は必死に抑えた。両足を突っ張り、両手で身体を斜面に固定しようとする。

　足も手も滑った。

　滑降コースはトラックのかたわらを通る。手をのばせばエグゾースト・ノズルにしがみつけるはずだ。

　そちらを見た。少年は眼を閉じた。

　そのとき、トラックがもう一度かしいだ。幌後部の出入口から、ザイルの少年が現われた。

「来るな！」

　落ちていく少年が叫んだ。ザイルの少年は、他人の制止より自分の意志を優先した。

「摑《つか》まれ！」

　荷台から身を乗り出し、右手をさしのべる。その身体もトラックも滑り落ちた。

「莫迦野郎」

　最初に滑った少年の声を合図と聞いたのか、そいつは出現した。

　擂鉢の底の黒土を跳ね飛ばしつつ現われた、茶灰色の頭部だけで、二メートルはある。

　クワガタの百倍も巨大で千倍も強力そうな顎《あご》が嚙《か》み合う。火花が黒土に散った。

　これは〈魔震〉の生んだアリジゴクの一種か。遺伝子工学研究所から流出した遺伝子の狂気じみた成長の結末か。落ちていく少年たちにとっては、地獄の主――それだけだ。

　最初の少年が顔をそむけた。その手首をザイルの少年の手が摑んだ。トラックから乗り出した身体が、最初の少年を引き上げようとして――車体ごと滑降速度を増す。

　最初の少年の身体が、その腕からトラックへよじ昇ったとき、車体は巨大な顎に嵌《は》まった。

　事も無げに大顎が閉じられ、事も無げに車体が中央からひしゃげていく。鉄のメカニズムが、二人の生命を長びかせ得る時間は、一〇秒もなさそうであった。

　顎が嚙み合った。

二人ごとトラックの後ろ半分が穴の底へと落ちる。

悲鳴が上がった。

地上から地獄へ。地獄から——天上へ。

上昇していく二つの人影を巨虫が見上げたのは、数秒の後であった。思考力と無縁の脳は、すぐにあきらめた。——というよりも忘れた。それなのに、トラックが底部に沈んでも、頭は動かなかった。

地下で餌を待つアリジゴクは眼を必要としない。

何が、頭上を見上げさせたのか。見えざる糸にぶら下がったまま茫然とこれも頭上を見上げている少年たちと同じものを。

〈新宿〉の空を白い雲が流れていく。風がある。黒衣の若者は、コートの裾を夢のようにはためかせながら、穴の上を渡っていくのだった。

彼が穴の縁に一歩を踏み込むと同時に、少年たちは大きく弧を描いて、しかし、足から軽やかに着地してのけた。


顔を見合わせてから、同じ表情で黒い救い主のほうをふり向く。

安堵《あんど》も感謝も恐怖の名残《なご》りもなかった。陽灼けか薄汚れているのかよくわからない顔は、陶然と溶けていた。

「タキちゃん」

「トーちゃん」

ザイルを結んだ瓦礫のそばに固まっていた子供たちが駆け寄ってきた。七、八歳の女の子が二人混ざっている。

大丈夫！　おっかなかったあ。口々に洩らす言葉にも二人は上《うわ》の空であった。ようやく、最初に滑落したほうの少年が、

「おれをトーちゃんと呼ぶな」

ぼんやり応じたきりである。ようやくいつもの二人ではないことに子供たちは気づいた。二人が見ているほうへと小さな双眸《そうぼう》を向けたとき、彼らの兄貴分を救った黒い人影は、二〇メートルばかり先に並

んだ半壊のマンションのひとつに消え去ったところだった。犠牲者は増えずに済んだのである。


　せつらの目的地はビルの五階であった。一階のみが店舗で、それ以上はマンションになる。

　床にも天井にも鋭く深い溝が掘られ、手すりの一部には、明らかに牙らしい歯型も刻印されている。

　深海の底のように静まり返ったマンションにも、〈最高危険地帯〉の名にふさわしい影は漂っているのだった。

　五階の踊り場に出ると、眼前に〈新宿〉のパノラマが広がった。

　通路はビルの外側にあり、しかも、手すり部分がきれいに崩落していた。

　ここに住む連中は、地上二〇メートルの高みにかかった幅一メートルほどのコンクリートの板の上を、すがるものもなく歩いて、出入りしなくてはならないのだ。


「おお怖《こ》わ」

　あまり怖くもなさそうに洩らして、せつらは踊り場から三つめのドアの前に立った。

　標札などむろんない。ドアの表面には——他のドアもそうだが——般若心経《はんにゃしんぎょう》やら密教の呪文やらが書きなぐられ、得体の知れない札や護符《ごふ》が貼《は》りまくられている。

　ドアの前に立ち、どういうつもりか、せつらは、

「やれやれ」

　とつぶやいた。

　チャイムを押して、内側に響く音を確かめると同時に、彼はふわりと宙を飛んで後退した。

　のけぞるようにその身体が宙に浮く——ドアが膨《ふく》れ上がった。雷鳴が押したのだ。

　逆《さか》しまに落ちていくせつらの上に、吹っとんだドアがのしかかる。

　身体前面すれすれ——顎に激突する！

　ひょいとせつらの上体が反《そ》った。まさに間一髪

――秀麗としかいえぬ鼻先すれすれのところを、ドアは通り過ぎた。その内側表面に食いこんだ無数の弾痕を、せつらは見ることができた。

思いきり反っくり返った状態から、

「よいしょ」

景気の悪い掛け声一発――しかし、身体は強靭《きようじん》無比の発条《ばね》のごとく跳ね戻って、ぐん、と廊下の上に舞い上がった。

硝煙たなびく自動式散弾銃――ベネリM15を構えたステテコにさらし姿の男が、ドアの前で茫然と立ちすくむ。

3

すっくと直立するや、せつらは、

「蔵前六三郎《くらまえろくさぶろう》さん?」

と訊いた。

「それがどうした?」

男はドスを効《き》かせた。いや、効かせようとしたが、精神はすでにとろけていた。眼の前に立つ青年の美貌に。

おれは今死んでも本望《ほんもう》だ。――ぼんやりと考えた。こんな美しい男と会えたんだからな。

「秋せつらと申します。人捜し屋です。あなたが殺害した国友佐真子《くにともさまこ》さんのご遺族の依頼で伺《うかが》いました」

「どうしようってんだ?」

「僕と一緒に来てください。夕方までには〈区外〉へ出られるよう処置します」

「ポリのお伴付きでな」

蔵前はベネリの引金にかけた指の具合を確かめた。銃の造りはひと廻り頑丈《がんじよう》に、ごつくなっている。

妖《あや》しい意識が胸の裡《うち》で蠢《うごめ》いた。

――こんな男を殺せるなんて、おれは果報者《かほうもの》だ。その後で、後を追うぜ。

鉄板をハンマーで叩いたような音が轟いた。上へ。

ベネリの銃身は不可視の指で引っかけられ、蒼穹《そうきゆう》へ散弾をぶち撒けたのである。

反射的に銃身を戻し、もう一度引金を引いた。

弾丸は出なかった。ベネリの機関部は半ばから切断されていた。

愕然《がくぜん》としたのが最後の意識で、蔵前の脳は灼熱の痛覚に思考力をもぎ取られた。それが首に巻かれたひとすじの糸によるものと、もとよりわかるはずもない。

せつらにしてみれば、極めて平凡な仕上げであったろう。その証拠に、彼は小さな欠伸《あくび》を洩らした。茫洋から眠そうに変わったその表情が不意に逆行した。

「あれ？」

とつぶやいて、彼は虚空《こくう》に眼を据《す》えた。

全身が微妙に揺れている。これが、マンション自身の震動と気づいた刹那《せつな》、彼は素早く後じさった。蔵前も後を追う。

二人が一〇メートルばかり離れた空中で足を止めたとき、マンションは崩壊を開始した。

コンクリの壁が粘土みたいに、ぼろぼろと剝《は》げ落ち、さらけ出された鉄骨も、ボール紙じみた折れ方を繰り返して倒壊の路《みち》を辿る。

地上から舞い上がるどよめきと噴煙を避けて、せつらは足早に向かいのビルへと遁走《とんそう》した。

こちらは手すりの向こうへ到着しても、床へ下りる気にはならなかった。蔵前の部屋へと忍ばせた妖糸も、マンション自身の耐久性までは調べられなかったのである。散弾二発のショックで倒れるとわかっていれば、一発しか射たせはしなかったであろう。それなら最初から一発も——との考えはこの若者に通用しない。あるいは、倒壊を承知していても、好きなだけ射たせたかもしれない。

噴煙と衝撃が収まってから、せつらは手すりを越えて、真っすぐ地上へと降下した。

靴底に、しっかり大地の踏んばりを感じた瞬間、

「あれ？」

と出た。

まだ粉塵《ふんじん》の名残りが往来する道の上に、先刻の子供たちが立っていた。

うっとりを通り越して呆けた表情よりも、桜色に染まった浅黒い頬が、せつらに対する感情を表わしていた。

この若者が入ってすぐ、コンクリートのビルが倒壊した。数千トンの破壊より、若者の美しさのほうが、子供たちには気懸《きが》かりなのだった。

さらりと彼らのほうを見たきりで、せつらはすぐ歩き出した。崩れたマンションに他の住人がいなかったかどうか、気にもならないらしい。

「あの」

後ろで呼ばれた。

足を止め、せつらは静かにふり向いた。


この若者が、ふと思った。

——夏は終わっていない。

子供たちの後ろに立つ娘は、マンションを廻って駆けつけたのだろう。

子供たちをこちらへ隠し、自分は倒壊の現場を覗きに行ったものと思われた。

モデルといってもおかしくない長身としなやかな肢体《したい》は、半袖の白いブラウスと色褪《あ》せたキャンバス地のスカートに包まれていた。

漆黒の髪が腰のあたりで揺れている。

ほのかな香りがせつらの鼻孔に届いた。香水《コロン》かと思ったが、黒髪の香りだった。

蒼い瞳にせつらの顔が映っている。頬はとうに子供たちと同じ色に染まっていた。

「私——ミフユと申します。この子たちから危険なところを救っていただいたと聞きました」

流暢《りゅうちょう》この上ない日本語であった。

「いえ、何も」

せつらはこう答えて、背を向けようとした。

「あの――」

声が遠ざかり――スニーカーが地を踏む音が駆け寄って来た。

「血が出ています」

左の頬にハンカチを当てられても、せつらは断わろうとも逃げ出そうともせずにいた。破片が当たったらしい。

さっきとは別の香りが、強く鼻孔をくすぐった。

「当ててらしてください」

せつらが何もせずにいると、娘は彼の左手を捉《とら》えてハンカチに指を当てさせた。

「ありがとう」

と言った。

「いえ、子供たちを助けていただきました。こちらこそ」

せつらは歩き出した。

娘は何も言わなかった。このまま行きたかった。

「お兄ちゃん」

と呼ばれたとき、せつらは胸の中で嘆息した。いちばん怖れていたことが起ころうとしていた。それを防ぐ術《すべ》が、何故か彼にはなかった。

「名前を教えてくれよ」

最初に穴へ落ちた少年の声だった。

答えずにおこうと思ったら、

「教えてください」

トラックに下りた少年に違いない。

ああ。

「秋せつら」

「良かった。教えてくれたよ、先生――秋せつらだってさ」

少年たちは、娘を――ミフユを囃《はや》したてた。

「こら――およしなさい」

たぶん、普段は彼女のひとことで静まり返る子供たちも、叱る言葉が照れ臭そうでは聞きっこない。

男と女の精神《こころ》の動きを、彼らは誰よりも素早く、適確に感じ取って、行動に移る。それはすべて正しいのであった。

〈新宿二丁目〉――〝最高危険地帯〟。死と恐怖地帯《ゾーン》に生きる子供たちは、生き生きとはしゃぎまわり、外から訪れた若者は、囚人ひとりを土産《みやげ》に黙然と去ろうとしていた。

　アリジゴクの巣を避けて、侵入孔まで辿り着いたとき、せつらははじめて後ろをふり返った。

　子供たちを見たわけではない。娘を見ようとしたのでもない。

　荒涼たる廃墟に動くものの姿はなかった。

　それなのに――街のほうから風が吹いた。その中に、せつらはある香りを嗅《か》いだような気がした。

　ふと、気づいた。

　頬に当てたハンカチを、彼はポケットへ仕舞った。

　風はもう香ってはいなかった。

　蔵前を先に、続けてせつらが侵入孔を抜けた。


〈新宿二丁目〉――最高危険地帯《MDZ》。

　いま、せつらはそこを脱《ぬ》け出したのだった。

　二度とふり返らずに歩き出した。美しい若者の横顔は、彼に焦《こ》がれた子供たちのことも、先生と呼ばれた娘のことも忘却し切ったような、茫洋たる、しかし、酷烈なものであった。

第三章　亡命の地に

1

「おや?」

薄闇が、つぶやいた。

光はある。だが、闇だとみな口にする。〈新宿〉の闇は、この店のように蒼い。

「珍しいお客がいらしたぞ。おい、チビ、きちんとサービスしろ」

食い入るように、三人目の客を見つめていた小柄《こがら》なドレス姿が、きっと声のほうを向いて、

「用心棒なんかに、指図されるいわれはありません。それから、あたしのことをチビって言わないでください。今度呼んだら許しません」

「こりゃ悪かったな」

声の主は頭をひとつ叩いたが、もちろん、悪ふざけだ。

「けど、残念だったな。おれは目下、用心棒兼バーテンだ。いわば、マスターの代わりだな。おいこら、それから、おれのことを用心棒と呼ぶな。〝バンサー〟と言え」

「ふん」

とそっぽを向いた白くてきつい顔が、近づいてくる客を見た途端《とたん》、全面的に崩壊した。

カウンターをはさんで相対する好敵手の間を抜けるとき、客は右手を上げて、

「まあまあ」

と言った。仲裁《ちゆうさい》のつもりだった。

客がいちばん奥のテーブル席に腰を下ろすと、小柄な人影は、カウンターのほうをふり返って、

「席が違うわ」

どうしたのかしら、と右の頰を指で軽打《タパ》した。木が木を打ったような硬い音の上で、長い睫毛《まつげ》がそのたびに激しく揺れた。午後九時を少し廻って、〈新伊勢丹〉のバイトも終えたのか、新たな職場で稼ぐ人形娘であった。

「まったくだ」

カウンターの向こうで同意した男の顔には野性と精悍が漲《みなぎ》っている。

二〇坪ほどの店の何処でトラブルが生じても、三〇を過ぎたか過ぎないかのこの男の筋肉は、冷酷敏《びん》捷《しょう》な魔豹のごとく一〇分の一秒でその身体をトラブルの場に到達させ、元凶《げんきょう》を粉砕するだろう。

〈新宿〉の盛り場で、水月豹馬《みなづきひょうま》こと用心棒——〝ザ・パンサー〟の名を知らぬ者はない。

「いつもならカウンターだが、今夜はボックスか。待ち合わせか?」

ここで水月は頭を掻いて、

「どうも、あいつばかりはわからねえ。おまえ、オーダーを訊くついでに探りを入れて来い」

カウンターに水の入ったグラスを置いた。

「言われなくても、そうしますわ」

人形娘は、また、ふんと鼻を鳴らして、グラスに手をのばした。

一三〇センチくらいしかないため、爪先《つまさき》立ちになっても、やっとカウンターに手が届く程度だ。

指先がグラスに触れた。すっと遠ざかる。

「?」

また、のばす。また遠ざかる。

人形娘は宙に浮いた。

水月がグラスを手にしていた。からかったのである。

「ほら」

指で弾くと、グラスは人形娘の胸もとへ滑った。

「あなたってサイテー」

グラスを摑んで、人形娘は舞い下りた。

せつらの二つ手前のボックスには、一時間程前から二人の客がいた。

通過するとき、人形娘はペコリと頭を下げた。

せつらの席に行って戻って来ると、その片方——せつらに背を向けているブラック・スーツが、

「大丈夫そうか?」

と訊いた。

「いえ」

と人形娘は答えた。男の問いの意味もわかる。せつらは彼に挨拶をしたが、どこか上《うわ》の空だったのである。

男は無言で、テーブルをはさんだ相手と何やら話しはじめた。こちらもブラック・スーツである。やや若い。

ちら、と顔を上げてせつらを一瞥《いちべつ》した眼は、鷹《たか》のように鋭かった。

カウンターへ戻った人形娘へ、

「どうだった?」

と水月が身を乗り出して来た。

人形娘は疲れたみたいに肩を落として、

「水割でいいそうです」

「あいつ酒も飲めるのか? いつもバーへ来て、〝ペリエ〟だぞ」

「失礼な。お酒くらい飲めますわ。あなたみたいな飲んべえの域には達しませんけれど」

「ふーむ、あの様子じゃ、待ち人や打ち合わせでもなさそうだ。それでいて、わざわざ奥の席か」

「なに、にやにやしてらっしゃるんですか、イヤらしい」

「おれの顔より、あっちを見てな、いや、いかん。仕事にならねえだろうからな。おい、あんなときは心身ともにたるんでる。あっちの席の二人——油断するなよ」

最後は小声であった。

「大丈夫ですわ。何を疑っているんです?」

「阿呆《あほ》。お巡《まわ》りなんぞ信用できるか」

「それは犯罪者の決まり文句ですわ」

「うるせえ。せつらの様子はどうだった?」

「普通です」

水月は驚いたふうもなく、ふむと応じた。

「やっぱりな」

「やっぱりでしょうか」

こういうときは意見が合うらしい。

二人して奥の席へ顔を向けたとき、先客たちが立ち上がった。

「こいつはいい。セーセーするぜ」

悪態《あくたい》をつく水月を睨《にら》みつけて、人形娘は、

「ありがとうございました」

と微笑した。

その頭上から、渋い声が、

「ホステスは最高だが、バーテンは屑《くず》だな」

と言った。

水月よりひと廻り背が高い――一八〇センチを越す長身だが、この男の特徴はそれではない。

レゲエ歌手のように巻いたドレッド・ヘアは、その辺の黒人《ブラック》よりさまになっているし、左眼は日本刀の黒い鍔《つば》で覆われていた。平凡な観光客ですら、二日もこの街に留まっていれば、眼を閉じ耳を押さえていても、彼の名と綽名《あだな》を知ることになる。

〈新宿警察〉殺人課刑事屍刑四郎《かばねけいしろう》。あらゆる犯罪者の背すじを凍らせるその非情の辣腕《らつわん》ゆえをもって彼はこう呼ばれる。

「凍らせ屋《スパイン・チラー》」

と水月豹馬が言った。

「とっとと出てけ。ここは警察《サツ》の狗《いぬ》が来るとこじゃねえ」

「なんだ、この野郎」

屍の相棒が凄《すご》んだ。こっちは刑事というよりレスラーだ。上背は屍と同じくらいだが、幅と厚みは倍以上――目方も二〇〇キロを下るまい。どんな火器でも、――バズーカ砲といえど――子供のオモチャに見える。

「たかが安酒場のバーテン風情《ふぜい》が。屍さんがかいかたぎに甘いと心得てるんだろうが、おれはそうはいかんぞ」

「どういかねえんだ、デブ」

水月はせせら笑った。笑いは挑発と直結《リンク》していた。

三重顎のこめかみに、ぶつぶつと青い血管が走る。

「よせよ、原《はら》」

屍の手がハムみたいな肩にかかった。

「止めんでください。こういう性質《たち》の悪いチンピラは、早目に絞《し》めといたほうがいいんです」

「この男はチンピラじゃないし、簡単には絞められん。頭を冷やして来い」

「けど、屍さん。この野郎、調子に乗り過ぎっスよ」

原刑事の闘志だけでできているような巨軀が激しく震えた。拒否反応である。

「田代《たしろ》さんの通夜《つや》だぞ」

「わかってます。だけど――」

「原」

静かな声だった。まず、部屋の空気が従った。声の主《あるじ》の名に。凍りついた店内で、水月豹馬の眼だけが妖《あや》しくかがやいた。

「わかりました」

生唾《なまつば》をひとつ呑みこんで、原がうなずいた。

「よし」

屍は優しくその肩を叩いた。猛《たけ》り狂う巨象を臆病な猫に変える男が、ここにいた。

「外へ行ってろ」

「はい」

原刑事は頭をひとつ下げてその場を離れた。

その後ろ姿を見送って、

「刑事《でか》は躾《しつ》けがいいな」

と水月がカウンターから身を乗り出すようにした。

「おやめください」

人形娘が異を唱えた。

「お二人が来店したときから、あなたは敵意を持っていました。用心棒がトラブルを起こしてどうなさるんですの。あたし、オーナーにみんな話します。裁判でも証言しちゃいますわ」

ひたむきな物言いに、奇妙な現象が起こった。二人が笑ったのである。

ザ・パンサーと凍らせ屋が。

「裁判まで開かれちゃ敵《かな》わねえな」

水月の笑みは苦笑に近い。それは屍も同じだ。

「けど、発言は撤回できねえ。あのでぶ、外へ行かなかったぜ」

「そのとおりだ」

「おや」

と洩らしたのは、屍も気づいていたのが意外だったらしい。

右手を閃かせる屍のかたわらを、黒いつむじ風が疾《はし》った。

それは忽然と屍の右手に現われた大型回転式拳銃《リボルバー》——〝ドラム〟の弾丸よりも速かったかもしれない。

コンマ一〇〇分の一秒が生死を決する世界に二人はいた。


銃声が轟《とどろ》いた。

大型回転式拳銃の、砲《キャノン》を思わせる重い轟きではない。自動拳銃《オートマチック》の軽快な連射音だ。

原刑事は両手にグロックのM17を握っていた。銃把《グリップ》後端から延長弾倉《エクステンデッド・マガジン》がデザイン無視に突き出している。

三六発×2。短機関銃なみ七二発の全自動射撃《フルオート・ファイアリング》だった。

空薬莢《エンプティ・ケース》が乱れ飛び、銃火が舞い狂う。並みの人間なら方向違いを向く拳銃による全自動射撃の反動を、原刑事の膂力《りょりょく》は難なく抑えていた。

ただし、天井へ向かって。打ち砕かれた装飾材やコンクリの破片が、滝のように降り注ぐ下で、せつらは水の入ったグラスをぼんやりと見つめていた。

「やるねえ」

万歳《ばんざい》の形をした原刑事の広い背に、水月が貼りついていた。

「こころここに非《あら》ずでも、自分に危害を加える奴はだ？」
容赦《ようしゃ》しねえ――どうやって敵と味方を区別してるん

ひょいととんぼを切って床へ下りた。音ひとつ立てない。この男に重力は存在しない――というより無関係のようであった。

こちらへやって来る屍をじろりと見て、

「どういう謎解きだい？」

皮肉っぽい眼と声であった。

屍は答えた。

「奇跡だな。あるいは、食い合わせがおかしかったのか」

「なにィ？」

「解体される前に射ち殺して、蘇生させるつもりだったんだが、秋せつらを狙って、生かしておいて貰《もら》えるとはな」

「そういやあ」

少し愕然として、水月は金縛り状態の原刑事と、椅子にかけっ放しのせつらを眺めた。

心配そうに、

「おい、せつら、何を食ったんだ？」

「何も」

せつらは、はっきりと答えて立ち上がった。

「騒がしい店だ。サイテー」

二人に眼もくれず、出入口へと向かうせつらへ、鉄のような声が追った。

「糸をほどいてくれんか。尋問ができん」

途端に、原は床へと崩れ、せつらはレジに着いた。

三百なんとか告げる人形娘の声が聞こえた。

ドアの蝶番《ちょうつがい》がきしみ、それが間を置いてもう一回きしんだ。

夢見がちの美男子が去ったのだ。

ぎゃっと悲鳴が上がった。一度落としたグロックへ、原が手をのばそうとしたのである。音をたてて指が折れた。

凄まじい苦鳴の中で、

「署へ行くか？　それともここでゲロしちまうか？」

と屍が靴を持ち上げながら訊いた。

原は右手を押さえて顔をしかめた。あとは顔色が少し悪い――それだけで耐えた。

「しゃべります……あんたが一緒で、署まで戻れるわけがない」

「なぜ、せつら――秋くんを狙った」

「『夕暮《ゆうぐれ》教会』ってあるでしょ。三年前、そこの本部は血の海でした。強制入信させられた少年を、秋せつらが探しに行ったんです。教会側が渡すわけはない。その結果――七〇人がばらばらにされました」

「おまえを買収したのは、その残党ってわけか」

「そう――です。遊ぶ金が欲しかった。ここへ屍さんを誘ったのも、彼がよく来る店だと聞いたからです。まさか、本当に来るとは思いませんでした」

一場の殺人劇は偶然の産物だったのか。

「思ったより足りんな」

屍は自分のこめかみを人さし指でつついた。

「こんなところで殺人を犯して、よしんば成功しても、おれの手から逃《のが》れられると思ったのか？」

これは共通の一大関心事らしく、水月もレジでせつらの後を見送っていた人形娘も、視線をこちらへ向けた。

原は左手で額の汗を拭いた。こたえてはいるらしい。粘つくように、

「奴《やっこ》さんの様子を見た瞬間、いけるって思ったんです。殺《や》るんなら、今しかない。後のことは考えられませんでした」

これだけ言って、刑事は床へへたり込んだ。

「正解だな」

水月豹馬がにやにやしながら、刑事を見下ろして、

「確かに、さっきのせつらなら、この僕でも殺せると見えたぜ。何があったか――わかるか？」

問いは屍に向けられたものであった。

「ああ」

〝凍らせ屋〟は、何処となく釈然としないふうに答えた。

そして、魔人ともいうべき二人の男が驚いたことに、

「違います」

と人形娘が断言したのである。もっとも、二人の注視を浴びてすぐ、

「――と思います」

と言い直したが。

せつらの出て行った戸口へ向けたその表情は、彼とひどく似た、しかし、ずっと切なげなものであった。

2

〈旧区役所通り〉の手前で、梶原《かじわら》区長は公用車を降りた。

「今夜は『ルーマニア大使館新宿分室』で会合だぞ」

こう念を押された運転手が、

「そろそろおやめになっては？」

と不安そうに忠告したが、

「えーい、公金などビタ一文使っておらん。すべて、わしのポケット・マネーだ。余計なことを言うな」

鬼のような顔で罵《ののし》り沈黙させてしまった。

すでに車内で、ダーク・スーツからラフなジャンパーとジーンズに着替えてある。

ジャンパーのポケットに収めたＩＤカードの所有者は、多麻川貢《たまがわみつぐ》・五四歳である。区長・梶原義丈《よしたけ》はもういない。それからの数時間は別人――多麻川貢の時間なのだ。

セクシー・バス「シャラコ」は、〈歌舞伎町二丁目〉にある知る人ぞ知る風俗店である。

宣伝は人伝《ひとづ》てだし、看板ひとつ出していない。常連でも電話番号すら知らないだろう。

だが、訪れた者は誰も拒否されない。もと梶原――現多麻川のごとく、狭くて暗い路地の突き当りにある、店とも家ともつかないモルタルの建物のドアをノックし、そこに付いた郵便受けに三枚の札を落とせば、誰にでも開かれる。

意外に広いロビーには、ちゃんとしたカウンターがあって、人がいる。一流ホテルのスタッフもかくやと思われる、笑顔を絶《た》やさぬ四十年配の男に、指名を告げれば、後は部屋のキイを渡されるだけだ。

二階へ通じる階段はあるが、多麻川はまだ昇ったことがない。見上げると、二階の天井が、オレンジ色の光にぼんやりと霞《かす》んでいる。あんな陰気な廊下と部屋を好む奴らがいるのだ。誰に訊いたこともないが、一階とは別の客が行くのだと、多麻川は勝手に納得している。

青い光に煙る廊下を通って、多麻川は黒塗りのドアの前に立った。表面に貼りついたプラスチックのプレートには「月」とある。

鍵を使ってドアを開ける。

表情が変わった。

ドアが開かない。

内側から何かが押さえつけているのだ。多麻川は渾身の力をこめて押し返した。

時折服用する強化剤《ブーステッド・ピル》のせいか、車中で服《の》んだ栄養ドリンク「ギケカ」のせいか、力は多麻川が勝《まさ》ったようだ。

「おおおおお」

絶叫とともに突進した。

ドアが開いた瞬間、退《しりぞ》いたものが方向を転じた。

多麻川が見たものは、くの字型に曲がった指と、血まみれの鉤爪《かぎづめ》であった。

「月ちゃーん」

その手首をそっと握って、多麻川はバスタオルを巻いたきりの娘にアカンベをして見せた。この店での彼の癖である。

きゃっきゃと笑いつづける娘の手から、パーティ用のホラー手袋を外すと、はーい、楽しいところへ行きましょねエと娘を抱きかかえた。

ベッド・ルームは八畳間である。ダブルベッドの他はスチール・ロッカーしかない。

「ね、今日は何になるのォ？」

ベッドの上で、月子が両足をバタつかせた。

ロッカーのドアを開け、

「そうだねえ、月ちゃんのなりたいものでいいよォ」

と多麻川は両手を叩いた。

「月子は、タマちゃんのなって欲しいものになるゥ」

「わかった。じゃ、看護婦さんになろうかなあ？」

「うん、いいよォ」

ベッドから跳ね起き、ロッカーの前で着替えをはじめた一七歳の娘の裸身を、多麻川は不潔な妄想だらけの眼つきで眺めた。

自重で下がりかけるのを、筋肉の張りで支えた大ぶりな乳房。思いきりくびれた腰と、それを取りなすように広がったヒップ。中年、熟女には求めようもない若さの艶《つや》を見ているうちに、彼はわずかに残っていた区長の残滓《ざんし》が、単なる助平親爺という名の抗体に貪《むさぼ》り食われていくような気がした。

着せ替え人形がふり向いた。

「どぉお？」

ベッドの上で多麻川は両手を広げた。

「サイコー。おいでえ～ン」

月子が跳びこんで来た。

自分から押しつけて来た唇を多麻川は激しく吸った。舌が入ってきた。思いきり吸って解放すると、舌はなおも彼の口腔の内側を探り抜いた。

その露骨さに、これから堪能する行為を想像して、多麻川のものはそそり立った。

そのせいで、いきなり舌が戻ったときは、思わず、あれ？　と洩らしてしまったのである。気のせいか、腕の中の肉体までも急に冷えていくような。

多麻川は眼を開けた。

血まみれの顔が彼を見つめていた。

「…………」

右眼の上半分が、すくい取ったアイスクリームみたいに欠けている。顔全体は煤《すす》だらけ――否、焼け爛《ただ》れて、そこだけめくれた左頬の皮膚のピンク色の内側が、鮮《あざ》やかに眼に灼きついた。

〈区役所〉の中でも、多麻川＝梶原の〝人間に対する度胸〟と〝妖物に対する度胸の無さ〟は、ともに一位を誇っている。

心臓は一気にすぼまり、彼は手足を動かすことさえできなかった。

娘の肩越しに、見慣れた光景が広がっていた。

八畳間の壁は失われ、その向こうに広がる通りと街並みは、すべて瓦礫の山と化していた。

明るい。そして紅《あか》い。


彼方の空は血の色に染まり、もうもうたる黒煙が立ち昇っていく。朗々たるハレルヤの合唱《コーラス》を多麻川は聴いた。

瓦礫の前を、その上を、おびただしい数の人影が歩いていた。少しも進んでいるようには見えないそれは、どぶ川の澱《よど》みを思わせた。男も女も老人も子供も焼け爛れ、髪の毛や衣服が火を放っている者もいた。

不意に呼吸が戻った。

――また起こったのか。あれ《ヽヽ》がまた起こるのか
眼前の悲劇が過去の再現ではないことに、彼はもう気づいていた。

頭の内側《なか》で、合唱が鳴り響いていた。

見よ、天より白き羽根を持つ童子たち降り来たり、地より黒き影湧き出づる。魂よ魂よ、汝《なんじ》はどちらの手に抱《いだ》かれるを望むや。

——どちらにもまかせん
彼は湧き上がる闘志で戦慄《せんりつ》を押さえつけた。それは義務感に支えられていた。彼は〈区長〉だった。

——〈区民〉は、おれが守ってみせる。天使も悪魔も去れ。人間の運命は人間の手で決めてやる
胸の中の娘が震えていた。彼はもう怖れなかった。凄まじい顔を見つめた。残った娘の眼から涙が溢れていた。

〈区長〉はそっと〈区民〉の頭を抱いた。

「安心しなさい」

と彼はやさしく言った。

「君は救《すく》えなかったが、他の人たちは必ず救《たす》けてみせる。おれにまかしておけ」

視界が不意に歪んだ。

炎も黒煙も瓦礫も人々も、すべてが歪み、形を失っていった。

天使も悪魔もひとつに溶けた。

真の戦慄と恐怖が彼を包んだ。


これは破壊ではなかった。——破滅ですらなかった。

破壊も破滅も人間《ひと》は理解できる。知恵が知識が感覚が精神が理解させる。それと悟らせる。

これは違う。滅びすら呑みこむ大いなる初源。

無だ。

無が〈新宿〉に舞い下りたのだった。


「どうしたの、タマちゃん？」

途方に暮れた娘は、何度もお客の身体をゆすったが、男は泣くばかりだった。

「どうしたのよ、タマくん、どうしたのよお？　月子といて悲しいの？」

次からは断わろうと思いながら、これまでの入れこみぶりに免じて、娘は彼を励《はげ》ましつづけた。

あるんだ、とお客は繰り返した。無いんじゃない。あるんだ。ちゃんとある。人間の歴史が、バクテリアの夢が、細菌の想いが。

無なんか許さない。絶対に許さない。

急に娘は自分も悲しくなってきた。それは、大の男が泣きつづける姿に同情したもらい泣きですらなかったが、悲しみには違いなかった。

「泣かないでよお、タマくん。月子まで涙出てきちゃったよ。お願いだから、泣き熄《や》んでよお」

涙が枯《か》れても、いつもの自分に戻るまで随分とかかりそうだと娘は思った。その間の収入や治療代を、店はもってくれるだろうか。駄目だっていうなら、友だちとストライキしなくちゃ。

覚悟を決めると、泣きつづける余裕ができた。

本腰を入れて娘は泣きはじめた。

〈メフィスト病院〉を訪れる患者たちの中に、いわゆる「泣き虫」が増えていくのは、この晩以降のことである。

3

せつらを起こしたのは、早朝の電話だった。

「先日、秘書が御無礼を働いた朝比奈泰三と申します」

「はあ」

「今日の昼時分にでも、会っていただけませんか。勝手な申し出だが、〈区外〉へ来てくださると助かる」

「最初の依頼は、オフィスでお願いします」

歌う——というより寝呆けているような言い方だが、取りつく島もない。

「私もそうしたいのだが、実は少々リスクが大きいのです」

「うちへ来る方は、みな同じです」

ひと呼吸おいて、

「承知しました。では、昼に——正午でよろしいか？」

きっぱりした物言いである。

「結構です」

せつらもきっぱりと答えた――つもりだが、向こうにどう聴こえたかはわからない。

「よろしくお願いする」

最後は、いかにも大物の政治家らしい言い方で締めた。

チャイムが鳴ったのは、ぴたり正午だった。外で待っていたとしか思えない正確さに、せつらは、

「へえ」

と洩らした。

卓袱台をはさんで正座した朝比奈は、牛のような印象をせつらに与えた。家で飼う農耕用の牛ではない。その角《つの》で人間を天高く舞わせ、同じ体重の牛を叩きのめす闘牛用だ。

高価そうな三つ揃いのベストのボタンが弾けかねまじき体軀《たいく》が、せつらを圧倒した。

ところが、代議士はすぐ眉をひそめた。

世にも美しい顔が、ちょっと右に傾いて、茫と自分を見つめている。

眼ではなく、その美貌自体に吸いこまれそうになる――寸前で、朝比奈は意識を取り戻した。

「私の顔が珍しいかね？　これでも銀座や神楽坂《かぐらざか》ではモテるほうなのだが」

「一度見ました」

とせつらは言った。

「ほお。――ここで？」

「いえ、国会中継――録画ですけど」

「政治に興味があるとは嬉しいね。何度お目にかかっているかな？」

「一度」

朝比奈は思わずそっくり返って笑った。

この若者は、美しい上にとぼけることもできるのか――それなら怖い物なしではないか。

気がつくと、せつらが見つめている。

「いや、失敬。それで――用件だが」

と言って、ぐるりを見廻す。

「盗聴か盗撮ですか？」

「そのとおり。霞が関の議員宿舎にも、会議場にも、自宅にも、針の先程のビデオ・カメラとバッテリーが仕掛けられておる。今回、〈区外〉でとお願いしたのも、そうやって見張られているからだ」

「あの秘書に点検させたらどうです？　あの禿《はげ》で電波を反射させて、設置場所を探り出せるかもしれません」

朝比奈は、また笑った。

「あれは早いところ辞めさせたほうがお互いのためなのですが、あれの従妹《いとこ》が、私の知り合いの友人でしてな。――ん？」

朝比奈は眼の前でゆれるせつらの小指を見つめた。

「これ？」

「いや――何を」

ははは、と笑って、

「今回も心配だったのですが、やはり、あなたを怒らせてしまったようだ。もう関わりは持たせません。すべて、私が個人で処理します」

朝比奈の表情には、ひたむきなものがあった。決意といってもいい。せつらは黙って見つめた。

「外の車は？」

「タクシーを乗り継いで来ました」

「あなたの生命に関わることですか？」

「うむ、悪くすれば」

確かに――負いたくはないリスクだった。この代議士はそれを双肩に負って、ひとり、せつらのもとへとやって来たのだった。〈魔界都市〝新宿〟〉へ。

「で？」

せつらが促《うなが》した。朝比奈の細い眼に驚きの色が走った。〈新宿〉一と謳《うた》われる人捜し屋とは思えぬ茫洋たる美貌が、少し本気になっているように思えたからである。

朝比奈は背広の内ポケットから分厚い封筒を取り出し、卓袱台の上に置いた。

「捜していただきたい人物の写真、及び手に入る限りの資料を用意してきました。後、私にできることは――」

朝比奈の巨体が前にのめった。頭を下げたのである。両手は畳についてあった。

「このとおりだ。何卒、無事に捜し出し、私のもとへお連れ願いたい」

せつらは封筒の中味を広げた。

ワープロ用紙の束とミニ・ディスクが一枚、ひと廻り小さなサイズの封筒があって、サービス・サイズの写真が入っていた。

黒いと言ってもいい陽灼けした顔の中に、米粒のような白い歯並みがきらめいて、せつらを見返した。

年齢は五〇前後だろうか。痩身をデジタル結像でもシルクとわかる豪華な刺繍《ししゅう》入りワンピースをつけ、襟元は何重もの黄金のネックレスで飾っている。

背景は庭園らしい。深い木立ちの中に、大理石造りの阿舎《あずまや》が望めた。

「この人を？」

せつらは痩身の婦人を指さして訊いた。

朝比奈はうなずいた。

「承知しました」

とせつらはプリントへ眼を注いだまま言った。

厚目の唇から、おおという安堵の声が洩れた。

「これで安心だ。この朝比奈にも、まだ神の救けはあったらしい。何卒よろしく」

深々と頭を下げる男へ、せつらは曖昧《あいまい》としか見えない笑顔を向け、

「資料を読ませていただいても？」

「申し訳ないが、私はこれで失礼します。支持者との食事が迫っているものでね。その女性の生命は、たった今から、あなたの実力に委《ゆだ》ねられたと思って

いただきたい。何卒よろしく」

重そうな身体が、重々しく立ち上がった。

道の向こうに銀色《シルバー》のベンツが駐車していた。

道へ出た朝比奈が、助手席のドアに手をかけたとき、せつらは、

「ストップ」

と声を出した。

道のこちら側からだし、声自体も低かったため、朝比奈はそのまま、腕に力を加えた。

骨まで食い入る痛みが全身を硬直させた。

敵か、と思ったのも一瞬——朝比奈は何も考えられなくなった。痛みのせいで失神したのである。

気がつくと、ベンツの前に立っていた。

車章《エンブレム》の後ろに煙草ケースほどの銀色の箱が置いてある。

耳もとで、世にも美しい声が、

「高性能爆弾です」

とささやいた。それだけで、朝比奈はまた気が遠くなりかけた。

何とかこらえて、

「エンジンにセットかね？」

と訊いた。〈区外〉でも政治テロが横行するご時世だ。暗殺とカウンター暗殺のノウハウは、議員といえども叩き込まれている。痛みは失われていた。

「ええ。それも、ドアを開けたら、ドカン」

ためいきをひとつついて、

「君が分解してくれたのか？」

「ええまあ」

「どうやって見つけた？」

「手足が長いもので」

「——何時《いつ》だね？」

「家《うち》を出るとき」

思わせぶりな答えにも、腹は立てなかった。ひどい疲れを朝比奈は感じた。

「とにかく、ありがとう。こっそり仕掛けられた爆

弾を一〇メートルも離れたところで見つけ、分解できる人捜し屋さんか。――何という街だ」

「〈新宿〉です」

代議士はうなずいた。心から納得したのだった。

「それでは。――無事に霞が関へ戻れるかどうか、少々心もとなくなってきたが」

そのとき、〈駅〉方面からやって来たタクシーが一台、二人の後方に止まった。

朝比奈が身構える。自護体――柔道だ。

後部座席から降り立った人影に、せつらが片手を上げた。

「知り合いかね？」

「用心棒です」

「ほお」

しなやかな足取りで二人の前に立ったタキシードに蝶タイ姿の男を、

「水月豹馬さん」

とせつらは紹介した。

「〈新宿〉一の用心棒です。昼はバイトでガードマン」

「これはこれは」

二人は握手を交わした。

「よろしくお願いする」

一礼する朝比奈を、精悍な顔が好もしく見つめて、

「礼儀を知ってる議員さんてな珍しいな」

豹馬は空《あ》いたほうの手で胸を叩いた。

精悍な顔と身体を遠慮なく眺めてから朝比奈が切り出した。

「その――疑うわけではないが」

「オッケー」

豹馬は気を悪くしたふうもなく微笑した。

「用心棒のテストは久しぶりだぜ」

彼は朝比奈の後ろへ廻った。

「ふり向いてごらんなさい」

代議士は後ろを向いた。いない。背中で聞こえ

た。

「もっと早く」

思いきり身をねじった。影も形もない。これを五度繰り返し、朝比奈は地べたへ尻餅《しりもち》をついた。ネクタイをゆるめ、顔の汗を拭いながら、

「素晴らしい……まるで……野生動物……だ」

「彼、豹《パンサー》憑きなんです」

　せつらが平然と解説した。

「職業は〝バンサー〟――用心棒ですが、彼だけは〝パンサー〟で通じます」

「またまた素晴らしい。こんな頼りになるボディガードははじめてだ」

　朝比奈は上機嫌であった。それから、眉をひそめてせつらへ、

「しかし、いつ呼んだのかね？」

　朝比奈が眉をひそめてせつらを見た。

「あなたが寝てる間に。――あの爆弾を分解するまで、五分。それから一五分過ぎてます」

　朝比奈は頭をふって、なるほどな、と言った。

「わからんことだらけだ。〈区外〉の人間は〈新宿〉についてもっと知らねばならんな。しかし、現在《いま》の日本の中に、こんな街が存在するとは……」

　見えざる緊縛のせいばかりではなく、青ざめた代議士を、豹馬はにやにやしながら眺めていたが、

「たまには、遊説《ゆうぜい》に来るべきですね」

　とその肩を叩いた。

　大幅な自治を認められている〈魔界都市〉とはいえ、〈新宿〉はれっきとした日本の一区だから、〈区民〉には選挙権もある。投票率もさして悪くはない。にもかかわらず、〈区外〉からの応援が滅多になく、地元出身の政治家すら街頭演説に熱心でないのは、ここほど暗殺行為がし易《やす》い場所はないと認識されているからだ。〈区外〉では今なお銃器と刃物による個人乃至《ないし》小集団的テロが幅を利かせているが、一歩この街に足を踏み入れれば、路傍の小石さえマッハの弾丸に変え得る強化人間、演説中に握っ

たマイクや選挙カーにすら化けてひと呑みを狙う妖物が闊歩《かっぽ》し、それらを飼育し、暗殺用に貸し出す組織の連絡カードが、ホテトルの宣伝カードと並んで電話ボックスを彩《いろど》る。聴衆すべてが暗殺者に見えるのも無理はないのだった。

「じゃ、こっちへ」

豹馬が朝比奈を導いたのは、タクシーのほうであった。朝比奈は意外な表情になって、

「私の車のほうが良くないかね？」

「〈新宿〉のタクシーの運ちゃんはガードマンも兼ねてるんですよ」

と豹馬は説明した。

「車は先生のベンツの一〇倍は頑丈だし、第一、スピードが出る。ハンドルさばきはプロのレーサー並みです。なに、運ちゃんが殺《や》られたら、おれが代わりますって」

およそ慰《なぐさ》めにならない主張だが、それを口にする男の精悍さと野性を朝比奈は信じた。

ひとつうなずいて、彼はタクシーへ向かった。

「車はタクシー会社が送ってくれます――じゃ、よろしく」

と声をかけるせつらを、朝比奈を乗せたドアのところでふり返り、水月豹馬は、

「また飲みに来てくれや」

と片手を上げた。それから、憶い出したように、

「――あのチビが心配してたぞ。恋人志願者は大事にしねえとな」

それが誰のことなのか、せつらが理解できないうちに、タクシーは派手なエンジン音と排気ガスを撒き散らして猛々《たけだけ》しく走り去った。〈駅〉まで一キロ足らず。それでも〈新宿〉では戦場なのだった。

第四章　追手《おって》

1

写真の婦人の居所は、一時間とたたずに知れた。〈新宿プリンス・ホテル〉の喫茶室で会った情報屋――通称〝リスキー・バード〟は、写真を見せられるなり、

「落合《おちあい》の『阿瑠護《あるご》医院』にいるよ」

と答えた。

「一発か。――餅《もち》は餅屋だね」

誉《ほ》めたのだが、せつらにやられると誉められた気があまりしない。

情報屋にも得意分野というのがあって、この男の場合は病院関係である。外谷良子《とやよしこ》のように、何でも来いという万能型は珍しい。

「患者としての名前は、水上理世子《みなかみりよこ》・六×歳。入院の原因は、買物帰りをチンピラどもに襲われ、腹を刺されたせいだ。幸い、生命に別状はない。住所は〈二丁目〉だ」

「へえ」

「知り合いか？」

「別に」

〝リスキー・バード〟は肩をすくめて、

「この婆さんには子供が二人いる。男と女だ。名前まではわからんが」

「へえ。――ずっと〈新宿〉？」

「いや、こっちへ来てふた月だ。わざわざ〈二丁目〉に住むんだ。〈区外〉で何かやらかしたんだろう」

「職業は？」

「〈区外〉のはわからん。こっちじゃ子供たちに英語を教えてるらしい」

「へえ」

礼金を渡すと、封筒の中身を数えて、

「いつもすまねえな」

と額を封筒で叩いた。業界でのせつらの評判は、

ケチのほうに傾いているのだが、情報屋に対しては値切ったこともないし、それどころか割増し料金を払うことにしている。人捜しに彼らの存在がどれ程大きいか、この若者なりに心得ているのである。

「しかし、おれに依頼とは珍しいな。あの――」

と、喫茶店の背もたれから首だけ出して後ろを確かめ、

「――でぶはどうしたい？」

「食中毒で寝こんでる。肉マンの食い過ぎだと、HP《ホームページ》に載ってるよ」

細面《ほそおもて》に口髭だけはたっぷりの情報屋は、ぼんやりとせつらを見つめた。やがて、長いためいきをついて、

「肉マンなあ」

しみじみとした口調である。

「そ、肉マン」

「ぴたりだな」

「うん」

「あんまり、ぴたりだよな」

「うん」

「それで、おれか。まあいい。楽しい話をありがとうよ。安らかに眠れそうだぜ」

せつらは何度かうなずいて、

「なんのなんの」

と言った。冗談はわかるらしいが、ノリとタイミングが合わない。〝リスキー・バード〟は、おかしなものを見るような眼つきで、ふり返りふり返り歩み去った。

次にせつらの訪れるべき場所は、もう明らかであった。

「ねえ」

女は、何とか失望を露《あら》わにしないよう務めながら、眼の下に横たわる分厚い胸に頬を押しつけ、乳首に歯をたてた。

ぴくりとも反応しない肉体に女はいら立ち、手に

したものを激しく上下にこすった。

　諦《あきら》めはすぐにやって来た。うなだれたものから手を離し、女は、ねえと繰り返した。

「どうしても駄目なの？　あたし、辛《つら》いわ」

　苦笑を浮かべるのが精一杯だった。若者も、それを理解するだけの精神《こころ》は備えていたらしい。

「すまん」

　と応じてから、サイド・テーブルのボトルに手をのばした。

　テキーラだ。サボテンから醸造《つく》る強烈な酒は、本物のメキシコ人さえ喉を灼くため、飲んだ後は塩を含まなければならない。

　それを若者は水のように喉を鳴らして胃に収めた。口から溢れた分は陽灼けした喉から胸を伝わり、荒々しい繁みへと流れ落ちた。シェードを下ろしていない窓から洩れる午後の陽が、そのすじを光らせた。

「まともなセックス・ライフを送っていないんでな。この様《ザマ》だ」

　それでも、決して卑屈にはならない笑みを浮かべる精悍な顔を、少しの間、痛ましげに見つめてから、女は若者の胸に頬を乗せた。

「もう、やめちゃえば」

　ぽつんと言った。これまでの女の言葉の中で、これだけが静かで強烈な意志にコーティングされていた。

「何をだ？」

「いまの生活」

「おまえ——知ってるのか？」

　穏《おだ》やかな怒気を孕《はら》んだ聞き返しに、女は眼を逸《そ》らして、狭苦しいラブ・ホテルの隅へ視線を飛ばした。荷物がひとつある。

「想像はつくわよ。ね、あたしと行かない？」

　寝呆けたような声は、何度も繰り返すうちにそうなったものだ。

「何処へだ？」

若者は女の額に貼りついた茶髪の房《ふさ》を指で払った。

「何処でもいいわ。〈新宿〉のどっかでも。〈区外〉だっていい。二人で静かに、暮らしたい」

「無理だ」

にべもない返事だった。女は、

「あーあ」

と言った。

「おれはひとり身じゃないんでな。言っただろ？」

「最初っからね——予防線だと思ってたわ。でも、奥さんじゃないんでしょ？」

「——残念ながらな」

「なら——捨てちゃいなさいよ。あたし、あんたのためなら、頑張《がんば》っちゃう」

「役立たずでも、か？」

「こんなもの、いつか治るわよ。男はセックスばかりじゃないわ」

若者は苦笑した。女の誠実さは疑う余地がなかった。

男が何か言おうとしたとき、腕時計が鳴った。

「時間だ」

男は女の首の後ろを軽く叩いて起き上がらせると、自分も後に続いた。

女はまた部屋の隅を見て、

「どうするの？」

と訊いた。

若者は窓のほうを向いていた。

「引き取りに来た」

と言った。

「少し遅すぎたがな」

女の表情がこわばった。

「危なくない？　あいつら、ちょっとした殺し屋よ。無鉄砲な分、プロより始末が悪いわ」

「おまえはここにいろ」

言いおいて、若者は部屋の隅へ荷物を取りに行った。

ドアを出るとき、

「これっきりだ」

ふり向いて言った。まさか、と女は思ったが、決して無惨でもしんどい別れ方でもなかった。名刀で断たれるのは、怖いが清々《すがすが》しくもある。それに似ていた。

若者はエレベーターで一階へ降り、勘定《かんじょう》を済ませてホテルを出た。

門の前の通りにチンピラたちが、でかい虫のように群がっていた。二〇匹はいる。異様に長い手足と顔を飾る妖物の刺青《タトゥー》が、彼らの正体を明らかにしていた。

手にしたスチール・パイプや手斧《ちょうな》、衝撃棒《スタン・バー》等が震えている。怒りではなく、歓喜のせいであった。若者を嬲《なぶ》り殺しにする——

「会長ヲ……返セ」

先頭にいたモヒカン刈りが、軍用《ミリタリー》ベストの肩から剝《む》き出しの右手を突き出し、引き戻した。

蜘蛛《くも》のように長い腕と指の先から、三〇センチもある赤い鉤爪《かぎづめ》がのびている。ひと掻きでアリゲーターの背中も引き裂くマーダー・ネイルだった。

「いいとも」

若者はにやにやしながら、右肩に担《かつ》いだ巨軀《きょく》を、肩のひとゆすりで放った。

二〇〇キロ近い体重が五メートルも跳んで、男たちの真ん中へ落ちた。アスファルトがゆれ、虫のような男たちは、虫のように跳び離れた。

通りの反対側——別のホテルの塀に貼りつく奴もいた。まさしく虫だ。

血まみれの革ベストとジーンズ姿の「会長」は、ただ大きなだけの塊に見えた。

餌に群がるように虫たちは集まり、先頭の爪男がふり向いた。

「眼ン玉ガ抉《エグ》リ出サレテル。耳ハ毟《ムシ》リ取ラレテ、歯ハ一本モ無エ。オマケニ、顔ガ倍モ膨レ上ガッテル」

「さんざんぶちのめしたからな」

と若者は苦笑を浮かべた。その行為の凄まじさに比べれば、到底、償《つぐな》いにはならぬ、人懐《なつ》っこい笑顔だった。

「死因はどれかな。歯は一本ずつ指で引っこ抜いた。内臓もたぶん、滅茶苦茶だ。手厚く葬《ほうむ》ってやりな」

「テメエ……ソレデモ人間カ？」

「さて、どうだかな。何もしない婆さんを殴《なぐ》る蹴るして、ナイフで刺すような連中よりは、ましだと思うがな」

ギイ、と爪男は洩らした。怒りの声と——かかれの合図だった。

その眉間に、ぼっと小さな穴が開くや、後頭部から拳大の血と脳漿《のうしょう》が噴出した。

凶虫どもは凍りついた。

問答無用は彼らのやり口だが、その先を行く無茶ぶりよりも、若者は親指しか動かしていないのであった。

「ぎゃっ」

「げっ」

「うげ」

続けざまに数人が頭の中味を大バーゲンしつつ吹っとんだ。戦いはもうはじまっている。そして、相手は彼ら以上に、殺人など何とも思っていない人間なのだった。

かろうじて二本足で立っていた男たちの姿が不意に沈んだ。

左右に張り出した手足は、凄まじい速度と跳躍力を発揮した。〈新宿〉には、人体の改造、サイボーグ化を行なう非合法医師や妖術師が多い。手術痕ゼロの外見からして、男たちの変身は妖術に基《もと》づくものらしかった。

五メートル空中から手斧を放った二人が、その手斧もろとも、眉間を貫かれて落下すると、地上の男たちは若者を見上げて口を開いた。

その口腔から大量の白い糸が噴出したのである。

まさしくそれは蜘蛛の糸であった。噴き出すとき はひとすじであったものが、動かぬ若者の頭上で鳳《ほう》仙《せん》花《か》のごとく開いて、それぞれ数十条の糸を降り注いだのである。

若者の毛髪や肩や腕に触れるや、それらは生物のものとは思えぬ粘稠《ねんちゆう》度を発揮してその自由を奪った。

若者は手をふり廻したが、糸は取れず、その動きを封じた。胸に触った腕は、胸に粘着した糸に絡みつかれてしまったのである。

なおもだらだらと糸を吐きかけ続け、若者が全身純白の像に変わったとき、はじめて、

「行けえ！」

誰かの叫びに呼応して、男たちは一斉に若者へと躍りかかった。

2

水上理世子が入院中なのを確かめてから、せつらはタクシーを飛ばした。

〈早稲田通り〉を東西線〈落合駅〉を越えたところで降り、通りを渡って〈落合横丁〉へ入る。

〈魔震〉前の住宅地からは想像もできない、毒々しい色形の一角の中で、黒衣の若者は天の与えた聖像の役を担《にな》った。

夏の陽ざしの下で、「満室」の札をかけたラブ・ホテルと、〈〝新宿〟ラーメン〉〈〝新宿〟焼肉〉〈〝新宿〟焼酎〉〈〝新宿〟カクテル〉〈〝新宿〟風韓国料理〉等々、いかにも危なっかしいメニューや看板を掲げた料理屋、飲み屋が軒を並べている。時折肌も露わなブラとパンティ姿――どころか、全裸で団扇《うちわ》を使っている女たちが、縁台で涼《りよう》を取っている看板もない店は、言うまでもなく、ホテル向きの女性

――ホテトルたちの供給場所だろう。

その女たちが――通りを練《ね》り歩くゴロツキややくざ達が思わず眼をそらすような獰猛《どうもう》な眼差しで辺りを睥睨《へいげい》している女たちが、彼を一瞥《いちべつ》した瞬間、魂でも取られたみたいな痴呆の顔をつくり、口をあんぐり開けて、次々に縁台から滑り落ちていく。

美しき魔人の虜《とりこ》になったかのごとく。

〈魔震〉後の混乱状態は、〈新宿〉への進出を狙っていた〈区外〉のやくざや暴力団に格好の機会を与えることになった。

あの凄惨《せいさん》な無秩序の時代に、彼らは〈旧新宿〉時代から地歩《ちほ》を築いていた地元の暴力団との抗争を経て、あちこちに勢力を布置《ふち》して来たが、その結果が癌《がん》細胞のように忽然と生じた小さな歓楽街なのであった。

だから、店舗の壁や板やシャッターには弾痕が生々しく、ある店の屋根は半ば溶け、内《なか》側も外《そと》側も黒焦げの店もあるし、路上に散らばる黒い染みは血の痕《あと》だ。

ホテルや店の角に、何するでもなく立ちんぼうの男たちは、みな、懐《ふところ》ろに火器や匕首《あいくち》を忍ばせた組員に違いない。

そいつらも、たちまち腑《ふ》抜《ぬ》けに変わる。後ろの壁にすがりついて身を支える奴はまだマシで、へたり込むのが圧倒的だ。後から出て来た兄貴分が張り倒しても、まず一〇分間は使いものにならない。いま襲撃すれば、地元のやくざが、苦もなくこの土地の所有権を取り戻せるだろう。

〈落合横丁〉を南北に走る一〇〇メートルほどのメイン・ストリートを、北の端で左へ折れようとしたせつらの足が、急に止まった。

路上に累々と横たわる巨大な虫の死骸を認めたのである。

アスファルトの路面は血の海であった。

戦いはまだ終わっていなかった。

二匹の昆虫人と長身の若者がひとり、ラブ・ホテルらしい門の前で対峙《たいじ》している。

路上の惨劇を見れば、結果は明らかであった。せつらは門脇に転がった白い塊に眼をやった。蜘蛛の糸が固まったような物体が、何となく人間の抜け殻《がら》を思わせた。

「あんた!」

門が叫んだ。女の声であった。足音が門を抜けて、Tシャツとホットパンツの女の形を取った。長いが肉付きのいい腕を持っていた。

若者が、はっとそちらを向いた。それが昆虫の行動を決めた。一匹がスチール・パイプをかざして若者へ跳躍し、もう一匹が女へと跳んだ。

若者へ向かった一匹が空中でのけぞったとき、女は二匹目の腕の中にあった。

白い喉に鉤爪が食い込む。女の顔が苦痛に歪んだが、声は出なかった。

「女ヲ殺スゾ」

虫が喚《わめ》いた。ズボンの裾から白い糸がこぼれて路上を這う。こいつらが失禁するとこうなるのだ。状況からして、恐怖——というより、安堵のせいだろう。化物ともいうべき改造人間を、ここまで追いつめる若者とは、一体、何者なのか。

「どうするつもりだ?」

と若者が訊いた。

「その女を殺せば、おまえは八つ裂きだ。ゆっくりと時間をかけて殺してやるよ。女を人質にしておれにどうしろというんだ? 代わりに殺されろ、と? 悪いが自分のほうが大切だな」

虫は狂乱した。女を殺《や》ろうと思った。先のことは考えられなかった。

爪に力を——

入らなかった。全身は金縛りに襲われたように硬直していた。

「来い」

と若者が女に手招いた。状況を読み取ったのだ。

女が身を屈《かが》めて虫の手を抜けた。

瞬間、虫の眉間に小さな穴が穿《うが》たれ、後頭部は待ちかねていたように中味を噴出した。

女は真っすぐ走って男の胸に飛び込んだ——というよりぶつかった。

鈍い音がせつらにも聞こえた。

よろめきもせず、若者は娘を受け入れてその背に手を廻した。

「すまなかった。心理学者の真似はしないほうが良かったな」

心理的に追いつめられた虫人間が、女の喉を切ろうとしたことを言っているのである。五メートルも離れて、敵の心理を読み取っていたらしい。

「恐かったよお、ばかア」

女はしゃくり上げはじめた。

若者がその背を軽く平手で叩いて、

「その前に、あの人に礼を言え」

と言った。

ひとしゃくりしてから、女は言葉の意味を考え、

「え？」

と洩らした。若者を見上げたのは、それからであった。

若者はたくましい顎をしゃくった。その先に、せつらがいた。

たちまち女の脳は溶けた。恍惚たる表情が傲慢に顔面を支配し、しかし、すぐに退散した。

せつらを見る眼は、正常なものであった。

「——どうも」

声に、忘我の名残りは留まっていたが、せつらのものにはなっていない。めりはりの効いた口調が告げている。

せつらは首を左へ少し傾《かし》げただけで挨拶に代えた。

「よお」

と若者が片手を上げた。覚えていたらしい。別人のような清々《すがすが》しい笑いが顔を飾っていた。

「うまかった」

と若者は言った。林檎のことである。

「世話になりっ放しだな。借りはいつか返す」

唸りたくなるような小気味よい物言いであった。

「その節はよろしく」

せつらが返すと、若者は路上の死体に顎をしゃくって、

「こいつらは、おれのお袋を刺した。六〇過ぎの女を五人がかりでな。おれはそいつらのリーダーを殺してこのホテルへ連れ込み、こいつらをおびき出した。後の一五人は――仕様がない」

「もっともだね」

〈早稲田通り〉のほうからパトカーのサイレンが近づいてきた。

「悪いが行く。また会おう」

若者はきびすを返した。

「おれの名は――シュラだ。いま考えた」

「秋せつら」

「哀しそうないい名前だな。だが、紅葉《こうよう》よりも、桜のほうが似合いそうだ。羅刹《らせつ》と修羅《しゅら》には春の桜だぜ」

「どーも」

女の背を押すようにして、若者――シュラは小走りに去った。

あっちです。という女の声がせつらの背後から聞こえた。少し前に誰かがやって来て、また引き返したのはわかっていた。

小さくなっていく若者と女を追って、せつらも走り出した。

左方の民家の塀からのぞく楓《かえで》の葉が青々と見送った。秋にも春にもまだ少し間があった。

遠目には白亜《はくあ》の建物に映るが、近寄れば、ペンキは剝《は》げ落ち、乾いてめくれ上がっている。築五〇年――〈魔震〉に耐えた木造建築としては奇蹟に近い。

玄関のドアは、蝶番《ちょうつがい》に派手な悲鳴を上げさせた。

冷気が肌の表面を撫でた。それだけで、内側へは滲んで来ない。エアコンの響きはしているが、家自体に冷気を維持する力がないのだ。

三和土《たたき》の前がすぐ待合室である。ガラス戸で仕切られている。一応全館冷房らしいのだが、現実は厳しい。

上がってガラス戸を開いた。これも年代ものの——骨董《こっとう》を集めたんじゃないかと思われる革張りのソファが三脚置かれ、老人ばかりが三人腰を下ろしていた。正面が受付で、小さな窓の前でひとり——長身の若者が向こう側の看護婦と何やら話していた。この病院は面会でも受付を通さなくてはならないらしい。

せつらは澄《す》ました顔で、若者の後ろについた。

「大丈夫ですよ。あと——」

ここで看護婦はせつらに気づいて、とろけた。

その顔を眺めてから、若者はふり向いた。

「ん？」

大胆に眉をひそめたのは、シュラであった。

「おれに用か？」

「いや」

「ここに知り合いでもいるのか？」

「まあ」

シュラは眉宇《びう》を寄せたが、すぐ笑顔になった。

「大事にな」

とせつらの肩を叩いて、左方のドアから出て行った。

二人の会話の間に、受付の看護婦は自分を取り戻したらしい。軽く首をふりながらもせつらを見上げ、

「何か？」

「水上理世子さんに面会したいのですが」

女は、え？　という表情になり、シュラの出て行ったドアのほうを向いた。少し見つめて、せつらをまた見上げ、

「そこのドアを出て廊下を奥へ。C棟の一〇八号室

です」

　と指示した。

「どーも」

　せつらは指示に従い、廊下の端に着いた。

　前と左右に通路が口を開けている。右の上にA棟、正面にB棟、左にC棟と白ペンキで書かれていた。

　一〇八号は廊下の左側のドアであった。

　ノックをすると、どうぞ、と男の声が応じた。

「どーも」

　どちらかというと、せつらの入り方はおずおずとしている。

　正面の窓際に横向きに置かれたベッドの上で、頭に包帯を巻いた婦人がこちらを見た。

　その横で、

「おいおい」

　と聞こえた。シュラの声から親しげな響きは、当然、失われていた。

3

「どなた？」

　婦人はシュラではなくせつらに訊いた。ふんわりした笑顔である。厳しい生き方がそれに表われていた。この婦人が怒ったら、大の男でも震え上がるだろう。

「秋と申します。人捜し屋で」

「おや」

「水上理世子さんですね？」

「そうですよ」

「おい、何の用だ？」

　シュラが口をはさんだ。厳しい表情である。

「お前は黙っていなさい。用があるのは私ですよ」

　ぴしりと決まった。シュラは沈黙した。理世子はドアのほうを見て、

「外にいなさい」

とつけ加えた。普通の調子に戻っている。これは怖い。

シュラはせつらを見た。少し笑った。自分を納得させたらしい。

「おれの眼を信じるとしよう」

こう言うと、片手を上げて出て行った。未練を残さぬ訣別《けつべつ》のような引き際《ぎわ》であった。

「お掛けなさい」

理世子は椅子をすすめた。

「どーも」

と腰を下ろしてから、

「いいですか？」

とせつらは訊いた。これは珍しい。相手の都合など気にもせず仕事を進めるのがこの若者の流儀だ。

婦人は上半身を起こした。

「寝たままで結構です」

せつらの言葉に、きっぱりと首をふって背すじをのばしたものだ。両手を膝に置いて、

「伺《うかが》います」

「民自党の朝比奈泰三さんから頼まれました。あなたに会いたいそうです」

理世子は眼を閉じた。記憶を辿っているのだろうが、単に懐かしがっているとも取れた。

やがて、眼を開いて言った。

「申し訳ありませんが、その方を存じ上げませんの」

「はあ」

せつらにとって、二人の関係はどうでもいいことなのである。捜し出し、依頼主に会わせるのが彼の仕事なのだ。

「わかりました。しかし、朝比奈さんは会いたがっていらっしゃる。どうなさいますか？」

理世子はふっくらとうなずいた。

「そうでした。あなたは、それがご職業でしたわね。ですが——もし、お断わりしたら、どうなさいますの？」

「朝比奈さんに、水上さんのご意向を伝えます。あちらが来ると言い出すかもしれません」

「無理に拉致《らち》はなさらないのですね？」

せつらは、はははと誤魔化《ごまか》した。必要とあらば、拉致も誘拐も辞さない若者なのである。

「では、そうなすってください。あなたの、その美しいお顔も立ちますわね」

「ははは。ところで、宮園槙子《みやぞのまきこ》さんとしては、いかがでしょう？」

婦人の全身から、緊張の波が四方に広がった。せつらを見る眼差しがシュラのそれと等しく変わり、また等しく和《なご》んだ。

「お人の悪いこと。ご存じだったのですね——といっても朝比奈さんの名前が出たときから、こうなるのはわかっていましたけれど」

「お互いさまですか」

「ほほ、そうね」

「で——いかがでしょう？」

「朝比奈さんという方を存じ上げません」

せつらは苦笑せざるを得なかった。

「やっぱり、違う」

彼は正直な気持ちを口にした。

宮園槙子は一九四×年に金沢《かなざわ》で生まれ、東大医学部を首席で卒業した後、その卒論を読んだ英ケンブリッジ大の学長みずからに請《こ》われて渡英、理学部に再入学して、分子細胞学を学んだ。北ヨーロッパの小国クリニアマラカの王室の家庭教師に選ばれたのは、ケンブリッジ大学院二年——槙子は二十七歳であった。

当時、七歳の王子の家庭教師を求めていた国王が、訪英に際して母校ケンブリッジを訪問——模範講義の代表として選ばれた槙子の講義ぶりに感動して、学長へ申し込んだのである。

大学院の卒業を待って、槙子はクリニアマラカへ飛んだ。このとき、大いなる損害だとして、学長をはじめ、全教授、助教授、講師たちが猛反対した事実は、今もケンブリッジの伝説のひとつとなっている。

　王子が成長し、国王となると、槙子は退職を申し出たが、その人柄と頭脳に惚《ほ》れ込んでいた全王室がそれを認めず、さらに懇望《こんもう》されて、槙子は新国王の娘にも仕えることになった。

　新国王には子供がひとり——東洋の小国セイランから嫁《とつ》いだ王妃との間に王女ミフユしか授《さず》からず、成長したミフユは、母の国セイランの王室から夫を迎えることになった。

　この夫——ホスコが新国王の座について二日後、クリニアマラカには軍部によるクーデターが勃発《ぼっぱつ》、王室は斃《たお》れて軍事政権が誕生した。

　前国王夫妻は捕《とら》われ銃殺されたが、新王と王妃の行方はいまだに不明である。

　一説によると、新王は母国セイランとクリニアマラカのレジスタンス組織の支援の下、軍事政権打倒に奔走《ほんそう》し、着々と成果を挙げているという。

　いま、せつらの前にいるのは、二代にわたって王室の教育係を務め、世界の最高学府からその頭脳流出を反対された女性なのであった。

「ひとつお願いがあります」

　とせつらは申し込んだ。

「わかっていますとも。その朝比奈さまとやらがみえると仰っしゃったら、逃げも隠れもいたしません。それにしても、医学の進歩というのは、常識を越えておりますわね。私の受けた傷——一〇年前でしたら、致命傷だったに違いありません」

「お大事に」

　と言い置いて、せつらは頭を下げた。

「もう行かれますか？」

「はあ」

「この街には、あなたみたいなきれいな男の人が、たくさんいらっしゃるのかしら？」

「わかりません」

「息子とお知り合いのようね。なぜ、あの子を手なずけようとなさらなかったの？　私にはわかります。あの子はあなたに全幅《ぜんぷく》の信頼を置いている。親の私の眼から見ても、信じられないことです」

「ここへ来るまで彼があなたの息子さんだとは知りませんでした。手なずけようがありません。それに、彼は仕事に関係ありません」

「優等生ね」

婦人は破顔した。この人にこんな顔をつくらせるために、人は殺人でも犯しかねまい。

「職業人としては一〇〇点満点を上げても良さそうね。でも、一二〇点は駄目。孤独なお婆ちゃんを愉《たの》しませていこうという余裕が無さすぎるもの」

「いや、それは……」

「お坐りなさいな。少し話相手になって」

「いや、ご子息が」

槙子は吹き出した。

「ご子息ねえ」

嘆《たん》じるように洩らして、

「あの子については間違えました。でも、それはあの子のせいじゃない。光が闇を討たず、闇が光を忌《い》まぬとき、あの子は私の子に戻るでしょう」

後じさろうかと考えていたせつらの足が止まった。止めたのは、婦人の言葉に漲《みなぎ》る感情であった。哀しみだったかもしれない。

「あの子が病院へ入って来たとき、私には、はっきりとわかりました。血の臭いで。あなたにもそうと知れたはずです」

「いえ」

せつらは正直に答えた。

「それは、本物の血臭ではありません。あの子の身についた雰囲気に血そのものが籠《こも》るのです。あの子は——ここへ来る前に——大量の死を生み出して来ませんでしたか？」

「いや、その」

せつらは困惑したが、婦人はそれ以上踏みこまなかった。あるいは踏みこんだほうが良かったかもしれない。

「不思議なのは、あなたです」

静かな眼差しがせつらを貫き、また後じさりを止めた。

「息子より、ずっと凄まじく、冷酷で、残忍な気《き》が立ち昇っているのに、少しも血生臭くない。あなた――何者なの？」

「秋せつらと申します」

婦人は嘆息した。

「ここは不思議な街ね。光と闇、生と死が相争い、凄絶な闘争を繰り広げているのに、共に存在しているようにも見える。歴史上の賢者たちが望んだ共存の地はここかもしれません」

「ここは〈新宿〉です」

せつらは静かに言った。

「そうね。〈魔界都市〉。でも、私たちがここへ来たのは、正しかったのかも知れません」

「はあ」

「私には息子と娘がいる――そう言われてはいませんか？」

せつらはうなずいた。老婦人は朝比奈から、と思っているだろうが、〝リスキー・バード〟から耳に入れたことである。

「息子はあのとおりですが、娘はおりません」

婦人は言葉を切った。次のひとことのための強力な力を胸中に収めて、放った。

「娘と言われているのは、クリニアマラカの王妃――ミフユさまです」

せつらは沈黙した。それから――罰当《ばち》たりなことに、

「はあ」

とだけ言った。

婦人の上半身がゆっくりと後方へ傾《かし》ぎ、ベッドの後ろの壁に背中をつけた。落差に愕然としたのである。

「それだけ――ですか？」

「はあ」

婦人は長く息を吐いてから、

「常に客観を維持せよ——忘れておりました。そんなものなのですね」

せつらにとって、目下、誰が王妃で、誰と暮らしていようとも、どうでもいいことなのだった。

ノックも無しでドアが開いたのは、そのときだ。

入って来たのは、シュラだった。

にやりと笑って、

「来たぞ。お巡りだ」

と二人に言った。

第五章　せつらとシュラ

1

落合署の石塚《いしづか》と名乗る刑事は、四人の警官とやって来るなり、受付の看護師に、院長先生に会わせてくれと申し込んだ。

院長がやって来ると、

「妖物マジョリーンが、病院に潜《ひそ》んでいるとの通報がありました。スタッフも患者の皆さんも隔離させていただきます」

と言った。

院長も抗弁しなかった。もっとも、マジョリーンが潜んでいたら、事態は絶望的だ。この恐るべき妖物は、普段は廃墟の暗がりに潜んでいるのだが、時折、街なかに出現して、人間を貪《むさぼ》り食う。〈新宿〉の妖物なら当然の行為だ。こいつが厄介なのは、人間そっくりに化ける変身能力も備えている点である。父親が二人いるのに気づいた瞬間、一〇人家族が貪り食われた例もある。七、八年前は、マジョリーンを見たという悪戯《いたずら》電話がひっきりなしにかかり、〈新宿〉中の警察署、交番、派出所はてんてこまいだった。際限ないと思われていた悪戯電話は、ある刑事が常習の電話魔をひとり射殺してから熄《や》んだ。電話をかけただけでも殺される、と思い知ったためである。刑事は裁判並みの査問会にかけられたが、結局、二〇日間の謹慎《きんしん》だけで、現場復帰した。彼の復帰を求める街の声が、あまりにも多かったからである。刑事の名は屍刑四郎という。

阿瑠護《あるご》院長は、重態の患者もいると隔離に難色を示したが、とりあえず動ける患者だけでも用意の救急車にと言われ、遁辞《とんじ》を失った。

医院の周りは、重装備の機動警官《コマンド・ポリス》に囲まれ、その物々しさに、冗談でも悪戯でもないと事態を認識せずにはいられなかったのである。

院長親子と看護婦らが手分けして事情を説明して

廻り、警官たちは、水上理世子の病室にもやって来た。

H&K・MP5KⅡ――太い消音器を装着した短機関銃《SMG》の銃身が三人を指した。

次の瞬間、世にも奇怪な光景が出現したのである。

三名の機動警官らの両手が肘《ひじ》と膝《ひざ》から――H&Kもろとも――落ち、鮮血を噴き上げたのである。

絶叫が上がった。槙子の病室からだけではなく、あらゆる病室から。正確には警官たちのいる場所から。

どの警官も四肢を切断され、しかも、凶器は肉眼に映らなかった。マジョリーンがそんな武器に変身して彼らに襲いかかったような――いや、そうとしか思えぬ惨劇が病院中で展開したのである。

じっと自分を見つめる母子《おやこ》に、せつらは口笛を吹いてそっぽを向いた。

「やっぱり、おまえか――何をしでかした？」

と詰問するシュラへ、せつらは床上でのたうつ警官たちを指さし、

「偽者《にせもの》」

とだけ言って口をつぐんだ。

「どうしてわかる？」

「こいつら、マジョリーンのことしか言わなかった。やって来たのは、あの虫どもが死んでた方角だ。黙っているはずがない。おまけに、あの現場にはひとりも警官を割《さ》いていない」

シュラは、幽霊でも見るような表情をせつらに向けていた。〈新宿〉では、彼もまだアマチュアなのだ。

「警官がいないと、どうしてわかる？」

「何となく」

何故か、シュラは納得した。

「他の偽者は？」

「同じだ」

少しの間せつらを見つめ、シュラはうなずいた。

ドアの外で悲鳴が上がり、足音が入り乱れはじめた。

ドアを通して医者らしい声が、

「どうしたの？」

「お巡りさんが――みんな――」

看護婦だろう。

「信じよう」

こう言って、シュラは足下の男たちを見下ろした。その眼に爛々《らんらん》と凄まじい光が点《とも》りはじめた。

「じゃ、こいつら――何者だ？」

「さて」

シュラは素早く、出血多量で動きも鈍くなってきた偽警官のひとりに近づいて、その腹を蹴った。

「しゃべれば病院へ――」

連れていってやると言いかけ、

「――手当をしてやる。何者だ？」

男は顔を上げた。青白いペンキの中に眼鼻が浮かんでいる。死相であった。

「死にたかねえやな」

と男は細い声を紡ぎ出した。

「それにおれたちの素姓なんざすぐにバレる……」

「そうだ」

とシュラ。

「だがな」

男の顔が、死微笑というには、あまりにも凄まじい笑顔になるや、

「……それじゃ男が立たねえ……おれたちが死んだら……好きなだけ調べな」

その唇の間から、分厚い舌が出るや、止める暇もなく男は首をふり下ろす勢いで、嚙みちぎっていた。

「莫迦《ばか》が」

シュラはためいきをついたきり動かなかった。他の偽警官たちが次々に男の後を追う動きと苦鳴とを感じ取ったのである。

ベッドから理世子が見つめている。そちらを見な

いように顔をそむけて、シュラはせつらに、

「どうやった？」

と訊いた。部屋の内外にわたる大量殺傷のことだろう。

「内緒だ」

「こいつらに心当たりは？」

「山程」

その返事を妨《さまた》げようとでもするかのように、玄関のほうから銃声が上がった。拳銃とSMG《サブ・マシンガン》の混成音である。

「外のを残したかな」

とせつらがつぶやいて、シュラに睨《にら》みつけられた。

突然、大砲みたいな重々しい銃声が機関銃みたいに連続するや、それきり、沈黙が落ちた。

「来るぞ」

とシュラがドアのほうを見た。

床を踏む足音が駆け寄ってくる。ドアの前で止まるや、開いた。

「警察だ」

右手の拳銃は、ぴたりとシュラをポイントしている。

「動くな」

と言ったのは、その男ではなくせつらであった。シュラの反撃を警戒したのである。

「こんにちは」

と男が挨拶する。

屍刑四郎だった。右手の〝ドラム〟を下ろさず、室内を見廻し、

「他に誰かいるか？」

と訊いた。

「ご覧のとおり」

とせつら。

「危険な奴がいる。気をつけろ」

屍は部屋の中へ入ってきた。

「知り合いか？」

シュラがせつらに訊いた。屍を見る表情は敵意からできている。

せつらが答えた。

「いや」

屍がふり向いた。〝ドラム〟もふり返る。

銃口がせつらを捉えた。

ドアがまた開いた。

飛びこんで来た影の右手が炎の花を咲かせた。雷鳴は後からやって来た。

屍の眉間に穿《うが》たれた弾痕は、親指ほどの直径があった。

噴出した脳漿《のうしょう》が窓まで飛んで、理世子の顔にも付着する。

へなへなと崩れ落ちながら、屍の身体は文字どおり崩れ——崩壊していった。服も肉体も融合し、得体の知れぬ粘塊と化して床に広がっていく。

凄まじい腐敗臭に、エアコンが作動し、排気と吸気とを同時に行なう。理世子が夢中で窓を開けた。

一秒足らずのうちに、屍だったものは汚怪《おかい》な粘液の広がりとなって床を飾っていた。

その中心に澱《よど》む屍の顔を見下ろし、射殺した男は憮然《ぶぜん》たる表情で、ばかでかい回転式拳銃《リボルバー》を、花を散らした上衣の内側へ収めた。

何処から〝ドラム〟を抜くのか——〈新宿警察〉の七不思議のひとつだ。

「マジョリーン?」

とせつらが訊いた。

「ああ」

屍刑四郎はうなずいた。

「この病院の入院患者に化けてるって情報があってな。急行したら、途中の道で〝インセクト〟の連中が皆殺しだ。普通ならこれで手一杯だぞ」

隻眼《せきがん》がじろりとせつらを見た。

偽警察官の様《ざま》を見れば、誰が犯人かは一目瞭然だ。

「けど、本当にマジョリーンがいたとはね」

せつらはとぼけた。

「おまえ――知ってたな？」

と屍。

「とんでもない」

せつらは首をふった。

「おれは足音をたてんが、こいつは派手な音を撒《ま》き散らしながら逃げた。おまえが気づかんはずがない」

「だったら、あなたが来る前に」

右の手刀で斜めに斬る動作をした。

「その辺が、今でもよくわからない。他人を危険な目に遇《あ》わせて、面白がってるのか。無関係なことには手を汚さんということなのか。――まあ、いい」

理世子と、その顔を濡れタオルでこすっているシュラへ眼をやって、

「お騒がせしました」

と詫《わ》びた。今だ、とせつらが、

「あいつら誰だか知ってる？」

「ああ。外で蠢《うごめ》いてる奴に見覚えがあった。『凶徒《きょうと》座《ざ》』の連中だ」

「誰だって？」

ベッドのかたわらで、シュラが強い声で尋ねた。

「よく路上でパフォーマンスしてる小劇団だ。ただし、バイトで殺人も請け負う。変装や特殊メイクはお手のものだからな」

「幾つもあるのかい？」

「ざっと――四、五十くらいか」

シュラは眼を閉じた。精悍な顔を苦い笑いがかすめた。〈新宿〉について納得しただろう。

「こう派手にやられたんじゃ、調書を取らないわけにはいかんな。他に訊きたいこともある。病人を除いて二人とも、署まで来て貰おう」

屍はもう一度、せつらを睨みつけた。

2

「そう怒るなよ、朝比奈」

大デスクをはさんで、ひびが入った石みたいな顔が苦笑を浮かべた。剝離《はくり》した石片が、黒光りするデスクの表面に散らばりそうである。

「他にどうしろというんだ、外相さま？」

朝比奈泰三は仁王《におう》立ちであった。アルマーニのスーツが派手に震えている。それだけで収まらない怒りは、脂ぎったこめかみに、青い蛇となって浮かんでいる。

「どんな頭を持ってりゃ、こんな組み合わせを考え出せるんだ。クリニアマラカの王妃と〝外攻局〟だぞ。国民感情を何だと思ってる？」

静かだが震えている声というのは、それなりの効果がある。外相――迫谷広紀《さこやこうき》は、ようやく苦々《にがにが》しい表情をこしらえた。若手議員の間では、どんな質問をすればこの顔になるか、一万円単位の賭《か》けが行なわれているという。

「わかってる。立場が逆なら、おれがそう言うさ」

「なら、いまやることもわかってるな。外相権限で〝外攻局〟を大人しくさせろ」

「餓鬼《ガキ》みたいなこと言うなよ、朝比奈。あそこを動かしといて、何の成果もなく引っこめますなんて、出来るわけなかろう」

「その際、法規を優先しろ。外相特権しかあいつらの手足を縛りつけられん」

「出動を命じたのは、おれだ」

「中止を命じられるのも、おまえだけだ」

「朝比奈――おまえは行く先を間違えたぞ」

迫谷は椅子を引き、立ち上がって窓の外を見た。夕暮れも真近《まぢか》な視界を埋める家並みは、この国では団地しか該当しない整然たるビルの列である。

国土交通省、海上保安庁、警視庁、国家公安委員会、総務省――そして、二人の対峙する外務省。間違いなく、彼らはこの国を動かす最高権力府の一員なのだった。

自分よりも、荒ぶる抗議者にそれを納得させるだけの間を置いて、迫谷はふり向いた。

「行くなら首相官邸だったな」

「ここで駄目なら行くさ。おれはな、迫谷——おまえの記憶と人間性を確かめに来たんだ。もう忘れたのか、〈魔震〉のとき、おれたちが何をしていたか？」

朝比奈の言葉は、既《すで》に十分なボディ・ブロウ効果を、迫谷に与えていたようであった。

彼は机に片手をつけて身を支えた。呼吸に変化はなかったが、右頬を小刻みな痙攣が通り抜けていく。

こいつの最後の人間性だ、と朝比奈は思った。

数秒で迫谷は身を起こして椅子にかけた。

朝比奈は言った。

「おれたちは新宿に住んでいた。議員になった年に、どえらい洗礼を受けたものさ。おれもおまえも瓦礫の下敷きになって、おれは両肩と肋骨を折り、おまえは内臓破裂を起こしていた。議員だからって何もできなかった。他人はおろか、我が身ひとつを救い出すこともできなかったんだからな。どっちも死を決意したが、死にたくなんかなかった。そうだな？」

迫谷がうなずいた。眼は閉じていた。その中に過去が甦《よみがえ》っているのかもしれなかった。

「——なら、おれがここへ来たのが間違っていると、もう一度言ってくれ。おれは総理のところへ行く」

「間違ってなんかいないさ」

返事はすぐにあった。

「おれだってそうしたろう。だがな、これには国の思惑《おもわく》が絡んでるんだ」

「クリニアマラカの軍事政権か？　あそこにはそれなりの援助を行なっているはずだぞ。外務省がつっぱねりゃ、すぐに大人しくなるだろう」

「誰がクリニアマラカだと言った?」

「なにィ? じゃ、何処だ? あそこと付き合ってるのは——アメリカとロシアと中国——これは厄介だな」

「違う」

迫谷は怒鳴るように言ってから、指さした。デスクを。

次の言葉まで、朝比奈は一瞬、間を置いた。理解するには、これで十分だった。

「灯台もと暗しか。しかし、何処のどいつが、軍事政権とつるんでる?」

「日本の全企業だ」

迫谷の口調は、それが冗談ではないことを物語っていた。

「あの国が、大西洋に小さな島を持っているのは知ってるな。百二、三十年前に、イギリスから買収したものだ。そこから、石油が出た」


無言の行《ぎょう》を実践しているような朝比奈へ、一日三〇万キロリットルだ。無尽蔵《むじんぞう》に近いらしい、と言った。

「現在の世界のエネルギー状況はわかるな。向こうは、日本に優先的に好きなだけの量を、しかも、以前のメジャーに対するアラブ諸国と同じ値段で売ると申し出た」

「気前のいいこったな。確かバレル／一・九ドルだったか」

「一・八ドルだ。アラビア・レートでな。しかも、これは一九六〇年の再値下げ価格だ。五九年までは二・〇八ドルだった。これに対して、六〇年の九月にイラン、イラク、クウェート、サウジ、ベネズエラの五カ国が結成したのが石油輸出国機構——OPECだ。世界の石油危機はここからはじまったのさ」

「………」

「太陽だの風力発電だの言ってるが、効率の良さで石油に代わるエネルギーはまだ存在しない。その証拠に、目下、世界中の石油関連企業がクリニアマラカへの進出を企てている。当然、我が国もだ」

「そっちの圧力か。なるほどな」

「いずれ、石油は枯渇《こかつ》する。石油のいいのは、備蓄が効く点だ。風だの水だのは蓄えておけんし、気まぐれだ。それを完全にコントロールする技術はまだない。軍事施設用の極秘の原子力発電を別にすれば、アメリカだって、石油の備えに大わらわさ。日本の備蓄量は二年分と言われているが、現実には一年と少ししかあるまい。ちょっとエネルギー状況のことを知ってる人間なら、自殺したくなるだろう。これが、ある人間を引き渡すだけであっという間に一〇年、いや一〇〇年分のドラム缶が並ぶんだ」

「一〇〇年分貯えてどうなるんだ?」

「まったくだ」

迫谷は苦笑を浮かべて、

「しかしな、二年分より遥《はる》かな高みにあることは確かだ。おれたちはどっちかを選ばねばならん」

「一〇〇年分の石油と、人ひとりの生命を引き換えるつもりか、外務大臣?」

「向こうは、引き渡してくれればOKだと言ってる」

「わかった。もう頼まん」

朝比奈は、拳を机に叩きつけた。

「だが、質問はする。おまえ――恥ずかしくないか? あのとき、おれたちを救出してくれたのは、クリニアマラカからやって来た救助隊だった。彼らを出動させたのは国王で、国を動かしたのは、当時、ほんの幼な子だった今の王妃だ。当時、母王と来日していた彼女が、先生の国の人が死んでしまうと泣いて訴えたんだ。その日のうちに、国王は救助隊を編成し、翌日、送りこんでくれた。そのお返しがこれか? あの世で閻魔《えんま》に何と申し開きをするつもりだ? 総理も承知のことなんだろうな?」

「おれの一存だ」

「亡命者を守るのは国際法で決められてる。貴様のやっているのは犯罪だぞ」

「我が国はこの二年間、亡命者を受け入れておらん」

「…………」

「亡命者に非《あら》ずんば、単なる観光客か不法労働者だ。おまえがどうこう言う相手ではあるまい」

「おれが問題にしているのは、〝外務省特攻局〟だ」

迫谷は下から窺うような眼つきになって、

「おまえ、王妃を見たのか？」

「――まだだ。しかし水上理世子は戻った。息子と娘が一緒だと聞いている」

「よしんば、王妃が〈新宿〉にいたとして、このまま放置しておくのがいいと思うのか？　おまえ、まさか、その手で保護しようとか考えてるんじゃあるまいな？〈新宿〉から一歩出てみろ。まず、極秘で入国してるはずのクリニアマラカの情報局の手の中だ。その場で射殺されるかもしれん。あちらの情報部はテロリスト並みの凶暴さだ。おまえが、日本の国会議員だと喚けば、恐れ入りましたと銃を収めると思うのか？　いくら奴らでもうちの〝外攻局〟とやり合うわけにはいかん。まかせておけ」

「貴様は阿呆か。クリニアマラカへ送り届ければ、同じことだろうが」

「おまえが余計なことをするよりはマシだ。そんなに気になるのなら、いっそ〈新宿〉で一生暮らすよう説得しろ。少なくとも、王妃への殺戮《さつりく》の意図を持つ奴らがいない以上、何処へ行くより安全だぞ」

朝比奈は唇を噛んだ。迫谷が口にしたことは、彼自身考え抜いた問題でもあった。

「〈新宿〉のほうが安全か――なんてこった」

彼は向きを変え、ソファのところまで行って腰を下ろした。

両肘をテーブルにつき、掌へ顔を埋めた。

「もう忘れろ。そんな考えを持っていると、向こうの情報局に流れただけでも、暗殺されかねんのだぞ。そういう連中だ。他所《よそ》の国だの同じ人間だのは、もとから頭にない。なあ、ひとつだけ考えろ——国是《こくぜ》を」

朝比奈の頭が前へ下がった。

「わかった。おい、迫谷——国是とは誰が決めることだ?」

「——それは!」

「おれたちだ、なんて吐《ぬ》かすなよ」

「……おい!?」

迫谷は椅子を押しのけて立ち上がった。

「おまえ——いい加減にしろ」

「そうしよう」

朝比奈は立ち上がった。眼に決意の光があった。

こいつ、こんなに大きかったっけと迫谷は唸った。

「邪魔したな、外相。後で飯でもおごるよ」

「おい——待て」

「またな。二度と外務省には足を踏み入れんことにしよう」


駆け寄った迫谷の鼻先でドアが閉まった。地響きのような音に、迫谷は耳を押さえて顔をしかめた。鼓膜と脳への衝撃が収まるまで待ち、デスクへ戻ってインターフォンへ手をのばしても、目的を叶《かな》える時間は十分にあった。


外務省へは〈新宿〉のタクシーで乗りつけた。あの運転手と用心棒の若者を帰してしまったことが、今になって悔《く》やまれた。

正門まで五、六メートルのところで、詰所からガードマンが二名現われ、行手をふさいだ。

「何だ?」

こういうときは権柄《けんぺい》ずくが効く。ひとりが恐縮したように、

「いま、大臣から連絡がありまして。お引き止めするように、と」

「間違いだ。どけ」

「いえ、先生、そうはいきません。申し訳ありませ

んが、お戻りになってくださ い」

「うるさい」

両手をふり廻した。話せばわかると思いながら、話したくもなかった。

「先生」

ひとりが腰に抱きついてきた。玄関のところにいるガードマンも駆けつけてくる。

駄目かなと思いながらも、気が収まらなかった。横へ廻ろうとするもうひとりのガードマンの顎へフックを入れた。

あっと声が出るほどきれいに決まった。ジュニア・ミドルのウエイトでも、学生時代一〇年間の部活の成果は、ヘビー級のガードマンをダウンさせるに足りた。

腰の腕はそのまま、真後ろから羽交《はが》い締《じ》めにされた。玄関のガードマンが到着したのである。

「放せ、放さんか。わしを誰だと思っておる！」

「先生——お静かに。人が来ますと厄介です」

力まかせに建物のほうへ運ばれていく。これで終わりかと思った刹那《せつな》、顔面を風が打った。

聞く分には爽快な響きが周囲で鳴った。

全身から一斉に外圧が消滅するのは、快感といえた。

身をひねって目撃したのは、黒い獣だった。

崩れていくガードマン三人をそのまま、駆けつけてくるガードマンたちに躍りかかる。

何が起きたのかはわからない。鋭い打撃音が轟くや、ガードマンたちは契約でもしてあるみたいに倒れ、影は躍って——後方の連中がまとめて倒れたときは——別の一団へ。

後日、この殴り倒されたガードマンの数は一三人と判明した。全員、一発KOであった。パンチャーの顔を目撃した者はいなかった。KOの際に生じる記憶喪失と、肉眼での認識を軽く一蹴《いっしゅう》する相手のスピードのせいだと、医者は診断した。

いきなり、手を取られ、朝比奈は正門を走り抜け

た。路肩に見覚えのあるタクシーが止まっている。

足が宙に浮いても不安はなかった。ドアが開き、シートに収まる。それまでの疾走からは考えられぬ優雅なタイミングであった。

「適当にやれ」

左脇で渋い声が告げた。

ふり向いても、外務省の正門前には誰も見えなかった。駆けつけたガードマンは全員KOされていたのである。

「申し訳ありません。余計な手を出しちまって」

苦笑を浮かべる野性の横顔へ、朝比奈は笑いかけた。厄介なことにならなくもないとは思ったが、彼のスピードとパンチが、胸の憂《う》さを晴らしてくれたのは確かだった。

「助かった。礼を言う」

「いやあ」

「待っていてくれたのかね？」

「何となく気になったもんですから。その辺は勘が働くんで」

「さすが〈新宿〉の住人だな」

水月豹馬は、もうひとつ苦笑して、

「――で、どちらへ？」

と訊いた。

「そうだな――一番近いTV局へ」

「すいません、どこでしょう？」

と運転手が、困ったような声を出した。

3

〈新宿署〉を出ると、青い闇が二人を包んだ。

「六時か――食事でもどう？」

せつらが訊いた。署の玄関前で、そっぽを向いていた警官は、ようやくその後ろ姿を見つめて、ためいきをついている。経験を積めば学ぶのだ。だから、せつらの馴染《なじ》みはみな、必死で顔をそむけたり、うつ向いたりするが、たまに新人が出食わして虚脱状態に陥《おちい》る。男女を問わず二日は使いものにならないから、せつらの尋問は、入ってすぐ右の会議室で行なわれる。署内を歩かせるのは、危険な細菌をばら撒くようなものだ。

「いや、どうも気になる。おれは『阿瑠護医院』へ戻るよ」

シュラが答えた。

「今日か明日に依頼者を連れていく。母さんに伝えてくれないか」

「いいとも。だが、気が向かなきゃ、おれが手を貸さなくても、ひとりで逃げ出しちまうぜ」

「そしたら、また捜すよ」

「そりゃあいい」

シュラはせつらの肩を叩いて笑った。それから前を見て、

「この街の闇は蒼いな」

と言った。

「そうだね」

「真っ暗闇てのは苦手でな。おかげでここが気に入っちまったよ」

「おかしな誉《ほ》め方をする」

「暗闇ばっか見てきたもんでな。今でもそうだが。別に気取ってるんじゃないぜ」

「うんうん」

ちっとも、うんうんに聞こえないせつらの返事であった。

二人は肩を並べて歩き出した。

押し黙っていたシュラが、

「祭りか？」

と訊いた。

「そうね」

「おれは、日本の祭りというのを見たことがない。お袋の吹いてた笛を知ってるだけだ」

せつらは耳を澄ましたが、笛の音《ね》ひとつ聴こえてこなかった。

「耳がいいね」

「クリニアマラカって国は、都会を一〇キロも離れると自然がうようよしてる。当然、野生動物もな」

「ふむふむ」

「熊もいたし、大鹿も、狼もいた。あいつらは、不思議と姿を見せずに近づいてくるのがうまい。自然を味方につけてるからだ。となると、音で知るしかない。匂いは草いきれで消えちまうし、気配は同じく草や木や岩や土が吸い取っちまうんだ」

「へえ」

「おまえ、変わってるな」

しみじみとシュラはせつらを見つめ、しみじみと洩らした。

「何処が?」

少し心外だという響きがせつらの声にはあった。

「お袋の部屋にいたとき、おれと親しいふうは見せなかった。世のお袋を懐柔《かいじゅう》するには、一番いい手だ」

「効きっこない」

つんのめるように身体を丸め、軽く地を蹴ってシュラは一回転した。驚くべき体術である。

「やばいな。ひとめでお袋の人間性を見抜いたか——と言いたいが、本当は職業倫理だろう」

「はは」

他人を利用して誰かに取り入るのは、この若者にはもっとも得意な、そしてしょっ中やらかす手段なのであった。それを、何故か、水上理世子には使わなかったのだ。

「何にせよ、お袋に捜査の手が伸びないよう振舞ってくれて助かった。病院でも助けてもらった。借りはいつか返す」

「なあに」

とせつらは返した。

屍の取り調べで、「凶徒座」の連中が誰を狙っていたのかと尋ねられ、カマをかけられても、せつらは、

「何も知らない」

「全然」

ととぼけ続けたのである。屍だけは、せつらの美貌に動じぬ精神力を身につけてはいるが、それでも、長時間面と向かっていると危ない。他の刑事たちは、眼の焦点をぼやかしたり、サングラスをかけたりして凌《しの》いでいたものの、一〇分も保《も》たずにうっとりする奴らが続出して、全員退去を申し渡されてしまった。

敵が全員死亡だから、患者とつなぐ線は切れている。屍としても、一応、二人を帰すしかなかった。驚くべきことに——あくまでも表面上——「凶徒座」の連中の死因が特定できないのである。せつらの妖糸の存在は知っていても、現物は見たことがないし、過去何度かの身体検査の結果も、何ひとつ発見できずに終わっていた。金属関係の専門家も、不可視の凶器としての可能性はあり得るとしながらも、その使用法となると、人間には無理だ——あっさりと断言してしまうのであった。

「いい気になるなよ」

二人に帰宅を許可した後で、屍はこう言い渡した。

「おまえのそばでは人死にが多すぎる。いつか挙げてやるぞ」

〈青梅《おうめ》街道〉に出た。

頂度《ちょうど》、タクシーがやってくるのが見えた。

「またな」

ひょいと後部座席に滑り込み、シュラは片手を上げた。

〈大ガード〉方向へと走り出したタクシーを見送りながら、せつらは携帯を取り出した。

出た、と思ったら、女性の声で、

「転送いたします」

ぴーと鳴ってすぐ、

「はい、浅井です」

あの秘書の声であった。朝比奈には、夜六時、

〈早稲田ゲート〉近くの喫茶店で会うことになっている。少し遅れるとの電話であった。

「秋ですが――」

先生は、と訊く前に、

「いま、〈メフィスト病院〉におります。至急、お出でください」

安堵と切迫感が渦巻く声であった。

対して、

「どうしました？」

尋ねる声は、小春日和《こはるびより》である。

「先生が襲われました。赤坂《あかさか》ＴＢＳの前で――重傷です」

「どうして、〈メフィスト病院〉へ？」

訊いてみた。

大正解といえる処置であった。〈区外〉の連中の仕事とは思えない。

「同乗していた方が、そのように。――そちらも重傷です」

「誰です？」

その名を聞いた瞬間、せつらの顔を吹き渡る春風が、一瞬、熄《や》んだようであった。

タクシーを停めて乗った。行先を聞いた運転手は、露骨に嫌な顔をした。ワン・メーターである。

バック・ミラーでせつらを睨んだ途端に、ずぶずぶになった。こうなると運転などまかせられないが、不思議なことに、事故りもしないし、遅れたこともない。まるで美姫を守る忠臣のごとく、恍惚に勝《まさ》る使命感が、運ちゃんたちの全身を燃やしてしまうのだ。

〈メフィスト病院〉前で、せつらは千円札を渡した。運転手は――何と――辞退した。

「いいんだ。また、乗ってくれや」

「そーいうわけにはいかない」

「そうかい、なら、お釣だ」

ボックスからひと摑み、硬貨を摑んで渡し、

「またな」

熱っぽい眼差しを送って走り出した。

五メートルもいかずにガードレールに激突した。

せつらは肩をすくめて、釣銭を確かめた。

五〇〇円と一〇〇円硬貨合わせて、五八〇〇円あった。

「どーも」

とつぶやいてポケットへ収め、せつらは病院へと向かった。いつもより大股だ。

天上の美貌に吹きつける春風は、まだ再開していない。

もうひとりの重傷の名前を、浅井秘書は、

「水月――豹馬さん」

と告げたのであった。

第六章　血の五本指《ブラッディ・ファイブ・フィンガーズ》

1

受付で訊くと、朝比奈議員は手術を終えて蘇生室も出、病室に移されたという。豹馬は目下、手術中であった。

　病院内だけの通信ペンダントを受け取り、せつらは病室へ急いだ。

　ノックをすると、浅井秘書がドアを開けた。

　ホテルのスイートを思わせる二間続きの部屋である。

　入ってすぐの居間に三人の屈強な男が立ち、せつらに刺すような視線を向けた——途端に、めまいでも感じたみたいによろめいた。

　浅井は顔をそむけている。

「よく来てくださいました」

　揉《も》み手せんばかりの浅井秘書に、せつらは事情説明を求めた。

　ＴＢＳ横の通りにタクシーを着け、降りた瞬間、猛射を食らったと浅井は告げた。

　防弾処理は万全の〈新宿〉タクシーの車体を弾丸は紙のように貫いた。後部座席の二人には届かなかった。

　二人は外にいた。

　間一髪、豹馬は議員を抱きかかえて飛び出したのである。

　移動瞬間速度がマッハを越す彼ならではの神技であった。だが、弾丸はそんな二人をも襲った。

「コージー・コーナー」の前で猛射を受けた豹馬は、計三九発の命中弾を蒙《こうむ》りながら、地下鉄の出入口へ逃げ込んで倒れた。

　弾丸は水月の身体を貫通して朝比奈も斃《たお》した。のみならず、彼も貫いて舗道と地下鉄の階段に食いこんだ。

「それなのにどちらも一命を取り止めました。信じられません」

「信じられない」

　とせつらは応じた。

「まったくです」

「何十人で狙ったのかな？」

　浅井は顔をしかめた。

「そっちの話ですか――警察のほうに手を廻して調べました。射手はひとりです」

「嘘だ」

「本当です。射撃地点はＴＢＳ横の地下鉄千代田《ちよだ》線の出入口ですが、目撃者がいました。長身で茶のマキシコートを着た白人だったそうです。空薬莢《からやっきょう》の数と弾痕の数も一致しました」

「ひとりで水月をねえ――ジェット戦闘機でも墜《お》とせるな」

　のんびりと、とんでもない内容を口にするせつらを、浅井は、こいつ何者だという眼で見つめた。

「武器のこと――訊いた？」

「もちろんです」

　大きくうなずいてから、急に脱力したみたいに、

「ＭＧ42――第二次大戦でドイツが使用した軽機《ライト・マシン・ガン》です」

「アナクロだなあ。じゃ、特殊な弾丸でも？」

　拳銃や短機関銃《ＳＭＧ》の弾丸とは比べものにならないパワフルな弾丸を使用するＬＭＧとしても、人ふたりを貫通し、まっすぐコンクリにめり込むとは、信じ難いパワーであった。

「いえ、普通の七・六二だそうです」

「すると――妖術射撃か」

「は？」

「何でも」

　とせつらは答えた。

「よく助かりましたね、朝比奈さん？」

　お愛想のひとつも口にしなくてはまずい。一応、クライアントなのだ。

　浅井は眼を閉じて、何度も小さくうなずいた。

「ここへ運ばれたとき、先生の全体機能は停止して

いました。死人だったのです。それを……この街は
――何てとこだ」

「〈新宿〉」

とせつらは応じて、

「いつまで、ここに？」

「今日いっぱいと言われております」

「やっぱりねえ」

普通の重傷なら、患者さえ良ければいつでも退院OKがこの病院である。一日とはいえ時間を区切るのは、朝比奈が死人だったからだろう。

「あと、護りの人数を増やしたほうがいいと思います。できれば、〈新宿〉の人間を」

ふわふわした口調だが、耳に入ったらしく、ガードのひとりが、こちらを睨《ね》めつけた。

せつらは気にもせず、

「会えますか？」

「さっき、麻酔も切れて、あなたが来たらすぐお連れするよう言われてます。まったく信じられん――こちらへ」

屈強な男たちに目配せしてから、浅井は先に立って奥のドアへと向かった。

白を基調に色彩設計された病室のベッドから、朝比奈は両手を差し出し、せつらの手を握った。

顔色はさすがに紙のようで、手にも青い血管が浮き上がっているが、眼と表情には以前の力が溢れていた。一種の使命感がこの議員を支えているのであった。

「ひどい目に遇《あ》ったよ。君が紹介してくれたボディガード――水月くんにも悪いことをした。目下、手術中だそうだ。失礼ながら、手術や入院にかかる費用は、すべて負担させてもらう」

「大丈夫ですよ、彼は」

「しかし……」

「獣なみの生命力があります。〈新宿〉の獣です。

――彼を続けて雇ったんですか？」

「いや。外務省までだ。その後は、私の身を案じ

て、待っていてくれた」

彼らしいな、とせつらは思った——かどうかはわからない。

「で——どうなさいますか？」

「何をだね？」

「依頼です。続けますか？」

「もちろんだ。何故、そんなことを訊く？」

「いえ、一度死んでますから」

ドアのそばに立つ浅井が顔色を変えた。朝比奈も反射的に胸に手を当てて、眼を閉じた。幻痛か？いや。

身体と——もっと深いものが憶い出したのだ。死を。

顔は灰色であった。そのくせ、びっしりと汗の珠《たま》がこびりついていた。

顔を上げた朝比奈を見て、せつらは、わあと洩らし、浅井は息を呑んだ。

「依頼は——続行する。君は——必ず、水上さんを私に会わせてくれ」

「はあ。いつになさいますか？」

「今すぐでも」

「わかりました」

この辺はせつらはスピーディーである。余計な交渉は一切はさまない。率直に核心へ突進する。早く仕事を終わらせたいだけだという話もあるが。

「すぐに連絡を取ってみます」

せつらは携帯を取り出し、シュラから聞いておいた彼のナンバーをプッシュした。水上理世子のは教えてくれなかったのである。

電子機器の溢れた病室での携帯使用を禁止しているのは〈新宿〉も同じだが、〈メフィスト病院〉は例外だ。

一〇秒でスイッチを切ってポケットへ戻し、

「出ません。直接、行って来ます」

朝比奈のことなんざどうでもいいという感じで踵《きびす》を返した。

ノックの音がして、ドアが開いたのは、のばしたせつらの手がノブにかかる寸前であった。

2

あと、四、五分で「阿瑠護医院」というところに来て、シュラはふと、母に連絡しようかという気を起こした。

ジーンズの尻ポケットから、マナー・モードに合わせた携帯を取り出し——黒い手が心臓を鷲掴《わしづか》みにした。

バッテリー・ケースが外れている。

——あの虫どもか
閃《ひらめ》いた。

奇怪な糸で覆われたとき、粘着力のみならず、凄まじい緊縛が全身を襲った。そのとき、力のベクトルがバッテリーの取り外しボタンを圧搾《あっさく》したに違いない。

動揺は、しかし、すぐに消えた。戦士として叩き込まれた心理操作が冷静沈着を強制する。

素早く装着した。留守電が入っている。——一五本。

留守電を聞いた。

「こちら『阿瑠護医院』の院長です。君が警察へ出かけて三〇分ほど後、お母さんが心臓麻痺《まひ》を起こされました。こちらでは手の打ちようがないため、〈メフィスト病院〉へ搬送しました。うちの松本《まつもと》も同行。これを聞いたらすぐ、〈メフィスト病院〉のほうへ連絡してください。念のため、松本の携帯と、〈メフィスト病院〉の電話番号を申し上げます」

松本とは母に付き添ってくれた看護婦の名前である。それに二つの電話番号——院長の心遣いに、シュラは感謝した。

だが、まだ続きがあった。

院長の声は、こう続けたのである。

「君の携帯へ何度かけてもつながらなかったので、

お母さんの入院時に付き添って来られた娘さんへかけました。直接、病院へ行かれるそうです」

——行かれる!?

シュラは全身が底知れぬ奈落へ落下していくような気がした。

——出てはならない。あそこから出ては！

院長の声は消えていたが、細胞のひとつひとつを燃えたぎらせるかのような怒りが、気づかせなかった。

シュラは「阿瑠護医院」へ電話し、いつ、妹の電話番号を聞いたのかと詰問した。

院長は、妹さんが廊下にひとりでいたとき、念のためと思って訊いたと答えた。この街の住人とは、スムーズに連絡が取れぬ場合がままあると、医者たちは知っていたのである。

妹が番号のことを黙っていたのは、母にもシュラにも叱られるとわかっていたからだ。

——それに、あの性格では、母に万が一のことが起きた場合、自分だけが無知の座にいたなどと考えたら、一生悔やみ続けるに違いない。

シュラは折り返し、妹の携帯にかけてみた。妹の生死に関わる事柄でない限り、そのナンバーをプッシュするのはよせと母から厳命されていた。敵の傍受を怖れてのことだ。

全身を一度だけ痙攣させて、シュラは耐えた。

「〈メフィスト病院〉へ」

と告げた。息が荒い。

「はい」

と運転手が不気味そうに応じて、ハンドルを切る。

「ん？」

自然に声が出た。

青霞がシュラを包んでいた。

多数の人の声と人影が周囲を飾り、その向こうにマンションと貸ビルが黒々とそびえている。ところどころに点《とも》る窓明かりが頼りだった。

ぷん、とカレーの匂いが鼻を衝いた。夕食どきだった。

シュラは苦笑した。タクシーは跡形もない。シュラだけが連れてこられたのだ。

——おかしな技を使う。どいつの仕業《しわざ》だ？

そこは〈新宿二丁目〉——彼の生活の場所であった。

だが、驚く前に、懐かしむ前に、シュラの身体は反応を開始しつつあった。

空気中に漂う血の匂い。周囲に漲《みなぎ》る死の気配。それを鼻と身体が吸いこみ、警戒と変化を促す。

シュラは足を止めた。

まだ瓦礫の山が残る広場である。家は前方の廃ビル——丸々ひとつだ。

足下のアスファルトには漸新な模様が描かれていた。誰かが赤いペンキの樽《たる》に頭まで漬かってから、狂躁状態で転がりまわったのだ。

それも一〇人以上。

「シュラだ」

声が上がった。自称バイオリニストの宮《みや》さんだ。

「兄ちゃん」

幾つもの声が叫び交わしながら足音と一緒に近づいてくる。

「近づくな！」

子供たちの足に急制動をかけたのは、シュラではなかった。相談役の武部《たけべ》さんだ。

「おれが話す」

武部さんは前に出た。子供の声がそれを止めた。

「駄目だ。おれが話すよ！」

せつらがいれば、トーちゃんと呼ばれていた子供だと、うなずいたことだろう。

武部さんは少し考え、よし、と認めた。

一〇個近い人影が青い霞の中でシュラを取り囲んでいた。

シュラはうつ向き加減に立っている。何かに詫びているように。あるいは過去に——あるいは未来に。

トーちゃんがきっかり三歩、前へ出て話しはじめた。

「三時間ばかり前に、おかしな奴らが来たんだよ」

病院からの連絡を受けて、シュラの妹が出かけてすぐのことである。

全員、迷彩服に戦闘用CPヘルメット、防弾ベストを身につけ、四〇ミリ榴弾筒と四ミリ自動小銃をまとめた米軍の〝ダブル・シューター〟を吊るしていた。計一〇名いた。

すでに、妖物との戦闘で生じた銃声や爆破音が聴こえていたため、みな、準備を整える余裕はあった。女子供は待避壕へ隠れ、男たちは家に籠《こも》って武装を整えたのである。

敵は来た。

防弾ベストは半ば裂け、あるいは溶けあるいは食いちぎられ、身体のあちこちから血と炎を噴いていたが、それでもやって来た。

その武装の貧弱さを見て、子供たちのひとりが、

「あの小父《おじ》ちゃんたち、可哀相」

と思わず洩らしたくらいである。それは猛獣の何たるかを知らずに生半可《なまはんか》な知識だけでジャングルにとび込んだ狩猟家たちの末路を思わせた。

沈黙の広場に立った男たちのひとりが、マスク内蔵のスピーカーから、

「この街に水上美冬《みふゆ》という娘がいるはずだ。大人しく出て来い。一〇秒以内に出て来なければ、町ごと処分する」

と言明し、秒を数えはじめた。

三秒まで数えたとき、相談役の武部さんが、射てと命じた。この町の人間は、訪れる運命を甘受《かんじゅ》するような玉ではなかったのだ。

たちまち三人が斃れた。住民が射ち込んだのは、ライフルや拳銃だけではなかったのだ。

対戦車ライフルがヘルメットをぶち抜き、折り畳みバズーカ砲が侵入者を吹きとばした。

男たちの応戦も予想外に凄まじかった。

妖物たちの攻撃を力でねじ伏せつつここまでやって来たのは、伊達《だて》ではなかったのである。

自動小銃の全自動射撃《フルオート・ファイアリング》は、一挺《ちょう》だけでビルのワン・フロアを崩壊させ、四〇ミリ榴弾は二発で五階建てマンションを倒壊させた。どちらも弾丸自体が特製品らしかった。

「深草《ふかくさ》の小母《おば》ちゃんと遠金《とおかね》さんと佐古杉《さこすぎ》さんがビルの下敷きになった。おれたち、危ないかなって思った」

トーちゃんは泣き出したいのをこらえていた。周りに人がいる。この少年は立派だった。

形勢は逆転しつつあった。誰も救いの手が現われるなどとは考えていなかった。

そのとき、世界が——

「しん、となっちまったんだよ。音が消えちまったんじゃない。風の音も、銃声も、ビルが崩れる音も、みんな元のままだった。なのに、静まり返ってるんだ。音が偽物みたいな気がした。いや、何もかも。ビルも敵もおれたちも、みいんな、そこにいるくせに、いないような」

「みんなそう感じたらしい」

声を失ったトーちゃんを、武部さんが補足した。

「なんだか、そのまま、この場にいると、一生脱《ぬ》け出せなくなってしまいそうな……そこへ」

男は、敵がやって来たのと同じ方角——「第四岡《おか》本《もと》ビル」の角を曲がって現われた。

鍔広《つばびろ》で山《クラウン》の高い帽子下の顔は、細面《ほそおもて》としかわからなかった。

光は十分に漲っているにもかかわらず、顔は鍔の影に塗りつぶされていた。灰色のコートにはベルトが無く、見方によってはマントのように思えた。

静寂の奇怪さに打たれたのは、武装集団も同じだった。

銃撃を中止していた彼らは、住人たちよりも早く新たな侵入者を捕捉していた。

「そいつだけは、現実感があった」

と武部さんは言った。

「つまり、この世界に属していたんだ。武装集団は、問答無用でそいつを射った。弾丸はどこへ行ったのかわからん。榴弾も射ったが、命中したのがわかるだけで爆発も起きなかった。当然だ。弾丸は、みんなこの世界では幻にすぎなかったんだからな」

コートの男は足を止め、身を屈めて、アスファルトの地面に人さし指で線を引いた。

引いたといっても指の動きからそう思えただけで、筋《ライン》一本引けるわけもない。それなのに、地面には、黒い筋が一本描かれた。

男は立ち上がり、武装集団を右手で手招いた。

一度目でたじろいだ凶漢たちが、二度目で武器を下ろし、三度目の招きで動き出すのを、住人たちは見た。

男たちは筋の前で立ち止まった。かけられた術に反抗するというより、本能が必死に拒否している――そんな動きであった。

だが、四度目の手招きがあった。彼らは筋を越えた。それから、やや上体を前傾させ、両手をだらしなく前に垂らした。手と肩から火器が落ちた。

自分のやって来た方向へ歩いていく迷彩服たちを見ようともせず、かといって、何をするでもなく、男は立ち尽くしていた。みずから引いた線を踏み越えることを、男自身がためらっているかのように見えた。

「水上修羅《しゅら》はいるか？」

地下世界を渡っていく冥府王《ルシフェル》のような声が訊いた。

返事はない。

住民たちは、この男が〈区外〉の人間――乃至《ないし》、〈区外〉の人間からの指示を受けてやって来たと看《かん》破《ぱ》したのである。〈第一級危険地帯《ファースト・デンジャラス・ゾーン》〉の危機感と連帯は、何処よりも強い。

「こいつらは、政府の役人だ」

コート姿は、筋の向こうに倒れた武装兵士たちを指さした。

「本来、我々と敵対するものではない。だが、私に銃を向けた以上、敵と見なされる」

最後のひとことは、ぎりぎりまで引金《トリガー》を引きかけていた住民たちに冷水を浴びせる効果があった。

指は引金から離れた。のみならず、言い知れぬ非現実感が精神《こころ》の奥まで蝕《むしば》んでいるのを知って、人々は戦慄した。

「我々の狙い《ターゲット》は、我々の鼻先を飛んでいった。それはいい。仲間が後を尾《つ》けている。私は、屑《くず》の処理にやって来た——水上理世子と息子はいるか？」

「い、いねえやい！」

誰かが叫んだ。

「——たぶん、原田《はらだ》さんとこのシゲルだ。血の気が多かったからな」

武部さんは嬉《うれ》し気な表情になって、

「それを合図に、一斉射撃がはじまったのだ。私はやめろと叫んだ。誰も聞かなかった。武装集団の末路を見れば、そんなもの効果がないことはわかっていた。あの男をやっつけるというより、みな、自分の現在《いま》の状況が怖かったんだ。その結果——」

「どうなったんです？」

ここで、ようやく、シュラ＝修羅は気がついた。自分を取り巻くメンバーが妙に少ない。いつもの顔が見えないのだ。

武部さんは虚《うつ》ろな表情になった。理解してはならないことを理解してしまったとでもいうふうに。空洞みたいな口から、風のような声が吹きつけてきた。

「連れて行かれちまったんだ」

修羅は眉をひそめた。

「そいつに？　——どうやって？」

武部さんの口が動くのを修羅は見た。それが武部さんを見た最後だった。

風が巻き起こった。空気が流れこんだのだ。いま、武部さんのいた空間に。彼は消えていた。

わずかな間を置いて、どよめきが上がり、人々は後じさった。

修羅はふり向いた。

武装集団とコート姿がやって来たというビルの陰から、長身の影がひとつ、ぎごちなく近づいてきた。

修羅と同じくらいの若者——うす紫のジャケットと丸首のTシャツを着て、こちらは紫だ。

「おーっと、そこの連中を連れてったのは、おれじゃない。〝渡し守《もり》〟の奴だ。ここに口髭が生《は》えてたろ」

がっしりした身体つきに似合いの指が、鼻下を横に走った。

「おれは〝DM《ディーエム》〟——ダイレクト・メールの略じゃないぜ」

浅黒い顔が、にやりと笑った。

「武部さんを何処へやった？」

修羅が訊いた。声は戦闘モードに入っている。

「難しい質問だな。行先も考えないで、跳ばしちまったからな。今頃はラングに会ってるかもしれねえ」

修羅は住民たちのほうを見ず、

「こいつじゃないのか？」

と訊いた。話に出て来たコート姿のことである。

「違う」

と、トーちゃんが答えた。

「よし、わかった」

修羅は納得した。話半分でも、底知れない敵だが、怯《おび》えは毛すじほどもない。この若者は、これを凌《しの》ぐ力を持っているのだろうか。

「その〝渡し守〟とやらを連れて来い。まとめて相手してやろう」

DMはこの返事に白い歯を見せた。

「あいつぁ休養中だ。行ったり来たりが大変でな。いい気になって、ここで渡しすぎた。おまえが修羅か？」

「そうだ」

「おまえを始末しろよと、おれが留守番にされた。ふたりが、いま、〈メフィスト病院〉にいる。本当は〝渡し守〟も入れて五人なんだが、あとのひとりが少々遅れてる。リビアでゲリラを掃討していてな」

「——戦争屋か」

「そうケーベツした言い方すんなよ」

DMは不満そうに唇を尖《とが》らせた。

「こう見えても、おれは正々堂々がモットーだ。同じ条件で戦う。もっとも、さっきはジョークかましちまったがな」

表情が、はっきりと期待している。修羅は気がついた。

「おれをタクシーからここへ運んだのは、おまえか？」

「イエイ」

DMの顔がかがやいた。理解者を見つけた悪戯っ子の歓喜が、ごつい顔全体に漲った。

「〝血の五本指《ブラッディ・ファイブ・フィンガーズ》〟て名前を聞いたことがあるかい、修羅ちゃんよ？」

何かがシュラ——修羅の全身を貫いた。確かに彼は震えた。

「〝血の五本指〟……〈魔界都市〉に死の伝説が辿り着いたのか……」

声は死の宣告を受けた囚人のように虚ろであった。

3

「おお、知ってたか!?」

DMは歓びの声を上げた。知らなかったらどうしようと思っていたに違いない。そんな声であった。

「なら、話が早《はえ》えや。無駄な抵抗はやめて、大人しく跳ばされちまいな。何処へ行くかは、神のみぞ知るだがよ。おい、なにうつ向いてるんだ。泣かなくてもいい。たぶん、死にゃあしねえ。別の世界へ行くだけだ。しかも、〝渡し守〟たあ違って、死ぬまで生きてけるんだぜ。ま、これも推測だが。な、泣き熄めよ」

　震える肩を見て、彼は勝利を確信したのであった。

　修羅はなお震え続け、ついには嗚咽《おえつ》さえ洩れはじめたではないか。住民たちの表情に絶望が宿った。修羅は、この町の守り主だったのだ。信頼も希望も崩壊した。誰の眼にもそう映った。

だが、そのとき、ＤＭの表情が変わった。

　彼は誤解していたことに気づいたのだ。修羅は泣いてなどいなかった。

　ゆっくりと顔が上がってきた。それにつれて泣き声も――

「てめえ？」

　ＤＭの耳に響き渡る声を、人々も聞いた。それは哄笑《こうしょう》であった。いまや、修羅はのけぞり、顔中を口にして笑っていた。

「確かに聞いたぞ、〝血の五本指〟――裏世界で五指に数えられる殺し屋集団だそうだな。だが、おれのことは知るまい」

「阿呆か、てめえは――知るかい」

「なら、教えてもらえ。何処かで、誰かに。そうだな、ラングにでも」

「何ィ？」

睨み合った。

憤怒《ふんぬ》と冷笑が。

奇妙な感覚が人々を捉えた。

何か――自分が、そっちにいながら、別の位置に移ってしまったかのような。

　悲鳴が上がった。女たちの声であった。

　修羅が殺《や》られた。女たちの――否、誰の眼にも、修羅の身体は裏返しに見えた。そこにいるのは血まみれの器官を露呈させた、そのくせ、美しい均整を保っている人体であった。

骨と筋肉と腱《けん》とを剝き出しにした右手が上がった。

DMの身体に変化が生じた。

ある者の眼には変わらなかった。

少しずれると、その身体は急速に細く薄くなり
——真横に立つ者からは、完全に消失した。そしてまた、少しずれると背中が現われ、真正面で向かい合う。

何が生じたか人々が理解したのは、DMの身体が地面に沈みはじめたときだった。

彼には厚みがなかった。一枚の紙——否、完璧な平面と化して、地に吸いこまれていくのだ。——重力に押されて！

DMの顔をした平面は、埋没から脱け出そうとする動きを見せたが、たちまち見えなくなった。

ふいっと人々の違和感が消えた。

いつもと変わらぬ広場の中央に、いつもと同じ修羅が立っていた。

「シュラ⁉」
十五、六の少女が、髪の毛をふり乱して、駆け寄った。
「来るな！」

修羅が叫んだが遅かった。走り続けるしなやかな身体の右半分が、音もなく消滅した。

無惨な——しかし何処か無機質な切断面を見せて、少女はなおも走った。

途中で気がつき、きゃっと叫ぶや、足は乱れて倒れた。左半身のみが。

そちらに踏み出そうとして、修羅は身を屈めた。

DMの声がした。地上から地下から天上から四方から——あらゆる方角から聞こえてくるような奇怪な響きは、身構えた彼を石に変えた。

「その娘の半分は貰っていく。おめえが邪魔しなきゃ、丸々頂戴できた。そのほうが、その娘にも幸せだったのによ。まあ、いい——また、会うときま

で、大事に預かっておくぜ」

急に下卑《げび》た調子になって、

「おお、よく見りゃ、いい身体をしてやがる。半分っこだが、それはそれなりに愉《たの》しみようもある」

「その娘に手を出すな！」

修羅の全身から、怒りの炎が燃え上がった。

笑い声がそれに応じた。

「じゃ、またな、大将。来るときゃ、詰まらん仕事と思ったが、おかげで面白くなってきたぜ」

数秒——修羅が構えを解いた。それは敵が去った合図だった。

「蒼井《あおい》！」

少女へ殺到する母親らしい悲痛な叫びと複数の足音へ、

「よせ！」

怒号に近いひと声を浴びせて、修羅は少女——蒼井に駆け寄った。

一同を見廻し、

「誰か、上衣を貸せ。見るんじゃない」

庇《かば》うように立ちはだかった姿は、異形の魔戦を戦った戦士のものではなく、精悍だが、常人と変わらぬ若者の苦悩に溢れていた。

蒼い光の漲る部屋の中に、

「誰だね？」

声はゆるやかな波のように渡っていった。

黒檀の大デスクの向こうにかけた白くかがやく影。この部屋に彼ひとりしか行き着けないのは、みずから光を放っているとしか思えないその美貌に、部屋自体が夢心地になるせいかもしれない。

ある動きが止まった。

大デスクの前方——五メートルばかり離れた床の上に、黒い染みが生じていた。

直径三〇センチばかりのそこから、同じ色の腕が突き出しているのだ。

肘まで出して、それは停止した。退くような動きも見せたが、それきり動かなくなった。

声に怯えたように。次の声を待つかのように。

「この部屋へ入るとは、たいしたものだ」

とドクター・メフィストは、読みさしの鉄製の古書を閉じてから言った。

「たとえ、肘までにせよ、な。それとも、そこから出て来られるかね？」

爪まで黒い手は、激しく五指を震わせた。

いや、それは意図的な動きであった。

ドクター・メフィストは立ち上がった。

デスクを廻り、下の床とをつなぐ石段の上まで来て、彼は足を止めた。

「ここまで来れたのは、誰にも成し得なかった来訪を遂げた祝いだ」

静かな物言いに含まれる真の意味は、白い医師を知っている者にしかわからない。いや、それを耳にした者にしか。指は硬直した。

「これ以上の祝福を受けるには、努力が必要だ。それを求めてみるかね？」

手首がそり返り、ふり下ろされた。招くかのごとく。

メフィストの右手が横にふられた。何かを跳ねのけるかのように。ケープが広がったが、その内側には白い世界しか見えなかった。

「努力は認めよう」

メフィストの口もとに浮かんだのは、微笑だろうか。

「——だが、虚しい努力だ」

戻ったケープの間から、光る輪が飛んだ。澄んだ音をたてて床を転がり、倒れたところは、黒い腕から一センチと離れていなかった。

「ドクター・メフィストの針金細工——穴を作ってみた」

声と同時に、その輪は急激に縮んでいった。黒い腕は身悶えした。腕が出て来た床の染みもまた、縮みはじめたのだ。

それはたちまち腕と同じ太さになり――次の瞬間、腕はちぎれ飛んでいた。

血飛沫《しぶき》が床を打った。それは黒かった。床の染みは消滅していた。

「ドクター・メフィスト」

怨嗟《えんさ》に満ちた声が、腕の周囲で蠢いた。

「声が出せたか」

迎え討つ白い声に、

「……腕は取り返す。いいや、みずから戻る。それまで預けておくぞ」

「いいとも。手厚く保存しておこう――〝血の五本指〟のマリオとやら」

「――ほう、さすがは〈魔界医師〉――おれの名を知っていたか？」

穏やかな響きにも動揺は隠せぬ声であった。

「取るに足らぬ殺し屋どものひとりとしてな。だが、その身体には興味がある。健康な筋肉と皮膚と骨――この街では、常に品不足だ」

「…………」

「おまえの腕が、患者の役に立つ前に取りに来るがいい。残りの身体に私が感謝することになるのを承知でな」

歯ぎしりのような音が鋭く鳴って――静寂が戻った。

メフィストがうなずいた。床の輪が起き上がり、白い足下まで走り戻ると、ケープの裾から飛びこんで見えなくなった。

大デスクに戻るメフィストの姿に、いまの出来事を連想させるものは微塵《みじん》もなかった。

院長室の蒼い静寂を破るものは、永劫《えいごう》にないのであった。

第七章　ミフユ

1

屋上には陽炎《かげろう》がゆれていた。夏の最後の名残り。

「暑いですね」

と娘が言った。

瑠璃《るり》色のスーツの下は、安直なTシャツなどではなかった。純白のブラウスの袖口には、きちんとボタンがかかっていた。首には七つの宝石を嵌《は》めこんだデアレスト・リングが光り、長い黒髪を束《たば》ねた黄金細工の髪留《バレット》めにも、小さな光が慎《つつ》ましげに、しかし、貫くようなかがやきを放っていた。

「はあ」

とせつらは応じた。

自然の返事である。

「こんなところで、お目にかかれるとは思いませんでした」

せつらはある香りを嗅いだ。ミフユ＝美冬の髪をゆらせた風の運んだものである。

彼はコートのポケットから、ハンカチを取り出した。

「返します」

「ああ」

美冬は微笑した。受け取ろうとのばした白い指先から、ハンカチが引かれた。

「？」

「洗濯して来ます」

珍しいことを言う。美冬は吹き出した。洗濯という言葉が面白かったのである。

「お独り――でしょ？」

と訊いた。

「はあ」

「なら、いいです。返してください」

「いえ」

せつらはポケットに仕舞った。

洗濯をして――返そう。しかし、どうやって返す？

「〈二丁目〉へ行きます」

「え？」

「いや、返しに」

「そんな。――結構です」

「え？」

「あんな危険なところに。――ハンカチはそちらで使ってください」

「はあ」

「でも、驚きました」

美冬は、あっさりと話題を変えた。

「私の――母をお捜しだったなんて。それに、依頼人の方も母も同じ病院に――」

「まったく」

この偶然については、せつらも同じ思いらしく、声に感情が仄《ほの》見える。

「阿瑠護医院」で死亡した理世子は、〈メフィスト病院〉の蘇生《そせい》室へ急送された。

知らせを聞いた美冬が駆けつけたのは、蘇生室への搬送後、三〇分を経てからであった。更にその一時間後、〈魔界医師〉の技術をすべて伝授された医師団は、母の死からの復活を告げたのであった。

それから――こちら側へ戻すための、「慣らし処置」を経て病室へ帰った理世子を見ているうちに、涙が溢れて来た。外へ出て気分を変え、戻った病室が隣りだったのである。間違えてしまったのだ。室内にはせつらがいた。

朝比奈と理世子を結ぶ糸が、彼の話でつながったのは言うまでもない。

あと三〇分もすれば、理世子は眼を醒まし、話せる状態になる。心臓外科の部長からその保証を得て、二つの病室のガード強化を依頼した上で、二人は屋上へ出たのであった。

「空の見えるところに行きませんか？」

と誘ったのは美冬である。

「おかげで、仕事が早く片づきました」

せつらは薄く笑った。

「また、人をお捜しになるんですか？」

「はあ」

「色んなところへ行けるんでしょうね」

「はあ」

「〈新宿〉だけじゃなく？」

「大概《たいがい》はここだけです」

「たまには〈区外〉へも？」

「はあ」

「大変だわ、みんな」

「は？」

「あなたみたいな人が来たら、顔を見ただけで、〈区外〉の人はぽうとなってしまう。交差点を渡らないほうがいいわ。たちまち死者の山ですよ」

せつらは沈黙した。可愛い顔して、とんでもないことを言う娘《こ》だなと思ったのかもしれない。

「ここへ来て、たくさん怖いものを見て、これが〈新宿〉なんだと思ってましたけど、あなたに会って間違いだとわかりました」

「はあ」

「あなたこそ〈新宿〉だわ。こんなに美しい男の人がいるなんて。あなたのいるところは、この世ではありません」

「——あの世？」

「いえ、〈新宿〉です」

せつらは首を傾げた。無意識の動作であったが、美冬は頬を染め、眼をしばたたいた。

「そろそろ、戻りませんか？」

とせつらは切り出した。何だかよくわからなくなっていた。

「まだ、母が麻酔から醒めません」

美冬は背を向けて、前方の手すりにもたれかかった。四谷方面を見渡す位置に当たる。

青霞の中に、街はまだ鮮明に形を留めていたが、窓の光は滲みはじめていた。

黒いカーテンを下ろした風俗ビルの向こうに、事務を執《と》る男女の姿が窓越しに見えた。これも〈魔界都市〉の平凡な光景のひとつに違いなかった。

「もうじき、光でいっぱいになりますね」

美冬はせつらが当然そこにいるような感じで話しかけた。

「はあ」

「私――国にいたとき、夜汽車の窓から、外を見るのが好きでした。黒い家に点々と明かりが点っていて。あの下に、あの数だけの生活があるんだなあと思うと、何だか嬉しくなりました。この街も、これからの時間がいちばん好きです。みんなして生きている証しが」

「ここは〈新宿〉です」

とせつらは言った。

「故郷とは違います。光は妖物の眼かもしれません」

「いいわ、それでも」

「は？」

美冬はふり向いた。満面に笑みを湛《たた》えていた。

「妖物でも悪霊でも、この世に留まる限り、この世に生きていると私は思います。死んでも生きているって、素敵じゃないですか」

「はあ」

ますますわからなくなった、とせつらの眼が言っている。

「妖物なら妖物でもいいわ、成仏《じょうぶつ》できない死霊なら死霊でもいいわ、どんな形でも、思いが抱けるのなら生きていける。そうやってこの世界に遺《のこ》ることは、けっして不幸だと思えません。むしろ、何もかも忘れて消えてしまうことのほうがずっと悲しいわ。その意味で、ここは歓びに満ちています」

「…………」

「――ここへ来て、亡くなった家族に会った人たちもいるって聞きました」

「はあ」

せつらはうなずいた。

〈死者〉は消えても、〈死霊〉は遺った。そんな姿の家族や恋人に会っても、呪われ、祟《たた》られるだけだ。そうと知りつつ、家族は恋人は、せめてひとめと願う。〈新宿〉の凄まじさは、これがいくらでも可能な点にあった。

その結果さえ問わなければ、悪霊死霊と化した者たちの死に場所へ行けば良い。あるいは、いかがわしい霊能者に依頼し、招喚《しょうかん》の儀式を行ないさえすれば良い。その場で取り殺されようと、生涯、憑依されようと、この世に留まる死者たちの魂は忽然と、影さえ伴って現われる。

この噂を聞きつけ、〈区外〉からも、死者との再会を願う者たちが訪れる。

〈新宿〉はそれさえも可能とした。漲る妖気が、成仏したはずの霊たちを引きつけ、異界との交流を成し遂げた者たちの想いが、形を与えて抱き寄せる。〈区外〉の人々はツアーの怒濤《どとう》となって押し寄せ、ついに、〈亡くなった方々との一泊二日ツアー〉と銘打った不届きなプログラムまで組まれるに到った。

ここは生者と死者が、なおも交感し得る街なのだ。それ故に、人々は歓喜し、忌み嫌う。〈新宿〉は、混沌の街でもある。それを、一点の曇りもなく歓びとみなす娘を、せつらは理解できなかった。

だから、

「あの――そろそろ」

と声をかけた。

「あ、そうですね」

美冬は何のためらいもなく現実に戻った。驚くべき思い切りの良さだった。思考と感情に一切の未練を残さない。気持ちの切り換えが早い――こんな月並みな表現では追いつかぬ敢然《かんぜん》さであった。

昇降口まで数歩進んだとき、猛烈な眠気がせつらを捉えた。もう一歩を踏み出すこともなく、彼は眠りに落ちた。

奇妙なことに、彼は立っていた。そのままで夢を見ていたのである。

　世界は何ひとつ変わらなかった。風は頰を打ち、夏の夕暮れの光は、蒼さを増した霞に吸い取られつつあった。その中にかがやいているのは、街の灯《シティ・ライト》であった。

　せつらは危険を察することができた。彼はふり向いた。

　立ち尽くす美冬の五メートルほど後ろの床に、黒いタールのような染みが広がっていた。

　見ているうちに、アスファルトを齧《かじ》り取るように黒い領海を拡大していくその中央に、黒い左手が突き出ていた。

　のびた五指が、手首ごとこねるように動いた。

　せつらには、それが夢だとわかっていた。夢の中の自分も、夢たる現実の自分も。全身におびただしい鋭い痛みが走った。夢の中の自分にも。現実の自分にも。

「ドクター・メフィストでは相手が悪かった」

　陰々たる声が言った。

「だが、まだ片手が残っている。おまえたちなら、それで十分だ。おれの世界へ来い」

　手が招いた。

　せつらは歩き出した。全身が引かれている。数百条の見えない糸に操られる感覚は、夢と現実——二つの世界でせつらを呪縛《じゅばく》していた。もうひとり——前方で後じさる美冬をも。

「美形だなあ」

　声が感嘆した。

「おれたちでなきゃ、ひとめで魂まで奪われちまう。おお、右腕が痛む。よし、腹いせにその娘を使ってやろう」

　夢だ、とせつらは思った。そのとおりだ。だが、夢は醒めず、現実の彼も刻一刻と黒い手の領土へと進んでいく。

　美冬は助けを求めていた。その表情でわかる。だが、声ひとつ出せないのは、せつらも同じだった。

美冬の身体が急速に後ろへ倒れた。黒い水飛沫《しぶき》は、せつらの顔にもかかった。

せつらの表情に、明らかな苦悩の色が浮かんだ。指一本——。否、小指の第一関節でも自由になりさえすれば、すべてを逆転してみせるのに。

黒い水の中でもがき抜く美冬の惨状よ。それは水よりもタールに近い粘液の海に違いない。ジャケットは脱げ、ブラウスの前ははだけ、白いブラと、それに包まれた意外に豊かな乳房が半ば剝き出した。

その身体を引きずり込もうと渦巻く黒い水は、可憐《かれん》なる娘を嬲《なぶ》り尽くさんとする妖魔のごとく見えた。

不意に美冬の身体が沈んだ。

たちまち浮上するその口から黒い水が汚流のごとく吐き出されるのを見たとき、せつらは顔を伏せた。

「ははは、見るに忍びんか、若造。この海はおれの手足だ。ほう、いい張りの乳房だ。太腿も締まっているぞ。いま、舌も絡めた。いよいよ、男と女になるとするか」

その声に嘘はないのか、黒いうねりに抵抗しながらも、美冬の表情には苦痛と恐怖と反発と——そして、覆いようのない法悦の色が漂いはじめていた。

「よく聞け若造、この娘のそこが、どんな色をしているか——いや、パンツを剝ぎ取って見せてやろう。眼福《がんぷく》に感謝した後、二人して死ぬがいい」

夢を操る——奇怪な技の使い手にしては、ひどく下卑《げび》たひとことを放って、声はふたたび哄笑した。

それが途切れた。

見えざる視線は、一点に注がれていた。——うつ向く秋せつらに。

黒い海が、しん、と静謐《せいひつ》を選んだ。

せつらの顔がゆっくりと上がっていった。

その美貌に変化はない。だが、違う。世にも美しい仮面をつけ替えたかのように。

黒い海は、凪《な》いだ。美しさと——恐怖にそう命じられて。

せつらの口が開いた。彼は言った。

「私《い》に会ってしまったな」

2

その身体が震えた。呪縛はまだ解《と》かれていなかったのだ。

左手を右肩にあてがい、指でつまんで、引いた。

それから、その指先を眺めた。

「なるほど——これか」

とせつらは納得したようにつぶやいた。

「貴様——どうして、〝操り糸〟を!?」

激しい動揺を隠せぬ声に、

「おまえの術にかかったのは、私《い》ではないのでな」

戦慄に凍った声へ、
ぴうん
空気が鳴った。

黒い腕は縦に裂けた。身も世もない苦鳴が噴き上がり、次の瞬間、肘から今度は横に断たれて、黒い水面に落ちた。

その飛沫が空中で消えた。

「ねえ、あなた」

背後の声が肩に手をかけた。看護婦姿の若い顔が、訝《いぶか》しげな表情を恍惚たるそれに変えていくのは、いつもながらのせつらの魔術であった。

「連絡したんですが——通じないもので……」

看護婦は喘《あえ》ぐように言った。

「みんなで……捜してます……水上さん……お眼醒めになりました」

「それはどーも」

茫洋と微笑んだのは、いつものせつらであった。

美冬が立ち上がろうとしている。せつらは近づいて、肩に手をかけた。

「大丈夫ですか?」

月並みな質問しか出せなかった。

美冬はうなずいた。

「歩けます?」

「大丈夫」

その顔にも、何とか整えた衣裳にも、染みひとつなく、濡れてさえいない。あれは夢に巣食う妖物と、現実のせつらの戦いだったのだ。

現実が勝ち――夢が消えた。

いや。

「あれは……」

せつらの背後にいた看護婦が前方を指さした。

夢が現実になるとは、こういうことを指すのかもしれない。あまり、好もしい夢とはいえないにしても。

四つに裂いた黒い腕は、すでに断末魔の痙攣もやめて、夕闇迫るコンクリの床に、その屍《しかばね》をさらしていた。

「嫌だ」

美冬が抱きついてきた。急な抱擁《ほうよう》はせつらを少々あわてさせたかもしれない。そんな表情を彼はつくった。

「また、はじまったのね」

と美冬はせつらの胸に頬を押しつけて言った。

「この街なら、と思っていたのに……また追って来たのね……逃げられないんだわ……何処へも」

光るものが頬を伝わった。

「大丈夫です」

とせつらは声をかけた。

「何とかなりますよ。必ず」

美冬は素早く涙を拭《ぬぐ》って、せつらから離れた。

「そうね、ご免《めん》なさい。悲観したって仕方がありませんね。頑張《がんば》ります」

「それがいい」

言ってから、せつらは奇妙な表情を浮かべた。自分の言葉に驚いたのである。

「行きましょう」

彼は昇降口のほうを指さした。歩き出す寸前、左手があわてて跳ねた。美冬の肩に触れてしまったのだ。

理世子はベッドの中で二人を迎えた。

「お兄さんは、すぐ来るわ」

美冬の言葉にうなずいた。

「連絡が取れたのかしら?」

昼にせつらと話したときとは別人のようなか細い声だが、これはやむを得まい。一度は死んだ女なのだ。

「それは、まだ。電源が切ってあるんです」

病室へ来る前に何度かかけてみたのだが、つながらなかったのである。

〈二丁目〉でDMと死闘を繰り広げている最中だとは、わからない。

「仕様がないわね。母親が死んじゃったというのに」

理世子は微笑してみせた。暗い笑みだった。まだ死に属しているのかもしれない。

それから、せつらへ眼をやって、

「ここまで、あたしを追いかけていらしたの? 案外もてる小母さまかしらね」

「依頼人も入院しているんです」

とせつらは、にこりともせず返した。

「ずっとお眼醒めになるのを待ってました。会っていただけませんか?」

理世子は少し考えてから、

「わかりました」

と答えた。森閑《しんかん》たる声であった。

「死から蘇《よみがえ》った場所でお目にかかるのも、天の配剤かもしれません。いつでもお目にかかります」

「どーも」

礼——らしい——を言って、せつらは部屋を出た。

ドアが閉まると、理世子は美冬を手招いた。枯木のような手に青く血管が走っている。

美冬が近づく。

「何があったの？」

と訊いた。

「――何がって？」

「いまの人捜し屋さん――秋せつらさんだっけ。二人で何かしたわね？」

「よしてください。あんなきれいな男性《ひと》、私なんかに眼もくれないわ」

美冬は動揺を隠さず抗弁した。

いいばれたのは承知である。しかし、怖るべき敵に狙われていることを、病床の母に知られてはならなかった。

いつもなら、たやすく屈服してしまう、母の静かな凝視《ぎょうし》に、美冬は正面から耐えた。

じき、理世子は眼を伏せ、

「わかったわ。――ね、美冬さん、お母さんはどんな顔してる？」

「――笑って、る」

「とてもお似合いに見えたのよ」

「え？」

美冬は眼をしばたたいた。わけがわからないというふうに。それなのに、頬はみるみるうす紅《べに》に染まった。

「でも――およしなさい」

理世子の顔から笑みが消えた。

「やだわ――何を？」

「あの人は、骨の髄《ずい》からこの街の――呪われた〈魔界都市〉の人間よ、この街で生まれ、この街で生き、この街で死ぬ。だから、あんなに美しいの。でも、あなたはいけない。いつかはこの街から、太陽の下へ出て行かなくてはならない人なのよ。それを忘れないで」

「やめてよ、母さん」

美冬は困ったような笑顔を見せた。

「私にはわかっています。自分のことも、しなければならないことも。私を待っている人のことも」

それなのに、君の笑顔は何故、哀しそうなのか。家族に囲まれて。陽の光の下で。ひとり切りで過ごす夜よりも、何故、ずっと哀しそうなのか。

ノックの音がした。

美冬がドアを開けた。保安係の間から、朝比奈議員が現われた。せつらはその背後にいた。

ドアを閉じると、朝比奈は、

「お久しぶりです」

と声をかけた。理世子は会釈《えしゃく》したきりだった。窓外の蒼は闇に変わり、窓内はずっと明るく思えた。その中でひと組の男女が時間を越えようとしていた。

朝比奈は前へ出ようとして、ベッドの中の女が、自分を見ていないことに気がついた。

彼は美冬を向いた。


「ああ……」

声が遠い過去という名の琴線《きんせん》を弾くのを、せつらは聴いた。

「間違いない。間違いない。……覚えておられますか、私の顔を？」

「いえ」

小さな返事は、謝罪のように聞こえた。過去はつながらなかったようだ。

「無理もない。あのときは、まだ三、四歳でいらっしゃいましたからな。ですが、この朝比奈は覚えておりますぞ。おお、おお、こんなにも大きくなられたか」

人間は嘘つきだ。自分が何となく大きなことができる存在だと思っている。どんなことかはわからない。たぶん、大きなことだ。だから、多少の嘘をついてもいい。議員は嘘つきだ。自分は国を正しい方向へ動かしているのだと思っている。だから、些細《ささい》な嘘はついてもいい。選挙のたびに嘘の公約で有権者を騙《だま》しても、それは自分のため、延《ひ》いては国のためなのだ。

だが、いま、朝比奈の眼から頬を伝う涙は本物であった。

「一九八×年――〈魔震〉のとき――あなたが我らのためにしてくださったことをお忘れか？　いや、それでもいい。あのとき――死と炎と怨嗟《えんさ》に満ちた〈新宿〉の中で、あなたが示してくだすった厚意を、私だけは忘れておりません。否、〈新宿〉の住人に問えば、全員が憶い出すでしょう」

その後の泣きっぷりから見て、ここまで言葉にならったのは、奇蹟ともいえた。

美冬は混乱した。奇蹟の原因が自分だとわかっていたからだ。

「母さん――ちょっと」

ベッドの中で白い顔がうなずき、答えに代えた。

「あのときのことよ、〈魔震〉の翌日」

「――私――何《なん》にも」

「いや」

ぽつりと声が生じた。暗中の妖しい菌類の放つ燐《りん》光《こう》に似ていた。

あの日――せつらはつぶれかけた店につっかい棒をしていた。様子を見に駅へ向かった父が帰らず、棒を固定してから、駅へ歩き出した。黒い煙があちこちから上がって、ヘリやジェット機が何機も上空を飛んでいた。結局、駅の近くは破壊され尽くし、父は見つからずで、四谷方面へ向かった。

四ツ谷駅近くの光景は惨状という以外、言葉もなかった。瓦礫の山の間を、自衛隊員が足とジープで駆けずり廻り、急ごしらえのテントとプレハブへ、何処からともなく運んで来た負傷者を収容中だった。みな、上半身は油や何やらで黒く汚れているのに、ブーツの下あたりが妙に赤く、ふと気がつくと、路上は血の海だった。

幾つもあるテントの前には、血だらけの人々が列をつくっていた。全身にガラス片を突き立てた老

人、両腕のない女の子、顔の半分がつぶれた少年、ともすればこぼれようとする腸を、何とか腹の中へ戻そうと努力中のサラリーマン。

到底《とうてい》、立ってなんかいられそうもない人々が、何故、順番を待っていられるのか、何故、自衛隊は優先的に彼らを運び出さないのか——あのとき感じた疑問の解答はもう得ているが、違和感は消えなかった。

テントの入口に、せつらはひとりの少女が立っているのを見た。三つ——せいぜい奮発しても四つが精一杯の幼女は、何をしているふうにも見えなかった。

彼女はただ邪魔にならない位置に立ち、ひとりずつ時間をかけてテントへ入っていく人々を見つめているだけだった。笑顔も見せず、声ひとつ上げるでもなく、傷ついた人々をひとり残らず記憶に留めておこうとするかのようなひたむきな眼差しは、それに気づいた者たちの厳しい表情を不思議と和《やわ》らげた。

哀しみでも怒りでも同情でも憐憫《れんびん》でもなく、忘れずにいること——この少女に人々は感謝した。

それきりせつらは別のテントへ向かい、そこへ戻ったとき、少女はもういなかった。

子供用の防災服を着た所在なげな姿とその眼差しは、しばらくの間せつらの記憶の片隅を占めていたが、じきに薄れていった。

その少女が、いま、眼の前にいた。

「——どうかしましたの？」

理世子の問いに、せつらは首をふった。

「何でも」

「少しの間、ふたりきりにしておいて貰いたい」

朝比奈がせつらに眼を移した。

せつらはうなずき、美冬にもうなずいて見せた。

「ごめんなさいね」

と理世子が詫びた。

せつらを先に、二人は外へ出た。

朝比奈はかたわらの椅子を引いて、ベッドのすぐそばへ行き、腰を下ろした。

「国外へ脱出されたと伺ってから、随分と探しましたぞ」

「――わかっております。亡命先で、幾つもの通信社を通して連絡を受けました」

「では――何故？」

「ご迷惑をかけます。いえ、あなたの生命に関わります」

「まさか。これでも、一国の政治を司《つかさど》る端《はし》くれです。革命勢力も国同士の喧嘩を誘発《ゆうはつ》するほどの愚か者ではありますまい」

「暗殺者たるものに、政治は関係ありません」

理世子のひとことは、海千山千の議員の背に冷たいものを走らせた。

「ゾッホ将軍――今は大統領ですが――あの男の出身は、〝コダイの村〟なのです」

「それ――」

続いて放とうとした言葉を、朝比奈は引き戻した。

「こう言われておりますわね。〈魔界都市〝新宿〟〉は、世界にあと三つある、と。一にロンドン、二にアーカム、三にコダイ村――将軍の選んだ刺客は、すべてこの村の出身者なのです」

「………」

「あなたの呼びかけに応じられなかった、これが理由です。そんな無礼を働きながら、この国のこの街へやって来た理由を、わかっていただけますわね？」

朝比奈は小さくうなずいた。

「毒は毒に対しては無効ですか、な」

「ゾッホ政権の基盤は、誰でも知っているように脆《ぜい》弱《じゃく》そのものです。人民のこころを摑んでいない権力者は独裁者になるしかありません。彼は恐怖政治を選び、人々は王家の復活を待ち望んでいます。全世界で多くの支持と援助を受けながら、若き王は着々と政権奪還の準備を整え、やがて王家の旗が再び王宮の屋根に翻《ひるがえ》るでしょう。――ですが、敵もそれは承知です。国王が滞在先を頻繁に変えられ、反革命の炎がひとつにまとまらないのも、そのためです」

「その――あの方を〈新宿〉へ寄越《よこ》されたのも、そのためですか？」

　理世子はかぶりをふった。

「いいえ。国民の支持は、国王よりも、むしろあの方にありました。王家の血はあの方に伝えられているのですから。国民の精神《こころ》の支えは、あの方のほうでした。ですから――」

「狙うのは、あの方か」

　朝比奈は嘆息した。その顔をじっと見つめて、

「今時分、と思われるでしょうが、ある国民にとって、王家の血とは、他国の人間には考えもつかぬ畏《い》怖《ふ》の対象なのです。まして、クリニアマラカは、二千年の間、王家と国民が融和を成し遂げて来た他に例を見ぬ国です。王家の血が絶えぬ限り、人々は希望して待ち続けるでしょう。逆にいえば、希望を絶望に変えるのは簡単です」

「血を伝える者を処分すればいい――か」

「彼我《ひが》の力の差が圧倒的でない限り、統治者には国民の支持が必要です。いいえ、その圧倒的な力の持主でさえ、他国民とのコンセンサスを欠けばどのような終末的事態を招くか――中東の小国へ、輝かしい民主主義国家建設のために駐留した大国軍の姿を見れば、おのずと明らかでしょう。相次ぐテロに、大国は為す術《すべ》もなく、軍隊を撤兵するに到りました。不幸なことに、クリニアマラカの民の身体を流れる血は、中東の血ほど熱くはありません。あの方が戻れば、死を賭《と》して戦いますが、敵の毒爪にかかれば、絶望の操り人形と化すでしょう。あまりにも情けないと思わないでくださいませね。そういう国も国民もあるということです。たとえそうなっても、自由を求める叫びは、いつか上がり、理不尽な

権力者を打倒するでしょう。ですが、それまで流される血と搾取《さくしゅ》される人々を放っておくわけにはいきません」

「仰《おお》せのとおりです」

朝比奈に異議はなかった。

「クリニアマラカの人々のためにも、不肖《ふしょう》この朝比奈に協力させてください。あなた方三名は、無事、国外へお連れいたします」

彼は胸を張った。

「どうして、そんなにしてくださるのですか？」

理世子は静かに、昔、若者だった男を見つめた。

彼は微笑した。

「どうして、あのとき、〈新宿〉へ来てくださったのですか？」

「それは……」

「あのとき、私は自宅で罹災《りさい》しました。天井と床が凄まじい勢いで回転し、気がつくと、自衛隊が建てた救護所にいました。そこには医者と看護婦と――あなた方がいました。訪日中の出来事だったと後で知りました。帰国予定は当日でした。何故、駆けつけてくれたのです？」

「あれは――あの方の意志でした。私は帰国を勧めたのです。ですが、あの方は断固として、被災地を訪問すると言い張りました。邪魔になるだけだと言っても、なら、見ているだけでいい。苦しんでいる人、死んでいく人を見送ってあげたいと――それくらいなら、自分にもできると、三歳の女の子が口にしたのです。私は返す言葉もありませんでした」

「私はそれで救われました」

朝比奈は嚙みしめるように言った。

「瀕死の眼に映ったお二人の顔――ひとりで死ぬのではないと思えただけで、恐怖と絶望は安らぎました。そして、私は甦った。これで答えになりますか？」

「十分ですわ」

そう応じてから、理世子は視線を落とした。無意識の行為だった。

「どうしました？」

朝比奈が眉を寄せた。

「——何でもありません。お申し出は喜んでお受けします。ですが、十分に用心してください」

「むろんです。幸い、この街には優秀なガードマンが山程います。彼に——秋くんに世話してもらいましょう」

朝比奈は破顔《はがん》して立ち上がった。

理世子の病室を出た二人を、白い医師が迎えた。

「よお、メフィスト」

せつらは茫洋と片手を上げただけだが、美冬は寝呆けたような表情になった。眼の焦点が定まっていない。

「看護婦に聞いた。屋上でおかしな奴と戦ったらしいな。話を聞かせてもらいたい」

同じ階のホールへメフィストは二人を導いた。

いつもなら患者や家族でそれなりに賑《にぎ》わっているのだが、今日はひとりもいない。

メフィストの用事を聞きつけたのだろう。どうやってかは永遠の謎だが。

屋上での戦いは、せつらがひとりで話した。きらめく花氷のごとく、無言で耳を傾けていたメフィストは、

「〝血の五本指〟のマリオだ」

と言った。

「私を襲ってから、君たちを狙ったな。あれは、私の部屋へ忍んで来た男だぞ。よく、撃退したものだ」

「何とか」

とせつら。

その春霞のかかった顔へ、ちらと視線を送って、

「君に用があるとは思えん。狙われたのは、そちらのお嬢さんか」

「——だと思います」

美冬は首肯《しゅこう》して、

「理由もわかります。でも、何故、ドクターが？」

「用は訊かなんだ。私を捕えて君の母上を退院させるつもりだったのだろう。ここの守りは少々厄介だ。幸い、病棟は空いている。格安料金で母上と一緒にいつまでもおられるといい」

「でも、他のみなさんに迷惑がかかります」

「安心なさい。その間に、優秀な人捜し屋に敵を見つけてもらい、後は警察にまかせたらよろしい」

「警察で――大丈夫でしょうか？」

メフィストの眼の前で、美冬の顔はみるみる血の気を失っていった。屋上での死闘を憶い出したのである。黒い死の海に呑まれた上、その水さえも飲んでしまったのだ。母の病室へ行く前に検査を受け、異常無しと保証してもらったが、あの粘っこい水の感じは喉や胃に生々しく残っている。それでおかしな匂いでもついていたら、母娘揃って入院という事態にもなりかねない。


「〈新宿〉の警察は十分に役目を果たしています。〝血の五本指〟にも引《ひけ》は取りますまい」

むしろ冷ややかに告げて、せつらを見た。

「君は早く出掛けたらどうかね？」

「何処へ？」

「汚《けが》らわしい殺し屋どもを始末しにだ」

「依頼は受けてないぞ」

「依頼が無ければ動けぬのかね？」

「当たり前だろ」

「依頼なさいますか？」

メフィストに訊かれて、美冬は困惑した。

「依頼なさるそうだ」

「いえ――あの、まだ」

「何を企んでる？」

とせつら。

「何も――では、私が代わって依頼しよう。〝血の五本指〟の居所を捜し出して来たまえ」

「うるさい」

「依頼人を選ぶのかね？」

「そうとも」

「何故だ？」

「性質《たち》の悪いのがいるんでね」

「楽な仕事ではなさそうだな」

「ご理解ありがとう」

おかしな、しかし、二人を知って二人の仲を知らぬ者にとっては、血も凍るようなやりとりへ、美冬が口をはさんだ。

「あの――何だか、ドクターが、せつらさんを邪魔にしているような気がしますけれど」

世にも美しい眼と眼が合い――空間に見えざる火花を飛ばした。

「邪推《じゃすい》だな」

とメフィスト。

「いいや」

とせつら。

美冬は、きょとんとしている。自分のひとことが、ある意味、的《まと》の中央を射抜いてしまったことに気がつかないのである。

「僕が邪魔なんじゃない」

せつらは美冬へ眼をやった。

「邪魔なのは君だ」

「どうしてです？」

「はい。――メフィストくん」

せつらはおかしな口調で白い医者へ顎をしゃくった。発言を求める議長か何かのようだ。

メフィストは無視した。

「二人でよく話し合いたまえ。私は失礼するが、〝血の五本指〟はそれなりの強敵だ。打つ手は早く決めることだ」

立ち上がったメフィストは、しかし、虚空《こくう》の一点に眼を据えて動かなくなった。

すぐに二人を見て、

「それなりでもなかったようだな。来たまえ」

メフィストの耳の奥で、看護婦の声がこう伝えたことを、せつらも美冬もまだ知らない。

「ドクター、脳外科病棟二九三号室に急行してください。患者《クランケ》二名が急死を遂げました」

第八章　護《まも》り手たち

1

水上理世子と朝比奈泰三の死因は、心臓麻痺であった。蘇生室へ急送されても息を吹き返すことはなく、メフィストの眼にある光が宿った。

まず人間的な反応を示したのは、朝比奈の病室にいた浅井秘書であった。

見ざる聞かざる状態に内心切れかかっていた秘書は、金切《かなき》り声を上げて事情説明を求めた。

病室のセンサーがまず、異常に気づいたはずであった。メフィストの指示でデータのチェックと状況の再現が行なわれた。

それによれば、まず、室温の急激な低下が生じ、その原因は、室内に出現した霊的な存在に求められる。出現地点は東側の壁前方一・三メートルである。

同時に、ベッドの中と外にいた二人が立ち上がり、東側の壁へ向かって歩き出し、出現した霊的存在ともども壁の中に消えている。

室温の低下を認めた時点で、センサーは担当医師および看護師、保安係へ緊急警報を放ち、三秒後に外にいた保安係が病室内へ侵入している。

保安係・岩淵史朗《いわぶちしろう》(38)は――

「まず患者を確認しましたが、ベッドにはおりませんでした。東側の壁へ向かって、寝巻姿の水上さんと朝比奈さんが歩いていくのが見えました。前方に灰色のコート姿の男が立っていました。鍔《つば》の広い帽子を被《かぶ》っているせいで、顔はよく見えませんでしたが、右手をのばして、その、おいでおいでをしていました。自分は二名の同僚と、お止まりなさいと声をかけ、コートの男に、誰だと誰何《すいか》しましたが、二人は止まらず、男も答えませんでした」

保安係・仙頭大八《せんどうだいはち》(40)は――

「男を妖術使いと判断し、自分は拳銃を抜きました。病院の支給品はすべて、高田馬場〈魔法街〉で浄化されていますから、通常の弾丸でも妖物は斃せます。ですが、私は最初から、駄目だと思っていました。これは、他の二名にも共通していたことですが、病室へ入った途端、何とも奇妙な感じがしたんです。まるで、自分がここにいてはいけないような――というより、そこにいながら、いないとでもいえばいいのか……つまり、いまそこで、自分が何をしても無駄だと、はっきりわかったんです」

　保安係・オリバー・B・ストーン（37）は――

「他の二人は気がつかなかったようですが、私はすぐにおかしなものを見つけました。コートの男と二人の間の床の上に、細い水のすじが流れていたんです。間違いありません。流れ水が、部屋を南北に横切っていました。水は――南から北へ流れていたと思います。本能的に、ここを渡らせてはいけないと思いました。これは境界線なんだ。これを渡って向こう側にいったら、二人は二度と帰って来ないんだ、と。でも、どうしようもありませんでした。何をしても無駄だとわかってしまったのです。自分たちは、ここにいてはならない人間だ。だから何もできませんでした」

　センサーの判断した〝壁の中に消えた三人〟に対して、保安係は全員、異議を唱《とな》えた。

　壁に吸いこまれたのではない。水上理世子と朝比奈代議士は、壁のあるべき位置に広がっていた荒野――茫々《ぼうぼう》たる黄土の大地の彼方へ歩み去ったのだ、と。

　しかし、死者は残った。

　やがて、まぎれもない現実との融和感が保安係たちを包んだとき、彼らは、ベッドの中に横たわる水上理世子と、それにもたれかかるように椅子から身を乗り出した朝比奈代議士の死体を見たのである。

　妖にせよ怪にせよ、外部からの侵入者に患者の生死を委《ゆだ》ねたことのない白い院長の病院へ、ひとりの敵が影のように忍び入り、二人の患者の魂を連れ去ったことだけは、今や明らかであった。

〈歌舞伎町〉にある「松岸病院《まつぎし》」——通称「極道病院」に、両腕を肘から失った学生服姿の外人の若者が飛びこんで来たのは、〈メフィスト病院〉での不祥事が勃発する二〇分ほど前であった。

綽名《あだな》のとおり、〈歌舞伎町〉に巣食う日本やくざや韓国、台湾マフィアおよび人種差別無しの犯罪者専門病院ともいうべき医院では、この程度の傷は傷の内にも入らない。場違いな服装も無視してくれる。

「義手をつけるかね？　いいのがあるよ」

と松岸院長が訊くと、若者——高校生は無言で首を横にふり、

「手は預けてある」

と無気味なことを無気味な声で告げた。

「一番簡単なやつを右手につけてくれ。両手が無くても不自由はしないが、不便では困る」

治療と装着はすぐに終わり、とりあえず収容した病室へ、看護師の能瀬《のせ》ゆみ子が検温しに出向いた。返事を聞いてから入ると、術後一〇分も経ていないのに、患者はベッドの上で携帯をかけていた。

パジャマも脱いで、来院したときと同じ学生服姿である。

——その辺の極道やマフィアとは違うけど、やっぱり、おかしいわね

と考えて能瀬看護師は身震いした。それは、入院したすべての男の求めに応じた美味《うま》そうな肉体と性欲がもたらす嫌悪だった。

「検温に参りました」

何とか胸中での折り合いをつけてから、こう告げると、男はこの病院の名前と病室のナンバーを告げて、携帯を切った。

院内での携帯使用は禁じられていない。そんなヤワい病院ではないのだ。

こちらを向いた顔は——わからない。服装同様、いつの間にか被った学生帽の鍔が邪魔しているのだ

った。

「いいとも——測ってくれ」

下心が丸出しの声だった。それで、能瀬看護師の肚《はら》は決まった。

ベッドに近づき、黒光りする鉄骨だけの右腕を見た。平然と掌から先を握った。

「動きます？」

「ああ」

リオと名乗った若者は、義手の指を動かしてみせた。

フィードバック理論の応用で、人工神経の通った指の動きと感覚は、人体と変わらない。

「大丈夫ですね」

能瀬看護師はサイド・テーブルに置かれたグラスを指さした。

「あれをつまみ上げてみてください」

「それより、別のものをつまんでみてえな」

「え？」

合金製の指が、白衣の胸もとへ上がってくるのを見ても、看護師は逃げなかった。

ボタンにかかった。ひとつ外れた。

「お上手ですこと。最新型の義手ですのよ——安物でも」

二つめのボタンも外された。白衣を持ち上げていた乳房の圧力が布地を押し分け、隠されていたものを露出させる。

白い肉と脂肪の半ばに食いこんでいるブラは、濃い紫であった。

「それで十分でしょ、リオさん。その旧式の携帯も、新品に換えたほうがよろしいわ……あら」

黒い指はブラをずらし、やや黒味がかった乳首をつまんでいた。

「あ……も少し……ソフトに……」

声が終わらぬうちに、看護師は自分から男の顔へ胸を押しつけていった。

吸われた。

看護師は声を上げた。

「でかいおっぱいだな」

とリオは喘《あえ》ぐように言った。

「何センチある？」

「八九よ。マークは付けないで」

「彼氏がいるのか？」

「彼氏はいないけど、夫がいるわ」

乳房が思いきり頬張られた。

はっきりと男の昂《たか》ぶりを感じ、能瀬看護師は満足した。

そのとき、白衣のポケットが携帯の呼び出し音をたてた。

「待って……」

押し離そうとしたが、男の唇は離れなかった。舌が乳首を転がしている。看護師はそのまま携帯を耳に当てた。

すぐに、わかりましたと答えてポケットへ戻した。

「行かなくちゃ。急患よ」

「放《ほ》っとけ」

リオは白衣の下の肉体を貪り尽くすことに決めたらしかった。二の腕だけの左手で看護師の胴を固定し、鉄の指でスカートごとパンストも引き下ろす。

「駄目よ。行くわ」

「行かせねえ」

看護師はベッドへ寝かされた。

ドアの外で幾つもの足音が床を踏んで行く。

この場合、看護師としての良心が勝《まさ》った。

思いきり押しのけると、リオの身体は案外簡単に床へ落ちた。見た目も屈強とはいえないが、こんなに軽いのかと、看護師は少し驚いた。

惜しい、と思いながら、

「ごめんなさい。お仕事優先なのよ」

スカートを整え、ブラを上げて、ボタンをはめた。

その流れ作業を床の上にしゃがんで見送りなが

ら、

「何処にいても、相手はしてもらうぜ」

リオが、うす笑いを浮かべたが、看護師は、わざと眼をそらしたまま、部屋を出て行った。

閉まったドアを見送り、リオ——マリオはその眼を移動させずに、右手を眼の前へ持ち上げた。

指が曲がった。

摑みかかる猛禽《もうきん》の鉤爪《かぎづめ》ができた。

「さ、造りものが、どこまでおれの手に近づくか、あの女の身体で試してみるか」

2

ドアが開いた。荒々しい開け方で修羅だとわかった。美冬の胸は少し重くなった。いまは会いたくなかった。

「上は大騒ぎです」

ひと塊《かたまり》にした言葉を床へ叩きつけるように放って、修羅は壁際のソファに勢いよく腰を下ろした。

「朝比奈の関係者が押しかけて——〈区外〉程じゃないが、あの禿《はげ》、対応に大わらわです」

浅井秘書のことだろう。遺体は騒ぎを怖れて一階上の霊安室に容《い》れてあるが、騒ぎの程は美冬にも想像がつく。誰ひとりここへ押しかけて来ないのが不思議だ。〈新宿〉では人の生死に関する反応も、他と違うのだろうか。

「院長がいません」

修羅は拳を掌に叩きつけた。

「責任を追及されるのが嫌で、逃げ廻ってやがるんだ。いくら隠れても、おれは許しませんよ」

「あの方は、そんな人ではありません」

美冬は兄を見つめた。修羅がはっとするほど強い口調だった。

「急患か——別の大事な御用があるんです」

「しかし——」

「他のスタッフの方は、みな挨拶に来てくだすったでしょう。後は、私たち二人がここにいれば十分です」

「おれは納得できません。お袋が死んだのは、この病院の怠慢《たいまん》です。犯人は〝血の五本指〟のひとり――〝渡し守〟って奴ですよ。院長はそれも防げなかったんです」

「どんな病院だって完璧なところはありません。母さんは、ここで一度蘇り、朝比奈さんにも会えました。後は私たちの問題です」

「ここを出ましょう」

と修羅は美冬を見つめた。

「お袋が朝比奈さんに会ったのは、そのためだと思います。おれにも、国外脱出の話をしていました」

「…………」

「それがお袋の遺言《ゆいごん》だったと思います」

美冬はうなずいた。

「そうですね――そうしましょう」

「手配は全部、おれがします。朝比奈の秘書に頼んでもいいし」

「いけません。これ以上、私たちのために不幸な出来事を起こしてはなりません。他人の死を見るのは、もう沢山《たくさん》。私たちのことは私たちだけでやりましょう。私も外へ出ます」

「いけません」

修羅は激しく膝を叩いた。悲痛な声がコンクリートの世界を震わせた。

「それこそ、餓狼《がろう》のうろつく荒野に、生贄《いけにえ》を放置するようなものです。おれは〈二丁目〉の人間でさえ、金で転ぶと思っています」

美冬の眼がそっと閉じられた。それは彼女がただの世間知らずではないことを物語っていた。すぐに修羅を見て言った。

「でも、あなたひとりでは」

「ここは〈新宿〉です。〈魔界都市〉と呼ばれているのは伊達《だて》ではありません。〝血の五本指〟の故郷ですら、〈新宿〉と言えば、みな沈黙するそうです。

彼らに勝るボディガードを捜しましょう」

「だけど、そんなお金が――」

「お袋の貯金と宝石がまだ十分残っています。ご安心ください」

「嘘――宝石なんか、もうひとつも」

「心配はいりません」

修羅が立ち上がり、美冬の前で力強くうなずいた。ある想いが全身を巡った。

「あなたは、そんなことを気にしてはなりません。おれにまかせてください」

「………」

「お袋の葬儀を済ませてから、すぐ、人を捜しにかかります。今日中に焼いてしまいましょう」

驚愕が美しい娘を貫いた。

「何てことを――あなたのお母さまよ。絶対に許しません」

「お袋の気持ちなら、おれのほうがわかります。ここを出るんなら、一刻も早いほうがいい。自分のために一日でも遅れたら、お袋は成仏《じょうぶつ》もできません」

火のような言葉を支えているのは、美冬を守ろうとする一点の曇りもない思いだった。

それに打たれ、感激し、感謝して、それでも美冬は反対した。

「私は許しません。今夜ひと晩、あなたと一緒に、母さんを見守ります」

長い息を修羅は吐いた。怒りはない。この娘はそういう娘だったのだ。

「わかりました。でも、時間がありません。おれは――ガードを捜して来ます」

「でも――こんな時間に、どうやって」

ドアのほうで、世にも美しい声がした。

「ご用命はこちらへ」

修羅が二メートルも跳び下がり、美冬は立ち上がった。

「秋さん――？」

「すみません。ドアが開いていたので。僕、そっちが本職でして」

「どうやって入った？」

修羅が、拳法か何かの構えを解いて訊いた。

「ドアを開けて」

せつらの返事に、二人は顔を見合わせた。

「立ち聞きをしていたな」

修羅が途方もない美貌を睨みつけた。

「おれは、ちゃんとドアを閉めた」

「はは」

「そうだわ、兄さん、この方なら」

美冬の表情がかがやいた。

「ところが、こちらはお高いのですよ」

「え？」

「秋せつら――〈新宿〉一の人捜し屋といっても、何処からも文句は出ないそうだな。たいしたもんだ」

「どーも」

「ただし、料金が高すぎる。こちらには、そこまでの能力は必要ない」

「只今、キャンペーン期間中です」

せつらは、びくともしなかった。

「八月いっぱい、料金は半額で結構ですが」

兄と妹はもう一度、顔を見合わせた。美冬が何度もうなずいた。

「本当に半額か？」

尋ねる修羅の前で、世にも美しい顔がうなずいた。

「わかった。頼もう。依頼内容はもう聞いたな？」

皮肉な口調である。せつらは一礼した。

「では」

背を向けたとき、ドアが開いた。

隻眼も、花模様の上衣も、この部屋にふさわしいとは到底言えなかった。

鷹のような眼がせつらを映してから、ＩＤカードを示して、

「〈新宿警察〉の屍刑事です。少し、お話を伺いた

い」

と言った。

前へ出ようとする美冬を制し、修羅が、おれがと言った。

「別室で話しましょう」

屍が先に立って出て行った。

ドアのところで修羅がふり向き、

「付いてってやってくれ」

とせつらに声をかけた。

「はあ」

と言ったきり、せつらは動かなくなった。立ちっ放しである。すぐに美冬が、

「あの、どうぞ」

と椅子を勧めた。

「どうも」

腰を下ろすと、両手を膝に置いてまた動かなくなった。

「あの」

少ししてから、美冬が声をかけた。

「お楽にどうぞ。疲れますわ」

「はあ」

途端に、椅子の背にもたれかかった。いきなり、だらりとしか言いようのない変わりぶりに、美冬が吹き出した。

「何か？」

「いえ」

笑いを殺して、

「すみません、お付き合いいただいて」

ようやく親しげな声が出た。

「いえ」

「あの――お楽に」

せつらはまた背すじをのばした。

「いえ――これで」

美冬は少し柳眉《りゅうび》を寄せて、

「疲れませんの？」

と訊いた。これくらい美しければ、逆立ちしたっ

ておかしくない、とは思わないらしい。

「これが普通で。家の外で楽すると疲れます」

「はあ」

「おかしな仕事です」

「大変なんですね」

「いや」

せつらは前の台と柩《ひつぎ》のほうを向いた。台の上には線香立てと蠟燭《ろうそく》立てがぽつんと載り、それぞれ、線香と蠟燭を刺してある。蠟燭の火は消えているが、数分前に刺したばかりの新しい線香は、白い煙を糸のように垂直にのばしている。

「写真が」

せつらが言った。美冬がうなずいた。

「あんなことがあったので、兄が家へは戻るな、と」

屋上での死闘を言っているのである。シュラ自身も〈二丁目〉で奇怪な敵とやり合ったばかりだ。

「――でも、明日は家へ連れて帰ります」

「〈二丁目〉へ？」

「はい。あそこがいちばん幸せだと思います。みんな、母のことを好いてくれていました」

「それから、外国へ？」

美冬が、はっという表情になった。せつらも、まずい、と思ったらしい。少し宙を仰いだ。

「聞いてらしたんですね？」

怒るふうも咎めるふうもない。

「ごめんなさい。立ち聞きするつもりは――少しありました」

美冬はまた吹き出した。ことごとくツボを外す若者は珍しくないが、超が一〇個もつく美青年がやると別だ。どんなにわざとらしくても、相手は吹いてしまうだろう。そうしなくては美しさに失礼だと、深層心理が命じてしまうのだ。せつらは意識せず、催眠術を駆使しっ放しといいえた。

「兄はそのつもりですわ」

と美冬は言った。病院で借りた黒いスーツが、ひどく似合って見えた。

「そうですか」

「でも、私は行きたくないんです」

「は？」

「もう疲れた、というのもありますけど、この街が好きなんです」

「はあ？」

奇蹟が起こった。せつらが束《つか》の間《ま》、真顔《まがお》になったのである。

3

そこには死があった。静寂もあった。外の闇はなお深く、夜明けはまだ遠かった。

〈新宿〉の夜。生命の力がもっとも弱まり、死が最後の跳梁《ちょうりょう》の翼を広げるとき。

闇に満ちるのは、死霊と妖物と呪怨《じゅおん》のみだ。

その時間、その一室で、その街が好きだと、美しい娘が言った。

「どうしてです？」

せつらが訊いた。この娘は依頼人ではない。捜せと依頼された相手でもなかった。

「みんなが一生懸命生きていますから」

答えはすぐあった。いま考えたものではないと、静かで懐かしげな声の調べが告げていた。

何処でもそうです、とせつらは言わなかった。美冬の感慨は何処でもそうであるが故に、真実を衝《つ》いていた。

「それに——何処へ行っても追われるのは同じです。とうとう母も殺されました」

「…………」

「それなら、私はこの街に残りたい。母を慕って来ていた人たちと一緒に生きていきたいんです」

「そうしますか？」

「——でも、兄は許してくれませんわ」

「あなたが嫌だと言えば？」

美冬は首をふった。

「兄にも苦労をかけっ放しです。何も言えないわ」

「今まで拝見した限りでは、兄さんはあなたのために生きています」

せつらは茫洋と言った。美冬の表情が変わった。

「あなたが死ねと言えば、喜んで死ぬ。いいことかどうかはわかりませんが、彼に悔《く》いるところはないでしょう」

「…………」

「どちらも満たすのは難しいけれど、あなたがこの街へ残れば、まだまだ血が流れる。ですが、あなたと過ごす日々を喜ぶ人たちも多いでしょう」

もしも、せつらを良く知る者が聞けば、卒倒してもおかしくない台詞《せりふ》であった。

「血が――流れます」

美冬は自分に言い聞かせるように言った。

せつらはうなずいた。

「ですが、流す血は無駄ではないかもしれない。誰かのために、血を流して悔いない者たちもいるかもしれません。僕は見たことがない。ですが、そんな人間がいるのなら、この街も満更《まんざら》捨てたものじゃない」

美冬はせつらを見た。恍惚ととろけそうな顔が、憶い出したように凜《りん》、と引き締まって、

「残酷なことを仰《お》っしゃいますわね」

と言った。せつらは気にしなかった。

「そう思うなら生きなさい。あなたのために血を流す者たちの胸の裡《うち》がわかるまで生きなさい」

少し間があった。外の闇の深さを、二人は感じていたのかもしれない。

「あなたも――一緒に？」

美冬が口を開いた。瞳にせつらが映っていた。

「さあ」

茫たる返事に、美冬の表情が翳《かげ》ったとき、修羅と屍が戻って来た。

「君も当事者らしいな」

隻眼がせつらを映してうなずいた。廊下を出て、三〇歩ほど右方の待合室へ入った。

せつらが、事情を話し終えると、屍は、

「あの二人――兄妹とは思えんがな」

と言った。

せつらは答えない。どうでもいいことなのだ。彼の仕事はひとつが片づき、ひとつははじまったばかりだが、兄妹か否かは何の関係もない。

「兄は違うが、妹のほうは軽い整形手術を受けている。どちらの言葉にもわからないくらい外国訛《なまり》がある。それに――」

屍は言葉を切った。糸のような隻眼が、せつらの表情を窺《うかが》う。

美しい仮面。仮面は眉ひとすじ動かさない。屍はこう続けた。

「――言葉の端々に出る気遣い。あれは、妹に対するものじゃあない。姫に対する騎士の忠誠だ」

「…………」

「あの二人は何者だ？　――と君に訊いても仕方がないな。〝血の五本指〟が狙う標的だ。相当の大物だろう。とにかく、〈区民〉にちょっかいを出した以上、おれが捜査に当たる。いつでも連絡してくれ」

「相棒は？」

屍は苦笑した。前の相棒は、金欲しさにせつらを狙ったからだ。

「今度は、上玉を見繕《みつくろ》っておく」

「あの二人に護衛はつくかな？」

屍がたったひとつの眼を見開いた。

「気になるのか？」

「人間として当然の反応だろ」

「人間として、な」

屍は何となく疲れたような表情になって、

「とにかく、これは刑事事件だ。早急に護衛をつけるようにしよう」

と告げた。

その胸が小さな震動を放った。

携帯よりひと廻り小さく薄い高周波通信器を耳に当て、屍は、わかったと応じた。

「上の連中からだ。病院の玄関に、物騒な一団が到着した」

「へえ」

「朝比奈に雇われたガードマンだそうだ。彼に何かあったら、あの親子を守るよう依頼されたと言っている。水上さんも死亡したと、もう耳に入ったらしい」

「〈区外〉の連中だね」

「ああ、堂々たるもんだ」


正確に言えば、ボディガードたちは門前の〈旧区役所通り〉に車を止めていた。

朝比奈からの指示は、親子が国外脱出を成し遂げるまでの完全ガードであった。そのための部屋も用意してあった。自分の身に何が起こっても、脱出までのシステムは作動する。次の指示があるまで、その部屋で待て。

彼らは〈区外〉では最高のガード集団であった。最新のエレクトロニクスを駆使し、武器の扱いにも習熟していた。

車から降りて、病院の玄関と通りの左右に注ぐ視線にも油断はない。どんなに巧《たく》みな変装を施《ほどこ》しても、プロ中のプロの眼が、瞬時に不自然さを見抜いてしまう——はずであった。

ただ、あまりにも〈新宿〉を知らなすぎた。彼らが〈区民〉であったなら、みずから偽装して、それとなく看視するか、この一帯を封鎖し、重火器によって三次元を制圧、親子には戦車並みの改造車か武装ヘリを用意しただろう。

だが——

なお闇の深い〈靖国通り〉を、大ガードのほうからやって来た通行人の男が、夏だというのに足首まで届くマキシコートをまとっていても、あまり気にしなかった。コートどころか、軍事用の装甲服を身につけた連中が、うようよしているせいである。

男は〈旧区役所通り〉を渡って、角にある「ミスター・ドーナツ」へ入った。

チョコレート・ロールとカフェ・オレを注文し、そのトレイを持って二階へ上がった。

Tシャツと短パン姿の若者が三人、窓際のテーブルを囲んでいた。男ふたりは流行《はや》りのスキン・ヘッド、娘はモヒカン刈りであった。

男はトレイを空テーブルに載せてから、若者たちのところへ行き、

「下りるか、死ぬか？」

と訊いた。

驚くより早く、若者たちは怒号《どごう》した。

「何だあ、このおっさん」

「そんな挨拶があるかよお」

立ち上がった右手に、Tシャツの袖口から飛び出しナイフが飛び出してきた。レバーを押せば発条《ばね》仕掛けの刃が、これも飛び出す。

そのテーブルが、凄まじい響きをたてて揺れた。コーヒー・カップと皿が激しくジャンプし、床へ中味を撒《ま》き散らす。

テーブルを横切る青光りする武器を、若者たちは茫然と見下ろした。

旧ドイツ軍制式軽機関銃《LMG》MG42。

一八〇を超す男のコートに収まりはするが、男がその横に載せた鉄の弾薬箱は、何処に隠しておいたものか。

真鍮《しんちゅう》の弾丸を差し込んだ給弾ベルトを、MG42本体の装塡孔《そうてんこう》につないだ鉄箱は、どう見ても縦横五〇、厚みは三〇センチもある。

「ちょっと……これって……凄くない？」

とモヒカン刈りの娘が興奮に頬を染めて呻《うめ》いた。

「おい、誰射つんだよ、おっさん？」

「おれたちにも射たせてくれ。な、一〇発ずつでいい」

「いいや、寄越しな」

口々に申し込む少年と少女の耳に、冬の雨のような声が、

「下りるか、死ぬか？」

と聞こえた。

「うるせえや！」

男に近いほうが、いきなりナイフを閃かせた。

男の喉が、ぱっくりと裂けた。少年は破顔した。会心の一撃だったのだ。

その鼻先に、黒い銃口がせり上がった。

「――!?」

鉄の噛み合う音を長々とたてて、男は持ち上げたMG42の発射桿《ファイアリング・レバー》を引いた。

「射手《ガンナー》を殺せるのは、銃《ガン》だけだ」

と男は嗄《しゃが》れ声で言った。喉は口を開いている。

「てめえ」

横合いからもうひとりの少年が脾腹《ひばら》へナイフをめり込ませ、後ろへ廻った少女が首すじに突き立てた。頚骨が邪魔をした。娘はナイフを両手で小刻みに動かし、刃を深く埋めた。

鋭い銃声が最初の少年をのけぞらせた。顔の上半分が消えている。後ろの壁に、赤い粘塊がへばりついて、ハネを飛ばした。射撃線《ライン》が、やや上向きだったのかもしれない。

「わわわわわ」

奇声を発して二人目の少年が階段のほうへと走った。

軽快な七・六二ミリ射撃音が、タタとその後頭部にめりこんだ。少年の顔も壁に貼りついた。

自分のほうに廻って来た、紫煙をたなびかせる銃口を、少女はぼんやりと眺めた。眼の隅で、二人目の仲間が階段上に崩れ落ちるのを確かめる。

「何だよお……このおっさん？」

ふわふわした声には、かすかな正気が残っている。

「テーブルに乗れ」

と男は命じた。

「何だよお？」

いきなり、銃身が股間に入った。一部が生足に触れ、少女は悲鳴を上げた。銃身は灼熱していたのである。

次の瞬間、凄まじい力がその身体を持ち上げ、テーブルの上に転がした。

下にはガードマン兼用の店員がいる。彼らは後《のち》にこう語っている。

コートの客が下りてくるまで、上では物音ひとつしなかった、と。

まさしく仰向けに横たわり、恐怖に引きつった無惨な顔を向ける少女へ、

「消音射撃《サイレント・ファイアー》を試してみよう」

と男は言った。首と脇腹にナイフを突き立てたまま。喉はぱっくりと裂けたまま。

大きく開いた少女の股間に、ぐいと銃身が突き込まれた。


「遅いな、隊長」

と車の運転席に待機しているボディガードのひとりが、車のすぐ外に立って、通りを看視中の同僚に声をかけた。

「いきなり押しかけたんだ、仕様がねえさ。〈新宿〉の警察は〈区外〉みたいに甘かねえ」

「それにしたってよ。早いとこ決めてくれんと夜が明けちまうぜ」

そういえば、東の空には水のような光が生まれはじめている。絶え間ない通行人の足どりにも、どこか疲れが見える。

「早いとこ、親子を保護してひと寝入りしたいもん――」

外の男の声はこれで止まった。

顔がつぶれ、頭が吹っとび、全身がぼろ袋みたいに変わるまで一秒とかからない。

男を蜂《はち》の巣に変えた七・六二ミリ弾は、同時に厚

さ三センチの鉄板を張り巡らせた車のボディも難なく貫き、運転席の男を穴だらけにした。

外のガードたちが事態に気がついたとき、三人目、四人目が血まみれの肉塊に化けて崩れ落ち、車の陰に隠れた五人目と六人目も、一発の応射もできずにぼろぼろにされた。

銃声ひとつない虐殺の通りに射ち込まれた弾丸は二〇七発。発射地点は、〈靖国通り〉と〈旧区役所通り〉に面した「ミスター・ドーナツ」の二階。

人間消音器に使われた少女の遺体の周囲には、同じ数の空薬莢が散乱していたが、後に何とも奇妙な事実が判明した。

まず、これだけの乱射が行なわれながら、ボディガード以外の通行人には、跳弾によるかすり傷以外の負傷者はなかったこと。

そして、現場検証によって、被害者に射ち込まれた弾丸は、「ミスター・ドーナツ」の正反対の地点から発射されたことが判明したのである。すなわち、〈メフィスト病院〉正面二階の壁面から。

第九章　ボディガード

1

浅黒い精悍そのものの顔が、極めて迷惑そうに、入ってきた美貌を迎えた。

「いま何時だと思ってる？」

と水月豹馬は、静かに脅《おど》しつけた。

腕時計へ眼をやり、

「午前五時二分」

とせつらは答えた。

「そーいう話じゃねえ」

豹馬は歯を剝いた。白い歯はすべて槍の穂のごとく研《と》ぎ澄《す》まされていた。肉食獣の牙——その名の示すごとく、〈新宿〉一の用心棒——〝ザ・パンサー〟は豹憑きなのであった。

「もっとも安眠できる時間だ。保安係を呼ぶぞ」

「でね」

せつらはベッドに近づいて、来客用の椅子に腰を下ろした。

「夜が明けたら退院だってね？」

「それがどうした？」

「また、あの店《バー》へ帰るのかな？」

「そのつもりだよ」

「正業はそれでいいとして、アルバイトしないか？」

豹馬は、うんざりしたように両手をふった。

「コンビニの店員くらいなら、掛け持ちできるぜ。荒仕事は不可だ」

「熱でもあるのかい？」

「うるせー。人生に眼醒めたんだよ。今回、ひどい目に遇《あ》ってなあ」

「よくある話だろ」

「こんなことがよくあって堪《たま》るか。このおれが、銃で射たれると来やがった。肺と心臓をぶち抜かれた瞬間、おしまいだと思ったよ。ああ、神さま、もう一回だけ生き延びさせてくれたら、荒仕事からは一生足を洗います——こう誓ったんだ。わかったか？」

「それでね——守って欲しいのは」

「人の話を聞け!?」

ぶん、と来《きた》った凄絶なフックをせつらはスウェーして躱《かわ》した。要するに、上体を引いたのである。

フックの右手を戻してせつらの鼻先によく尖った人さし指の爪を突きつけ、

「〝ザ・パンサー〟は引退する。わかったか？」

「引退後の生活は？」

「う、うるせえ」

「コンビニの店員ですか？」

「やかましい」

豹馬は枕をふりかぶった。

「——あちら」

せつらは肩越しにドアのほうを指さした。開け放してあったらしい。

「よお」


と修羅が片手を上げ、豹馬は唇を歪めた。

気がついて、せつらはふり向き、

「違うだろ」

と言った。

修羅が右へのき、美冬が現われた。

豹馬が、ありゃ、と洩らした。

「どうかな？」

少しの間、しなやかな娘を凝視し、豹馬は、しかし、首をふった。

「やめとこ。こんな別嬪《べっぴん》さんにかすり傷でもつけたら、一生、立ち直れなくなっちまう」

「美人のガードは燃えると聞いたけど」

「昨日までは、な」

豹馬の右手が左胸のあたりを押さえた。震えている。昨日の銃撃が彼に与えた心的ショックを、せつらは甘く見過ぎていたらしい。

「君の庇《かば》った朝比奈さんは、病院で殺された。仇《かたき》を討ちたくない？」

豹馬の眼つきが一瞬変わったが、すぐ元に戻して、

「ここでの騒ぎまで責任は持てねえな」

「どうしても駄目？」

「悪いな、お嬢さん」

と豹馬は美冬に詫びた。

「〈新宿〉一の用心棒は、昨日から〈新宿〉一の臆病者になっちまったんだ。てめえひとりも守れるかどうかわからねえ腑《ふぬ》抜けにな。すまんが他を当たってくれ」

物静かな声と落ちついた口調が、豹馬の決意を表わしていた。

「やめとけよ、せつら」

いきなり、修羅が口をはさんだ。声は二つの要素からできていた。怒りと侮蔑だった。

「自分でも腑抜けつったろ。そんな野郎に大事な妹のガードなんてまかせられないぜ。時間の無駄だ。他を当たってくれ」

「んー」

と唸ってから、

「じゃ、ね」

せつらは立ち上がった。さっさと背を向け、

「ゆっくりお休み」

と二人のほうへ歩き出す。

「他に当てはあるか、その腰抜けの他に？」

修羅は容赦がない。病室の中だ。

「いくらでも」

とせつらが答えた。

「よし」

男二人が歩き去ろうとする背に、

「おい」

低い唸り声は、肉食獣のそれに似ていた。

「何か？」

せつらがふり向きもせず、足も止めずに訊いた。

「――何でもねえよ」

豹馬の声は、その背に当たって、何処かへ行って

しまった。

ドアを閉じてから、せつらが、うーんと首を傾げた。

「どうした？」

修羅は、まだ腹の虫が収まらないようだ。

「うまくいかなかった。あれは、相当、こたえてるな」

「最後のは、奮起を促すひとことか。朝比奈さんの用意したガードを殺ったのは、奴を射ったのと同一人物だ。話さずにおいて良かったな――もう忘れろ。あいつは腹の底からビビってる。二度と戦場に出番はないさ」

「うーん」

美冬に霊安室へ戻るよう告げてから、二人は廊下を歩き出した。

二人が去った後、豹馬は暗澹《あんたん》たる面持ちでベッドの上に胡坐《あぐら》をかいていた。


赤坂で射たれた瞬間、それまでの自分が死を迎えたことを、彼は痛切に自覚していた。

再びノックの音を聴いたときも、まず感じたのは、怒りでも緊張でもなかった。

「おや、あんた――」

戸口で一礼し、美冬は済まなそうに、

「ごめんなさい、兄たちが酷《ひど》いことを申し上げて」

と詫びた。

豹馬の眼つきが不思議な生きものでも見るように変わって、

「――あんた、それを言いに戻って来たのか？」

「はい。本当にごめんなさい。悪い人じゃないんですけど、気が荒くて」

「懐かしい言葉だな」

豹馬は苦笑を浮かべた。

「いいってことよ。おれも外へ出りゃあんなふうだ。気になんかしてない。さ、もう行きなさい」

我ながら、優しい物言いだと思った。もう、いけねえ。だが、それが現在《いま》の自分の精神《こころ》のせいではないことに、豹馬は気づいていなかった。

美冬はうなずいて笑顔をつくった。

「きっと元に戻れます。元気を出してください」

と言った。

「そうもいかねえよ」

と豹馬はためいきをついた。

「世の中、怖ろしい奴がいるもんだぜ。おれはこれまでに何百回って同じ目に遇って来た。鉛や鉄の弾頭が身体ん中を駆けずり廻るなんざ、コーヒー飲むのと変わりゃしねえ。だがな、今度の奴は別だった」

美冬は動かなくなった。そうと知りながら、豹馬は話しつづけた。

「そいつの弾頭は、おれの筋肉を引き裂き、内臓に穴を開け、背骨を砕いて、神経をズタズタにした。そんなこと構やしねえ。今までと同じだ。半日もすりゃ治っちまう。ところが、今度の弾頭は違ってた。おれの中を食い荒らしながら、こう嘲笑《あざわら》ってやがったんだ。おまえはもうおしまいだ。おれ様が食いちぎったところは一生治らない。もしも、治ったら、また食い荒らしてやる、ってな。痛いだろ、苦しいだろ、この苦しみは、おまえの骨の髄《ずい》まで染みついた。一生離れねえぞ——おれにも、わかった。そのとおりだってな。おお、今でも憶い出すと、こうだ。痛いし苦しい。おれの身体はもう一生、ズタズタのままだ」

「…………」

「だがな、お嬢さん、本当にしんどいのはそれじゃねえ。あの弾頭は、おれの精神《こころ》を打ち砕きやがったんだ。踏ん張り、辛抱《しんぼう》、誇り——あいつが根こそぎ引き裂き、ばらばらにしちまいやがったのは、そういうもんなのさ。あの弾頭にこめられた射ち手の精神に、おれは敗《ま》けちまったんだ。死ぬのが怖いと思った。——それで、〈新宿〉一の用心棒はこの世からいなくなっちまったってわけさ」

唐突に、豹馬は自分がしでかしたことに気がついた。それは彼がしてはならぬことであり、眼の前の娘に語るべきことでもなかった。

「すまん。詰まらねえ愚痴《ぐち》を聞かせちまった。まったく、人間、堕《お》ちたくねえもんだな」

凄まじい自己嫌悪が水月豹馬をうつ向かせた。そのとき――

「違います」

と誰かが言った。

「え？」

見上げた瞳に、真っすぐ自分を見つめる娘の夕顔のような美貌が飛びこんで来た。

「あなたが生きている限り、精神《こころ》は治ります。生きていけるなら、精神は治せます。精神は他人のせいで死んだりしません。死なせるのは、あなた自身です」

「…………」

今度は美冬がはっとした。


「ごめんなさい。偉そうなこと言って――失礼します」

ドアの向こうに消える後ろ姿から、豹馬は眼を離さなかった。ドアが閉まっても、彼は動かなかった。

「自分を殺すのは――自分か。なるほどな」

こう言ってからやがて、つぶやいた。

「負うた子に教えられたようだな。――だがな、現実は厳《きび》しいんだよ、お嬢さん」

2

〈歌舞伎町二丁目〉――ラブ・ホテル街の只中にあるマンションの一室に、その日の午後、四人の男たちが集合した。
〈歌舞伎町〉は、現状が示すとおり〈危険地帯《デンジャラス・ゾーン》〉ではないが、個々のビルやマンションには魔力のごとき呪いや死霊が憑依し、入居者の事故死や自殺、行方不明が跡《あと》を絶たない。

　このマンションもそのひとつで、計三〇室のうち、ふさがっているのはわずか四室であった。——三日前までは。

　この手のマンションは、不動産業者を介さず、オーナーが直接、入居希望者と契約を交わす。

〈早稲田ゲート〉の掲示板を見てやって来たという訪問者は、オーナーが思わず、

「金なんかいらない。只でワンフロアくれてやる。その代わり、一度でいいから寝てくれ」

　こう口走ってしまったほどの美女であった。

　その結果、当日から四人の不気味な男たちが二階のワンフロア一〇室を借り切り——女は今にいたるも姿を見せない——オーナーは翌日、散歩に出たきり戻らなかった。

　早ければ、入室一時間以内に自殺、行方知れずが発生するというのに、男たちは何事もなく、いま、陽光の満ちる部屋で、陰惨極まりない顔を突き合わせている。

「意外と手強《てごわ》いな」

　こう言ったのは灰色のコートを脱がぬ〝渡し守〟で、その視線の先にいるのはマリオであった。彼の右腕は義手で、左手は肘から無い。

「たいしたこたあねえ」

　陰火の燃えるような眼つきで〝渡し守〟を睨んだのは、その口調に澱《よど》む皮肉が気に入らなかったのと、やはり、屈辱を噛みしめているからだ。二度仕掛け、そのたびに腕を失った——完全な敗退と言っていい。

　黒光りする電子制御《せいぎょ》の指先を眺めて、

「もう試してみたんだ。前と同じに動くぜ。どうせ、預けてある腕を取りに行かなきゃならねえ。今度こそ、二人とも始末してやらあ」

「やめとけよ」

　ソファでふんぞり返っていたＤＭが露骨な嘲《ちょう》笑《しょう》を放った。

「なにい？」

とふり向くマリオへ、怖れるふうもなく、

「二人って誰だい？　ドクター・メフィストと、もう一本の腕をちょん切った色男か？」

「――そうだ」

「おれたちの仕事は、あの三人を始末するこった。それも忘れて私怨《しえん》に走るようじゃ、あの伜《せがれ》――修羅とか言ったか――あいつにも勝てっこねえ。いっそのこと、〈メフィスト病院〉へ入って、頭の中味をもう少し冷静な男のものと、取っ替えてもらったらどうだい？」

「貴様」

マリオの右手がDMにのびた。

「おおっと」

声だけが虚空に残った。

他の男たちはあわてもせず、マリオのみが右手を招くように動かした。

「痛《つ》う」

いきなり、戸口に声と――DMが現われ、大仰《おおぎょう》に身悶《みもだ》えした。

「わかった、マリオ。あんたの技が凄《すげ》えのは良くわかったから、やめてくれ」

言いながら、彼は部屋を横切ってベランダのガラス戸を開けて外へ出た。

今までエアコン用のフィンと脱出梯子《はしご》しかなかったベランダの床に、直径五〇センチ程の黒い穴が開いているのを、一同が確認した。

「おまえの力で、そこから脱け出せるか。そこが何処につながっているのか、おれは知らん。だが、次元がどうとか、屁理屈《へりくつ》をこねて逃げ出せる場所じゃあないぜ。聞こえねえか、そこへ落っこちた連中の叫びがよ」

DMを追って、穴の縁《ふち》に立ったマリオが、切り札でも見せびらかす寸前のような声で言った。

DMが目を閉じた。火を渡るヨガの修行僧を思わせる表情になった。

しゃっちょこばった身体から腕が離れて腰を打つ。途端に力が抜けた。

「よし」

とうなずき、

「操り糸は送ってやったぜ、人形野郎」

DMは歯を剝いて喚《わめ》いた。

「今度はおれの番だ。てめえをファースト・クラス待遇で奈落の底へ運んでやるぜ」

「面白《おもしれ》え」

マリオの両眼に爛たる闘志が燃え上がった。

ひと睨みで人間を別の場所へ送れる若者と、操り糸ひとすじで底知れぬ奈落へ誘う学生服。

どちらかが行方不明となって戦いは終わる。誰もがそう思った。

「そこまでにしろ」

と長身のマキシコートが声をかけるまでは。

「マリオは両手を失い、DMは失敗《しくじ》った。今度の相手はそれ程強力ということだ。相手を呪い殺すくらい気力をふり絞らなくては、返り討ちに遭ってからごたくを並べてもはじまらんぞ」

「わかったよ、〝銃火《ファイア》〟」

まずDMがあっさりと受け入れ、

「射つなよ、な？」

マリオも媚《こび》を売りはじめた。

〝銃火〟は一同を見廻し、

「ドクター・メフィストと、おかしな人捜し屋——とりあえず、この二人を先に処分しよう。邪魔者すぎる」

マリオが黒い右手を上げて、

「まかせてくれ——メフィストはな」

宣言した途端、〝銃火〟に睨みつけられた。

「おまえが、標的《ターゲット》の入ってる病院の院長だからと面白半分にちょっかいさえ出さなければ、メフィストは嚙んで来なかったのかもしれんのだ。資料を読む限り、あれは人間よりも、おれたちに近い」

「道理で、おかしな技を使いやがると思ったぜ。おれは、ちょっかいなんか出しにいったんじゃねえ。本気で始末するつもりだったんだ。院長を操れりゃ、標的を病院から連れ出すなんざ造作もねえ」

「最初から標的を操りゃ良かったんだ。阿呆がのぼせ腐りやがって」

DMが罵った。

立ち上がろうとするマリオの胸元を青い銃身が押した。

束の間、それは優雅な弧《カーブ》を描いて、DMの顔面をポイントした。

「喧嘩も仲間割れも許さん。おれは両成敗などせんぞ、DM」

「わかったよ、〝銃火〟。こいつをどっかへやってくれ」

「二度と喧嘩を売らんと誓え」

DMは肩をすくめて、右手を肩の高さまで上げた。

「誓います」

言い終わった途端、DMはよろめいた。

「おい――」

と声を合わせたのは、DMと――〝銃火〟だった。

「やめろ、〝渡し守〟」

〝銃火〟がMG42を、灰色のコート姿に向ける。

「脅しじゃないぞ、DMを戻せ」

「こいつは、チームを乱すだけだ」

喉が病《や》んでいるに違いないしゃがれ声が応じた。

「パラグアイの仕事がしくじりかけたのも、こいつが和を乱したせいだ。おれが引導を渡してやろう」

「やめろ」

銃火の指が、ぎりぎりまで引金を絞った。

一秒――二秒――DMがよろめき、椅子から前のめりに床へ落ちた。同時に〝銃火〟がMG42を引き戻す。そこにいるのは、いつものDMだった。どうもこの四人組――一枚岩とはいかないらしい。

「メフィストは、おれと〝渡し守〟で殺《や》る。おまえたちは、人捜し屋を捜して始末しろ」

「待ってくれ、〝銃火〟。メフィストのところにゃ、おれの腕があんだぜ」

「だから、おれたちが行くんだ。邪魔をするな」

けっと吐き捨てたが、マリオはそれ以上逆らわず、急に手を打った。

「憶い出した。今度の標的――中々の玉《タマ》じゃねえの。写真なんかの百倍はいいぜ。なあ、〝銃火〟よ。標的をキャッチしたら、殺す前に一度犯《や》らせてくれ」

「捕まえたらな」

「おれにまかせてくれや」

「考えておこう。では、これからの作戦を検討する。――〝渡し守〟」

灰色のコートが立ち上がり、ぐるりを見廻した。

DMとマリオが薄気味悪そうに眉を寄せる。珍しく気が合ったようだ。

〝渡し守〟が左手の壁に近づいた。

「こら、逃げるな」

嬉しそう、というには、あまりにも不気味な笑い声をたてて、ひょいと壁の上部から何かをつまみ上げ――るような真似をした。

何もいない。誰も見えない。

だが、彼は口を開けた。耳まで裂けるというのはこれだ。その長大な三日月の中へ、ぽい、と何かが投げ込まれた。

確かに聞こえた。

柔らかい肉を引き裂く音。ぽりぽりと骨を噛み砕く音。そして――咀嚼《そしやく》音。

細長い顔が、また、壁に沿って動いた。

「ほお、ここにも」

今度は部屋の中央だ。ひょい、とのばした右手に左手を添える仕草《しぐさ》は、盆踊りでも踊っているような不気味さがあった。

突然、〝渡し守〟はふり向いた。

その後を追って、残る三人は、あっと叫んだ。

壁という壁に、おびただしい人間の顔が、船底にこびりついたフジツボのように浮き上がっているではないか。男もいる女もいる老人もいる子供もいる。そのどれもが、洞窟のような眼窩《がんか》と口とを開いて、四人を見つめている。

「はっは——こりゃ面白え。先住者がいたかい。あのオーナー、後でぶちのめしてくれる」

「何しに出て来た？」

〝銃火〟が訊いた。

上を向いたまま。顔は天井も埋めていた。

やめろ
顔が一斉に唱えた。まぎれもなく地の底から響く死者の斉唱だ。

「何をやめろってんだ、あン？」

DMが凄んだ。

やめろ
「てめーら」

DMの眼が光った。壁の真ん中あたりが五〇センチばかり、陽炎《かげろう》のようにゆらぎ、かなりの顔ごとすっと消えた。

壁もえぐれている。その表面にまた、顔たちが浮かび上がってきた。

やめろ
「野郎、まとめて消してやる」

「よせ、DM」

と〝銃火〟が止めた。

〝渡し守〟が壁に近づいている。

長い指が顔のひとつをつまんだ。

きい。

悲鳴だ。

まるで、肉の塊から一部を毟《むし》り取るように、顔は剝ぎ取られた。〝渡し守〟はそれを呑み込んだ。

先刻と同じ光景と音が繰り返され、それを嚥下《えんか》するや、
もうひとつ。

やめろ

斉唱が起こった。

やめろ　やめろ　おれたちを食うのを　やめろ
「なんでえ、腰抜けめ」

DMが毒づきながらも、吐きそうな顔をした。他の二人も、苦いお茶でも呑んだようだ。〝渡し守〟だけ、無表情を崩さない。

「最初は何をやめろと言った？」

〝銃火〟が訊いた。

――と戦うのをやめろ
「おやおや、ご贔屓《ひいき》さんがいるらしいぜ」

マリオが嘲笑した。

「もっと、でかい声を出さなきゃ聞こえねえぜ。ほらよ」

彼は右手を動かした。

めりめりと音をたてて、顔の幾つかが剝がれた。壁は血を噴いた。

残る顔が繰り返した。

やめろ――と戦うのはやめろ
「だから、どいつとだ？」

新たな顔が毟り取られていった。噴出する血は壁を伝わり、床に小さな海をつくった。

――と戦うのは
やめろ
顔がゆっくりと沈んでいった。

「待ちやがれ」

息まくDMへ、

「放《ほ》っとけ。大したことじゃない」

〝銃火〟が止めて、なおも咀嚼に励《はげ》む〝渡し守〟を呼んだ。

一時間程して、四人は部屋を出た。邪悪な会議は終焉《しゅうえん》したのである。

部屋を出る寸前、マキシコートの影が戸口で立ち止まり、見つめられた者が燃え出すような眼差しを部屋中に当てた。彼だけは、気にしていたのである。

すぐに彼も去り、気配の名残りも消えた殺風景な

一室の壁に、小さな顔がひとつ浮かび上がった。

それは、虚ろに口を開いて、こう唱えはじめたのである。

――と戦うのはやめろ
――と戦うのはやめろ
――と戦うのは――
やめろ
秋――と戦うのは――
やめろ
秋せつらと戦うのは――
やめろ

朝からかかりきりの手術《オペ》も一段落し、メフィストは壁際の椅子にかけて、フィジカル・センサーのチェックを行なった。

血圧、脳波、あらゆる臓器――異常無しであった。というより、メフィストが施した処置の結果どおりの数値が点灯している。

胸のペンダントがかすかに振動した。

黒い石を嵌めこんだ指輪が閃くと、空中に受付の看護師が出現した。三次元立体像《3Dホログラフィ》である。

院長の顔を直視しないよう、微妙に焦点《フォーカス》をずらして、

「〈区長〉用緊急回線からです」

「つなぎたまえ」

看護師の姿に、〈区民〉ならお馴染みの顔が重なり、鼻毛まで鮮明な像と化した。

「手術中かね、ドクター？」

電子製の〈区長〉は、怯えを留めて微笑した。

「ご懸念《けねん》なく」

メフィストは静かに応じた。

「緊急回線とは、何事ですかな？」

「うむ、頼みがある」

「ほお」

「一時間ばかり前、〈区外〉から現役の外務大臣が

来て、君のところに入院中の患者の家族に是非とも会いたいと言う。何とかしてもらえんかね？」

「差し支《つか》えありませんが、何故、自分で申し込まないのですかな？」

「極秘だそうだ。〈新宿〉へ来たのも単身。〈ゲート〉を渡ってすぐ連絡してきた。さして切迫した様子ではないが、本物だろう」

「外務大臣が単独で処理する極秘事項というと、かなり私的な件でしょうな」

「間違いあるまい。大臣になってからは、企業の御用大臣という評価がもっぱらだが、昔はあれで、政界の名物男と言われたこともある」

「確か、紅《あか》い闘士という綽名《あだな》でしたな」

梶原――〈区長〉は息を呑んで、

「――これは驚いた。〈区外〉の政局までご存じとは」

「その家族の名は？」

水上美冬と修羅兄妹だ、と梶原は答えた。


「ご希望の日時は？」

「できるだけ早急に――これからすぐ」

精緻《せいち》優美な彫刻を思わす白い医師の口もとを、うすい笑みがかすめた。ただの影だったかもしれない。

「旧友ですかな？」

梶原は苦笑した。

「同じ大学の同期でな。ともに政治を志《こころざ》した仲だ。向こうは外務大臣、こっちは――」

「〈新宿〉の区長」

梶原は、にやりと笑った。

「そのとおり。大いに差をつけてやった。ただ、試験のときには、大いに世話になった男でな。ま、それだけの縁だが」

〈メフィスト病院〉には、〈区外〉の重症患者も当然のごとく搬入されて来る。死亡寸前の赤児、生き倒れの浮浪者、世界的俳優、大富豪、そして国家元首――〈メフィスト病院〉では全員等しく扱われる。国がひとつ滅びようが、名家の存亡に関わる遺産相続会議の時刻が迫っていようが、病いの程度がすべてに優先する。

そこに生じる病院と患者の関係者の軋轢《あつれき》から、〈区外〉の大物たちは、多くのことを学ぶ。この病院の鉄の規律と医師団及び全スタッフの信念を。何よりも、白い院長の怖るべき人となりを。

彼らは、入院の要でも生じない限り、けっしてみずから院長に連絡を取ることはない。怖くてできない。それでも、という場合、彼らが最初に眼をつけるのは、いわば同業者のトップ――〈新宿区長〉なのであった。

だが、彼らはすぐ、そのミスとみずからの認識の甘さを悟る羽目《はめ》になる。一見、軽薄そうなこの〈区長〉は、〈区民〉への融通《ゆうずう》の便を図る際、相手の足下を見て相応の金額を要求するほどの遣《や》り手なのであった。

そして、相手がドクター・メフィストともなれば、おいそれと仲介の労など取らない。金も取らずに断わってしまう。その仕事は、〈区長〉自身の生命どころか魂の安全まで冒《おか》しかねないからだ。

本来なら、外務大臣の地位に匹敵する代価を要求して後の連絡のはずが、今回はそうでもないらしい。

「承知しました」

とメフィストは言った。

「おお――ありがとう！」

梶原は吠えるように叫んだ。

「なら、日時を指定してやってくれたまえ。たとえ、選挙の最中でも駆けつけさせるぞ」

「これから一時間後――〈区役所〉へお邪魔します」

「君が――来てくれるのか⁉　いや、いかん――あいつに行かせる」

「そちらに私用がありまして」

「え？　そ、そうか。わかった。あいつに伝える。

ひとつよろしくお願いする」

〈区長〉の姿が消えると、メフィストは手術台のほうを見直した。

被せたシートの端から、この世に二つとない美貌が、茫とこちらを見つめていた。

「眼が醒めたかね？」

「うん」

せつらはうつ伏せである。

「気分はどうだね？」

「不安だ」

「何がだね？」

せつらは眼だけを動かして周囲を睨《ね》めつけた。

「誰もいない。ひとりで手術したな？」

「不満かね？」

「おかしな真似をしなかっただろうな？」

「僕などという男に興味はない」

「覗いてる奴はいないだろうな。確か〝千里眼〟の患者がいるって聞いたぞ」

「彼は私が起こすまで眠っている」

冷ややかに言い捨て、

「もう通常の行動を取って差し支えない。歩いて出て行きたまえ」

「外務大臣と会うんだな」

「いくら人捜しが仕事といっても、良くない趣味だぞ」

「仕事の一環さ」

せつらは返して、もそもそと動き出した。

腕時計を見て、

「もうじき正午か。時間食っちゃったな」

「治療費は約束どおり、後日」

とメフィストが声をかけた。何ともいえない響きが含まれている。

「高くついたなあ」

ぶつぶつ言いながら、せつらは術着姿で出て行った。メフィストに礼のひとこともない。もっとも、患者に勝手に出て行けという医者も医者だ。

してみると、せつらの手術は患部に施されたものではないらしい。

もうひとつの〈魔界都市〉と呼ばれる村から訪れた、夢魔のごとき刺客たちとの戦いが待つその日――〈メフィスト病院〉の一室で、白い医師は、黒衣の人捜し屋に、いかなる手術を施したのか。それは、この二人の別名から推測してみるとしよう。

ドクター・メフィスト――魔界医師

そして、

秋せつら――美しき魔人

メフィストを乗せた黒いリムジンが、駅側を向いた院長専用口から滑り出したとき、病院を囲む路地の何処かでこんな声が電波に変わっていった。

「いま出た。院長はもう病院にいない。これから侵入する」

第十章　暗殺者ＶＳ．区民

1

メフィストは、梶原区長に告げた時間からきっかり一時間後、〈区役所〉の玄関へ入った。

三〇分後、応接室で、彼は外務大臣・迫谷広紀と向かい合っていた。ダーク・グリーンのサングラスは、梶原が提供したメフィストの美貌用だ。他に人はない。

「お話はよくわかりました」

白い医師の返事に、ほとんど無反応な美像に熱弁をふるってきた迫谷は、急速に全身を弛緩《しかん》させた。

長い長い吐息が終わってから、メフィストは言った。

「残念ながら、あの二人の意向を聞かずに、病院を出すことはできません」

外相は死人のような表情をメフィストに向けた。

「しかし、ドクター、いま申し上げたとおり、海外脱出は亡くなった朝比奈議員の意向だったのです。いや、死人の想いを錦《にしき》の御旗《みはた》にするつもりはありません。しかし、水上兄妹のこれからを考えれば、この街で、暗殺者と街そのものの恐怖に怯えながら暮らすよりは、けっして人目につかぬ外国で静かに日を送ったほうが二人のためとは思われませんか？」

外相の真摯《しんし》さは疑うべくもなかった。

「逃亡者の思いつく場所は、暗殺者も思いつきます。人間が人間を殺害しようと思いつけば、逃れる術《すべ》はありません。ふたつを除いては——まず、ひとつ」

人さし指が上がった。その繊指《せんし》、その動きを暗いフィルターを通して見ただけで、外相はめまいを覚えた。

「——人間がけっして入れぬ異界へ逃亡者を封じ込めることです。その点で〈新宿〉は、世界の何処にも例を見ない安全地帯といえるでしょう。しかしながら、私の経験と修羅くん、及び〈区民〉の一部の話を総合すると、敵は人間でありながら、極めて濃い異界の血を有しているようです。となれば、残る方法はひとつ――」

中指が躍り、外相は胸がときめいた。この指が〈区外〉では治療不可能な病巣を摘出し、死を生に変えるのか。だが、敵に対しては――

「――こちらが先手を打つことです」

静かで優雅な音楽を思わせる声が、このとき、死刑執行宣言のように外相の耳には聞こえた。

「迎撃ではありません。あくまでも攻撃です。幸いここは、犯人に危害を加えられてから反撃した場合に限って正当防衛を認められる国ではありません。死者になるのはどちらが早い？　――問題はこれだけです」

「しかしだね、ドクター」

言ってから、外相は声がひどく嗄《かす》れているのに気がついた。急に喉頭癌《こうとうがん》にでもかかってしまったようだ。


「その兄妹に、そんな真似ができると思うかね？　まして相手は、暗黒世界でもトップ・クラス――プロ中のプロだそうではないか」

「逝去《せいきょ》された兄妹の母上の専門をご存じか？」

話のベクトルをねじ曲げる唐突な質問に、外相はぎょっと身を固くした。

「確か……分子何とか……」

と口にしたのは、眼を閉じてから数秒後のことである。

「分子細胞学です。ケンブリッジでは次元工学。しかし、もっとも注目すべき研究は、クリニアマラカの魔術師から学んだ秘儀――神秘数学でしょうな」

外相は、きょとんと白い医師を見つめているばかりだ。どれも外交戦略に関係があるとは到底思えなかった。

「もともと、次元というものは、純粋な物理学から導き出された概念にすぎません。一次元、二次元、三次元、そして四次元――すべては空間が決定する物理世界の表象です。〝神秘数学〟は、それに頼らずあくまでも数学上の一概念としての次元に、人間と接触させる性質を持たせ得る唯一の学問といえましょう」

外相はハンカチを取り出し、顔の汗を拭いた。

「その――わしは法科出身でね。もう少し、わかり易く説明してはもらえないだろうか？」

「人間が次元を自在に移動するための学問ですな」

「わかりました」

わかりません、とその眼が告げている。

メフィストは陶製の灰皿を手に取った。

「？」

「頂度《ちょうど》いいところにほころびがあった」

言うなり、外相の胸のあたりへ放った。

数キロはありそうな品である。うお、と叫んで外相が受けとめようと両手を上げる。その間で、灰皿は消滅した。

「ドクター……？」


「今度は空間物理学とでもいうべき分野の担当になる。空間というものは、実はかなり不安定でほころびが生じやすい。つまり、まったくの偶然で、人や物体がそこへ落ちこみ、別の空間に吸いこまれる。永遠に我々の前から消滅するとは、こういうことなのです」

「い、いまの灰皿は何処へ？」

「私にもわかりかねます。明日にでも別のほころびから出現するかもしれませんし、それきりかもしれません。神のみぞ知る、とはこういうときの言葉でしょうな」

「…………」

「ただ、神秘数学によれば、数学的な構成よりなる特殊空間の内部では、その物体の所有者の想いが、物体の出現に多大な影響を及ぼすとあります。私の場合はどうなりますかな」

外相は、首すじまで汗をかいていた。

灰皿の消えた空間を凝視《ぎょうし》したまま、身を後ろへの

けぞらせて、

「ここに触れたら――わしも消えてしまうのかね？」

　と訊いた。

「ほころびは、常に移動します。不安定とはそういう意味です」

　メフィストは、そこで右手を優雅に打ち振って見せてから、

「ここのほころびは、すでに数千万キロの彼方へ移動しているでしょう。たまさか、そこに吸いこまれた不幸な人間の名をご存じですかな。ラングという名前に聞き覚えは？」

「すまんが一向に」

　メフィストは小さくうなずいた。美が動いた。

「この件に関する兄妹の意見は、戻ってすぐ訊いてみます。この街に残るという意見を選択したら、おあきらめなさい」

「やれやれ」

　呻いて、外相は椅子の背に身を投げた。そっぽを向いて、

「朝比奈の遺志を尊重したつもりが、頑迷な町医者のせいで、おじゃんか。本当に子供たちのためになる道はどれか、考えてみればすぐわかりそうなものだ」

　そして、彼は血も凍る想いを味わった。

　耳もとで、メフィストの声が聞こえたのだ。彼はテーブルをはさんで向こう側の椅子にかけているはずなのに。

「年端《としは》もいかぬ子を、マフィアの手から国外へ脱出させると持ちかけ、大枚を手に入れるや、当のマフィアや人買い団に売りとばすという輩《やから》が近頃、猖《しょう》獗《けつ》を極めていると聞きました。この国の外務大臣はいかがかな？」

　外相は弾かれたように向き直った。

「どういう意味だ？　無礼な。たかが一介《いっかい》の町医者風情《ふぜい》が」

大臣は喉をかき毟った。怒りで、チアノーゼ症状を呈してしまったのだ。

いきなり、ドアが開いた。足音も高く駆け寄って来たのは、梶原区長と二名の警備員であった。

「連れて行け」

抑揚《よくよう》のない声は、恐怖に支配されているせいだ。警備員に両手を固められ、外相は退室した。

「ドクター、言うまでもないが、〈区外〉の連中は、ここの事情を知らん。ここはひとつ、わしの顔に免じて穏便《おんびん》に」

「安心なさい。私への罵倒は別として、彼の意見には一理ある。ですが、兄妹の意思は尊重すべきですな」

梶原は露骨に胸を撫で下ろした。

「そう言って貰えると助かる。あいつは二度と、君に近づかせん」

「よろしく」

数分後、メフィストは梶原と別れて玄関へ下りた。ホールへは階段とエスカレーターで下りる。メフィストは階段を選んだ。

ホールの中央に立つマキシコート姿が、咥《くわ》え煙草《たばこ》を床に投げ捨て、右手をコートの内側へ差し入れた。

出現したMG42が火を噴く。メフィストは右へ走った。階段中央の左右にそびえる青銅の獅子像――その右側を楯《たて》にするつもりだ。

間一髪、翻《ひるがえ》るケープの端を七・六二ミリ弾頭が引き裂き、階段を粉砕する。

居合わせた人々が絶叫を放って逃げまどう。銃器をセンシングしたセンサーは、すでに行動を開始していた。

警報を鳴り響かせると同時に、天井と壁とに設置したレーザー発射装置から、真紅の光条が射手に集中した。

コートと上衣が火を噴く。一万度の超高熱に内臓も骨も灼かれながら、〃銃火《ファイア》〃は銃口を逸《そ》らした。

レーザー発射装置が青白い光を放って破壊されていく。

給弾ベルトが、コートの内側からMG42の機関部に吸いこまれていく。何処にあるともしれない、尽きぬ弾丸であった。

玄関右奥の警備員室から、制服姿が二人、H&KのG13を構えて突進して来た。

腰だめで引金を引いた。紫色の銃口炎が景気よく膨れ上がる。

階段上からも四人の警備員が出現し、G13を射ちまくってくる。

灼熱の弾頭が〝銃火〟の全身を貫き、背中から抜けた。残りは体内を縦横無尽に駆け巡る。

〝銃火〟の口が血塊を吐き出した。

ぶつぶつと血まみれの唇がつぶやいた。

「機銃手を斃せるのは、機銃手だけだ」

一二キロの軽機《ライト・マシン・ガン》が名刀のごとく閃いた。

銃口の先で次々に倒れていく警備員は、射的の的《まと》のように見えた。

初弾発射から、ここまで五秒足らず。銃口はメフィストが身を隠した獅子像へと向かった。

いかに名射手でも、軽機のパワーでは青銅の塊を射ち抜くのは不可能だ。

〝銃火〟の眼の絞りが、瞳の奥で、ぐらとすぼまった。

「逃がすな、我が弾頭よ」

MG42は火を噴いた。

メフィストはのけぞった。ケープにみるみる朱《あか》い地図が広がっていく。

貫通した弾丸は二五発に達した。すべて背中から抜けていた。

よろめきよろめき、メフィストは像の背から出た。

「お初にお目にかかるな、ドクター。おれの名は〝銃火〟。自分は治せるのかい?」

「さて」

メフィストの右手が痙攣しつつ、ケープの内側へ入った。

光る輪が現われた。

再び火線が白い医師を捉えた。メフィストの顔が前方へと飛び散り、筋肉と内臓が花火みたいに跳んで階段や獅子像に貼りついた。

この射手は、あり得ない方角から銃火を浴びせることができるのか。

MG42の銃身が、陽炎を立てながら、射撃をやめたとき、白い色彩は何ひとつ残っていなかった。

2

修羅と美冬は病室にいた。二間続きの白い部屋は、この国には縁がない超一流ホテルのスイートの豪奢《ごうしゃ》さを備えていた。

夜が明けると、位牌《いはい》と骨壺を持って霊安室から移った。

修羅がひと寝入りしてから〈二丁目〉へ戻ろうと提案し、二人は病室へ上がった。

奥の寝間で眼醒めた美冬が、居間へ出て来ると、修羅はソファに腰を下ろして、テーブルの上の位牌と骨壺を眺めていた。

「お兄さん――寝なかったの？」

修羅は妹のほうを向いて微笑した。漲る野性味が照れそうなくらい優しい笑みであった。

「眼が冴《さ》えちまってな」

兄の言葉遣いに戻っている。

「でも、身体に毒よ。少し休まないと」

「わかってる。心配するな」

笑みを深くしてから、

「――昨日の話、いいな？」

真顔で訊いた。海外脱出の件である。

「いいわ」

美冬は左手のキッチンへ入り、コーヒーを淹《い》れはじめた。

「ただし、もう誰の迷惑にもならないところへ連れて行って。私たちしか生きる者のいない土地へ。誰にも知られず朽《く》ち果てて、私か兄さんか、どちらか残ったほうの骨が、風に吹き散らされて消えてしまう――それでおしまいの土地へ」

美冬の肩が震えた。修羅は立ち上がった。肩を抱いて慰《なぐさ》めてやりたいと思ったが、それはできなかった。

すぐに美冬は気を取り直した。自分の行動が周囲に何を与えるか、この娘には十分すぎるほどわかっていた。

「ごめんなさい、またやっちゃった」

インスタント・ドリップのフィルターにお湯を注ぎ、受けたカップをソーサーに載せて、美冬は二組を修羅の前のテーブルに載せた。

「でも、兄さん――切符を買うお金なんかあるの?」

「そういやそうだな。お袋とおまえが、近所の連中に大盤振る舞いしちまうもんで、我が家はいつも金欠だ」

「ごめんなさい」

しおらしく下げる妹の頭へ、無意識に手をのばして、途中で気づき、修羅は、はっと止めた。

「いいさ。お袋のはもう慣れてる。おまえにもその気があるとは予想外だったが」

「ごめんなさい」

穴があったら入りたい心境なのだろう。美冬の声はか細く脆《もろ》い。

「もういいって。呆れてるけど、おれもおまえたちのすることは嫌じゃない。ただ、出発は二、三日後だ。旅費と用心棒代を稼いだり、何よりも、おまえがいま言ったのとぴたりの土地を捜さなきゃならない」

「私も手伝います」

「兄貴に恥をかかせるつもりか。おまえは大人しく、〈二丁目〉でやるお袋の通夜の準備でもしてろ。

と言っても、会葬者は近所の連中だけだろうが」

「でも、みんな悲しんでくれるわ」

「そらそうさ。なんてったって、お袋の葬式だものな」

修羅は妹の横顔をそっと眺めた。

ある確信が湧いた。どう扱ったものかと考え、結局、口にした。

「本当にここを出ていいのか？」

「ええ。——どうして？」

「何かがおまえをこの街に引き止めようとしているる。それとも、誰か、か？」

「違います」

美冬はあわてて否定した。頬が熱くなった。兄がとんでもないことを口にするからだ。

「そう見えるのは、〈二丁目〉のみんなと別れるのが辛《つら》いからよ。それだけです」

「ならいいさ」

修羅は弄《いら》うように口もとをほころばせて、

「あいつはどうだ、秋せつらは？」

と訊いた。

「え？」

「この世のものとは思えないハンサムだが、並べばおまえも引けは取らない。二人でいるのを見たとき、お似合いだと思ったぜ。どうだ？」

母もそう言った。

「どうだって、何が？」

「いや、何ならあいつの分の旅費も稼いで来たっていいし、おれは旅の途中で消えても——」

「やめて！」

音をたててカップをソーサーに置くと、美冬は兄に近づき、その背にすがりついた。

「この頃、私、泣いてばかり——お願い。もう悲しくなるようなこと言わないで」

肩がゆすられた。

修羅は黙って、為されるがままでいた。肩に美冬の手が触れている。

すぐにそれが熄んだとき、彼は胸の何処かが満ち足りていることに気づいた。ひどく懐かしいものから、つかの間、遠ざかっていく。そんな心地良さだった。

「すべては、通夜が終わってからだ。とりあえず、〈二丁目〉へ戻ろう」

「はい」

美冬はあらためて、コーヒー・カップを口元へ上げた。

後の支度は早かった。

修羅が位牌を上衣の内側に仕舞い、美冬が骨壺を持つ。それだけだ。

「行くぞ」

修羅、美冬の順でドアをくぐった。

そのとき電話が鳴った。美冬が立ち止まったが、修羅の、

「ほっとけ」

のひと声で無視した。しかし、修羅はすぐに立ち止まらねばならなかった。

その前に茶色の制服姿の男たちが四名、立ちはだかったのである。保安係だ。

「何だい？」

尋ねる修羅に、男たちは笑顔をつくり、

「院長の御命令で、お出しすることはできません」

と言った。

「どういう意味だい？」

「理由は存じません。ただ、院長が戻るまで外へお出ししてはならないと厳命されております」

「ドクターはいつ戻る？」

「わかりかねます」

「仕様がねえな。じゃ、戻ったら、こう伝えてくれ。恩を仇《あだ》で返すようだが、後で必ず埋め合わせはするってな」

言葉の意味を読み取った男たちが身構える。

修羅が前へ出た。その肩に手をのばす男たちの動きは、あくまでも手加減されたものであった。修羅

は止まらない。

保安係の鳩尾が鋭い音をたてた。強烈なボディ・ブロウを食らったみたいに上体を折り曲げ、保安係は床にキスする羽目になった。

「ちょっと」

二人目と三人目が両肩に手をかけ、また沈んだ。美冬は息を呑んだきり動かない。

ただ、廊下に仕掛けられたビデオ・カメラのレンズだけは、修羅の拳から何かを弾きとばすような動きをするのを眼にしていた。

美冬には、兄に挑んだ男たちが、次々に倒れていくとしか見えなかったろう。

驚く暇もなく、新しい警報が低く廊下を渡りはじめた。

カメラとセンサーが、いまの短期決戦を、警備用コンピュータに伝えたのである。

「急ごう」

修羅は美冬の肩を抱くようにしてエレベーターのほうへ歩き出した。よく見ると、手は妹の身体に触れていなかった。

3

ロビーの警報は、最近珍しい殴り込みがもたらしたものであった。

明らかに麻薬中毒《ジャンキー》と思《おぼ》しいやくざ者が、涙と鼻汁とよだれを垂れ流しながら、ロビーへ侵入して来たのである。

真昼だというのに、鉢巻に二本の懐中電灯を角《つの》みたいに刺し、両肩から散弾のベルトをたすき掛け、抜き身の日本刀と散弾銃を手にしている——となると、何かの影響を受けているのが一目瞭然だが、時代が違うのは、武器を確認した警備用メーザーの集中射撃を受けても、びくともせずに、天井へ一発ぶっ放したことだろうか。

患者や付き添いは逃げまどい、すぐさま警備員が駆けつける。

後に、ドクター・メフィストの患者を狙ってつぶされたやくざ組織の残党が、酒と麻薬の力を借りて、周りが止めるのも聞かずに乗り込んだと判明したが、メーザーの照射にびくともしなかったことからもわかるように、直輸入の麻薬《ドラッグ》を限界以上に服用していたため、警備員の射ち込む麻酔弾も平気の平《へい》左《ざ》、さらに数発を乱射した。

そして、音もなく崩れ落ちたのである。

それまでの不死身ぶりとは裏腹の、あまりにも呆っ気ないノック・ダウンに、謎のKOキングを求めた人々は、やくざの足元にそっと立つ、金髪の少女を見た。

呆然たる視線が殺到する中を、少女は気にも留めずに、濃紺のドレスの裾を翻して、ロビーの出入口へと向かった。

扉の前に立つやや年下と思しい少年に近づくと、少女はその手を取って今度は受付へと向かった。少年は青いリボンでまとめた小さな紙包みをしっかりと胸に押しつけていた。

受付カウンターから看護婦が出て来る前に、少女は軽く床を蹴って舞い上がり、カウンターに両肘をついた。

短い会話の後、看護婦が身を乗り出して少年を確認したところを見ると、病院に用があるのは彼のほうらしい。

看護婦は誰かに連絡を取ったが、不在らしく、その旨を二人に伝えた。

少年がべそをかきかき、紙包みを手渡すと、少女はそれを看護婦に渡して、よろしくお願いしますと言った。この子の名前はタキくんです。

そこへ保安係が駆けつけ、床へ下りた少女に名前を聞いた。少女が答えると、保安係は、眼を丸くして、そうかい、ガレーンさんのところのねえ、と納得し、丁重《ていちょう》にやくざをぶちのめしてくれた礼を述べた。拍手が巻き起こった。

それに押されるように、二人が自動ドアをくぐろうとしたとき、人間の悲鳴と――獣の咆哮《ほうこう》がロビーを震撼《しんかん》させた。

その寸前、ロビーをかすかな揺れが渡ったのを人々は体感したが、次の瞬間には忘却した。

警備員が数名、キリキリ舞いしながら床に叩きつけられる。

倒れていたやくざが立ち上がって咆《ほ》えた。獣が叫びを放つ身体は、黒い剛毛に覆われていた。〈新宿〉に出廻る麻薬の中には、いわゆる〝アニミズム・ドラッグ〟――人間をその祖先である獣に回帰させる品がある。やくざが服用していたのは、その一種だったに違いない。

黒いダボシャツとズボンが吹っとぶ。みるみるせり出してくる鉤爪と鼻面――かっと開いた口腔《こうこう》を飾るおびただしい白い列は――牙だ。

まさしく熊。

警報が鳴り響き、フォノン・メーザーが照射される中を、変身獣は身近の患者と付き添いたちに突進した。

凍りつく男女の顔に、黒い爪がふり下ろされる。

その瞬間、広い剛毛の林に躍りかかった者がある。

金色《こんじき》と濃紺が波のようにゆれた。

小さな白い拳が、獣の首すじに打ち下ろされるのを、人々は見た。

人熊が倒れ、その足下に立つ少女は、初回の再現であった。

なおも恐怖と動揺の気が満ちるロビーを、金髪のドレス姿は軽やかにドアへと走り去った。

外へ出て、きょろきょろと周囲を見廻し、少女は、

「いないわ」

困惑したように、セルロイドの指で、セルロイドの頬をつついた。

昼の光がふり注ぐ前庭の何処にも、タキ少年の姿

は見えなかった。

　せつらはこのとき、地下の食堂にいた。手術室でメフィストと別れて一時間程が経過していた。メフィストは普通に歩けると言ったが、せつらは手術前に用意された病室に残ってひと休みした。従って今は昼過ぎの朝食にあたる。

　せつらがいることの弊害はすでに生じていた。程良く殺風景《さつぷうけい》な食堂は、バイキング形式と好みの品を注文するアラカルトに分かれ、どちらも味は超一流のレストラン並み、量は下町の大衆食堂並みと評判で、せつらは二股かけていた。

　つまり、ポーク・ステーキとサラダとマッシュ・ポテトはバイキングから、天ぷらそばはアラカルトから注文したのである。飲みものはジンジャーエールと日本茶。この二つとコーヒー、紅茶、ウーロン茶は無料で飲み放題。食堂のオープン時から今まで、なみなみと注いだコップを五個一〇個とトレイに載せてうろつく患者やスタッフが途切れた例《ためし》がない。

　このおおよそ人間臭い空間を目下《もつか》、何とも言えぬ恋慕《れんぼ》の気のようなものが、澱みなく流れ、渦を巻き、人々に絡みついているのだった。

　同じ様な状況は、例えば、歌手や俳優のリサイタルやプロレスの会場、乃至《ないし》、例えは悪いが、ストリップの席でも見られる。

　しかしながら、そのすべてに付きものの淫《みだ》らさがここにはなかった。

　恋情の波が一点に押し寄せ渦を巻く、その中心にかがやく秋せつらの美貌。それは清冽《せいれつ》なる宗教画の荘厳さも、淫に濡れそぼつ春画の淫らさも遠く及ばぬ美しさそのものによって、人間《ひと》の恋情を止揚《しよう》する。

　遠く近く、彼を見つめる人々の顔は恍惚と溶け、切なげなためいきばかりが、絶え間なく続く。

　淫心の同意を求める共犯者たちの目配せもここに

はない。老人も中年の男女も年端もいかぬ子供たちでさえ、ここでは遠いあこがれの異性にひたすら胸をときめかせる、そんな世界に生きているのだった。

そんな中にも勇気ある者がいたようだ。ひとりの少女が奥のテーブルから立ち上がり、せつらのほうに歩み寄ると、右隣りの椅子に腰を下ろした。幾つもの場所でざわめきが生じた。それはさざ波のように広がり、ぶつかって、部屋全体のざわめきと化した。

少女は右足を引いていた。

せつらの顔を見ないように前を向き、うつ向いたままでいたが、やがて、

「あの——おひとりですか？」

と訊いた。

せつらは、頂度、てんぷらそばに取りかかっていたが、唇と丼をそばでつないだまま、そちらを向いた。

「？」

「患者さん——じゃ、ないですよね？　付き添いの方ですか？」

うなずいた。付き添いには違いない。

「これからも、ここに？」

ちょっと考え、せつらはまたうなずいた。

「良かった」

少女はパジャマの胸に手を当てて、絞り出すように言った。

「私——金森美佐江《かなもりみさえ》っていいます。もし、ここでまた会えたら、話をさせてもらっていいですか？」

せつらは、垂らしたままのそばを吸いこみ、素早く咀嚼してから、はあ、と言った。

「嬉しい」

少女——金森美佐江の顔に微笑が広がった。古代の蓮《はす》の種が、忽然と開花したようなまぶしい笑みであった。

ちょっと——誰かがささやいた。

あの子、笑ってるわよ
はじめて見たぞ
虐《いじ》めのせいよね
一〇年以上

――そんなささやきも、微笑が撥《は》ね返した。

美佐江はひとつ、大きく息を吐いて、

「お名前、何て言うんですか？」

そのとき――揺れた。

「地震よ」

このささやきは恐怖に満ちていた。席を立つ者と戸口へ向かう者とが入り乱れ、コップの砕ける音が連続した。

反射的に美佐江はせつらの腕にすがった。

「？」

黒いコート姿は、出入口へと向かうところだった。

それきり揺れはない。

だが、せつらはすでに部屋を出て、主を失った椅子の隣りでは、またひとりきりになった少女が、暗い瞳を床の一点に据えて、見慣れた姿を人々の前にさらしていた。


意識が戻った。

青い光が満ちている。すぐに場所はわかった。

「院長室か」

せつらは、奥の階段の上に置かれた黒い大デスクを見つめた。

副院長ですら、自由に辿り着けないといわれるこの部屋に、どうやって入れたものか、せつらの記憶は空白を留めていた。

地震が発生した瞬間、せつらの意識は虚無の淵《ふち》に落ちた。そして、ここにいる。それはいい。だが、理由がわからない。

ふっと意識が遠ざかった。

身体が動き出すのをせつらは感じた。

理由もわかっていた。

――そうか、ここで……

そこで意識は途切れた。大デスクの横にある円柱に近づいたのは、眠れるせつらであった。彼が現われたときは傷ひとつなかった円柱の、彼の肩に当たる部分に、無惨な破壊痕が残っていた。ドクター・メフィストが、知りたくないと言ったもの。よく見れば、それは指の形をしていた、せつらの右手がそれに触れた。

すぐに戻し、デスクのところまで歩いて、彼は崩れ落ちた。程良いクッションが受け止めた。メフィストの椅子の上である。

肘かけに腕を載せ、せつらは青い光に身を浸《ひた》した。

階段の下――大理石の床面に黒い染みが生じた。それはみるみる周縁を広げ、五〇センチほどになると、黒い鉄の義手が現われたのである。

肘まで出ると、それは見えない糸でも投じるように、手首から先を振った。

椅子にかけたせつらの身体に小さな痙攣が走った。

同時に、大きな獲物に引かれる漁師のように、伸ばした手を先に、ずるずるとマリオが出現した。

完全に穴から出ると、彼は素早く階段を昇った。せつらには眼もくれず、狂気のように視線を飛ばしたのは、背後の棚であった。

中ほどの仕切りのひとつに、切断されたみずからの右腕を見つけ、マリオは狂喜のごとく義手を打ち振った。

それを摑んだ顔は、渡辺綱《わたなべのつな》のもとへ切り落とされた腕を取り返しに来た羅生門《らしようもん》の鬼そのものであった。

生きたままのような腕を手に、彼はせつらのほうを向いた。

「おまえたちの少なくともひとりを斃し、ついでにこの腕を取り返すのがおれの仕事だ。順序は逆になったが、結果さえ同じなら責める奴はいまい。左腕

はおまえに奪われた。その罪を、おれの右腕で償《つぐな》わせてくれる」

　マリオは右腕を眼の前に掲げ、凝視した。

　ひと息――ふた息――修行僧のごとき一心不乱の凝視であった。

　マリオの顔に汗の珠が光り、つうと滑り落ちた。

　そのとき――指が動いた。生きたときと同じに見えるとはいえ、実質上はすでに死んだ腕である。鍛え抜かれた刀剣に研師《とぎし》の魂が宿るという――いま生じた現象は、まさしくそれの具象であった。

　マリオは血走った眼を開き、妖しく指をくねらせる手を左腋の下にはさむと、鉄の義手と向かい合わせにして、指先に指先を押しつけた。

　三秒経った。

　マリオは生腕を義手に持ち替えると、それでせつらを手招いた。

　せつらは立ち上がった。ぎごちない人形《マリオ》の動きだった。人形《マリオネット》を操る男――それが人形師の由来だった。

　不意にマリオは眼を剝いて四方を見廻した。激しい動揺が表情を支配し、せつらは椅子に戻った。

　その響きがマリオの捜索にヒントを与えた。

　彼はせつらを見た。

　視線はせつらに当たり、貫き、椅子の背に届いていた。

　もう明らかだった。

　椅子の後ろに何かがいる。

　何か――途方もないものが。

　マリオは一歩退《さ》がった。足の動くことが奇蹟だった。

「あ……」

　椅子の背の向こうでそれが動いた。

　マリオの両眼が、かっと見開かれた。眼球がこぼれ落ちないのが不思議だった。

　眼の前に立ちはだかったものの正体を、彼は知っていた。

「おまえは……まさか……おまえが……おまえは……おまえだ……おまえ……」

影がのしかかって来た。

人間が出すとは到底思えない絶叫――

ああああああぁ……

青い光が静かな院長室を照らし出していた。

せつらは椅子の背にもたれて眼を閉じ、周囲には誰もいない。以前と違うのはただひとつ――下の床から生々しい右腕が生えている。

ああ、指が動いている。煉獄《れんごく》から脱け出した罪人の最後のあがき。助けてくれ、二度と地の底へ戻さないでくれ。

だが、それもいつか熄み、静謐《せいひつ》が戻った院長室で、せつらはいつまでも、青い光の眠りを眠り続けるのだ。

その間、部屋は怖れつづけるであろう。白い医師の院長室を無惨に破壊したものの残した手型に、せつらの織手はぴたりと一致していたのだった。

第十一章　童子《どうじ》斬り

1

午後三時――〈歌舞伎町一丁目〉のディスコ〝ランダム・ボーイ〟に、三人の男が入って行った。

入口のボーイにIDカードを示すと、銀縁の眼鏡をかけたひとりが、

「連絡したら、後が怖いわよ」

と裏声で凄み、いちばん長身長髪の三つ揃いが、

「店長――出しなさいよ」

と要求した。

三人目――もっとも精悍な感じのTシャツとよれよれの麻の上衣を着たスポーツ刈りが、店内へ導くドアに爪先立ちで近づき、

「覗いちゃおっと」

ドアノブに手をかけたところへ、ガードマン兼用の黒服が、

「お客様以外は困ります」

と凄んだ。

そのごつい顎が、クッションみたいにつぶれた。

五〇センチも床を離れてから、黒服は一回転して落ちた。

小気味よいフックの音は、地響きの後に聞こえた。それほど速いパンチだったのである。

「こら笹川《ささがわ》、いきなり暴力は駄目でしょ」

長身のダンディが身悶《みもだ》えした。

黒服が起き上がってくる。強化処置を受けた改造人間に違いない。手術痕は、首と額に銀のすじとなって残っている。

片膝を突き片膝を立てて、そこに片手を乗せて立ち上がる。報復の凶気が表情に笑いを含ませている。

仁王立ちになった瞬間、雷火が轟きを放った。

黒服の両足は、特殊細菌の五〇ミリ注射によって、尋常の五〇倍の強度を備えていた。軽いキック一発で猛牛の首をへし折るぐらい造作もない。

だが、続けざまに射ちこまれた弾丸は、易々《やすやす》と筋肉のすじを引き裂き、潜り込み、あろうことか、骨にぶつかると同時に爆発した。

〈新宿警察〉のみに許可された高性能炸裂弾。ずたずたになった両足を押さえて、黒服はのたうち廻った。

「ちょっと——後がうるさいわよ、昌彦《まさひこ》ちゃん」

硝煙たなびくSW・M64／357マグナム・リボルバーを、なおも黒服に向けたハンサムは、たしなめられても聞かなかった。井上《いのうえ》昌彦刑事である。

「やくざ相手のクラブの、ちんけな用心棒風情が、人並みなことするんじゃないわよ。ヤー公がどんなにでかくても、こっちは全国組織よ。あんたんとこの組長ごとき、拉致《らち》してシャブ射ちまくって、ロスのおかまクラブに売りとばすくらい、造作もないんだからね。何よ、東《ひがし》ってば、離しなさいよ。自分だけ女の子にもモテるからって、調子に乗ると後が怖いんだからね。この裏切り者《もン》」

「いーから、興奮しないで。明日、部屋へ来て。——ほら、店長が来たわよ」

血相変えた中年のタキシード男が、

「あんたたち、一体、どこの組の——」

と喚くのを、東と呼ばれたハンサムが、警察のIDカードを示して黙らせた。

「店内は完全防音でしょうね？」

「そ、そりゃもちろんで。今日は一体？」

「笛吹《うすい》興業の若社長いるわね？」

「はい」

「オッケ。もう用ないわ。奥へ行ってらっしゃい。こっそりチクったりしたら、承知しないから」

彼は井上を見て、

「じゃ、行くわよ」

「はーい」

「んー」

「えいっ」

井上の長い足がドアを蹴り開け、三人は突入した。

店内には〝二十四時間〟と謳《うた》われた闇が満ちていた。

二百の客席には人っ子ひとりいない。

「あら？」

と笹川がＩＤカードを掲げたまま、不平そうな顔をした。

三人の視線はたちまち、正面奥にあつらえられた円形の大舞台に注がれた。

男と女が絡み合っている。

正常位で横たわった女の両足を肩に乗せた男の腰が、凄まじい勢いで動いている。

肉同士のぶつかる音が連打のごとく三人の耳朶《じだ》を打った。

あっあっあっあっ
女の声だ。三人の血は沸騰した。たちまち限度を超えて溢れた。それは声となった。

「なによ、あれって？」

「決まってるわよ、あいつ、女としてるのよ」

「サイテー」

笹川が、まだ手にしていたＩＤカードをまた高々と掲げて絶叫した。裏声で。

「〈新宿警察〉よ。女から離れなさい」

二人に睨みつけられて、気がついた。

「――笛吹童子《どうじ》、矢島俊一《やじましゅんいち》狙撃事件の容疑者として逮捕するわ」

台上の男の動きが止まった。

ＧＩカットの下の顔は、二十四時間営業のピンサロ・マニアとは思えぬ野性味を浅黒く湛えていた。

年齢は三人とほぼ同じ二十代半ばだろう。

「そう喚くなよ、いまいくところなんだ。見たくなきゃ、後ろ向いてな」

その足下で火花と木片が飛び散った。

井上と笹川が、何よ、と見つめる先で、東刑事がワルサーＰ09を舞台に向けていた。遠くでチン、と床が鳴った。空薬莢《エンプティ・ケース》が落ちたのだ。

「早く服を着ろ」

と東が命じた。

「ま、急に男っぽくなって」

笹川が毒づいたが、東は気にもせず、

「愚図愚図《ぐずぐず》してると、この二人は本気で射つ。おれにも止められん」

「——おれ、だってぇ」

井上が地団駄《じだんだ》を踏みながら、あんた、誇りってないの、と喚く。

「わかったわかった、少し待ちな」

男が腰を引いた。女がひいと喘《あえ》いで全身の力を抜いた。

「やだ、立派よ」

と笹川が陶然と呻いて、井上を肘でこづいた。

「ホント。どういうつもりかしら？　女に使うなんて」

脱ぎ捨ててあった服を摑んで身支度を整えながら、若者——笛吹童子はこちらへ顔だけ向けて、

「とうとう、おまえの世話になるか——よろしく頼むぜ」

これに肩をすくめる東へ、笹川が、

「あんた、あいつの何なのさ？」

「同級生だ、高校の」

二人、声を合わせて、

「えー？」

「——そういう理由《わけ》だ。さ、いいぜ」

パン、と腰を叩いて舞台の上に仁王立ちになったその姿は——黒い着流しに灰色の帯。帯と同じ色の羽織にも袖を通して、帯には扇子《せんす》——惚れ惚れするほどの江戸前の若旦那だ。

昔馴染《なじ》みの東はともかく、二人の同僚は、陸《おか》に上がった魚みたいに喘いでいる。

井上が笹川に、

「ねえ、本当《ほんと》に彼がやったの？」

「知らない。きっと、ガセよ。あんないい男が、矢島なんて屑《くず》、射ったりしないわよ」

矢島俊一は長野県出身の詐欺《さぎ》師で、私大卒業後、公金横領で辞めさせられた一流企業の名刺を使って詐欺を繰り返し〈新宿〉へ流れて来た。よせばいいのに、次の獲物は、商売の女たちと決め、片っ端から金と肉体《からだ》を奪った。その被害者のひとりの姉が、笛吹童子の愛人だったのである。

両手両足と男根を射ち抜かれた矢島の証言を聞いて、〈新宿警察〉の猛者《もさ》たちは色めきたった。

笛吹童子の率《ひき》いる「笛吹興業」は、この二年間で急速に〈新宿暴力地図〉に勢力圏を広げて来た新興暴力団であり、敵対者に対する凶暴残忍なやり口で、刑事たちの眼を背《そむ》けさせながら、けっして尻尾《しっぽ》を摑ませない知能集団としても名高かった。

逮捕状が取れたと聞いた瞬間、刑事課には歓声の嵐が吹き荒れた。

「殺《や》っちまえ」

「連れ帰るんじゃねーぞ」

物騒な声援に送られつつ三人の名物刑事は署を出たのであった。

2

なおも失神中の女に衣類を被せて、笛吹は舞台を下りようとした。潔《いさぎよ》い所作である。

笹川と井上が、ごくりと喉を鳴らした。

最初にふり向いたのは東だった。

ワルサーをポイントしたドアの向こうから、猛々《たけだけ》しい靴音が押し寄せ、いきなりドアがスイングした。

「笛吹いい、死んで貰うぜ」

飛びこんで来た男たちは笛吹はひとり切りだという情報を得ていたらしかった。

三人と向けられた銃口を見て、

「な、なんだ、てめえらは⁉」

叫びざま、一発射った。三人ともよけもしなかった。こんな状況で初弾を命中させられる玉じゃないと察したのである。

　次の瞬間、三挺分の猛射が、一〇人の敵どもに集中した。

　侵入者たちに欠けていたのは、度胸ではなく、弛緩した精神《こころ》を瞬時に建て直す手段であった。

　意外な三人に遭遇した驚きの余韻《よいん》が消えぬ間に、男たちは次々に倒れた。

　彼らは防弾ベストや重ねた週刊誌等で防禦はしていたが、刑事たちの弾丸は紙のようにそれらを貫き、体内で炸裂した。椅子の背の陰に隠れても役に立たなかった。

　初弾からきっかり二七秒で、一〇人の男たちは、無惨な姿を、コルダイト火薬の匂いが立ちこめる店内にさらしていた。

「なーによ、こいつら?」

　最初に飛びこんで来た男に一番近い位置にいた笹川が、グロックP26を握ったまましゃがみ込み、そいつの肩をゆすった。

「あ……、生きてるゥ」

　男の胸は、確かに上下していた。

「あんた、誰? 質問に答えれば、すぐ救急車を呼んであげるわ」

「莫迦……野郎……渡世の……仁義で……そんなことを……しゃべれる……か」

「なら、さっさとおくたばりなさいな」

　と、すでに死相の浮かんだ顔のこめかみにグロックP26を突きつけた。

「えーと、アーメン」

　十字を切ったその姿と、自分を見下ろす表情に何を認めたのか、男は口を開いた。

「おれたちは……関西の極道で……『蛭子《ヒルコ》』って組の……者《もン》だ。〈新宿〉へ支店を……出してる矢先に……そこの若造がツブし……やがって……それから、ずうっと、生命《タマ》殺《と》ってやろうと……狙ってたら、……誰も入ってねえクラブに……女とふたりきりで……つう情報が……入って来た……後は……わかるだろう」

「ええ、十分にね——素直な男って好きよ」

瀕死の男の頬に笹川は音をたててキスした。

「ちょっと」

井上が嫉妬《しっと》満々の動きでこづいたとき、東の叫びが血臭を跳ねとばした。

「やだ——逃げちゃったわ」

ふり向いた二人の眼は、女の姿も消えた舞台と、上手の奥でゆれているドアの端だけを捉えた。


火災脱出用のトンネルを抜けたところで女と別れ、笛吹童子は〈風林会館〉横の交差点まで下りた。

とりあえず、住いにもオフィスにも帰れない。あのオカマどもはともかく、後ろにそびえる〝凍らせ屋〟の巨大な影を、笛吹は感じていた。自分用に借りてある大久保《おおくぼ》のマンションに逃げ込み、ほとぼりの冷めるのを待つのが最上の策に思えた。


やって来たタクシーに片手を上げる。

その肩にぺたりと手を置き、

「久しぶり」

と話しかけた美しい声がある。

「触れるなよ」

と言いながら、笛吹の手は、いつの間にか重なっていた。

眼を閉じて、熱く。吐息《といき》を洩らして、熱く。胸の鼓動を聞いて、熱く。

みなやった。みな試した。

だから、おれは
笛吹は前へ出た。肩から手が離れたときは、大事なものを無くしたような気がした。

はずむ胸を整えてふり向き、

「秋せつら」

と呼んだ。

「——何の用だ？」

問いは、黒いコートの胸のあたりに吸いこまれたようだ。

「話がある」

「眠り薬でも売りつける気か？」

せつらの茫洋たる声を聞けば、こう言い出す者もいるだろう。

「立ち話も何だから」

と秋せつらは〈パリジェンヌ〉を指さした。


「悪いが断わらせてくれ」

一笑に付《ふ》す、というのはこれだろう。笛吹は嘲笑した。

〈パリジェンヌ〉の店内である。いつ、あのオカマ三人組《トリオ》の追手がかかるかもしれない時間であり、場所であった。並みの度胸では、せつらの奢《おご》りとは言っても、ミックス・サンドとコーヒーを味わう気分にはなれまい。

「そもそも、基本から間違ってる。おれが他人なんぞを守るために戦うわけがないだろう。他を当たってくれ」

「そこを何とか」

せつらはちっとも引き止めてるふうには見えない反応を示した。

「とにかくNO《ノー》だ」

笛吹は頑固《がんこ》にそっぽをむいた。

「うーん」

せつらは、じっと笛吹の顔を見つめた。

少しも迫力はないが、この若者には珍しい行為だから、笛吹も気になったらしく、低い声で、

「確かに、おまえには借りがある。だがな、それは別の機会に返すぜ。今度ばかりは、絶対におれ向きじゃない。こんなことで指一本でも無くしたら、死んでも死に切れねえ。な、頼むよ、わかってくれ」

そこへ、懐《ふとこ》ろから蚊《か》の羽音みたいなマナー・モードの唸り声が上がった。

大急ぎで耳に当て、

「おれだ――おお、もう出向く時間かい」

それから、腕時計を見て、

「そっちへは、直接行く。おれが行くまで手ぇ出すなよ」

携帯を仕舞い、笛吹は凄みのある笑顔になった。

「悪いが、これから居すわり野郎をぶちのめしに行ってくる。また、な。ご馳走さん」

さっさと立ち上がった、その肩に、背後から近づいて来た気配が、静かに手を乗せた。

強い香水のかおりが、周囲に広がった。

「あら、笛吹の若旦那。お久しぶり」

艶然《えんぜん》と微笑んだのは、これも和服姿の美女であった。

顔見知りらしく、笛吹も、

「こりゃ、秋菊《しゅうぎく》さんかい、ご無沙汰してるなあ」

と破顔したものだ。

「たまには顔出してくださいな。あんまり放っとくと、罰《ばち》が当たりますよ」

「わかった、わかった」

女は手を離し、せつらに眼を移して——よろめいた。またも美貌の虜が増殖したのである。

笛吹が苦笑を浮かべて、

「悪いもン見ちまったな。ま、気をつけて行きな」

生地の下からくっきりと浮き上がる見事なヒップを、勢いよく平手で叩いて送り出したものだ。

女はふらふらと、魂でも抜かれたような歩き方で出て行った。

それを見送ってから、笛吹は、

「罪な男だな。幽的までぽおっとさせるたあ」

つくづく感心したように言った。

せつらにもその意味はわかった。辺りには、仄《ほの》かな香りが漂っている。それ以外、せつらには何も見えなかったのだ。

「ま、せいぜい年齢《とし》を取らねえようにしな。おれは行くぜ」

こう言って、笛吹はレジのほうを向き、やれやれと肩をすくめた。

「何か？」

　とせつら。

「この辺は、生霊死霊の通用口みたいなもんだ。この店にも幾つかいる」

「はあ」

　せつらはのんびりと店内を見廻した。五分《ぶ》の入りだろう。サラリーマン、ＯＬ、新聞を読む中小企業の社長風中年、観光客らしい三人連れ、あとは、やくざか。このうちの何人かが出て行かなくても、少しも不思議ではない店である。

「だが、いまレジのところでこっちの様子を窺ってるのは、少し違う。全身真っ白で、長い寝巻を着てる。眼は血走って真っ赤だ。あと――唇もべっとり紅《あか》いな」

　せつらは、わお、と洩らした。こいつは大物だ、と思ったのである。

「いま、レジ係に触れた」

係がよろめくのが見えた。

「おおし、来た来た。いちばん出入口に近い、アベックの席を覗きこんでる。おや、女にキスしやがった。おっぱいも揉んでやがる。こいつは、よくよく性質が悪い霊だ」

「こっち来るかな？」

　他人事みたいに訊いた。アベックの女のほうが、どっとテーブルに突っ伏し、男があわてて席を立つ。

　そっちへ眼をやるせつらへ、

「おやおや、今度はあいつか。ひょっとして、怨《うら》んでるのか」

　アベックから右へ三つ離れたボックス席から、真っ赤なポロシャツを着た男が立ち上がった。

　両手をのばした。何も持っていないが、男には拳銃でも握ったつもりなのだろうか。

　右の人さし指がくいと曲がった。

　前の席の太った男が胸を押さえてのけぞる。見えない拳銃の狙ったところだ。

もうひとりの口髭をたくわえた男が、右手を上衣の内側へ差し込みながら立ち上がった。

抜いた武器はベレッタM84——九ミリ・ショート弾を一四発装塡可能な中型拳銃だ。

赤い男の両手が口髭の胸もとへとスイングした。

銃声はひとつだけだった。

口髭が胸を押さえてのけぞり、椅子ごとひっくり返る。

すでに真相に気づいている客たちは、みなテーブルの下へ入って亀のように丸くなる。

見えない拳銃は音もなく弾丸を放ち、隠れ遅れたウェイトレスが、盾代わりのトレイを胸の前にかざしたまま倒れていく。トレイには傷ひとつつかない。

「動くなよ」

ひとつ声をかけて、笛吹は身体を丸めたまま通路へ出た。

ポロシャツの背後へ音もなく疾走する。身体はボックス同士の仕切りに阻まれて見えない。ポロシャツまでは約五メートル。

すぐ横で、OLらしい女たちが身を屈めていた。救いを求めるように笛吹を見上げる。

笛吹はウインクした。

ひとりが笑った。緊張がほぐれたのか、身体の重心が後ろへ移った。テーブルの脚に圧力がかかり、テーブルが傾いた。オレンジ・ジュースのグラスが滑って床へ。音がする！　別のOLが夢中で両手をのばす。間一髪、受け止めた。きゃっと叫んでから。

ポロシャツがふり向いた。

右手の人さし指は、正確に笛吹の胸に直線を引いている。

音もない死がまたひとつ生まれようとしていた。

光が閃いた。

ポロシャツが眼を剝いた。弾丸は確かに命中したらしい。

笛吹の姿は、歌舞伎の見得《みえ》を思わせた。

やや膝を曲げ、鶴の羽のごとく開いた右手には、細長い光がゆれていた。匕首《あいくち》だ。

せつらが首を傾げた。真相に気づいたが、信じられないのだ。

匕首の刃が見えない弾丸を打ち落とした、と。先刻のウェイトレスは、トレイごと射ち抜かれ、トレイには傷ひとつつかなかったではないか。

ポロシャツがまた射った。

笛吹の身体が沈む。その寸前、光のすじが二人をつないだ。

心臓を貫いた匕首を、ポロシャツは不思議そうな眼で眺め、それから勢いよくつぶれた。

笛吹が床を蹴った。倒れた男の胸から匕首を引き抜くや、彼は店の奥へと走った。

恐る恐る立ち上がった客たちの中に、親子連れらしい三人がいた。

疾走して来る笛吹を見て、母親が通路へ飛び出した。

笛吹は通路を曲がって、その後を追い——急速に反転した。

眼の前に、子供を庇《かば》って立つ父親がいた。

匕首を逆手《さかて》に変えるや、笛吹はその拳を父親の鳩《みぞ》尾《おち》に叩きこんだ。

ぐぇと洩らして前のめりになる。背後に立ちすくむ子供が見えた。

父親と子供の間の空間へ、彼は匕首を叩きつけた。

それだけだ。

沈黙の落ちた店内で、笛吹が、かちりと匕首を懐ろの鞘《さや》へ収めた。

足下に崩れた父親を抱き起こし、大丈夫かい？と訊く。うなずくのを見て、まだ硬直している男の子へ、

「すまねえな、坊主。おかしな奴が父ちゃんに憑こ

うとしたんだ。もう心配はいらねえよ。それから、母ちゃん」

通路の奥でこちらの様子を窺っている母親の後悔に満ちた顔へ、

「脅《おど》かしちまってすまねえな。匕首つきのやくざが突っこんで来たら逃げ出すのも無理はねえ。このとおりだ」

ぺこりと頭を下げて、笛吹はポロシャツのところへ戻った。胸からは血の一滴も滲んでいない。

「憑かれたときから、人間じゃなくなってたな」

無感情につぶやき、レジのほうを向いて、

「こら、まだポリ公を呼ぶんじゃねえ。すぐ出てく」

それから、せつらをふり向いて、

「じゃな」

粋《いき》としか言いようのない動作で片手を上げるや、飄《ひょう》然《ぜん》と店を出て行った。

その姿が見えなくなるまで送ってから、せつらは珍しく、感情らしきものを声に滲ませ、

「食い逃げか」

とつぶやいた。

3

〈二丁目〉へ戻ってすぐ、今朝からタキの姿が見えないと聞かされ、美冬は血が凍った。

理世子が「阿瑠護医院」へ急送されてから、ミフユ姉ちゃんいないの？　ミフユ姉ちゃんいないの、と繰り返していた少年は、唯一信頼していたトーちゃんにも話さず、ひとり、〈二丁目〉を出たらしかった。

気づくのが遅れたのは、タキが時間を問わず、近所の安全地帯をさまよい歩く癖があるためで、正午すぎに何とか連絡をつけた「阿瑠護医院」では、三時間ほど前に確かにそれらしい少年は来たが、〈メフィスト病院〉へ搬送されたと伝えると、がっくり

と肩を落として、何も言わずに歩み去ったという。

続いてかけた〈メフィスト病院〉でも、奇妙な少女と一緒にタキらしい少年が目撃されていたものの、頂度そのとき発生したトラブルに紛れていなくなった。幸い、同行した少女の住所がわかっていたため、電話番号を調べてくれたが、そこへかけても誰も出ないという。

「ヌーレンブルクって、〈高田馬場〉の魔道士の家らしいぞ」

と津久井《つくい》さんは言った。奇怪な訪問者に武部さんが連れていかれてから、リーダー役を務めている元ホームレスだ。連絡をつけてくれたのは彼である。

修羅が悲痛な表情で、

「おれが捜しに行く。おまえはここに残って、お袋の通夜の準備をしろ」

「でも、あの子は、あたしを――」

誰もが美冬の主張を認めた。三年前、両親を妖物に食われたタキは、精神を病んで、誰とも口をきかない少年になった。両親は彼の眼の前で呑まれたのである。

そのまま朽ちていくのではないかと見られていた少年が変わったのは、美冬たち一家がやって来てからである。

母の理世子と美冬が、食事を運ぶ以外は誰も訪れなかった少年の家を訪問しはじめてすぐ、人々は眼を瞠《みは》り、みずからを恥じた。

三日としないうちに、生ける死者としか映らなかった少年は、美冬の手を握って人々の前に現われ、さらに三日を経ると、トーちゃん率いる少年団に混ざって、廃墟の探検にも出かけるようになった。死者は甦ったのである。

可憐な少女は、少年にとって姉とも魔法使いとも思えたに違いない。

ひと月前、悪性の風邪に倒れた美冬の家の前で、一日も欠かさず立ち尽くしていたのはタキ少年であった。先頃は、美冬が妖物に襲われ負傷したとき、自分の手には余るレーザーガンを握りしめ、よろよろと妖物退治に向かおうとしたのも、タキ少年であった。

だから、わかる。

「あの子に何かあったら、私、生きていられないわ、兄さん、一緒に連れて行って」

一歩も退《ひ》かない妹を痛ましげに、しかし、誇らしげに見つめながらも、修羅は同行を拒否した。

「お袋の世話をどうするつもりだ？」

説得しようとする兄に、妹はこう答えた。

「お母さまは、もう亡くなった。タキは生きているの。私たちは生きている子供たちに責任があるのよ。母さんなら絶対にそうするわ」

それでも美冬は残ることになった。津久井さんら住民とトーちゃんをはじめとする子供たちが必死に止めたからである。

後事を津久井さんに托して修羅はふたたび〈二丁目〉を出た。


家へ戻った美冬は、身を灼く焦燥に捉われた。自分の身を案じる余り〈二丁目〉を離れた少年の運命に対して、彼女は後悔と懺悔《ざんげ》しかできないのだ。

精神《こころ》とは別に、肉体は休息を求める。

外の銃声で眼を開いたとき、美冬は眠りに落ちていたことに気がついた。

腕時計は午後五時を示し、空気と光は、やや気《け》だるさを帯びている。

戸口へ行き、ドアを細目に開けて覗いた。

広場の中央に屈強な男たちが七、八人立って、別のひとりが津久井さんと話している。

「居住権があるって——あんた、そんな〈区外〉用の権利が、ここで通じるとでも思ってるのかよ？」

首から下を対妖物プロテクターで覆った禿頭がせせら笑った。小柄だが、がっしりした身体つきである。津久井さんが押され気味なのはひと目でわかった。

「いいか、こっちは〈二丁目〉の地主の皆さんから正当な値段でこの辺一帯を買い取ったんだ。頼むから、とっとと出て行きなよ」

「もしも、我々の居住権を、〈新宿〉に当てはまらないと仰っしゃるなら――」

津久井さんが反撃に移った。大人しすぎると美冬は思った。周りにいる住人たちも心細げに津久井氏を見つめている。

「あなた方のしようとする追い立ても、〈区外〉の権利でしかありません。ここに住みついた人々は、みな、それなりの理由があって、この地を選んだのです。場当たり的にやって来た放浪者とは違います。それを抜きにしても、現在の〈新宿〉は、もはや、所有者にとって危険極まりない場所になっています。我々を追い出した後、何をなさろうと構いませんが、試みはすべて水泡《すいほう》に帰《き》すでしょう」

「んなこたァ、余計なお世話だ。あんた方は、法の定める期日に出てきゃいいんだよ」

津久井さんが拳を握りしめたのがわかった。すぐに開いて、

「わかりました。ただ、二日の猶予《ゆうよ》をいただきたい」

と申し出た。

返事はすぐにあった。

「駄目だ」

禿頭がふり向いて、そこに立つ長身の若者を好もしげに見つめた。

「こりゃ、社長。いつお出でで？」

「今さ」

にべもなく応じたのは若者であった。和服姿が粋だ。若いのに不気味なくらいの貫禄があった。

「せっかく、この世に二人といない色男との話も切り上げて来てみたら、何のつもりだ、瀬次谷《せにや》。随分と和気藹々《あいあい》な追い立てじゃねえの」

「いや――それは」

弁解しかける禿頭を押しのけ、

「あんたが代表さんか。悪いが、日にちをやって事

態がスムーズに進んだ例はねえ。どいつもこいつも、武装したり弁護士に相談したり、こっちの好意を泥靴で踏みにじりやがる。出てくのは、今すぐだ。準備に一時間やろう」

「そんな無茶な……」

絶句する津久井さんの周囲から、そのとき、

「そうだ、無茶だ」

「いきなり来やがって、何ぬかしやがる」

彼の代理だと言わんばかりの叫びが湧き上がった。生きる権利を根底から揺るがされた人々の怒りの抗議であった。

社長と呼ばれた若者は、鼻先で笑った。瀬次谷と呼ばれた小男へ、

「おい、マイトの用意はしてあるんだろうな？」

「はい」

うなずく男の眼に、まさかという驚愕の光がゆれている。

「じゃ、さっさとその辺のビルに仕掛けるんだ。丸ごと破壊できる量だぞ。きっかり一時間経ったら爆破しろ」

「わかりました。――おい」

この若者の命令は鉄なのか、背後の男たちが、地面に下ろしておいたリュックを担ぐや、四方に散った。

第十二章　悲しき無法者《アウトロー》

1

美冬は戸口から走り出た。何ができるかわからないが、我慢できなかった。

「待ってください」

夢中で叫んだ。

若者がふり向いて、こちらを見つめた。

何度か眼をしばたたいて、彼は妙な表情になった。

「なんだい、あんた？　ここの人《ひと》か？」

「そうです。みんなと一緒に、ここに住んでます」

「ほお」

「本気で、ここを爆破するつもりなんですか？」

「おお」

顔はうなずいても、眼は動かず美冬に奇妙な視線を当てている。

「やめてください。いくら何でも無茶です。いくら〈新宿〉だからって警察が黙っていないわ」

「そうねえ」

散らばった男たちはもとより、瀬次谷までが、若者を眺めた。声の調子が変わって——というか、明らかに温和と優しさを帯びている。

「わかったなら、すぐ帰ってください。二日したら——みんな出て行きます。たぶん」

間髪《かんはつ》入れず、誰の予想も覆《くつがえ》す現象が生じた。若者が笑い出したのだ。それも、喉仏《のどぼとけ》まで見える大哄笑で。

あたし、何を言ったのかしらと、呆っ気を通り越して不安そうな美冬の周囲でも、住人や社員たちが顔を見合わせている。

ほど良い蒼さを帯びてきた世界で、笑い声はなおも響き渡り、ついに若者はみずから脇腹をつねって、ようやく尋常に戻った。それでも、ひいひいと泣き笑いを収めず、息も絶え絶えに、

「いやあ、笑った、笑った。たぶんてのがいいね

え、お嬢さん。ちょっと自信のない正義の味方か。いいキャラしてるねえ」

「誉《ほ》めたって駄目です」

と美冬は、どう判断していいのか、困った内心を顔に出しっ放しで、

「二日間、くださるんですか、それとも――警察へ」

「いいとも、いいとも」

若者は片手を上げてうなずいた。

「いまのおとぼけに免《めん》じて二日間やるよ。その代わりたぶんは無しだぜ――いいな？」

美冬ならぬ津久井さんの顔に据《す》えた眼ばかりが、凶悪そのものの光を湛《たた》えていた。

「わかりました――責任を持って移ります」

津久井さんは断言した。その肩を、

「よっしゃ」

と叩《たた》いた若者の顔も眼も、もう笑っていた。切り換えが早いというか、何なのか、得体の知れぬ男であった。

「じゃな、坊主ども」

と子供たちを見廻す笑顔へ、さよなら、と挨拶してしまった子もいるくらい、人懐《ひとなつ》っこく見える。

「行くぞ」

と背を向けて、

「さ、みんな、おれの合図で家へ戻りな。――ほいっ」

今まで自然に垂れていた右手が、いつの間にか垂直に立っている――誰の眼にもそうとしか映らなかった。

その指先と上空の黒い物を、銀色の線がつないだ。

上空で、この世のものとも思えぬ叫びが上がるや、一同の足下へ、半透明の羽をバタつかせながら落ちてきたものがある。

黄色と黒の縞《しま》で覆われた小さな牛ほどの身体――巨大な複眼と、せわしなく断末魔の痙攣を繰り返す

足足足。そして、先細りの臀部《でんぶ》から生えた鋭い鉤状《かぎ》の針。

蜂《はち》だ。巨大な蜂だ。その腹から突き出た匕首《あいくち》の柄《つか》を誰が認めたか。

頭上で扇風機の唸《うな》りを思わせる羽音が響き渡った。

「人食い蜂だ、逃げろ」

「家の中へ入れ」

声が入り乱れ、子供たちの悲鳴が上がった。

それまで羽音を抑えていたのは、気づかれず忍び寄るための凶虫の知恵だろうか。ビルやマンションの上に看視役はいる。しかし、彼らの注意も地上のトラブルに向けられていた——その証拠に、高みからの悲鳴にふり仰げば、飛び去る虫の胴の下に必死でもがく人影が、はっきりと見えた。

次々に舞い下りる人さらいどもも、今日は勝手が違った。若者の社員たちが応戦しはじめたのである。

拳銃と短機関銃《SMG》の雄叫《おたけ》びは、熟練者の技倆に支えられていた。

地上は射ち落とされた虫どもの断末魔の動きと羽音に満ちた。

その中で女の声が、

「良介《りょうすけ》え」

はっとふり向く若者の一〇メートルばかり向こうで、腹這《はらば》いになった男の子と、不気味な足をそれにかけた巨大蜂の姿が見えた。

「射つな」

と若者が叫んだのは、子供に当たる危惧もあったが、かたわらをそちらに走り出したしなやかな姿を目撃したからだ。

「おれの匕首を？」

美冬は、足下に落ちた蜂の死体から抜き取ったものを、思い切り横に薙《な》いだ。

人さらいは頭上に舞い上がったところだ。うつ伏せの少年は美冬の腹部あたりに持ち上がっていた。

刃は虫の足を払った。

小気味よい手応えを伝えて、足はぱらぱらと切り離された。

子供を落として、蜂は上昇した。――と見えたのも一瞬、もう一度降下に移る。その下で悲鳴が上がった。

「しまったぁ!?」

若者の声を貫《つらぬ》いて匕首が飛んだ。

胴を貫かれ、大蜂は美冬の身体からよろめき落ちる。だが、誰の眼にも苦しげに上昇に移り、ふたたび、倒れた美冬の背に血にまみれた鉤針を刺しこむ姿勢を取る。

その下に、小さな影が飛び込むのを若者は見た。

救われた少年だった。

蜂が舞い下り、悲鳴と、銃声。社員の銃撃を食らった虫が、臓腑《ぞうふ》と体液を撒き散らして落下する。

すでに若者は駆け寄っていた。痙攣する大蜂の頭部を、この野郎と踏みつぶし、折り重なった二人の脈を取る。ふり向いて怒鳴《どな》った。

「何してやがる。応急キットを持ってこい」

「子供は……?」

糸のような美冬の声であった。

血の気を完全に失った蠟《ろう》のような顔には、汗だけが生の名残《なご》りみたいにこびりついている。呼吸は荒く短い。

「大丈夫だ、すぐ病院へ運べば何とかなる」

内心、間に合うかと首を傾げながら、若者は答えた。美冬の肩の刺し傷は、黒紫色に膨れ上がっている。子供も同じだ。

「助けてあげて……この子……まだ七つよ……親もいない……の」

「わかった。まかしとけ」

駆けつけて来た社員に少年をまかせ、

「どっちもいい度胸してるぜ。こんな化物相手に」

その言葉が本心からのものだと知って、若者は自分に驚いた。

美冬の眼が細くなった。素早く顔を寄せ、耳もとで、

「餓鬼《ガキ》――いや、坊やが危ねえ。起きろ」

どうかな、と思ったが、美冬の瞼はまた開いた。

「駄目よ……殺さない……で」

「だったら、そう言ってやれ。あんたの声がいちばん効《き》くんだ」

どこのどいつが口にしているのかと思った。

良ちゃん、頑張って、と美冬はとぎれとぎれに言った。

「どうだ？」

少年の住いを吹きとばすつもりだった社員は首を傾げて、

「――とにかく、〈メフィスト病院〉に救助を要請しました。じき、ヘリが来てくれます。そっちの女へ解毒《げどく》剤を射ち――」

ごつい顔が派手にゆれた。へなへなと崩れるのを素早く支えて、若者は低く恫喝した。

「お嬢さんといいえ、このうすら莫迦。腹かっさばくぞ」

それから、美冬へ、

「大丈夫だ。すぐヘリが来る。おれが呼んでやった」

殴られた社員が、

「え？」

「うるせえ、さっさと注射しろ」

ひそかに喚いてから見ると、美冬はまた眼を閉じている。

「おい、起きろ。この餓――坊主がなんでおまえを庇《かば》ったと思ってる？　庇われるのが当たり前だったんだ。助けられたあんたがへたってどうする？　女なら坊主に借りを返せ」

「……ほんとだ……大丈夫……よ」

前よりももっと細く眼を開けた顔を見つめて、若者は微笑した。

「よっしゃ、その調子だ。ほら、ヘリの音がする。

眠るんなら、あの中へ入ってからにしな」

　空の何処にも音など聞こえないが、美冬の表情にうすく生気が甦った。

「そうそう、自己紹介を忘れてたな。おれは笛吹童子《うすいどうじ》――ここでは地上げ屋だ」

「水上……美冬です」

「そうかい、ＭＭか。おれぁマリリン・モンローのファンでな。気が合いそうじゃねえの」

　笑いかけた。

　集まってきた社員も住民も呆然と見つめている。

　美冬の口もとにも笑いがかすめた。

「なあ、こんなところで何だが、退院したら、一度、飯《メシ》でもどうだい？」

　励まし半分、どさくさ紛《まぎ》れに、と思ったのも否めない。

「そうですね」

　美冬は微笑した。

「おお」

　にんまりした若者――笛吹の背後で、

「駄目え」

　幼い声の合唱が湧き上がった。

「な、なんだ、この、坊やども」

　ふり向いて眼を剝いた。

　よちよち歩きから一〇歳くらいまで、一〇人近くが集まっている。

「だめだよ、お姉ちゃん、こんな悪党とデートなんかしちゃあ」

　といちばん年嵩《としかさ》の少年がかぶりをふった。

「悪党、悪党」

　と、三歳くらいの女の子が繰り返した。

「うるせえぞ、この」

　歯を剝いて――自分を抑えた。

　美冬がいる。

「キミたち、静かにしたまえ」

「あっ、声が変わった」

　と六歳くらいの男の子が指さし、

「偽善者め」

「どこで習ったんだ、この餓鬼!?」

と笛吹が歯ぎしりしたとき、〈駅〉の方角からかすかに——しかし、まぎれもなく、ヘリのローター音が聞こえて来た。

2

夕暮れの空から羽搏きが降りて来た。

肩へ留まった大鴉へ、人形娘は小さく、しー、と言った。

「遅いですわ、役立たず」

丁寧に肺腑《はいふ》をえぐることを言う。

「ふん」

と大鴉は返して、

「で、どういう事情だな?」

と訊いた。

二人がいるのは——ラブ・ホテルとマンションが建ち並ぶ〈新宿〉の東端——〈若宮町《わかみや》〉の一角であった。

人形娘は、路地の陰から、通りをはさんだ古マンションを指さして、

「あそこに、男の子がひとり誘拐されています。救い出さなくては」

「警官に言え、警官に」

鴉は不平面《づら》をした。具体的に言うと、眼ツキが悪くなった。

「ただの誘拐犯ではありません。下手を打つと、無駄な犠牲者が出ます」

「なら、なお御免だ。わしは帰るぞ」

「〈若宮町〉の猫又《ねこまた》」

ぽつりとひとことで、大鴉は像になった。

「なな何の話だ?」

声は動揺し切っている。

「いいお仲だそうですわね。娘は冷ややかに、あたしからふた月前に借りたお金も、鮪《まぐろ》のお刺身か何かになったんでしょ

うか」

「むむむ」

「何に使おうとご自由ですけど、返済期日は先月の二五日、利息を入れると――」

「あれは暴利だ。十一《トイチ》とは明らかに法定規準を上回っている」

「当たり前ですわ。それでも、必要な人はいます。あなたみたいな。――鴉ですけど」

「鴉で悪いか。人形の分際《ぶんざい》で、悪徳金融業者のような真似はやめい」

人形娘は冷たく微笑んだ。

「十一《トイチ》でも、背に腹は代えられないものですわ。それとも今すぐ、利息分だけでもお払いになります？」

「おまえへの支払いで、尻の毛まで抜かれたわ」

人形娘は可憐な口もとに手を当て、まあ、と呆れた。どういう仕掛けか、頬が染まってさえいるではないか。

「お下品な。――で、どうなさいますの？　協力していただけるなら、もう半月待って差し上げますわ。おまけはできませんけれど」

「この糞ったれめ」

「まあっ!?」

「ふた月にしないか？」

「三週間」

「ひと月半」

「ひと月ですわね」

「この悪徳金貸しめが」

大鴉は渋々羽搏き、があと鳴いた。ＯＫの合図らしい。

「では――」

と路地から出ようとする娘へ、

「ところで、その子供とおまえは、どういう関係だ？　情夫《いろ》か？」

「十一《トイチ》を五一《ゴイチ》にして欲しいんですの？」

「色々あらーなの言い間違いじゃ」

「結構です」

人形娘はうなずいた。

男の子とは、もちろん、タキのことである。〈メフィスト病院〉で見失ったはずの彼を、門の外まで追った彼女は、〈靖国通り〉でタクシーに乗り込むタキを見つけたのだ。そばに若い男がいた。

「それで——どうやるつもりだ?」

大鴉が訊いた。


タキは怯えていなかった。そんな感情を抱くための脳には、白い霧みたいなものが渦巻いており、眼に映る事物も、その固有名詞を思い出すことさえできなかった。

ぼんやりとした哀しみのみを、タキは認識できた。

それは、理世子と美冬を失った哀しみであり、我を忘れてその影を求めに来ても、ついに遭遇できなかった哀しみであった。


ソファにかけた彼の周囲には、三人の男がいた。うちひとりは〈二丁目〉の広場へやって来た怪異の塊みたいな男であったが、タキはそれさえ認識できないでいた。怯えていないとはそういう意味である。

「こんな餓鬼を連れて来て、どうするつもりだ?」

陰火の燃えるような眼で、DMを睨みつけたのは、〝銃火《ファイア》〟である。かけた肘かけ椅子には、自分の身体と同じ具合に自動小銃MG42がもたせかけてあった。

「いいじゃねえか。病院を見張ってたら、見覚えのある顔を見かけただけよ。ケーキをおごったら、すぐに帰してやるから安心しな」

「ミフユをおびき出す餌《えさ》に使うつもりだろうが、そう簡単に行くかな」

陰々たる声は〝渡し守〟である。

「うっせえな。おめーにどうこうしろなんて言ってねえだろうが。一から十までおれが面倒見たらあ。

その代わり、ビンゴになっても、一切分け前なんぞ要求するなよ」

挑戦的といってもいい啖呵《たんか》への反応は、冷笑と無視であった。

「けっ」

と吐き捨て、ＤＭは、

「それより、マリオの野郎はどうした？」

と荒っぽく話を変えた。これは素直に同意者を得た。

「まったくだ。――連絡もない。何か起こったな」

「やられたんじゃねえのか？」

ＤＭは、じろりと、薄気味悪そうに〝渡し守〟を睨んだ。

「いや。死んではおらんな。死ねば、おれのところへ来る」

ＤＭの顔からすうと生気が脱《ぬ》け落ちるような、不気味な返事をすると、

「奴、おまえの指示を無視して、メフィストにちょっかいを出したな」

〝銃火〟がうなずいた。

「そして――返り討ちにあった」

「よせよ、あいつはマリオだぜ」

とＤＭが、小馬鹿にしたように言った。

「メフィストはまだ帰ってねえ。するといるのはあのウックシイ人捜し屋だ。どんな腕利《き》きか知らねえが、マリオが一歩譲るわけはねえよ」

「おれもそう思う」

と〝銃火〟が同意した。

「だが、違うとなると、ますます連絡不能の理由が摑めん」

「ふむ」

〝渡し守〟が気もなさそうにつぶやき、一同は沈黙した。

「ん？」

ＤＭがぎょろりと眼を剝いたときには、他の二人も事態を感じ取っていた。

「何か——空気がおかしいぜ、おい」

DMが上目遣《うわめづか》いに周囲を観察した。

「地震だ」

〝銃火〟の身体は、小刻みに揺れはじめていた。

二人の耳に奇妙な声が忍び入って来た。最初はささやかに、すぐ、明らかに恐怖色に濡れて。

「〝渡し守〟!?」

その名前は、生死の境を流れるという〝死の川《ステイクス》〟を、死者を連れて、あるいはひとりきり、自在に往来するという〝渡し守《カローン》〟から採ったものだろうか。

生と死の往き来を司《つかさど》るもの——その男がいま、全身を凄まじい勢いで震わせているではないか。

「どうした、〝渡し守〟?」

「おい、何があった?」

口々に問いかける二人への返事は——

「来るな……来てはならん……行くな……行ってはならん……おお、マリオ……そこにいたか!?」

「なにィ?」

とDMが四方へ眼を走らせたが、仲間の姿など何処にも見えず、次の瞬間、うおっと叫んで、床へ沈んだ。凄まじい揺れが部屋を襲ったのである。いや、〈新宿〉を。その瞬間、あらゆる建物が人が天地が震えたのだ！

ぴしりと天井に亀裂が走った。

「危ねえ——坊主、逃げろ！」

DMがタキの顔の前で、ぴしりと指を鳴らして催眠術を解くや、

「地震だ、わかるな?」

小さな顔は恐怖に歪んでいた。

「四年前にあったよ。これくらいおっきな——〈第二の〝魔震〟〉だった」

「逃げろ」

DMがドアのほうへ押し出した。

タキが戸口を抜けた途端に、揺れは熄《や》んだ。

「ありゃ?」

DMが左の掌に拳を叩きつけて、

「畜生——戻ってこい！」

と身を翻したとき、

「〝渡し守〟!?」

と叫ぶ〝銃火〟の声の凄まじさに、彼はふり向かざるを得なかった。

〝渡し守〟は椅子の背で、首から上をのけぞらせていた。

かっと開いた口腔に唇はない。

血を溜めておくフラスコのようなその内側《なか》から、見覚えのある黒い鉄の腕が生えているではないか。手首から先——わななく黒い指——そして、ずるりと肘まで。ついで、たくましい肩が。

あり得ない、いや、〈新宿〉でしかあり得ない光景だ。

限界まで開いても、たかが知れたサイズの口の中から、いま、人間の——マリオの頭までが出現したではないか。

「マリオ……」

〝銃火〟の低声が、ただならぬ驚きを示していた。

「……あいつだ」

と聞こえた。マリオがそう言ったのだ。眼は白く濁り、絶え間なく涎《よだれ》をこぼす口で。

「……あいつだ……あいつは……あいつを……あいつを……」

あいつって——誰だ？

DMと〝銃火〟が同時に胸の中で尋ねた瞬間——

彼らは見た。

あいつ、あいつ、あいつと繰り返す狂気のマリオの背後から、ぬうとせり出して来た黒い影を——

「いかん！」

「見るな！」

この二人が恐怖の悲鳴を上げたことなどあるのだろうか。

脱兎《だっと》のごとく戸口を抜けたその背後で——

「あいつは……あいつだ……あいつだ」

狂気の繰り返し《リフレイン》が続き——

ぴたりと停止した。

3

マンションの玄関で、二人は仰天《ぎょうてん》した。人形娘は、駆け出して来たタキを見つけ、駆け出して来たタキは、人形娘と出喰わしたのである。

「お姉ちゃん!?」

「あなた――どうやって!?」

もちろん、事情を話し合っている場合でないのは百も承知だ。

「いらっしゃい――逃がしてあげる」

「お姉ちゃん――助けに来てくれたの?」

「そうよ。あなたをさらったのは、何者?」

「前に〈二丁目〉へ来た奴だ。修羅兄ちゃんと喧嘩してた。DMっていうんだ」

「DM――〃血の五本指〃」

金髪とサテン・ドレスの娘は、知っていたとみえる。

「よく無事だったわね。逃げなさい」

人形娘の右手が上がると、頭上から大鴉が舞い下り、タキの両肩をがっしりと摑んだ。

痛みを感じ、それが何とか耐えられるレベルで止まったときにはもう、少年の身体は黄昏《たそがれ》どきの空へと舞い上がっていた。

「何処へ行きたいか、鴉に言いなさい」

大きく弧を描きつつ〈二丁目〉のほうへと飛翔しはじめた翼と人影を見送って、人形娘は北へ――〈早稲田通り〉のほうへと歩き出した。

三〇メートルほど行ったところで、

「そこの姐《ねえ》ちゃん、待ちなよ」

背後から呼ばれた。通りに人影はない。構わず歩いた。腹は据わっていた。

足音がふたつ、追って来た。

歩きながら、人形娘は髪を束ねているリボンを取った。

端っこに古代魔術語の呪文と青い河馬《かば》が描いてある。

呪文は、

――このリボンを汚《けが》す者、死するべし。夜の重さに耐えかねて平らかなるべし
であった。

人さし指と中指を立てて、人形娘はハサミのようにリボンをはさんだ。

指と指とが合うと、布はまさしくハサミで断《た》たれたように切れた。

三つに断って、少女はそのうちの一片を後ろ手に放った。

青い断片は風に乗って追跡者たちの足元に落ちた。

「おっとお」

DMは急制動をかけたが、〝銃火〟は間に合わなかった。

道路いっぱいに広がる青い裂け目へ、彼は腰まで呑みこまれた。

その首すじをDMの右手が摑んだ。

次の瞬間、二人は幅五メートルもの裂け目の向こう側に立っていた。

「しっかりしろよ。射撃屋《ガンナー》。ほら、狙えるか?」

揶揄《やゆ》するようなDMを無視して、〝銃火〟はMG42を腰だめに構えた。

精確無比――死神の放つに等しい銃撃は、人形娘の身体を一秒とかけずに塵《ちり》と化してしまうだろう。

そのとき――人形娘の頭が廻った。それはきっかり一八〇度回転した。

少女の背中――心臓の後ろに、青い布切れが貼りついた。

「射てえええい!」

絶叫したのはDMだ。その声が終わらぬうちに、紫色の炎が銃口から膨れ上がった。

蒼茫《そうぼう》と暮れる街路を、美しい火線が全身をくねらせつつ艶やかに少女を捉えた。

「おおっ⁉」

右手を思いきりふったのは、これもＤＭだ。〝銃火〟の射線がことごとく少女の背の青い一点に吸いこまれ、すべて弾き返されるのを、彼は見たのである。

黄金色の空薬莢が空中に乱舞し、火線は飽かず少女に挑んだ。

布が忽然と消えた。

あっと叫んで少女が前のめりに倒れる。

「とどめだ！」

とＤＭが拳を握りしめた。

倒れた少女のかたわらに、彼らの横を通過した黒塗りのジャガーが滑り寄っていったのは、そのときだ。少女が倒れたとき、裂け目も消えている。

ドアが開き、ワイン・レッドのスーツ姿がハイヒールごと舗道に下りた。

少女の腕を取って抱き起こし、後部座席に入れる。

運転席のドアが閉まり、都会の闇を彩る妖しい獣が走り去るのを、二人の刺客は為す術《すべ》もなく見送った。

彼らが、〝銃火〟の射撃まで少女を見逃して来たのは、異様な心身のダメージを受けていたからだ。

原因はわかっている。

「マリオの野郎――まだ祟《たた》ってやがる」

〝銃火〟の右手がＭＧ42とともに下がって、アスファルトにぶつかった銃口が鈍《にぶ》い音をたてた。

「ああ、また――出てきやがった」

眼の前の何かを払いのけるような仕草をＤＭも続けている。

〝銃火〟が胸を押さえて、片膝をついた。

そのせいで、彼らは取るに足らない少女に追いつけなかったのだ。

そして、今は――足下を見つめるしかなかった。

「あなたを助けるのを見ていながら、何にもできなかったわね、あの二人」

ハンドルを握る女――バックミラーに映るその美貌を、黒い貴石の眼が眩《まぶ》しそうに見つめた。

彼女と並べば、世界一のスーパーモデルも、泥臭《どろくさ》い田舎の小娘にしか見えまい。

「本当に」

答えて人形娘は、顔をしかめた。背中から心臓に一発食らっている。

「あの二人の足下の舗道に、いきなり穴が開いたの――見えた？」

「いいえ」

「何かに祟られてるらしいわね、彼ら」

「そう、ですか」

だとしたら、僥倖《ぎょうこう》だと心の底から思う。リボンの一片で一連射は防いだが、最後の一発で魔力が切れた。もとより、人形の身体は弾丸の痛みなど感じない。それなのに、射ち抜かれた胸もとからは、焼けるような痛みがいっかな退《ひ》こうとしないのだ。

魔弾の射手――そう思う。

車《ジャガー》は〈早稲田通り〉を、〈高田馬場〉方面へと疾走中であった。

「〈高田馬場〉って言ったわね。だとすると〈魔法街〉」

「お判りですか？」

軽いショックが、灼熱の痛みをいじくって、人形娘は小さく喘《あえ》いだ。

「銃に射たれたお人形――他に行くところがあって？」

「――いえ」

「お名前は？」

「ありません」

「冷たいご主人ね」

「…………」

「ごめんなさい。余計なこと言っちゃったわね。仲直りしてくださる？」

「そんな。助けていただいたのに」

「躾《しつ》けは文句無しね」

女は虹色《にじいろ》のサングラスの下で、華やかな微笑を浮かべた。

「私はリゾラ・ベンダー。ルーマニアの貿易商よ」

「よろしくお願いします」

「こちらこそ」

スーツと同じ色彩《いろ》の手袋をはめた指がハンドルを握る。かすかに動かすたびに、車は震え、ロールス・ロイス製のエンジンは、ああと喘いで身をくねらせる。

その女の指は男根を知っているのだろうか。

男と車を征服する唯一の方法がそれである、と。

「〈新宿〉ははじめてだけど――いい場所《ところ》ね」

「――ええ」

我に返って、人形娘はほとんど勘だけで肯定《こうてい》した。闇に引きずりこまれかけていたのである。

「大都市の中心といってもいい街なのに、都市にあってはならないもので溢れているわ。たとえば――お水」

「お水？」

「私の専門。それプラス――香《パーフューム》り」

「………………」

「何か忘れ物でもして？」

「あ――いえ」

「ならいいけれど――じき、馬場よ」

安堵が小さな――本当にガラス細工の胸に広がった。同時に、黒い不安も。

あの子――うまく逃げられたかしら？

あと一分とかからず〈二丁目〉だから、〈市谷台町〉のあたりだろうか。

左上空から、痺れるような殺意が射ち込まれた。

「いかん。〝吸血蝙蝠《こうもり》団〟だ。坊主――歩いて〈二丁目〉までいけるか？」

「大丈夫だよ」

鴉がしゃべってもタキは驚かなかった。ここまでくる間に自己紹介も済ませたし、第一、ここは〈新宿〉だ。月さえ欠伸《あくび》する街だ。

「よし、何とか食い止めている間に逃げろ。間に合わなければ、何処ぞやのビルに飛び込むんだ。いいな？」

「うん」

　大鴉は一気に高度を下げた。

　細い糸みたいだった〈靖国通り〉がみるみる太さを増し、逃げまどう人々の姿が、鮮明化してくる。彼らも気づいたのだ。大鴉の右上空から追いすがる黒い——直径五〇センチほどの塊に。

　地上五〇メートルまで急降下を続け、それから一気に減速して、大鴉はタキを車道に下ろした。

「気をつけて行け！」

　ひと声残して、上昇に移った。

　黒塊まで一瞬のためらいもなく接近し、頭から突っこんだ。

　音のない爆発が生じた。

　ほとんど無衝撃で塊を通り抜け、大鴉は反転した。

　塊は四散したところだった。ほぼ一〇メートルにわたって破片が漂い、——不意に羽搏いた。

　団と呼ばれるのは、最初の集合形態のためだろうか。

　灰色の胴と翼に真紅の石炭みたいな両眼を嵌《は》めこんだ身体は、さしわたし一メートルもある。

　すでに地上に獲物は無し、と踏んだ怒りを、その羽搏きにこめて、血を吸う獣は、一斉に大鴉めがけて襲いかかってきた。

　その殺意と飢えの集中を受け止め、跳ね返しながら、大鴉の口から洩れた。

　またとなけめ《ネバー・モーア》
　大鴉の指示どおり、タキはまず、身を隠す場所を捜した。

　大鴉と降下中に聞こえていたとおり、左右の家々はことごとくシャッターを下ろし、逃げるところは、停車中の車しかなさそうであった。

もっとも近くの乗用車へ向かって走り出す。

だが、三歩といかない頭上で、不気味な羽搏きが生じたと思うや、生臭い重さが、両肩にのしかかってきた。

バランスを崩してつんのめる。首すじ――頸動脈の上に息が当たった。

次に何が生じるのか――牙が。

がちっと鳴った。火花が飛んだ。なんという顎の力か。

だが、そいつはひと声高く叫ぶや、攻撃を中止した。

〈二丁目〉の住人なら欠かせぬ首と肩と太腿に巻きつけた薄いステンレスの輪が、タキを救ったのだ。

そのまま走り出す。

続けざまに二羽の吸血鬼が、その背に貼りついたのは、非情というしかない。


背筋に灼熱の痛覚がもぐりこんだ。

「あうっ!?」

もうひと咬《か》み。

「痛い」

五歳の少年であった。そして、吸血鬼どもは、五歳の少年に容赦しなかった。

背中に腕に血の牙が打ち込まれ、鮮血が迸《ほとばし》る。

絶望と死がタキの胸を包んだ。

ミフユ姐ちゃん、ごめん。おれ、もう逢えないらしいや。

光が爆発した。

〈駅〉方面から疾走して来たリムジンのライトだ。

車は止まり、誰かが降りてきた。

光のめくらましで逃亡に移った蝙蝠たちは、すぐに気を変えた。

怖れるふうもなく少年に近づいていく人影めがけて急降下に移る。タキの血に染まった牙は、新たな鮮血を求めて激しく打ち鳴らされた。

五四は目の玉をえぐったものの、二〇四近い敵の猛襲は、大鴉の攻撃を次第に迎撃に変えていった。

　翼も何ヵ所か裂かれ、右眼には血が入って使えない。脱出は不可能だった。

「一年にすれば良かった」

　むろん、蝙蝠たちに、その言葉の痛切な意味は理解しようもない。

　ひたすら飢えと殺意とを満たすべく、新たな攻撃にかかった。

　突如、吸血鬼どもは一斉に身を翻した。

　身も世もない羽搏きの稼動燃料は、恐怖と狂気であった。

　訳もわからぬまま、静寂と平穏に満ちた戦場で、大鴉は頭上をふり仰いだ。

　五〇メートルも彼方《かなた》であったろうか。

　大きく羽搏くひとつの影が見えた。

　青い闇よりもさらに青いマントの人影が。

　安堵と感謝とをみっしりと詰めて、青い虚空《こくう》へ向かい、大鴉はその名を呼んだ。

「夜香《やこう》」

　光がきらめいた。それは無造作にそれを生んだ者の周囲を駆け巡り、接触した異物をことごとく切り裂いた。

　血の霧が宙を飾り、地上へ叩きつけられた蝙蝠たちは、二度と動かぬ死を貪りはじめる。

　血にまみれた身を震わせながら路上に倒れた少年へ、若者は近づいた。

　右手の匕首はすでに上衣の懐ろへ収めてある。

　屈みこんで、

「無事だな？」

　念を押すように訊いた。

「うん」

「よっしゃ。名は何てんだ？」

「タキ」

「おれは笛吹童子だ。よろしくな」

　と、少し前に少年の住居を脅やかしたばかりの地上げ屋は、やさしく頰笑《ほほえ》みかけながら、手をのばした。

「おや？」

　彼は懐ろに手を当てて立ち上がり、リムジンのほうを向いて、

「この子を連れてけ」

　と怒鳴った。すぐ前方を向いた。

〈駅〉寄りの車道の真ん中に、鍔広帽《つばびろぼう》を被った男が陽炎《かげろう》のようにゆれながら立っていた。

　その足下に、一本のすじが引かれ、それこそが、此岸《しがん》と彼岸《ひがん》、生と死を分ける闇の川――スティクスなのか。

「その子を貰っていこう」

　と〝渡し守〟カローンは右手で差し招いた。

第十三章　多々邂《かい》逅《こう》あり

1

空中と地上で、ほぼ同時に行なわれた邂逅《かいこう》は、どちらも一触即発の緊張を孕《はら》んだものであったが、小石ひとつで破砕されるガラス細工のようなそれは、地上——青い闇を散らしたアスファルトの上で、いま砕かれようとしていた。

「おやおや——久しぶりで、歯ごたえのある相手と会えたかな」

笛吹は微笑を浮かべて見せた。右手は胸もとへ移動していた。

「おれの匕首がこんなにも震えているなんざ、おまえさん、当然、生命のやり取りに来たんだろうな」

答えはない。

〝渡し守〟の右手が上がった。死を招く手は青みがかった灰色を帯びて、爪は黒い。アスファルトには、すでに死の川が刻まれている。

ひょい、と手招いた。

笛吹の身体が、前へ出た。抗《あらが》おうとしながら、鉄の呪縛《じゅばく》に逆らえぬ者の動きであった。右手は懐ろに入ったままだ。

「こいつぁ、甘く見過ぎたか」

汗の粒が頬を伝わったが、唇の笑みは消えてはいない。笛吹の闘志はなおも旺盛に燃えている。

だが、またも手招きされて足は進み、路上の筋まで五〇センチもない。

そのとき、背後で声と足音が上がった。

「社長！」

「退がってください」

「来るんじゃねえ！」

と笛吹は叫んだが、すでに両脇を固めた二人の社員の右手は、ステヤーＭＰ04ＳＭＧと小型火炎放射器が、ともに銃口を〝渡し守〟へと向けている。

ステヤーを握った男が、笛吹の襟首を摑んで、

「社長——こっちへ」

と後ろへ三メートルも引き戻した途端、火炎放射器を握ったほうが、不意に、ととっと、つんのめったみたいに前進した。

「今川《いまがわ》ぁ」

ステヤーが火を噴いた。黄昏《たそがれ》が闇に変わりつつある路上で、火線は情炎のごとく青く青く映えた。

距離は五メートル。子供でも外しっこない距離だ。

〝渡し守〟は微動だにせず、その衣裳には穴ひとつ穿《うが》たれなかった。

「まかせろ！」

今川と呼ばれた男が、後じさろうと努めながら引金を引いた。

ずんぐりしたノズルから、オレンジ色の炎が火葬の祝祭に旅立つ。

それは、ある一点で力なく垂れて路上へ落ちていった。あの溝の中に。見よ、その溝をびっしりと埋めた銀色の弾頭《ブリット》は、ステヤーＳＭＧから放たれたニッケル被甲弾ではないか。

越せないのだ。生命ある世界に属するものは、生死を隔《へだ》てるスティクスの川を越せないのだ。彼岸は死の国であるが故に。

その川を越えられる生者はただ一種――〝渡し守〟に招かれたものたちのみ。

今川が悲鳴を上げた。彼の爪先は筋の手前で止まり、上体のみが大きく前方へ泳いだからだ。

「危ねえ」

ステヤーを握った男が走った。今川の後ろで間一髪服の裾を引いて止める。

笛吹は見た。〝渡し守〟が手招くのを。

二人の悲鳴が絡み合いながら噴き上げ、どっと倒れこんだ。筋の向こう側へ。

笛吹の表情に絶望のさざなみが散った。彼にはすべてわかっていた。

越えてしまった社員たちが、あわてもせずに立ち上がった理由も。こちらを向いた顔も手も、〝渡し守〟の手と同じ色に染められていた理由も。そして、自分のほうを向いて深々と一礼し、背を向けて、〝渡し守〟のほうへと歩き出した訳も。

彼は二人の名前も呼ばなかった。右手に握った匕首を抜くことに全力を集中した。抜きさえすれば何とかなるはずだった。

そのかたわらで、動きが生じた。タキだった。恐怖の眼を見開いたまま、じりじりと進んでいく。招く手のほうへ。

「てめえ」

笛吹は眼を閉じ、必死に思い浮かべようと試みた。神将・摩利支天《まりしてん》を。

今にも動き出さんばかりのイメージが結像するのと、頭上の羽搏きのどちらが先だったか。

右手は刃を抜いた。

「坊主！」

筋の手前でタキが前のめりになる。

「糞ったれ！」

彼は匕首を撥ね上げるや、刃の先をはさんで手裏剣打ちに投げた。無意識の動作であった。

摩利支天——神将の脇差を模して打たれた神鉄の武器は、死の川を越えて〝渡し守〟の心臓を貫いた。

声のない、しかし、まぎれもない苦鳴を散らせて、〝渡し守〟はのけぞった。

その身体がみるみる薄れ——かたわらを歩み去る二人の社員も、タキも形を失っていった。

「坊主！」

駆け寄った笛吹の前に、束の間、灰色の世界が広がり、彼が一歩を踏み出す前に、霧と化して流れ去った。

その向こうに闇色の家々を確かめてから、笛吹は向きを変え、頭上をふり仰いだ。三メートルほどのところに青いマント姿が浮かんでいた。背骨あたりから左右に広がった翼がゆるやかに羽搏いて、その長身を支えている。

夜香だ。

「邪魔したな？　何故だい？」

低いが、狂気を漲らせた笛吹の声である。そこへ、冬の寒夜を思わす魔性の声が、

「霧になった〝向こう側〟へ入れば、進むことも戻ることもできなくなります。〝さまよえる《フライング》オランダ人《ダッチマン》〟は、二一日だけ地上へ上がることを許されますが、あなたはそうはいきません」

「なるほどな」

笛吹は納得した。納得すればこだわらない。あっさりと匕首を収めて、

「おれは、笛吹ってもんだ。危《ヤバ》い仕事をしてる。止めてくれて助かったよ」

と襟首を撫でた。霧のワンダーランドへ踏み込もうとする彼の襟を摑んで止めたのは、夜香だったからだ。

「夜香と申します」

笛吹は少し考え、すぐ思い当たった。

「その翼は蝙蝠のだな——戸山《とやま》住宅の吸血鬼さんかい？」

「仰《おお》せのとおりで」

「何にしろ、生命拾いをしたぜ。礼はいずれする。このとおりだ」

深々とお辞儀をする笛吹へ、

「お気になさらず。しかし、ああいう存在がこの街にいるとは、考えもしませんでした。私の記憶が確かなら、世界で五本の指に入る殺人グループのひとり——〝血の五本指〟の〝渡し守〟」

〝血の五本指〟？　と笛吹は眉をひそめ、

「その名前なら聞いたことがある。へえ、今のがそうか。すると、あの坊主も危ねえな」

「死の川を渡れば死者になるしかありません。しかし、死者は戻って来ます」

笛吹は肩をすくめた。

「お盆はもう過ぎちまったよ。夏の名残りに、おかしな野郎どもが出て来やがる」

「まったくです」

「いや、あんたのこっちゃねえ。気にしないでくれ。しかし、狙いはあの坊主だ。死んだにせよ、生きてるにせよ、何の目的で？」

そのとき、リムジンから、瀬次谷《せにや》が現われ、駆け寄って、今の子、知ってます、と言った。

「誰だい？」

「さっき、出向いたばかりの〈二丁目〉の餓鬼ですよ。自分は何回か立ち退《の》き交渉に行ったんで覚えてます」

笛吹の表情に、あまりにも人間臭い感情が広がった。彼は空中に羽搏く若者のことも忘れた。

「すると、あれか、その別嬪《べっぴん》の——美冬ちゃんとこの……」

「へい」

「へい、なんて使うな——そうかい。そりゃ、面白いことになって来た。美冬ちゃんを困らせるために、あの坊主をか。なるほどな。おい、あの娘に彼氏がいると思うか？」

「へ？」

「まあいい。どうやら、点数を稼げそうだ。見てな、生きていようが死んでいようが、いまの坊主はおれ様が、必ずこの手でこっちの世界に連れ戻してやるぜ」

彼は右手で軽いジャブを放った。やがて、興奮さめやらぬまま頭上をふり仰ぐと、闇の支配に身を委《ゆだ》ねた虚空に夜香と名乗った若者の姿はなく、〈駅〉の方角へと追った眼が、いままさに闇へ溶けようとする翼らしきものを認めたばかりであった。

2

長屋とも一軒家ともつかぬ奇妙な家並みの、それは一軒家と知れる家の前でジャガーを降りると、人形娘は運転席の窓から礼を言い、

「あの、私の御主人に会っていただけませんか？」

と申し出た。

すると、今まで何度繰り返しても、うんと言わなかったリゾラが、じっと門構えに視線を注いだ後、黙って運転席のドアを開いたではないか。

このとき、人形娘の鼻——もとより本物ではないが——を、ぷんと花の香りが刺した。

リゾラの香水か。しかし、車中にいる間、人形娘は空気の香《か》だけを嗅いでいたのである。すると——体臭だろうか。

「あの……」

促すつもりではなく、なおも運転席に留まるリゾラに、不気味に近いものを感じてかけた声であった。

「そうね」

リゾラが身を乗り出した。その眼が少女の胸もとに吸いついた。運転中、背中へ廻っていたペンダントを、人形娘は前へ戻したところだった。

ドアが閉まった。

「え？」

開けっ放しの窓から、前を向いたままのリゾラが、

「趣味の悪いアクセサリーね」

別人の声かと思う冷淡さであった。

「え？」

今度の答えはエンジン音と、急速なバックであった。

突如、自分がリゾラにとって、あらゆる意味で無関心な存在と化したことを、人形娘は思い知った。

二〇メートルばかり先の十字路まで退がり、向きを変えたジャガーは、急にそこに現われた見知らぬ車であった。

一瞥《いちべつ》も与えず消えていくリゾラと車とを見送ってから、人形娘は家の門をくぐった。

芳香が鼻を衝《つ》いた。

覚えがある。ついさっき、ジャガーの内部に出現した花の香りと同じだ。

居間に眼をやって、人形娘は第二の驚きに襲われた。

四季を通じて、薬草やら蠟人形やらを煮つめている暖炉《だんろ》の炎の前で、トンブが揺り椅子に嵌まっている。

人形娘はひと目で異常を見抜いた。

ぎいぎいと唸る椅子の中で、トンブの全身を汗がしたたり落ちている。

「どうなさいました？」

駆け寄ろうとするところへ、

「来るんじゃないよ！」

雷鳴にも似た叱咤《しった》が走った。汗の珠が四方へ飛ぶ。幾つかは暖炉に飛びこんで、じゅっと小さな音をたてた。

「どうなさい――」

「おまえが連れて来たんだね」

トンブの声は揺れはじめていた。

揺り椅子の唸りは、短く高くなりつつあった。


「連れて？　――あの女性《ひと》ですか！　リゾラさん」

「なんて化物を連れておいでだい。姉さんが怒って墓から出て来るよ」

「あの女性が？　……」

呆然と立ち尽くすその頰を風が叩いた。トンブと揺り椅子は、今や機械仕掛けのように、狂気じみた前後運動を繰り返していた。

強烈な香りが居間を吹き荒れた。

「トンブ様!?」

「秘薬庫へ行って、次の壜《びん》を用意おし」

もはや、姿も定《さだ》からぬ速度の中から、トンブの声が、

「Aの38、同じく39、同じく73、同じく84。第七調合図の八九番目――急いで」

飛ぶように暗い廊下へ出て行った人形娘が、約五分後、調合した秘薬と水入りのコップを持って居間へ戻ると、トンブの姿は滲《にじ》む影と化していた。前後運動は明らかに音速《マッハ》を越え、凄まじいハリケーンが

室内を荒れ狂っていた。テーブル・クロスが、銀の花瓶が、砂時計が、泥人形《ゴーレム》が大渦に巻きこまれ、狂気のワルツの真っ最中だ。

みずからその中に身を躍《おど》らせるや、可憐な生き人形は気流を読みながら、影と化したトンブに近づき、手にしたオブラートの包みを叩きつけた。

風の咆哮と椅子のきしみがぴたりと熄んで、別の音が続いた。空中のワルツの踊り手たちが床へ落ちたのである。

「トンブさま」

と、なおも動き続ける椅子へと近づき、人形娘は息を呑んだ。

トンブは、もはや嵌まっていなかった。両腕で肘かけにしがみつき、謎の失踪を遂げていた。その巨体の護りともいうべきものが。中味を詰め忘れた、分厚い布袋がそこにあった。

一気に一五〇キロも痩せ細った女魔道士は、揺り椅子のわずかな動きに合わせつつ、垂れ下がった皮膚の中で、ぱあくぱあくと口を開け閉めしながら、こうつぶやいていた。

「……怖い……怖い……姉さん……助けて……おく……れ」

天井と壁と床は微妙に歪んで見えた。地震の後遺症である。

「斜めになってる家に住んでると、気が狂うっていうぜ」

天井へ紫煙を吐いてごちたのはＤＭだ。

「そうなっちまったほうがいいかもな」

と〝銃火〟がＭＧ42の銃身を撫でながら、これも吐き捨てた。

「特におまえは」

「なんでだよ？」

とＤＭが凄んだ。やや迫力に乏しいのは、自分でも納得しているからである。

「おれは実績を上げている」

〝銃火〟は右手の人さし指を立てて、

「国会議員A——これはしくじった」

次に中指を立てて、

「そのボディガードども」

薬指も立てた。

「そして、ドクター・メフィスト。——おまえはどうだ？」

DMは肩をすくめた。

「仕様がねえ。罰は受けるさ。だがな、〝渡し守〟のことはどう弁明する。マリオに連れてかれたなんて、口が裂けても言えねえぜ」

今度は彼が人さし指を立てた。

「〝血の五本指〟のモットーは、協調と誠実——まるで、ボーイ・スカウトだぜ」

「ボスにはそう見えるんだろうよ」

「ま、ボスじゃあ仕様がねえか」

DMはもうひと塊の紫煙を天井へと吐き上げ、ちびたゴールデン・バットをガラス製の灰皿へ押しつけた。半分しかないのは、地震でテーブルごとひっくり返ったからだ。

煙草をつぶしたのを合図に、彼は話を変えた。

「なあ、〝銃火〟よ、〝渡し守〟の野郎——マリオに何処連れてかれちまったんだ？」

「おれにわかると思うか？」

「へいへい、愚問《ぐもん》でやんした」

〝銃火〟は、じろ、と仲間を睨んで、

「ま、何処連れてかれたにせよ、あいつのこった。仕事にだけは精を出すだろうよ」

「まったくだ。あの坊主も見つけ出してたりしてな」

DMはもちろん、冗談のつもりだったのだが、空気は重く澱《よど》んだ。

美冬をおびき出すために連れて来たタキに逃亡され、それを企てたサテン・ドレスの娘も眼の前でさらわれた。〝血の五本指〟の名が泥にまみれる程の醜態《しゅうたい》だったといっていい。

Sumi

DMがもう一本ゴールデン・バットを咥《くわ》えるのを、

「そろそろ出るぞ」

と〝銃火〟が止めた。DMも煙草を紙箱へ戻す。タキの口から〈新宿警察〉へ通報されるのが間違いない以上、パトカーがやって来るのは時間の問題だ。そのくせ、あれから一時間以上も居座っているのは、警察ごとき蹴散《けち》らすのは造作もないと思っているからだ。

二人は立ち上がった。

それぞれまとめてあるバッグを担いで戸口へと向かう。

ドアが妙な音をたてた。柔らかいものが吸いついて、急に離れたような。たとえば——キス。DMも〝銃火〟も眉を寄せると同時に、確かにロックしてあるドアが、すうと開いていった。

その向こうに立つ人影は、ワイン・レッドの色彩《いろ》を帯びていた。

DMと〝銃火〟の声が、恋人同士の愛の言葉のごとく、重なり合って、その名を呼んだ。

「ボス!?」

3

美冬のもとへ最初に駆けつけたのは、せつらだった。

美冬のボディガードを捜し続けて〈新大久保〉の二丁目にいたとき、ドクター・メフィストからの連絡が入ったのだ。

午後一〇時過ぎの病室は、窓に詰まった闇が濃いだけに横たわる美冬の顔が異様に白く見えた。

せつらが到着すると、入れ替わりに、茶髪の小柄な看護婦が部屋を出て行った。

三〇分ほどで、美冬は眼を開いた。

毒蜂の治療はすべて完了し、いまは眠っていると、せつらは説明を受けていた。

青い闇の中で、ひっそりと自分を見つめる天上の美貌に、美冬はもう一度、気を失いかけた。

だが、彼女は眼も閉じず、反らせもしなかった。

せつらを見つめる眼に、不思議な光が点っていた。

「おはよう」

せつらは茫洋と言った。

美冬は微笑した。おはようもないものだ。

「おはようございます」

「具合は?」

「大丈夫です」

くすりとした。これほど人間離れした美しい若者も、こんな状況だと当たり前の質問しかできないのが、おかしかったのだ。

「よかった」

他にも言うべきことがあるような気もしたが、美冬はまず、こう訊いた。

「秋さん——人捜し屋さんですよね?」

「はあ」

「お高いんでしょうか?」

「目下、キャンペーン期間中」

美冬は吹き出した。

「そうでしたわね。五歳の男の子を捜していただきたいんです。名前はタキ。私を捜しに、〈二丁目〉を出て行方がわかりません。兄も捜していますが、やはり、プロの方に——」

せつらは、はあ、と応じた。ポケットから旧式の電卓を取り出し、小さなキイを叩いて、

「それですと、一日これくらいになります。諸経費は別で」

眼の前に出された電卓の画面を読んで、美冬は哀しそうな表情になった。

上掛けから白い右手をのばして、

「これくらいになりませんか?」

とキイを押す。電卓を引き寄せ、せつらは、うーむと、わざとらしい声を上げた。それから、

「経費は？」

「込みで」

美冬は消え入るような声で言った。

「うーん。――これでは？」

また押して、差し出した。

今度は美冬が、うーんと呻いて、こちらももう一度プッシュした。

せつらは眼を閉じた。すぐに開けて、

「何か――付加価値が欲しいなあ」

「それって、プラスα《アルファ》の――ことでしょうか？」

「そうですね」

美冬は真っ赤になった。もじもじと、上目遣いにせつらを見て、

「あの――キスかなんかじゃ駄目ですか？」

「はあ？」

「キス」

刺すような美冬の表情を受け止めてから、せつらは、

「ネジが一本外れてますね」

と言った。確かにそうだが、この若者が口にしてはいけない発言のような気もする。

「駄目ですか？」

「うーん、一回では」

「えーっ。それって業《ごう》つくばりだわ」

「そうかなあ」

美冬は、少し軽蔑の混ざった眼でせつらを睨《にら》みつけた。彼にとって、今の発言が、本当に数字の問題にすぎないということがわかっていないのだ。

それなのに、その頬が桜色に染まっていくことに、せつらは気づいたか。

「じゃあ、何回ならいいんですか？」

「ん――」

右手を開いて突き出した。

「五回もぉ!?」

美冬が低く叫んだ。せつらは珍しく、声に力を込めて、

「譲れません」

「……わかりました」

美冬は眼を伏せて、小さな声で言った。

「……それで、いつ？」

「連絡します」

「え？　いいんですか、それで？」

「相手の都合も訊いてみないとね」

「相手……って。あなたじゃないんですか？」

天が落ちて来たような表情を、美冬はこしらえた。

「はあ。義理のある女好きがいましてね。キスでそれを返したいと」

せつらは淡々と言った。

「淡々としていればいいってものじゃありません」

美冬の胸に、消しようもない怒りと――困惑がこみ上げて来た。

「失礼ですが、女を何だと思ってらっしゃるんですか？　それってもの凄いセクハラだわ」

「でもね。世の中ギヴ・アンド・テイクです。それに――」

「それに、何ですの？」

「キスなんて、誰にしたって同じでしょ？」

「申し訳ありませんが、出て行っていただけませんか？」

「どうして？」

「どうしてもです。それがわからないのが問題なんです」

「けど、わかっても、結局は僕を雇う雇わないの問題だと思いますが」

美冬は眼を伏せ、少し口惜《くや》しそうに、

「……仰っしゃるとおりです」

と言った。

「四回にまけましょう」

「…………」

「相手も――僕にします」

「え？　本当に？　――いつ？」

「後払いで結構です。その子が見つかったら。領収証も出します」

「ちゃんとしてるんですねえ」

美冬は感心した。

「じゃあ、それでいいですか？」

「あの、手を打ちます」

「じゃあ、幾つか質問を」

タキの顔立ちや体つき、特徴などを聞くうちに、

「あの子か」

とせつらは憶い出した。蔵前六三郎の身柄を確保したとき、〈二丁目〉で見かけた少年たちのひとりだ。

「覚えていらっしゃいました？」

美冬には嬉しい驚きであった。

「すぐに」

茫洋とせつらが席を立ちかけた。

ドアが激しく叩かれ、開いた。ほとんど同時だ。

飛びこんで来たのは、修羅だった。


「大丈夫か!?」

一直線に枕元まで来た。

「大丈夫です。――兄さん」

何かぎごちないなと思いつつ、せつらは、そっと部屋の外へ出た。この激情家の兄より先に、美冬の病室にいたりしたら危ないと、それは並みの心理が働いたのである。

案の定、

「おい」

と呼ばれた。

「何か？」

覚悟を決めて内部《なか》へ入った。

こわばった顔が近づき、いきなり、彼の手を取った。

「ありがとう」

「え？」

「タキの捜索を格安で請け負ってくれたそうだな。ありがとう。おれよりは、ずっと確実だ」

「はあ」

とにかく上手《うま》くいったらしいと、せつらは満足した。

そこへ、また、ドアが叩かれた。

修羅が素早く近づき、ドアの横から、誰だ？　と訊いた。

「笛吹ってもんです。お見舞いに来ました」

修羅が美冬のほうを見た。美冬は何ともいえない表情をつくった。

「？」

せつらが自身を指さしているのに、修羅は気がついた。知ってるの合図だ。

「知り合いか？」

「ああ。たぶん、地上げ屋だね」

「地上げ屋？　――そういや、〈二丁目〉が立ち退きを迫られてる。こいつのところか？」

「たぶん」

「わかった」

ドアが開かれた。

笛吹はダブルのダーク・スーツに紅《あか》い蝶《ちょう》タイを締めていた。顔も真っ赤だ。薔薇の花束に隠れているのである。

修羅が黙って脇に退《の》き、意気揚々と入って来てすぐ、せつらに気がついた。

「何だ、おまえ。こんなところで何してる？」

「仕事だよ」

「へえ」

とわざとらしく感心する背後で、修羅が、ぽきぽきと指を鳴らした。

笛吹は、ふと眉《まゆ》を寄せて、

「人捜しの仕事？」

とつぶやいてから、ベッドの美冬のほうへ眼をやり、

「そうだ、あの坊主も捜してくれや」

と言ってから、右手を上げて、可愛らしく美冬にふって見せた。

「誰だい、それ？」

とせつら。

まだ、美冬へにこにこしながら、

「そのお嬢さんのとこにいる男の子さ。五つか六つでな。グレーのランニングを着てたぜ。ここに黒子《ほくろ》が」

と唇の右横をさした瞬間、

「タキだわ！」

美冬が声を上げた。

「やっぱりな」

「その子はどうした？」

と修羅が訊いた。興奮のせいか、恫喝の口調になっている。

笛吹が向きを変え、

「何だ、あんたは？」

こっちも脅しなら専門家である。

「美冬の兄だ」

「え、お兄さん？」

笛吹は鼻から声を出した。いきなり、薔薇の花束を、

「どうぞ」

と押しつけ、また取り戻してテーブルへ置いた。

美冬にうなずき、ここで他の二人の視線に気がついた。平気の平左《へいざ》でせつらに向かい、

「悪いが、せつら、〈パリジェンヌ〉での話は正式に断わる。おれは——僕は、こちらのお嬢さんの役に立ちたいんだ」

せつらは、じっくりと彼を凝視し、それから美冬のほうへ小さく顎をしゃくった。

笛吹は何を？　という表情になった。せつらは黙っている。

笛吹の顔つきが変わった。脅しに来たら実家と気づいた借金取りに似ていた。

少し間を置いて、笛吹は美冬のほうを横眼で見ながら、

「まさか」

と言った。

「まさか」

とせつらはうなずいた。

「美冬――こちらは？」

と修羅が、わざと訊いた。

「立ち退けって――今日、いらしたの」

修羅の眼に光が点った。殺意そのもの――妖光だ。

それが、ふっと薄れた。美冬がこう続けたのである。

「――人食い蜂から、子供を助けてくださったのよ」

「ほう、それはどうも」

胡散臭《うさんくさ》そうに礼を言う修羅へ、笛吹は笑いかけた。

「とんでもない。お易《やす》い御用《ごよう》で。――おい、点数稼ぎって何だ？」

「何も」

とせつらがかぶりをふった。小声で嫌がらせをしたらしい。

「とにかく――」

修羅が椅子にかけて、両手を叩き合わせた。総括の合図である。

「笛吹さん、知ってることをみいんな喋ってもらいたいんだが」

「わかりました」

修羅に勧められるまま、笛吹もソファに腰を下ろして、唇を舐めた。

闇色の窓外で、鴉がひとつ鳴いた。


〈メフィスト病院〉の玄関前を、半裸の狂人らしい男が、おまえはおまえだと口走りながら通りすぎ、〈風林会館〉の前を左へ折れたとき、〈職安通り〉のほうからやって来た黒塗りのジャガーが、同じ交差点を〈靖国通り〉へと走り去った。

そして、〈メフィスト病院〉の知られざる一室では、沈痛な面持ちの医師たちが、ドクター・メフィストの死を当分の間隠蔽《いんぺい》し、ダミーを代役に立てること、誰も顔を知らぬ副院長を、地下の凍眠槽から覚醒《かくせい》させることを決定し、その決定に全員が顔を蒼白にした。

夜香は、〈戸山住宅〉の広場でひとりヴァイオリンを奏《かな》で、昼すぎに退院したばかりの水月豹馬は、〈高田馬場〉にあるマンションの一室で、恋人の帰りを待ちながら月を眺め、夜は夏の残りを人々の肌に滲ませながら、濃く深く更《ふ》けていった。

第十四章　用心棒復活

1

午前三時を廻ってから戻って来た早苗《さなえ》は、いつになく興奮していた。

「ハンサムな患者でも来たのか？」

こう訊くと、莫迦あと、ベッドの彼にキスして、

「あんた以上のいい男なんか、ひとりもいないわよ。いや、二人いるか」

それには異議もないので、水月豹馬は、恋人の茶髪を、やさしくかき上げた。

「もっと、爪たててよ」

と早苗はねだった。

「それで、かかれると、身体中に電気が走るのよ」

望みを叶えながら、豹馬は長いこと無言でいた。

「どうしたの？」

早苗が厚く毛深い胸の上で、陶然と閉じていた眼を開けた。

「——何でもない。おれは世界一の腑抜けだってこった」

「冗談が上手《うま》くなったわね」

「ある娘のガードをせつらに依頼された」

「まあ!?」

「断わったんだ。赤坂で射たれてから怖くなっちまってな。それだけさ」

「ふうん」

と早苗は唇を尖らせた。二十代半ばの看護婦は、素早く恋人の本質を考察し、最適の言葉を選んだ。

「たまには、そんなこともあるわよ。すぐに治るわ。あたしの彼だもの」

豹馬にも、恋人の想いは伝わった。

「そうだな」

と彼は左手をのばして、サイド・テーブルにバーボンの瓶と一緒に置かれた黒革の手袋を取り上げた。

五指の先はすべて裂けていた。

それを使うことは、二度とないと思いながら、豹馬は、

「そうだとも。すぐに治っちまうさ」

と言った。

「良かった。ね、治ったら、ひとりガードしてくれない？」

いきなり、突拍子《とっぴょうし》もない要求が来た。早苗は豹馬の仕事に関して、ひとことも口を出したことはない。口数自体が少ないほうだ。それが掟《おきて》を破った理由《わけ》は、

「恩人に会っちゃったのよ」

「病院でか？」

「そ。今日、再入院して来たの。毒蜂に刺されたって。そんな毒消し、二分で処置オッケ。でも、あたしには一〇年もかかったように思えた。その娘さん、〈魔震〉のとき、あたしを救ってくれたのよ」

「娘さんって――〈魔震〉のとき、一〇歳にしたって、もう三〇近いぜ」

「あたしは三歳、向こうは、同じか四歳くらいだった」

それなら娘で通る。しかし、助けたとはどういう意味か。それを尋ねると、早苗は、辛《つら》い過去を想起する無惨さを顔中に漂わせた。

「あの〈魔震〉のとき、あたしは両親を瓦礫の下で失った。翌日には救援隊が来たけど、二人ともコンクリの天井と床にはさまれて死んでいた。……」

そのまま放っておけば腐ってしまう。それだけはしてはならないと思った。

「泣きながら、大人たちに頼んだのよ、コンクリを動かしてくれ。できなければ、機械を持って来て、コンクリを除《の》けてくれってね。でも、聞いちゃくれなかった。今なら理解できるわ、生きてる人の収容が先で、死人は地獄の羅刹《らせつ》どもにまかせておけってことなの。あのとき、あたしは本気で人を憎んだわ。あたしの性格は知ってるでしょ。そのまま育てば、あのときの救助隊員を突き止めて、殺しまく

っていたに違いないわ」

「そうだろうな」

豹馬は苦笑しながら認めた。現・看護婦、もと歌舞伎町一の高級クラブ「天雅《てんが》」のナンバー1の気性は、同棲《どうせい》をはじめてから数度に及ぶ殺傷沙汰《ざた》で知り抜いている。もう消えてしまったが、ナイフでつけられた豹馬の傷の数は、十では利かないはずだ。それくらいでなくては、〈魔界都市〉のナンバー1など張れるはずもない。

「人が身を誤まるなんて、簡単なものよ。二人死んだだけで、一生がねじ曲がってしまう。あたしにも、そのねじれがわかったわ。でも、それを救ってくれた人がいた」

「肩を抱いて慰めてくれたのか?」

皮肉な言葉にも、早苗は反応しなかった。記憶が皮肉を弾きとばしてしまったのだ。

「あの娘さんは、黙って見てただけなの。あたしの両親だけじゃない。掘り出され、運び出される死体を、瓦礫の山の上から、じっと眺めてただけなのよ。泣いてたわけじゃないわ。そうだとしたら、あたしと同じ身の上の娘だくらいで、憶い出しもしなかったわ。あの娘さんは、みんな引き受けようとしていたの。世界を覆った黒い死の翼――その影に入ったものすべての苦しみや怒りや憎しみや哀しみを、みんな。だから、凄い眼だし、顔つきだったわ。そうでなければ、あれだけの死をみつめていることなどできやしない。あたしは感謝したわ。あたしの怒りを肩代わりしてくれる人がいると思った。ひとりで傷つくのは、しんどいわよ。でも、一緒に哀しんでくれる人がいた。一緒に怒ってくれる人がいた。一緒に憎んでくれる人がいた。それだけはわかったの。ひとりで生きてけると思ったわ。そして、あなたと一緒にいるわけ」

「…………」

「ちょっと――買物してくるわ」

早苗は、しなやかな動きで立ち上がった。

近くのコンビニはもう閉まっている。少し遠いが、早苗は〈高田馬場《ばば》駅〉近くのコンビニへ足をのばすことにした。

朝食の材料とアイシャドーと付け睫毛《まつげ》を買い込み、店を出たのは、午前五時を過ぎていた。少しでも早く戻ろうと、細い路地に入った。麻薬中毒患者《ジャンキー》や浮浪者のうろつく危険度抜群の通路だが、早苗は気にしなかった。尻の形が露骨に表われるパンツの尻ポケットには、愛用のサバイバル・ツールが忍ばせてあるし、いざとなったら犯されてしまえば済む。

その気配に気づいたのは、路地へ入る寸前であった。

ざわつく夜気を貫いてひとすじ、灼熱のビームにも似た――そのくせ、まったく逆の冷線ともいうべき冷厳な視線であった。

二〇年近く、男たちの視線に身をさらし、話相手になっていれば、視線だけでどんなタイプか想像がつく。

早苗は血も凍るような気がした。客には賞金稼ぎや殺人鬼もいた。そいつらに見られたときも、店長に店外デートをOKしろと命じられたときも、こんな気分にはならなかった。

その場にへたりこんで、永久の眠りにつきたい。もう、おしまいだ。

精神の内部に粘っこいタールが噴き上げ、何もかも黒く染めていく。その中に身を浸して運命を待ちたい。早く――来て。

路地の入口に、人影が湧いた。

ゆっくりと近づいてくる。右手に細長い品を提げている。槍《やり》か何かだろう。間違いない、こいつだ。

その影が五、六メートルまで近づいたとき、夜空が鳴きはじめた。

猛々《たけだけ》しく、誇り高い四足獣の鳴き声だ。

豹《パンサー》。

あの男《ひと》が吠えている、と思った。

あのたくましい、野性の男が、胸の中のありったけの思いをこめて咆哮している。ああ、あの猛々しく優しい叫び。今日のブルーは、気の迷いだったのだ。あの男が戻って来た。

全身を血が巡りはじめたのを、早苗は感じた。あの男が甦ったのに、あたしが子供みたいに怯えていられるものか。

パンツの尻ポケットから折り畳みの十字《クロス》ナイフを抜いた。人さし指の位置にあるスイッチを押すや、十文字の刃が開く。突くも良し斬るも良し投げるも良し――どう使用しても相手から鮮血を噴出させずにはおかぬ必殺の武器である。ホステス時代、店内で店外で、早苗に手を出して顔面を裂かれた客は、優に百を越す。しかも、軸部でも一ミリ、刃にいたっては〇・一ミリの厚さしかないため、一〇枚もひと握りだ。早苗の右手には五枚。

ほぼ路地の中央で、早苗は掬《すく》い上げるようにナイフを後方へ放った。

反応はない。

注がれる視線もそのままだ。

――相手が悪いか。

早苗は眼を閉じた。すぐに開けた。不安の翳《かげ》は跡《あと》形《かた》もなかった。覚悟を決めたのだ。

左右はブロック塀である。その右前方三、四メートルのところに、塀に貼りつくように人影が横たわっていた。高い鼾《いびき》が聞こえてくる。酔っ払いだろう。

早苗は素早く近づいて見下ろした。アルコール臭が鋭く鼻を衝く。ボロとしか言えない服装《みなり》の中年男だった。ホームレスだろう。

身を屈め、早苗は男の頬に平手打ちをかました。四発目で鼾が止まり、意味不明の呻き声を上げて、男は眼を開いた。

「ねえ、聞いて。お願いだから、覚えて――記憶して」

早苗は夢中でささやいた。背後の視線は、強さを――執念を増している。

「へ？　お？」

男はぼんやりと早苗を見つめた。明かりはない。東の空に滲んで来つつあるはずの光だけだ。

それでも、男の眼と表情に意識が戻るのはわかった。

早苗はその胸ぐらを鷲摑みにしてゆすった。

「ねえ、他に何もしなくていいわ。あたしを助けてくれなくてもいい、ただ、覚えておいて。もし、あんたがまだここにいる間に警察がやって来たら、誰でもいい。こう伝えて」

短く三度、早苗は繰り返した。

「わかった、ねえ、わかった？　これは御礼よ。うまく伝わったら、相手もしてくれるわ。必ず伝えて。警察なら誰でもいいの。お願いよ」

早苗は手にしたパウチから財布を抜き出し、三枚を男の胸ポケットに入れた。パウチごと、とも思ったが、男におかしな嫌疑がかかってはまずいと思い直した。

「ああ」

男はうなずいた。

「わかった……お巡りに……だな……わかった」

酒臭い息を撥ね返しながら、早苗はうなずいた。

「頼んだわよ、ひとことだけでいいから」

「よし」

「ありがと」

早苗は思い切って男の頰に唇を押しつけた。

立ち上がったときにはもう、腹がすわっていた。

ふり向いて、ナイフを構えた。両手に二枚ずつ。

「さ、いらっしゃい。いやらしい痴漢野郎――病院へ連れ帰って、矯正処置にかけてあげる」

視線が変わった――殺意に。

反射的に身を伏せ、早苗は前方へナイフを飛ばした。虚《むな》しいと知り尽くしている攻撃であった。

闇は早苗の背後で応じた。

両腿を骨ごと射ち抜かれてから、銃声はやって来た。

前のめりに崩れながらも、早苗は身をひねって仰向けに倒れた。

「畜生……卑怯者……後ろから射つなんて……」

「いいや」

と声が応じた。路地の入口から。

アスファルトを踏む音が近づいてくる。重い靴――長靴《ブーツ》だろう。

「射手は最初からここにいる」

「糞ったれ」

早苗は心底から罵った。闘志はまだ失われていない。

「射手の銃には、魂がこもっている。銃工の魂、射ち殺された者の魂――呪いともいうがな。おまえもそのひとりになれ。そうすれば、もっと良く当たる」

「真っ平ごめんよ」

残る二枚のナイフを投げようとした瞬間、男の銃口が火を噴いた。いつ構えたのかわからない。早苗の下腹部に数個の灼熱がめりこみ、かき廻した。弾丸は路地の出口から飛んで来た。

激痛に半ば仮死状態に陥った早苗のかたわらを長靴の音が過ぎ、血まみれの両脚の間に来た。

銃口が股間に当てられた。

「ほう、銃が喜んでいるぞ。たいしたものを持っているらしいな」

女を突き破る弾丸の快楽を、夢うつつの早苗は恍惚と待ち受けた。

2

水月豹馬が警察病院へ駆けつけたのは、八時を廻っていた。現場で泥酔《でいすい》していた浮浪者が、警察に連絡し、やって来た警官が死体のかたわらに落ちていたパウチのＩＤカードを見つけて連絡したのである。

早苗の死体は司法解剖に付されている最中で、三人の刑事が豹馬を迎えた。

「あー、用心棒」

と刑事のひとりが口をあんぐり開けて、豹馬を指さした。

豹馬の勤めているクラブでは、時折、ゲイのショーがある。そのときだけ入り浸っている客のひとりだ。

「これは、東《ひがし》さん。おふたりも」

ショーの三常連へ、豹馬は黙礼した。

「早苗は？」

「目下《もっか》、司法解剖中よ」

と井上刑事が答えた。さすがに、豹馬を見る眼には沈痛な色がある。

「犯人は？」

豹馬の声は低い。三人が顔を見合わせた。総毛立っている。

「不明よ。ただ、〈メフィスト病院〉の前で、〈区外〉のボディガードたちを射ち殺した犯人と同じやり方だわ」

こう説明したのは、笹川刑事である。

「すると――」

三人は揃ってうなずいた。

「発射地点の反対側から弾丸が飛んで来たの。奥さんもそう」

「手がかりは？」

「MG42の空薬莢だけよ。もう千発近く見つかっているわ」

豹馬はためいきをついて、

「へぼ刑事が」

と言った。

「何よ!?」

笹川と東が息まき、井上が抑えた。

「伝言がある」

と声がかかったのは、そのときだ。

一同の視線を浴びて、奥のドアから、屍刑四郎が姿を見せた。

きゃあ、と三人組が胸前で拳を震わせた。

豹馬の全身を彩っていた殺気が和《やわ》らぐ。

「伝言？」

「奥さんと一緒に、浮浪者の死体も発見された。こちらは眉間《みけん》に一発だ」

「…………」

「ただ、射たれる前に、彼はブロック塀に、指を嚙み切った血で文字を書き遺《のこ》していた。〝にげなかったわ〟だ」

「…………」

「現場には二人のものとは違う血痕が残っていた。犯人の血だ。奥さんは一矢《いっし》を報《むく》いた。最後まで戦ってな」

死を語る淡々たる声は、しかし、明らかな感動に支えられていた。三人の刑事たちも黙然《もくぜん》と立っている。送る者の義務だとでもいうふうに。


豹馬が早苗の遺体と対面したのは、三〇分後であった。その間、彼は廊下のソファにかけて身じろぎもしなかった。

早苗の遺体の前に来ると、

「何も言うな」

と彼は言った。死者は語らない。しかし、ここは〈新宿〉なのだった。

「おれを責めるのは、後にしろ。おれがおれの仕事をやり終えてからに。その後で、好きなだけ罵るがいい。おれは野を駆けながらそれを聞く」

せつらは乱打音で叩き起こされた。チャイムはある。それに気づかない天才的なせっかちが力の限り拳をふり下ろしているとしか思えない響きであった。

「何だ何だ」

眠い眼をこすりながら、インターフォンに問い質《ただ》

すと、水月豹馬であった。

二人は六畳間で向かい合った。

「この間のガードの件だが、まだ募集中か？」

「もちろん」

「受けさせてもらおう。条件はまかせる」

せつらは、卓袱台越しに手をのばして、豹馬の頬をつねった。

「何の真似だ？」

「いや、夢かと」

「普通は自分の頬をつねるんじゃねーのか？」

「あ」

「おれは今日から、あの娘さんに付く。大船に乗ったつもりでいろ」

出されたお茶を飲み干して、豹馬は出て行った。

珍しく、せつらは通りまで出て見送った。朝の光の中を男の背が孤独に、しかし、敢然《かんぜん》と遠ざかっていく。

理由はわからない。彼が知るのは、もう少し後だ。だが、水月豹馬——〝用心棒《ザ・バンサー》〟の胸の半旗が、ふたたびへんぽんと翻りはじめたことだけはわかっていた。


〈メフィスト病院〉では、ひとりのスタッフが、ここ数日、肩をすくめっ放しだった。

彼が担当する仕事の利用者は、もっぱら院長であった。それが、別口からの需要がこのところ増えている。しかも即日出してくれという要求ばかりだ。

もとはあるが、表へ出すには少し手間がかかる。といって、断わるわけにはいかない。

何を置いても要求に応えろと院長からの厳命なのだ。守らないわけにはいかない。

死亡した院長の命だとしても。


〈歌舞伎町二丁目〉のマンションにその日、美しい娘とその二人の兄が入居した。ひとりひと部屋——すべて3LDKという豪華版である。

敷金、礼金、家賃は只《タダ》という破格の条件である。管理人には、しかし、すべてマンションのオーナーに支払い済みで、契約書も交わしたと連絡がいっている。豪華な家具も昨日のうちに運びこまれた。菅原《すがわら》耕一《こういち》、耕次《こうじ》、満穂《まほ》という名前も出身地もすべて出鱈目《でたらめ》である。

「アジトにしちゃいい場所だろ?」

笛吹童子は得意気に、美冬の部屋を見廻した。

豪華な三〇畳リビングのソファには、美冬と修羅、肘かけ椅子にはせつら、そして、水月豹馬がいた。豹馬のみは、壁にもたれている。せつらの家の訪問から三日目の昼である。

「おれから金を借りたオーナーが、返せなくなって手離したマンションだが、その辺の億ションにもヒケは取らねえぜ。好きなように使ってくんな。ただし、まだ簡単な工事が残ってるし、出入りにゃ気をつけろ。何処に敵の眼が光ってるかわからねえ。ここだとバレたら、あの気色の悪い手招き親父が、いつ出てくるかしれやしねえからな。特に秋、おまえは深夜だけにしろ」

「どうしてだ?」

訊いたのは、せつらではなく修羅である。

「目立ち過ぎるからよ。こんな色男がしょっ中出入りしてみろ。女が黙ってねえ。たちまち噂になる。ストーカーが出たっておかしかねえやな」

「それもそうだ」

と豹馬が同意した。せつらだけが、どこ吹く風という顔だ。

「ガードは〝ザ〟――水月にまかせる。おれたちは一切口を出さねえ。おれたちの名前で呼び出しがかかっても動くな。眼の前で誰かが殺《や》られかかっても、美冬ちゃん以外なら放っておけ。わかったな?」

豹馬は、

「うるせえ」

とだけ応じた。

「よっしゃ。次はおれたちだ。おれとお兄さまは、攻勢に出る。向こうが来るのを待ってちゃ遅れを取るだけだからな。奴らのアジトを捜して出鼻をくじいてやるぜ。美冬ちゃん、大船に乗った気でいてくれ」

「当てはあるのか？」

と修羅が訊いた。険《けん》のある声だ。この兄は、笛吹のようなタイプと合わない。

「これから捜すのよ。なに、こっちには〈新宿〉一の人捜し屋がいるんだ。あっという間に見つかるさ。そうだろ？」

「？」

とせつらは応じた。笛吹は苦笑を浮かべて、

「ま、おれたちも足で捜す。一応、子分もいるしな。じゃ、出掛けてくる。また、会おうぜ。それから言うまでもねえが、携帯にお互いのナンバーを記憶させるのは無しだ」

豹馬を残して全員が立ち上がった。

「あの」

美冬が声をかけた相手はせつらだった。

「はあ？」

「タキは――見つかるでしょうか？」

「全力は尽くします」

「お願いします。あの子に何かあったら、あたし……」

「もうこの世にいなければ、それを確かめて来ます。いま生きているのなら、連れて戻ります」

普通なら、感動的な決意の披露《ひろう》だが、せつらがやると、意欲に乏しい社交辞令である。

現に、美冬は肩を落とした。

三人が出て行くと、

「気落ちしたかい？」

と豹馬が訊いた。

「いえ。でも、あの人、あまりやる気が」

「無さそうに見えるな。ところが、おれは驚いたぜ」

「え？」

「死んでりゃ確かめる。生きてりゃ連れて帰る。――奴《やっこ》さんがあんな決意表明をするとは、な」

じろりと美冬を一瞥した眼には、納得の光があった。

「あれだけいい男だと、楊貴妃《ようきひ》クラスでも気に入らねえのかと思ってたが――人間、わからねえ。つーか、男は信用できねえ。いいや、女だけが使う魔法か」

美冬は声を失った。その頰が紅く染まっていくのを、彼女はどうすることもできなかった。

3

修羅は〈高田馬場一丁目〉の「諏訪《すわ》神社」のバス停の前で四方を見廻した。

通行人は多いが、おかしな気配を放っている者はいない。

素早く石段を上がって、社殿へと向かった。

出てきた宮司《ぐうじ》に、

「御札を戴《いただ》きに来た水上と申します」

と名乗った。昨日のうちに連絡はつけてある。宮司はうなずき、奥へ入ると、紫の布包みを手に戻って来た。

中味を確かめ、お布施《ふせ》を払って修羅は帰途についた。

あと五、六メートルで鳥居《とりい》というところで足を止め、出てこいと声をかけた。鳥居の横から、ひょいと人影が現われた。

DMであった。

「よお」

と右手の人さし指を上げて挨拶し、DMは布包みを見つめて、

「やっぱ、バレてたか。神社の御札かい？〝渡し守〟用だな」

修羅は包みを上衣の内ポケットへしまった。DM

は続けた。

「あいつも、神さまにゃ敵《かな》わねえ。もっとも、いま何処にいるかわからねえ。戻って来ねえんでな。死んだかどうか——まあいい。仲間より敵の心配が先だ」

「いつから尾《つ》けてた?」

「あんた、ここへ来る前に、〈メフィスト病院〉へ寄っただろ。ずっと見張ってたのさ。隠れ家《が》へ戻るまで尾けるつもりだったが、バレちゃあ仕様がねえ。死ぬ前にすんなりしゃべって貰おうか。おれの世界へ送りこむだけで勘弁してやるぜ」

修羅の右手に小さな動きが生じた。

DMの胸に赤ん坊の頭ほどもある穴が開き、顔の右半分が失われた。

「いってってえ〜〜〜」

半分きりの顔で、DMは派手な声を上げた。

右手を胸の穴に入れると、口から出してみせた。親指で何か弾いた。それは修羅の胸に当たって地に落ちた。直径一センチほどの鉄の玉であった。

立ちすくむ修羅の前で、

「中国少林拳の飛び道具〝指弾〟かい。だがおれは、どうやら次元を好きにできるらしいんだな。つまり、もうひとつの方向を自由にできるのさ。例えば、弾丸《たま》が当たった瞬間、身体の一部を四次元へ吹っとばし、また戻すとか、な」

忽然と顔が戻った。胸部に開いた穴の向こうには、〈高田馬場〉の家並みが見える。

「本当は、あんたの実力も見たいんだが、時間がねえ。鴉どもも集まって来たこったしな。ほれ」

修羅の両足が膝から消えた。

すとんと落ちる彼へ、

「痛かねえだろ。四次元へ送ったが、見えねえだけでつながってる。同じところへ行きてえか?」

修羅は両手を上げた。降伏の合図だ。表情は屈辱に歪んでいた。

DMはにやりとして、

「潔《いさぎ》いい男は好きさ。さ、妹は何処にいる？」

「…………」

「こいつもつけるぜ」

DMは空中から何かを引っぱり出すような仕草をした。

かたわらに少女が現われた。その右半身のみが。

「蒼井⁉」

修羅が叫んだ。彼の前で奪われた少女の半身であった。

「素直に吐きゃあ、今すぐ返してやる。さ、どうだい？」

「…………」

修羅の鼻から上が消えた。堪《たま》りかねたように叫んだ。

「〈歌舞伎町〉の『メゾン・デ・ラ・ポーア』――二〇一だ」

「ありがとよ。勝ち敗《ま》けのけじめははっきりつけねえとな。じゃ、約束どおり、安全に――」

修羅の右手が不意に拳を握った。

「やっ⁉」

と叫んだきり、DMが為す術もなかったのは、自分を含めて二人の身体の一部を異次元へ飛ばした疲労のせいか。

親指が撥ねると同時に、修羅の残部は華麗に四散していた。

鴉の群れが激しく鳴き交わしはじめた。

「やれやれ」

うんざりしたように吐き捨てて、DMは修羅のほうへ歩き出しかけてやめた。即死したのは一目瞭然だった。

「やっぱり、少しは恥を知ってたか。妹を売っちゃあ、兄貴として生きてはいられねえよなあ。ま、誉めてやるぜ」

血まみれの遺体へ投げキッスをひとつして、DMは少女の半身を見つめた。

「おれは何もしなかったって、みんなに言ってくれよ。じゃな」

次の瞬間、〈二丁目〉では喜びの声が上がったのである。

「いいことをしたぜ」

満足そうにDMはきびすを返した。

階段を制服姿の警官がふたり駆け上がって来た。いる。〈新宿〉の警官だ。すでにマグナム・ガンを抜いていた。無反動装置をつけた銃口が、DMをポイントした。

「動くな。手を上げて、地面に伏せろ」

口髭を生やした警官が命じた。よく響くが威圧の口調ではない。逆らえば射つ。恫喝の必要はないのが〈新宿〉の警官だ。

「伏せてもいいが、服が汚れちまうなあ」

DMは左右に眼をやって、右方の石燈籠《いしどうろう》に顎をしゃくった。

「あちらに手を着くというのはどうだい?」

「どっちでもいい。早くしろ!」

もうひとり――右の耳が欠けた警官が叫んだ。

「へいへい」

手を上げたまま、DMは石燈籠に近づき、石の肌に両手を置いた。

「――!?」

二人の警官と、やはり銃声につられて来た数名の野次馬《やじうま》は息を引いた。

石燈籠に置いた男の手が、すうと肘までその中にめりこんだからだ。手のみならず、頭も上半身も石の中に沈んだ。両脚が一歩前へ出た――それで終わりだった。

人間《ひと》が物体の中に沈み込む――〈新宿〉ではけっして珍しい現象ではないが、しょっ中あるとも限らない。

はじめて眼にした驚愕を、硬直した全身にとどめて立ちすくむ警官と野次馬たちの頭上で、鴉がまた鳴いた。

声は男のものであった。

マンションの床の上で、男と女が後背位でつながっていた。

長身で骨太の男に比べて、小柄な女は細く、少年のような引き締まった身体を持っていた。高く掲げた尻も、熟女のものとは思えぬくらい小ぶりで薄い。

それなのに、汗みどろなのは男のほうだ。呼吸《いき》も荒い。それは単に肉体的な条件のもたらすものではなく、もっと深い——恐怖による反応であった。

「もう……限界ですよ……ボス」

「情けない男だこと」

尻を与えた女は冷たく評価を下した。

「たかが三、四時間も保《も》たなくて、それでも〝コダイ村〟の出身かしらね。まだ七回も終わっていないわよ」

その七回が、並みのセックスの一〇回どころか二〇回にも三〇回にも及ぶ疲労を伴なうのは、男——〝銃火〟の知るところだ。

「そんな役に立たないオモチャを持っていても仕様がない。あたしが始末してあげようか?」

弄《いら》うような調子なのに、〝銃火〟はすくみ上がった。

「ボス——それは」

女は艶《あで》やかに笑った。

「冗談よ。でも、冗談のままにしておきたかったら、もう少しお励み。あたしは、まだ満ち足りていないよ」

「ですが——もう……」

「だらしのないこと」

女は横へずれた。

正座する形になった〝銃火〟の股間へ、白く妖しい虫のように手足を動かして躙《にじ》り寄り、なおも屹立中の器官を根本で摑んだ。

「さあて——どうしようかしら」

上眼遣いに〝銃火〟を見た。

「ボ、ボス」

濃いルージュを塗りたくったような紅い唇が、ゆっくりと男のものを吸いこんでいく。

「お……お……おうお……おおお」

明らかに男は快感を得ていた。それがどんなものであったか、衰弱し切った頬には生気が甦り、眼球は白く反転した。

女の口が離れた。彼は仰向けに倒れた。

「なんてこと」

女は軽蔑し切ったように吐き捨て、〝銃火〟の股間をにらみつけた。女の唾で濡れきった品は、隆《りゅう》隆《りゅう》と天を仰いでいた。

「あたしの部下としては二級品だけど、男としてはそこそこだわね。どれ」

腰を浮かし、〝銃火〟の上にまたがると、屹立したものを、自身にあてがった。

腰を下ろした。

「あ……ふ」

と洩らしたとき、前方の壁の前にＤＭの姿が現われた。

「おや――帰って来たわね」

リゾラの声に、

「おや、ご発展ですね」

人を人とも思わぬ若者が、この女には丁寧な口をきく。それは尊敬と――恐怖によるものであった。

「さっきから覗いていたくせに」

女は嘲笑を浮かべて立ち上がった。密着したもの同士が離れるような、濡れた音がした。

裸身を隠そうともせず、女はソファのところに行って腰を下ろした。

「でも、成果はあったようね。敵を片づけたの？」

「修羅とかいう奴を。最後は自殺でした」

「おやおや。情けない」

「起きろ」

爪先が脇腹に食いこみ、〝銃火〟は眼を醒ました。

ＤＭに気づいて、あわてて背を向け、床の衣類に手をのばす。

「女の隠れ家《が》がわかった。行くぞ」

「何処だ？」

「〈歌舞伎町〉のマンションだ。今なら若いのがひとりしか付いていない」

「覗いて来たのか？」

「ああ」

「娘がひとりなら、なぜ片づけて来ない？　そうか、往復しすぎたな」

「そういうこった。偵察が精一杯でな」

「まあいい。誰が殺《や》ろうが、報酬は変わらん。何人がかりで殺してもな」

身仕度を整え、〝銃火〟は床に置いたMG42を摑んだ。

「〝渡し守〟はどうした？」

とDMが訊いた。

「音沙汰《おとさた》無しだ」

「しっかりやってらっしゃいな」


ソファの上で、いつの間にか、ワイン・グラスを手にした女が声をかけた。

「ボスは留守番ですか？」

とDMが訊いた。不満の響きはない。

「そうよ。少し疲れたの。この街であたしの妖術を邪魔しそうな奴を始末するため、ヌーレンブルクの家へ訪れたのに、利用するつもりで助けた小娘に邪魔されたわ。幸運を祈ってるわ」

「うまくいったら、寝てくれますか？」

DMが、その裸身へ遠慮ない視線を注ぎながら訊いた。

「いくらでも」

女は片手で乳房を持ち上げて見せた。ぶるん、と揺れた。

「行くぞ」

と〝銃火〟が、怒気を含んで言った。

「おれを連れて行くか？　へばったらおれだけで片づけてやる。それとも車を走らせるか？」

ＤＭは肩をすくめて、ドアのほうへ恭《うやうや》しく身を屈めてみせた。

「では」

女に頭を下げて、男たちは出て行った。

「しっかりね」

と閉じたドアに片手をふってから、女はグラスを空けた。唇の端から溢れた液体が、顎から胸へと伝わり、乳房に妖しい縞模様《しまもよう》を作った。

「あたしはこれから——男漁《あさ》り」

と、〝血の五本指〟のボス——リゾラ・ベンダーは舌舐めずりをした。

第十五章　コダイより

1

「メゾン・デ・ラ・ポーア」は、すぐに見つかった。向こうからは見えない横丁に入って、

「やれるか？」

〝銃火〟に訊かれて、ＤＭは胸を叩いた。

「まかしとけ。タクシーのおかげでエネルギー満タンだぜ」

「ま、しっかりやれ。おれはエレベーター・ホールにいる」

そこで、やって来る連中をチェックするつもりなのだろう。

「よろしく頼むぜ」

ＤＭは横丁を出た。出たと同時に消え、すぐに現われた。

「どうした？」

ただならぬ表情で訊く〝銃火〟へ、

「いや、実は分け前のこったが」

と切り出した。

「なにィ？」

ＤＭは、何となくバツが悪そうに、それでも、声には曖昧なところがなく、

「ボスの分は仕様がねえとして、マリオは行方不明だし、〝渡し守〟もどうなったかわからねえ。となるとおれとあんただけだが、今回の実働はおれだ。つまり、ボスが半分、残りを二分の一ずつじゃ不公平じゃねえかと」

「おまえが金に汚ねえのはわかってるがな」

と〝銃火〟は陰火の点《とも》るような眼でＤＭを見上げ、

「仲間はいなくなったって仲間だ。いつ戻るかもしれん。いまおまえがひとりで奴を処分しても、おれは連中にも分け前を出す。ボスもそういうだろう。わかったか？　ボスが半分を取って、残りは頭分けだ。これ以上、グダグダ吐《ぬ》かすと、おまえの頭を先

に吹っとばしてやるぞ」

　ぐいと上がった銃口からは、まぎれもない凶気が陽炎のように立ち昇っていた。

「おれはいなくなるぞ」

　とＤＭが言った。

「おれの弾丸《たま》は何処《どこ》へでも飛んでいくさ」

「わかったよ」

　ＤＭは唇を歪めてあきらめた。

「この一件が片づいたら、おれは抜けさせて貰うぜ。――じゃ、な」

　彼は忽然と消え――

　美冬のリビングにいた。

　美冬はリビングの椅子に腰を下ろして、右側の壁に背をもたせかけた豹馬と何やら話していた。

　最初に豹馬が気づいた。

「――貴様!?」

「よお」

　片手を上げるその身体へ、流星と化した野獣の肢体が飛んだ。

　立ち尽くす顔へ横殴りに叩きつけた右拳は、するりと向こうへ抜け、ついでに豹馬の全身も、ＤＭの身体を通り抜けて、床の上に着地した。

「貴様。動くな」

　立ち上がり、低く構えた豹馬ではあったが、それきり為す術もなく身じろぎもしない。ソファから立ち上がった美冬へ、

「逃げろ」

　と叫んだ。

　美冬がドアへと走る――その背中に、ぱっくりと大穴が開いた。

「ひ」

　それだけで、美冬は崩れ落ちた。〈新宿〉一のボディガードが、青年やくざが、精悍な兄が守り抜こうとした美女は、どっと倒れて、それきり動かなくなった。

「貴様――何をした!?」

「心臓の辺だけ、向こうへ送った。保証するが、世界で一番楽な死に方だぜ」

　豹馬の右手が走った。

　空気を灼いて迸《はし》る拳は、しかし、ＤＭの顔面に開いた穴の中へ吸いこまれた。

　同時に、豹馬の首から上は消失した。

　ぺたりと膝をつく首のない身体を、ＤＭはしげしげと眺めた。この若者に美意識というものがあれば、自分の作品の出来映えに自己満足のためいきのひとつも洩らしたろうが、当人は肩をすくめたきりである。

　それどころか、ふらとよろめいて、二、三歩とと、と後退し、やっと踏みとどまった。

　もうひとつの次元を自在に往来するというが、それがいかに苛酷な肉体的精神的負担を要求するか、その胸は激しく上下し、土気色《つちけいろ》に変わった顔は、びっしりと汗の層に覆われている。

「こらいかんな——普通の人《ひと》になっちまった。〝私の秘密〟にでも出るか」

　訳のわからないことを口走り、その場へへたり込む。敵陣で体力の復活を待つつもりなのだ。

　その首すじに、ちく、と針で刺すような刺激が走った。

　愕然とふり向きつつ探った指は、確かに長さ一ミリもない微細な針をつまんでいた。

　体内を巡る薬液を異次元へ放逐するには、ＤＭの体力はいまだしであった。

　意識が暗黒へ呑み込まれる寸前、彼が見たものは、ソファの前で、ガス圧式短針銃《ニードル・ガン》を構える美冬——心臓なき美女の姿だった。


　ふり向いた姿勢でＤＭが固まった部屋の奥——隣室との仕切りの壁が、かすかなモーター音とともにせり上がった。

　現われたのは、豹馬と——修羅である。

「次元を自在に通行する男か——何処にいる相手も

逃がしっこねえが、大枚の通行料を払わなくちゃならねえのが運の尽きだったな」

豹馬はそれでも用心深くDMの背後に忍び寄り、前へ廻って瞳孔を調べた。

「オッケ。〝マリオネット〟が完全に廻ってる。鴉に礼を言わなくちゃな」

「〈二丁目〉でこいつの〝技〟を見たとき、ひどく苦しそうだった」

と修羅が言って、床の美冬と首無し豹馬を見つめた。

〈メフィスト病院〉から借り出したダミーなのは言うまでもない。毛穴の数から性癖《せいへき》まで、原型《モデル》と寸分違《たが》わぬ〝まがいもの《ダミー》〟を、ドクター・メフィストは何故に多用するか知る者はいない。

「〈メフィスト病院〉が見張られているのはわかっていたから、病院の地下を走ってる古代のトンネルを通ってここへ移り、あんたのダミーを病院へ送って尾行させた。ダミーにゃ、あんたの〝技〟を正確に再現するまでの能力《ちから》はない。大丈夫かと思ったが、案外、うまくいったな」

豹馬の言葉に、修羅はうなずいた。

「諏訪神社」で、DMに斃された彼もまたダミーだったのである。

だが、そのいつわりの死を、誰がこの罠の作り手に知らせたものか。

「あいつに礼を言わんとな」

修羅はふり向いた。

二時間ばかり前、突貫工事で完成した秘密のドアの向こうに、不安気な美冬と、その肩にとまった大鴉が見えた。その背後に、笛吹もいる。

「さて、次だ」

と修羅がDMの髪を摑んでゆすった。

「こいつの頭に、暗殺成功の記憶だけ残して解き放つ——今度はこっちから、ひとまとめに片をつけてやる——んだが、薬の効き目は大丈夫だろうな。失敗はできないぞ。ダミーはもうないんだ。二度と敵に攻撃の機会を与えてはならない」

「ドクター・メフィスト調合の催眠誘導剤だぜ。他に何を信じるってんだ?」

「おれは何も信じない。自分と——美冬の他はな」

修羅の顔には、傲岸《ごうがん》といってもいい決意が波打っていた。豹馬は微笑した。その理由を考えれば、彼はけっしてこの一途《いちず》すぎる若者が嫌いではないのだった。

「わかった。それで行け。さて、と。指示はおれが与えるぞ」

豹馬はわざと口にしたのである。案の定、秘密ドアの向こうから、

「ちょっと待て」

と笛吹が飛んで来た。

「おまえら勝手なことをするな。リーダーは、おれさまだぞ」

「さまってのは何だ、さまってのは?」

豹馬が受けて立った。笛吹は顔中を口にして、

「このマンションはおれの持ち物だ。それを無料で提供し、しかも、半日で改造してやったんだぞ。全部、持ち出しでな。おまえら感謝してるのか?」

「どこにする義理がある?」

豹馬は言い返した。

「誰も頼んだわけじゃねえ。おまえ、自分の顔を見たことがあるのか?」

「何をォ?」

「はじめて会ったときから、鼻の下が三センチは伸びている。決まって、美冬さんが側にいるときだ」

「なな何を言いやがる——いや、言うんだ? おれが——僕がそんな男に見えるか?」

「それ以外に見えるか、莫迦野郎」

豹馬は歯を剝いた。笛吹も、こん畜生と真似をしかけたが、どう見ても迫力が違うのでやめた。代わりに、

「兄さん」

と修羅のほうを向いた。

「この毛むくじゃら野郎、こんなこと言ってますよ」

「おれも同感だ」

「えっ⁉」

「驚く立場か。他人《ひと》の妹をおかしな眼で眺めやがって。おれに因縁をつけてみろ。水月より早く八つ裂きにしてやる」

「兄さんまで、そんな」

笛吹はオロオロと辺りを見廻した。救いを求めている。

運は強いようだ。

「兄さん――やめて」

美冬が止めに入ったのだ。

「笛吹さんの言う通りよ。ここを用意してくださってるのは、笛吹さんだわ」

「そうとも」

笛吹は身悶えした。

「やっぱり、人間の出来が違うねえ、お嬢さん。くう、おれはひとりだけ、道理のわかる人間を守ってるってわけだ。くくうくう。報われたぜ。わかったか、この野郎」

と豹馬をにらんで、修羅は視界外なのが巧妙である。二人は顔を見合わせ、豹馬は肩をすくめた。

「ごめんなさい。笛吹さんのしてくだすったことに、兄も私も感謝しています」

美冬が深々と頭を下げた。笛吹は突然、立ち尽くした。眼は虚ろだった。ほとんど失神状態といっていい。

右手をぱたぱたと扇みたいにふって、

「――いいって……いいって……野犬どもの中に黄金の小鳥が舞い下りたみてえなもんだ。おれは生命懸けで、また飛び立たせるぜ。しかし――」

「え？」

と美冬。

「――あんた、本当《ほんと》に、こちらと兄妹《きょうだい》かい？」

「ええ」

「どういう意味だ？」

修羅が前へ出た。

「人間としての出来がまったく違う。いやあ、驚いた」

その肩を修羅が摑んだ。

笛吹の身体が反転した。兄さんと呼んでいた男のこめかみに、唸りをたてて反対側の肘が激突する。

空を切った。

上体を垂直に落として、修羅は笛吹の鳩尾《みぞおち》へ右の掌底《しょうてい》を叩きこんだ。

笛吹が、ぐっと洩らしてよろめく。その前で、修羅は前のめりに倒れこんだ。

「修羅――!?」

飛び出そうとする肩が猛烈な力で後ろに引かれ、美冬は倒れかかる身体を、戸口の壁に手をかけて支えた。

兄のかたわらには、手練の速さで豹馬が片膝をついている。

素早く修羅の瞳孔を調べ、額の熱を測って脈を取り、

「何をした？」

と笛吹に訊いた。

「まるで死人だ。熱も脈もない」

やくざは舌を出して、

「他人さまに、滅多なことで手え出しちゃいかん、てこったな」

「わかってるんだろうな。美冬さんの兄貴だぞ」

「あっ!?」

本当にいま気がついたらしい。

「危《やべ》え。口添えしてくれ」

「殺しといて何を吐《ぬ》かす」

「いや、少しの間、そうなってるだけだ。一〇秒もすりゃ元に戻る」

「おかしな技を使うな。死の世界でも戦える人間がいると聞いたが、おまえか？」

「だったらどうする、用心棒？」

笛吹が正面から見つめた。豹馬の両眼が爛々とかがやきはじめた。強敵を見るとこうなるのだ。静かに言った。

「どっちの世界に行きたいか決めろ。反対側へ送ってやる」

「面白え——ほえ面《づら》かくなよ」

武道の心得があるのかどうか、さっと空手の円心の構えを取ったところは、ひどく様になっている。

豹馬は薄く笑った。総合格闘技の世界チャンピオンだろうが、彼の前では赤ん坊と同じだ。人間を死人に変える男も、彼には触れることもできない。

床の上で、修羅の唇が震えた。よせという形に。

その前に、

「やめてください！」

もっとも効果的な仲介が割って入った。

豹馬が肩をすくめ、笛吹はあわてて構えをといた。

「いや、冗談です。——なあ？」

笛吹は頭を掻いた。全身で同意を求めている。

「まあ、な」

「良かった。でも——兄は？」

「もう大丈夫さ」

と起き上がるところだった。

平穏とは程遠いが、それなりに落ち着いた空気が流れた。

「よし、じゃあ、あらためて、おれが指示を出す。いいな？」

素早く笛吹が念を押した。その右の耳たぶが突如、弾け飛んだ。

「——」

次の瞬間、笛吹は飛び上がった。傷口を押さえて、

「てめえ——!?」

と喚きかけてやめた。

美冬が見ている。

壁に開いた穴を見るまでもなく、修羅の〝指弾〟

であった。

修羅と豹馬は顔を見合わせて、にやりと笑った。

「しっかりしてくれよ、リーダー」

と修羅。

「懲《こ》りねえ野郎だ」

これは豹馬である。

ただひとり、美冬だけが、奥の部屋から救急箱を持ち出して手当てをはじめ、突然、片耳の半分を失ったやくざ者を、かろうじていい気分にさせたのだった。

2

高田馬場駅近くの〈魔法街〉へ入ったとき、せつらは微妙な空気の変化を感じた。

〈新宿〉広しといえど、この一角ほど、混じりものの多い空気の漂っているところはあるまい。

赤、緑、青、ピンク、黄——色とりどりの屋根と壁から成り立つ家々の煙突から昇る煙は、まるで童話のイラストのごとき虹色や黒、藍《あい》、朱色。——そして、どんな品物を燃やした結果か、例外なく仄《ほの》甘い香りは、住人以外の観光客、訪問者にめまいや方向感覚喪失を生じさせ、何時間も同じところを廻るだけ——どころか、何年も、この街並みをさまようきりの人間さえいるという。

晩夏の昼下がり、陽光にみちた街路で、半透明の鎧《よろい》に身を固めた、こちらも半透明の医師が、せつらとすれ違った。これから、街の何処かにある魔法使いの城へ、幽閉《ゆうへい》の美姫を救出に向かうのだろうか。

〈魔震〉直後、もっとも被害が少なかったこの土地が、実はもっとも邪霊悪鬼の跳梁跋扈《ちょうりょうばっこ》する魔界だったことを知る者は少ない。〈区〉と〈区外〉の調査委員会が為す術もないうちに、最初は個々に、程無く大挙して押し寄せた魔道士や妖術使いたちがいなければ、こうまで短期間に、悪鬼どもの追放と土地の浄化は成し遂げられなかったろう。

賢明なことに、彼らは〈新宿〉へ移転後すぐ、〈区〉と交渉し、その成果と交換に馬場への無料居住権をかち取っていた。それから××年――むしろ、四季を通してもの静かなその街――〈高田馬場魔法街〉は、世界中に存在する魔道士たちのメッカと化し、魔法薬、呪殺、霊的治療等々を求めて訪れる人々が、ひきも切らない。

アジア、南北アメリカ、アフリカ、その他の国から訪れた住人たちは、その流儀を崩さず、魔術、魔法の材料を製造したため、空気には数千数万の植物や木の実や果実や土や水や水銀や黄金や毒や――その他の物質の成分が渦巻くことになった。

それだけでも異常なのに、せつらはいま、新たな異常を感知しつつ通りを進んでいく。

彼が足を止めたのは、言うまでもなくヌーレンブルク邸の前だ。最初の住人――かつて彼を救うために生命を落としたガレーン・ヌーレンブルクの姿は今はなく、実の妹・トンブが主人だが、ここで、はじめて、せつらは異貌の空気の原因を知った。

家を包む空気が沈んでいる。自分より前に、門前に佇む黒い長衣に、

「あの――」

とせつらは声をかけた。

長衣はみじろぎもせずに、

「不幸があった」

と言った。干《ひ》からびた男の声である。

「は？」

「ここへ用かね？」

「はあ」

「君の名はミナスキュール文字一〇〇字以内で表現できるかね？」

「何とか」

「前頭葉が選んだ関節は何処にある？　――ま、よかろう。ここまで近づいては手遅れだ。おかげで、私が自由になった。無事に戻って来られるよう、これを持っていくがいい」

彼はポマードをべっとりつけた頭部から髪を一本つまんで引き抜いた。

「ほれ」

無造作に差し出したが、せつらが何もしないので、素早く上衣のポケットに押し込んだ。

「お護《タリスマン》りだ」

せつらが反応しないうちに、男は身を翻し、さっさと道の奥へ歩み去った。

「何かなあ?」

ぼんやりつぶやいて、せつらは気味の悪い毛髪を捨て、家の門をあけた。前庭の踏み石を渡って、青銅の呼び鈴《りん》を鳴らした。

「どなたでしょうか?」

「おや」

とせつらは言った。人形娘の声だったからだ。しかも、明らかに暗い。この時間は〈新伊勢丹〉の食料品売場でバイト中ではないのか。

名乗ってからすぐ、

「お休み?」

と訊いた。

「いえ」

声は束の間明るさを取り戻したが、すぐにまた深い海に沈んで、

「トンブさまの御様子が少々」

「体調が良くないのかな?」

「はい」

「じゃ、帰る」

本気できびすを返した。用件をこなしてくれないのなら用はない——実に明解で、冷たい行動規範といえた。

「あの」

あわてて声が止めた。

「せつ——秋さんなら、何とかしてくれると思います。お入りください」

「はあ」

たちまち戻った。節操《せっそう》がない、というよりは、切

り替えが速いというべきだろう。

ドアの向こうに人形娘が立っていた。せつらは、すらりとのびた鼻を軽くひくつかせて、

「ご主人は精神《こころ》の病《やま》いかな？」

と言った。

「はい。でも、どうして――」

「薬の匂いがしない。空気だけが、重ーく澱んでいる」

「重ーくですか？」

「そ、重ーく」

「あの、御用件は？」

何となく固くなっている人形娘に、〝渡し守〟の件を話し、子供がさらわれたとタキの件を伝えると、人形娘は、思い当たったふうに、

「――実は、昨日」

と打ち明けた。それから三〇分足らずのうちに二人はタキの一件の当事者同士たることを知った。

「そういうことなら――何が何でもお願いしてみせます」

人形娘は敢然《かんぜん》と立ち上がった。

せつらは居間で待たされた。一〇分ほどで人形娘が戻り、こちらへと廊下へ導いた。

ヌーレンブルク邸の廊下ほど奇妙な通路はない、と訪問者は口を揃える。薄闇に閉ざされた細い道の左右には、子供が見ても、途方もなく古い時代の品と知れる絵画や骨董《こっとう》の類が並べられ、幾つもの木扉が人々を見送る。

肖像画の眼が動く、竜の石像が火を噴く、古代帆《はん》船《せん》が空を飛ぶ等々は定番として、巨大な蝙蝠《こうもり》や蠍《さそり》が突進してくるのも、いずれ慣れる。わずかに開いたドアの向こうからのびる、助けを求める美女の青白い手を握りしめてしまい、強引に引きずり込まれそうになっても、当主や人形娘や得体の知れぬ執事たちが救出してくれるが、何時間歩いても、目的地へつかないのには、やや閉口《へいこう》せざるを得ない。救いは疲れないことか。つまり、一歩も進んでいないとの

推測も成り立つのが、ヌーレンブルク邸の廊下なのだ。

　だが、今回、せつらは一〇メートルも行かずに、古い木のドアをくぐった。

　外から見ると、家ひとつが丸々入るくらいの広い部屋であった。古書やら魔法用具やらで埋められた床の上のベッドに、巨大な毛布の山ができている。震えていた。休みなく震えていた。

「あれが？」

　とせつらは訊いた。

「はい」

　人形娘の声は、半ば痛ましく、半ば呆れていた。尻に当たる毛布の端がひらりとめくれた。闇の中に眼ばかりが光っている。

「誰だい？」

　トンブの声だ。せつらの表情が一瞬、真顔になるのを人形娘は見た。

「秋さんをお連れしました」

「話は聞いたよ。でも、あたしゃもー駄目だ。ロクな助けにゃならないよ」

　漫画のような情景のもたらす効果を殺しているのは、この無惨な声であった。

「わかった」

　ひょい、と背を向けたせつらを、

「待ってください」

　と止めて、人形娘は毛布の山へ、

「今、お話ししたとおり、秋さんの探していらっしゃる御子さんは、トンブ様しか発見できません。その〝渡し守〟を、呼び出す方法を教えて上げてください」

「そりゃ、構わないよ」

　トンブはにべもなく答えた。こいつぁ本物だ、とせつらは確信した。本気で怖がってる。

「だけど、その子は、あの女と関係してるんだろ。〝血の五本指〟のリーダー――リゾラ・ベンダーと」

「トンブさま。そんなこと、ひとことも」

驚く人形娘へ、

「なにさ、そんな眼でご主人さまを見るんじゃないよ。それより今すぐ鍼《はり》をお打ち。ああ、また熱が出て来た」

人形娘はためいきをついて毛布の後ろへ廻った。めくり上げた内側にあるものは、象のような尻であった。愛らしい唇が尖るや、その汚怪なものの、剝き出しの肛門に近い部分にひとすじの鍼が突き刺さった。人形娘の鍼治療は吹き鍼によるのだった。

いきなり小さな身体が突きとばされ、ドアへと突進した。ぶつかる寸前、眼に見えない網にかかったみたいに止まって、床へと押し戻された。

みるみる驚きと——感謝に染まっていく眼差しの向こうで、せつらは茫洋と、妖術を使う毛布の山を見つめている。

ひっ、と毛布が洩らした。人形娘の身体が硬直する。

何の変化もない。

天窓から降り注ぐ午後の光も、それが光らせる塵《じん》芥《かい》の数も。

トンブも。

人形娘も。

秋せつらも。

いや。

変わらず変わる。それが世界だ。あり得ないことなど、この世にはない。

秋せつら。

「トンブ・ヌーレンブルク」

と彼は言った。誰もが知っているせつらの声で。誰も知らぬせつらの声で。

「チェコ一の魔道士ガレーン・ヌーレンブルクの妹よ。そのおまえが怯えるか。〝血の五本指〟を?」

3

「あああああ」

と毛布が愚かな連続音をふりしぼった。

「あああああんた――何者だい？」

「秋――さんです」

人形娘が言った。自分でも信じていない言葉だった。

「そんなことわかってるよ。けど――けど――けど――あんた、やっぱり、何者だい？」

「私の用件は伝えた」

せつらは言った。いつものように。茫洋と。

「私の欲しいのは答えだ。怯えた女の戯言《たわごと》じゃあない」

「いいいいいとも。わかった。あの女も怖いけど、あんたのほうがずうっと厄介だ。関わりたかなんかない。とっとと帰っとくれ」

「用件は伝えた」

「も、もう、調べてあるよ。居間のテーブルを見てごらん。それから、おまえ――三日ばかりどっかへ行っといで。ロクでもない奴ばかり連れて来た罰《ばつ》だよ。この疫病神《やくびょうがみ》」

「承知いたしました」

頭を下げる人形娘へ、

「ななななんだい。随分と嬉しそうじゃないか。おまえ、ひょっとして――」

「――何ですの？」

憤然と迎え討つ小さな顔の横で、

「もうひとつ――依頼がある」

とせつらは言った。

「なななななな」

「ドクター・メフィストと手を組め」

「な？」

「出すな、と伝えろ。それでわかる」

毛布の中の眼が、不可思議な光を帯びた。

二つの感情が恐怖を凌《しの》いだのだ。好奇心と――予感が。

「出すなって――何をだい？」

声には力が戻っている。魔道を学ぶ者に必要な最大の資質は、欲望でも貪欲さでもない。飽くなき好奇心だ。

その前で、せつらが背を向けた。

「それでわかる。メフィストひとりでは無理だ。ひょっとしたら、おまえがいても――」

「ちょっと」

トンブはドアを封じた。それは鉄と化した。

ノブを廻して難なくドアを開けたせつらを、チェコ第二の魔道士は茫然と見つめた。

せつらが出ていった。人形娘が後に続く。

トンブの虚ろな眼の中に、開け放されたままの戸口が薄闇を滲ませていた。

トンブは眼を凝らした。

せつらは、出すなと言った。

それしかわからない。それを出すのが魔道であった。

時間《とき》が過ぎた。

薄闇が真の闇に変わりはじめる。

その奥で――闇がある形を取ろうとするのを、トンブは見た。

「おまえは……」

偉大なる魔道士は、大いなる恐怖と絶望とを込めて、その名を呼んだ。

〈魔法街〉を出てタクシーに乗るとき、せつらは、

「当てはあるの？」

と訊いた。

もとの声である。それよりも、そう訊かれたことが、人形娘の顔をかがやかせた。他人の生死など気にする若者ではないからだ。

「ええ。あの――水月さんと働いていた酒場へ行ってみます」

「住み込みはオッケ？」

「いえ。でも、頼んでみます。私、眠らなくてもいいですから。酒場が終われば、近くのコンビニで使ってもらいます」

「〈新伊勢丹〉は？」

「馘《くび》になりました。トンブさまの看護で届けを出しそこなって。頂度よかったわ」

せつらは沈黙した。

「あの――何か？」

人形娘の声も表情も期待に弾んでいた。このとき彼女は、「秋せんべい店」でのバイトを夢見たのだ。

「いや。とにかく、乗ろう」

バーの住所を伝え、タクシーが走り出すと、せつらは上衣のポケットから羊皮の袋を取り出し、口紐をゆるめた。中味は一〇センチばかりの木でできた円盤と、同じ長さの矢印みたいな品であった。

円盤と矢印は、一本の錆釘で打ちつけられている。トンブの言った〝テーブルの上〟の品であった。

「日時計かな？」

「そのメモに使用法が」

せつらは目を通して、

「〝その矢の示すほうへお行き〟――か。懇切丁寧《こんせつていねい》だね」

「いつもこうでして」

済まなそうに言った。こんなとき、人形娘はひどく可憐に思える。

「あの小母さんらしい」

「怒ってらっしゃいます？」

「いや」

「どうしてですか？　せっかく家までいらしたのに、トンブ様の応待に怒って帰られた方が何人もいます」

「人間、らしいのが一番だ」

「え？」

「自分らしくあれ。そうやって殺されても自分らしくいること。死ぬのが嫌なら、お面を被っていればいい」

「…………」

「君のご主人は誰がどう見ても自分らしく生きて

る。誰がどう言おうと変わらないね」

「それはそうですけど……」

人形娘はせつらを見上げた。不安そうな表情であった。

「具合でもお悪いんですの？」

「――僕の？」

ぺこりとうなずく。

「残念だけどね。どうして？」

「ほら」

「ん？」

「どうしてってお訊きになりましたよね。今まで、他人《ひと》のことなんか気にしてらっしゃらなかったわ」

せつらは、きょとんと宙を仰いでから、人形娘を見下ろし、

「そうだったか」

「そうです。それに、そんなに色々なこと聞かせてくれませんでした」

「色々なこと？」

「自分のままにいろって、今」

せつらは眼を細めた。

「僕が？」

「はい」

「うーん」

「覚えてらっしゃらないのですか？」

二人の左右で街の風景は刻々と変わっていく。

「うーん」

とせつらは答え、人形娘はあきらめた。

せつらが時に化けるのはわかっているが、いまは普通なのに普通じゃないように思える。

――この人にも何かが起こっているのだろうか。

「ん？」

せつらが膝の上に置いた円盤へ眼を落とした。

人形娘も追った。

矢が廻っている。

西だ。

「運転手さん――西へ。この矢印のとおりにやっ

て」

立ち上がり、せつらはシートの背越しに、運転手の膝へ円盤を置いた。

「へい」

面倒臭そうに応じた運転手の姿が、ぼうと歪んだ。いや、せつらたちを含む車全体が。

「脱出」

人形娘の手とドアノブを摑んだせつらへ、

「いえ。このまま」

と小さな声が言った。

「捜す相手の妖力圏に入ったのです。このまま突っこみます！」

「元気だね」

せつらの声も美貌も虚空に吸いこまれた。

せつらが〈魔法街〉を訪れる一時間程前のことである。

笛吹と修羅を送り出した後で、水月豹馬は、突然、

「出よう」

と言い出した。

「え？」

美冬は眼を丸くした。この部屋へは昨日移ったばかりではないか。それに、笛吹は改造のために莫大な費用をかけている。

そう言うと、豹馬は、

「わかってる。だが、あの二人には悪いが、敵がそう簡単に壊滅できるとは思えねえんだ。となると、ここにいることは、敵のど真ん中を裸でうろついてるのと変わらない。笛吹には、ボランティアありがとうと言えば済む。出かける用意をしな」

「でも——何処へ？」

「おれに心当たりがある。行こう」

「はい」

美冬がうなずいたとき、凄まじい銃火が室内を吹き荒れた。

美冬がのたうち、豹馬は壁に叩きつけられた。顔の右半分を吹きとばされ、左腕を肩から持っていかれながら、彼は弾丸の飛んで来るほうを見た。

　そこは何ひとつない壁がそびえているきりだった。

　コルダイト火薬と血の臭いが立ちこめるだけになっても、室内には銃声の余韻《よいん》が尾を引いていた。

「片づけたな」

　蜂の巣になったドアの向こうから声がした。それを開けて現われたのは〝銃火〟であった。

「DMの首には、盗聴器が埋めてある。チェックすべきだったな」

　無惨な肉塊と化した二人へ、銃口を向けて、

「ダミーはもうなかったよな」

　言うなり、一連射ずつ射ちこんだのは、冷血というしかない。

「あばよ、お二人さん。案外、お似合いのカップルだったかもしれないな」


　身を翻すや、部屋を出た。エレベーターで地下の駐車場へ下りたとき、地上でパトカーのサイレンが聞こえた。

　一〇台近い乗用車が停まっている。そのうちの一台に近づき、解錠器でロックを外すと、ドアを開けた。

　その足下で、チンと硬い音が跳ねた。

　転がってくる黄金《きん》色の円筒は、拾い上げるまでもなかった。

　七・六二ミリ弾の空薬莢である。

　愕然と〝銃火〟はふり向いたが、人の姿はなかった。必死で敵を求めつつ回転する銃口の右から、

「いくら、おかしな方角から射てても、標的が見えなきゃ当たらねえだろうな？」

　と声がした。まぎれもない豹馬の声である。銃口を向けるや、左のほうから、

「盗聴器なんざ、あいつが現われたときにチェック済みさ。〈新宿〉を甘く見たな、〈区外〉一の狙撃屋

さん。ダミーが無《ね》えって真《ま》に受けたな」

するといいい、肉塊状態にまで射ちつぶした豹馬と美冬も、またまがいものだったのか。ふり返るや〝銃火〟は引金を引いた。駐車場を光と銃声が駆け巡った。

「あんたのアジトにゃ、二人が行ってる。もう警告は出しといたよ。待ち伏せも無駄だぜ。つまり、あんたは天涯孤独だ。生きてたって仕様がねえわな」

ふっとライトが消えた。薄闇が濃さを増した。地上へつながった通路から、光は洩れている。だが、〝銃火〟の心臓は、「記憶」の冷たい指で鷲摑みにされた。

弱々しい焚火《たきび》だけが夜明けまでの生命をつなぐ灯だった太古の夜。何処からともなく忍び寄る獣の爪に、次々にさらわれていく仲間たち。

それは、人間のＤＮＡすべてに植えつけられた普遍的な恐怖だ。

「おれは狩猟家《ハンター》だ」

と〝銃火〟は言い聞かせるように口ずさんだ。

「獲物を射つ。どんな獲物でも逃がしはしない」

「そうとも、おまえは狩猟家だ」

と声は言った。今度は――耳もとだった。

激烈な恐怖の平手打ちを食らったかのように、〝銃火〟はふり向き、引金を引いた。

銃声が乱舞し、前方の壁が火花と破片を撒き散らす。声は銃声に混じって笑った。

「おまえの弾丸から逃れられる獲物はいない。だが、今度の獲物は、おまえのほうだ」

「出て来い。――出ろ」

「おれも、狩猟家だ」

と声は言った。もう何処ともわからない闇の彼方から。

「何処へ逃げようと、一度この眼にとまったら、どんな獲物でも逃げられやしねえ」

「うおおおお」

恐怖の絶叫と銃声と反動が、〝銃火〟を恐怖から解放させる護符であった。

銃は咆え——突然、沈黙した。弾丸が尽きたのだ。

呆然と立ちすくむ〝銃火〟の肩を、軽く叩いた者がある。

「おれは、最初からここにいる」

ふり向いた〝銃火〟の前には何も見えず、ようやく、自分と同じ方向へ同じ速度で廻っているのだと気づいた刹那《せつな》、影が眼の前へ廻り出た。

豹馬の右手がゆっくりとふりかぶられるのを見ても、〝銃火〟はどうすることもできなかった。

早苗、とその耳に聞こえた。

軽いひとふりで、豹馬は〝銃火〟の首をもぎ取った。

第十六章　血と銃の宴《うたげ》

1

〈若宮町〉のマンションに着く前に、豹馬から連絡が入った。

「どうした？」

ハンドルを握る笛吹が尋ね、

「〝銃火《ファイア》〟って奴を片づけた」

と後部座席の修羅が携帯を切った。隣りにはＤＭが虚ろな視線を宙に据えている。

「そいつは、幸先《さいさき》がいいぞ、兄さん。この勢いを崩さず、片づけちまいましょうや」

「おれを兄さんと呼ぶな」

「へいへい」

マンションから二〇メートルばかり離れた道の脇に車を停め、三人はマンションの裏手へ廻った。

全体が視界に入ると、

「歪んでやがるな」

と笛吹がつぶやいた。その響きを聞きとがめて、修羅が低く、

「あのときの地震のせいか？　相当やられたらしいな」

「ああ。うちの事務所もあちこちがひん曲がって、おかしな奴らが地中から入りこんで来たぜ。三人ばかり、取り殺されちまったよ」

首の後ろを揉みほぐしながら笛吹は、

「〈区〉じゃ、前にも良くあった〈魔震〉の余震だ、心配はいらねえと言ってるが、おれが摑んだ話は別だ。いや、余震なのは確かだが、前からの分も含めて、なぜ、こんなにしつこく続くか、だ」

「それは――〈新宿〉だからだろう」

この返事の主をじろりとにらみつけて、笛吹は揉みほぐしを手刀打ちに変えた。

「それで片づけるなよ、お兄さん。〈新宿〉なら〈新宿〉、〈魔界都市〉なら〈魔界都市〉なりの理屈が欲しいのさ。どうにも合点《がてん》がいかねえんでな。そ

れに、今度の余震は他のと同じなのに規模が違いすぎる。いよいよって気もするのさ」

「いよいよ?」

　修羅の背を、冷たいものがつうと流れ落ちた。

「運命ってやつかな。誰も口にしねえが、〈新宿区民〉なら、精神《こころ》の底の暗い檻《おり》にじいと飼ってた何かが逃げ出しかかってると、わかってらあな」

「何かって何だ?」

「ある〝思い〟さ。覚悟つってもいい。だが、後にしようや。奇襲の前にお兄さんの気を削《そ》ぎたくねえんでね」

「――しかし……」

「大切なんだろ、妹さんが?」

「…………」

「なら、最善の結果を得るために全力を尽くそうや」

　笛吹は修羅の肩を叩いて、あと三人だと言った。術にかかったDMが口を割った人数だが、うち二人は行方不明、リゾラ・ベンダーという女ボスがひとりで留守を預かっているのはわかった。

「オッケー」

　修羅も納得した。

　DMから行方不明の二人の話を聞くまでは、まとめて片づけるつもりでいたのだが、とりあえず女ひとりでも始末しようと申し合わせた。何といってもリーダーだ。女とはいえ、笛吹も修羅も見くびってはいなかった。後の二人は待っていてもいいし、息のかかった情報屋か笛吹の子分に捜索させてもいい。

　問題は始末の仕方だった。

　笛吹は手っとり早く小型ミサイルかレーザー砲で、部屋ごと吹きとばしちまおう、そのくらいの武器なら用意できるぜと主張したが、隣りの部屋に住人がいるとDMから聞かされ、それはあきらめた。

　とにかく、突入し、いれば斃す、留守なら戻ってくるのを待って始末すると決めた。強く申し合わせたのは、女だからといって、一切容赦しないことである。

「行くぞ」

笛吹がバッグの内側から、〝ライフル・ショット〟を引っぱり出して点検した。

米軍のM1ガーランド・ライフルの銃身と銃把《ストック》を切り落とし、約三〇センチに縮めた武器である。

八連発の挿弾子《クリップ》にまとめられた七・六二ミリNATO弾は、弾頭部にMB95破壊装薬を詰めた炸裂弾に変えられ、さすがに反動消去装置が銃身に嵌め込まれている。このサイズでライフル弾の反動をまともに受けたら、プロレスラーでもひっくり返ってしまうだろう。修羅は大口径のレーザー・ガンだ。

「一発目はおれだぜ」

笛吹がライフルを撫でた。

「わかってる」

二人はDMを先に立てて真っすぐ、マンションの裏門をくぐった。

部屋の前でDMが立ち止まり、チャイムを押した。

笛吹と修羅はドアの両側の壁に貼りついている。

インターフォンが問い返すこともなく、ドアが開いた。チェーンもかけていないらしい。

碧眼の美女が、出て来た。リゾラ・ベンダーである。濃艶な美貌と肢体に、笛吹が喉を鳴らした。

戸口でDMを見つめ、

「しくじったようね。どうして連絡を寄越《よこ》さないの？」

「いや、その……」

頭を掻くDMの身体が、いきなり前方へ突きとばされた。

咄嗟に後方へ跳んでやりすごし、リゾラは右奥へと走った。走りながら、ポケットのリモコンのキイを押す。

壁の肖像画が、ぐいと右腕をのばして、笛吹を掴もうとする。

ガーランドを叩きつけて肘を破壊し、笛吹は疾走するリゾラの背中へ引金を引いた。狙いをつける時間は十分にあった。

反動消去装置は、それでも鈍重な衝撃を笛吹の肩に伝えて来た。

NATO弾は、確実に女の後頭部から侵入したのである。

射出孔から脳漿を噴出させて、女は奥の一室へ倒れ込んだ。

ドアが閉じた。その表面にも弾痕はない。すると──弾丸は何処へ消えたのか。

だが、たちまち驚愕を消し、笛吹と修羅は重なり合うようにしてドアから飛びこんだ。

寝室であった。豪華な家具と調度が、クイーンサイズのベッドを囲んでいる。ここへ姿を見せてから数時間のうちに家具屋を呼んで揃えたに違いないが。

「何処だ?」

と四方を見廻す笛吹の眼の隅を、真紅の光条が斜めに走った。

ベッドの上──夏掛けのやや盛り上がった部分が火を噴いた。

「動いた。そこだ」

修羅がレーザーの銃口を向けた。

物も言わずにガーランドを二発叩きこみ、笛吹は一歩前に出て、銃身で夏掛けを跳ねとばした。

「いねえぞ⁉」

「いや、確かに──」

一〇畳ほどの室内を、四つの眼が飛び廻った。

笛吹がスティック状の簡易センサーを取り出してチェックしたが、その前に、彼ら二人の五感が、女の消失を断言している。

「何処行きやがった?」

「幻か?」

それも違うと、全感覚が告げている。

すると、この女もDMや〝渡し守〟と同じく次元と彼岸とを自在に往来し得るのか。

捜索が空《むな》しく終わって、畜生め、と笛吹が吐き捨てたとき——

二人の背後の床で、なおも黒煙を上げる夏掛けに、奇怪な変化が生じていた。

膨れ上がりはじめたのだ。それを被せた床の下から、何かが這い出して来たかのように。

気配を感じ、愕然とふり向きかけた二人の首に、白蛇のような手が巻きついた。そこからねじって、二人は全裸のリゾラを見た。

細身の身体とは不釣り合いに盛り上がった乳房、大蛇《パイソン》が渾身の力で絞り抜いたような腰、それを補うように大胆にせり出したヒップ。何よりも男の眼を吸いつけるのは、すでに欲望に上気したかのような桜色の肌だろう。この女を抱きたいと思うのを通り越して、ひとつに溶け合いたいと男なら懇願するに違いない。

女は声もなく笑った。

「あたしはリゾラ・ベンダー。〝コダイ村〟の傑作よ。私の領土への侵入は許さないわ」

先刻、血漿を噴出した額の射出孔は跡形もなく、その身体にも傷ひとつつけていない。

二人は身動きもできなかった。首を巻かれた瞬間、脳は熱泥と化していたのである。

「ようこそ、私のもとへ。新しい〝五本指〟」

二人の頭を左右から抱き寄せるようにして、リゾラはその唇へ、朱色の口を生々しく押しつけた。

2

その男に気づいたのは〝江戸川アパート〟の住人であった。

〈新宿〉の北東の角にあたる〈新小川町《しんおがわまち》〉は、文京区との境でもある。〝江戸川アパート〟は、その境界に面し——すなわち、東側の窓から覗くと、約二メートルの距離を置いて、地球を二つに割り裂いて

しまうかのような、黒い深淵が口を開けている。

〈新宿〉を取り囲む長大な魔の〈亀裂〉の縁——昼夜休みなく妖気妖風の噴き上げる一角に、古いアパート群は建っているのだった。

〈魔震〉によって生じた幅二〇〇メートルにわたる〈魔〉の大深淵——その近くで行なわれる日常生活が尋常なはずはない。

〝江戸川アパート〟にも、怪異は日常茶飯事だ。郵便配達や宅配便のスタッフの眼には、住民全員が白髪の老人に見えたり、あるいは、昼ひなか、ドアも窓も閉め切って、全員が姿を消していたりするという。ためしに室内を覗けば、テーブルには昼食が湯気をたて、別の部屋では、火にかかった鍋が煮えている。主婦用のドラマを放映中のTVも、愉しむ当人が、まだ熱いコーヒーの入ったカップと歯型のついたクッキーを残したまま姿を消し、かけっ放しの掃除機がうなりを立てている空白の部屋もあった。

——このような状況から、一連の人間蒸発現象は〝新小川町のマリーセレスト号〟と呼ばれたが、今なお永劫の謎とされる元祖に対し、幸か不幸か、消失者は全員戻って来た。極端な場合は、事態に気づいた配達人が沈黙のアパートの玄関を出たところで、生活音が甦ってきたという。

警察の調査によれば、この世の住人が別の世界へ連れ去られた間の記憶は、まるでないという。

また、〈亀裂〉に面した部屋の住人は、フェンスを乗り越えて深淵へ身を投じる者が多く、これも原因不明のせいで、管理者たる〈区〉は入居を中止したのだが、いつの間にか人が住み、追い出しても戻って来ては、投身自殺を繰り返す。

近頃では〈区〉も半ばあきらめかけていたところへ、今日——ある部屋へ珍しくも隣りの住人が顔を出し、おかしな親爺がうろついている、と言う。

知らせたほうも知らされたほうも、職も決まらず、ぼんやりと窓の外を見ているだけの生活だから、普通なら、面倒臭い、放っとけとなるのだが、いつ〈亀裂〉のお世話になるかわからない精神を持て余してもいるせいか、ふらふらと部屋を出た。

　他にも気がついた奴がいるらしく、いつになく薄暗い廊下に人影が多かった。

　おかしな奴は棟と棟との間にいるらしいとみな出掛けていくと、あらゆる棟からぞろぞろと暇な住人が出てくるところであった。お互いのことは知らぬが、管理人なら全員が、〈亀裂〉側の部屋の住人と見抜いたに違いない。

　何人かに分かれて、敷地内の通路や庭を調べ、

「いないぞ」

「こっちもだ」

　と呼び交わしながら、ようやく彼の姿を認めたのは、居住者が住む最後の棟と、ただひと棟誰も住みたがらずに放棄された廃棟《はいとう》の間の庭であった。

　庭といっても、普通は花壇やベンチ、砂場がある程度だが、ここは手入れをする者もなく、奇怪な植物が繁茂《はんも》し、それを住居とする食肉虫やら、五彩の妖蛇等がうろついて、窓や玄関からも怪木のねじくれた枝がせり出した無惨な廃棟とマッチして、昼なお暗きお化け屋敷のごとき様相を呈している。

　一年ばかり前に水道管が破裂したせいで、水流が湧き水みたいに地上へ溢れ、棟と棟との間にひとすじ、細長い川みたいな流れを作っていたが、彼は、その向こう側——廃棟のほうに立ってこちらを見つめていた。

　鍔広帽を眼深に被っているため、顔はよく見えなかったが、灰色のコートの右袖からのぞく青白い手は、眼にした者すべての網膜に灼きついた。

　それが手招きしている。おいで、と呼んでいる。そして、足下には細い水のすじ——川が流れていた。

　流れの手前には、すでに一〇名近い住人が集まっていた。みな、奇怪な男の手招きに魅せられたみたいに、ぼんやりと立っている。

　そこへ新しい一団がやって来た。

と同時に、先行集団は一斉に前進を開始した。細い流れはまたがれ、何の抵抗もなく、彼らは向こう岸へ渡った。

　行くな、と止める者もない。それどころか、後続集団の何人かも、引かれるようにつうと後を追ってしまった。

　そのまま、男に抱擁するでもなく、背後の森へ消えていく。さすがに後続連中は、異様な不気味さを覚えて立ち止まった。

「どうした？」

　と鍔広帽の人物が訊いた。男の声である。

「来い。みんな、来い」

　男はもちろん〝渡し守〟だ。死者を冥界へと導く渡し舟の漕ぎ手。だが〝血の五本指〟のメンバーとしての彼は、その仕事を遮る者しか連れて行かなかったではないか。

「来い」

　声と手招きだけで、人は死の国へ赴くものか。ずい、と数人が前へ出た。

　そのとき――

「来ちゃ駄目だ！」

　と叫んで〝渡し守〟の背後から飛び出して来た影がある。

　小柄な痩せた少年――タキだ。彼はいきなり〝渡し守〟の腰に体当たりした。

　つんのめり、片膝をついた〝渡し守〟の背中へ飛び乗って、ぽかぽか殴りつけながら、

「こいつは狂ってるんだ。見境いなく人を連れてっちゃう。みんな、逃げろ」

　いきなり、小さな身体が後方へ吹っとんだ。〝渡し守〟が跳ね起きたのである。

　三メートルも向こうに尻餅を突きながら、タキの闘志は衰えていなかった。

　発条《ばね》のように弾き返って、〝渡し守〟の脚にしがみつく。

　その身体が天高く持ち上げられた。

「小僧……おまえは……何者だ？」

自分が狙っていた子供だ。だが、彼にはわかっていない。タキの言葉どおり狂っているのだ。恐らくは、市谷の路上で、笛吹の匕首が与えた傷のために、精神に異常を来したのだ。

彼は襟首をひっ掴んだタキを顔の高さまで揚げたまま、重々しく、流れのほとりまで進んだ。

「生と死を分ける川――スティクス。そこに落ちた人間はどうなる？」

〝渡し守〟の声には、邪悪さと、奇妙な探求心が入り乱れていた。それは、長い長い間、冥界へ人々を招いた男が感じつづけて来た疑問に違いなかった。

「離せ、畜生」

叫ぶタキの身体ごと、〝渡し守〟は身を屈めた。

水に漬けて殺す――否、彼すらもわからぬ恐るべき結果が、そこには待っているに違いない。

悲鳴が上がった。

タキのものではなかった。〝渡し守〟のものでもない。多数の人間の上げる叫びだ。

それに呼ばれたみたいに、向こう岸の連中の間へ、空中から一台のタクシーが出現したのである。

五〇センチほどの高さは、恐らく、道路とこの土地との差なのだろう。

ほとんど奇蹟的に、タクシーの落下地点には誰もいなかった。

急ブレーキがかかって、黒土を蹴りとばしながら車体が止まると、まず、せつらが降りた。人形娘が続く。

五〇センチとはいえかなりのショックだったらしく、首の後ろを揉みながら、せつらは周囲を見廻し、すぐに前方へ眼を止めた。

このとき、〝渡し守〟は、すでにせつらを識別していたはずだが、さしたる興味も示さずタキに注意を向けたのは、やはり、記憶に異常を生じていたせいだろう。

せつらは妖糸を放った。確かに〝渡し守〟の胴と手に絡みついたはずが、せつらの指にはまったく反応が伝わって来なかった。

「こちらからの攻撃は無効です」

と人形娘が右横で叫んだ。

「あの方のいるのは〝向こう側〟です。〝こちら側〟の人間にはどうすることもできません」

「じゃ、あの子は？」

「——もう、死んでいます」

「困ったな」

せつらが前進しようとした。

「お待ちください」

人形娘が止めた。ふり向くせつらに、小さな淑女は、右手をドレスの襟元からさしこみ、首からかけていたペンダントを引きちぎった。

「これを持って攻撃なさってください」

「何？」

黄金の鎖につながって、黒水晶と思しい五芒形がゆれている。

「先のご主人さまからのプレゼントです」

「ガレーンさんの？」

「ただひとつのプレゼントでした。生と死が戦えば、必ず死の勝利に終わる。けど、これがあれば、一度きり、生は死に勝つだろう。リゾラにも。勝つだろう。勝つだろう」

「けど、それじゃあ——」

「いいんです」

せつらは躊躇《ためら》い、うなずいた。

「ありがと」

声と同時に、流れの向こうで、うっと苦鳴が上がった。

いままさにタキを流れへ叩きつけようとしていた、いや、〝渡し守〟は叩きつけたのだ。だが、彼の手首は音もなく切断され、どっと地面へ転がりながら、

「水へ落としちまえ！」

とタキは声をふり絞った。

〝渡し守〟の苦鳴はその前に上がっていた。彼はみずからの世界で骨まで食いこむ激痛を胴に覚えたのだ。

それは彼に前進を要求した。為す術もなく二、三歩進み、足は水中に沈んだ。

「あああああ」

せつらはもちろん、人形娘ですら顔をしかめる凄惨な叫びとともに、彼は腰まで細い流れに浸かっていた。

〝こちら側〟と〝彼岸〟を隔てる冥府の川。そこへ落ちた者の流れ行く先を定めるのは、天上の神か地獄の王か。

流されていく。のたうち廻りながら、何処までも、〝渡し守〟が遠ざかっていく。

水の流れは、彼方の壁まで続いていたが、そこへ辿り着く前に、灰色の姿は水に呑まれた。三〇センチの幅もない、ささやかな流れの中に。

「熱《あ》つ……」

せつらは握りしめていた左手を開いた。

水晶の五芒形は白煙とともに溶けていた。

死に勝《まさ》る生——宇宙の真理を逆転させた守護体は、その役目を終えたのだ。

「大丈夫ですか？」

と駆け寄る人形娘に、

「もうひとつないかな？」

とせつらは訊いた。

「え？」

「あの子をこっちへ戻したいんだ」

「それは——もう。あってもできません」

「やっぱり。ね」

軽いためいきをひとつついて、せつらはタキを見つめた。

少年は立ち上がり、すりむいた膝小僧をはたいていた。動きを止め、せつらを見つめた。笑っている。やっと自由になったと顔中で告げている。

「どうなる？」

「〝向こう側〟で暮らすしかありません」

せつらは眼を細め、

「霧が出て来たね」

タキの周囲に白いガスが渦巻きはじめた。彼は、いつまでも、せつらたちに見えていてはならないものなのだ。

タキが片手をふった。別れの挨拶。せつらも右手を上げた。

少年が背を向けた。背後の――森ではなく、廃棟のほうへ走っていく。

せつらの背後で人々がどよめいた。ひび割れ、奇怪な蔦の絡みついた建物の窓という窓に、顔が浮かんでいた。

男の顔、女の顔、老人の顔、老婆の顔、そして、子供たちの顔。

皆が待っている。タキを。少年はひとりではなかったのだ。駆けて行く。仲間たちのほうへ。

霧が川向こうを包んだとき、背後のざわめきが遠ざかっていった。せつらもふり向いた。人々が去っていく。彼はかたわらの人形娘の寂しげな表情に気づいた。

「どうしたの？」

「いえ」

白い顔が慎ましくふられた。

せつらはそれきり黙ってタクシーのほうへ歩き出した。五、六歩行ってふり向いた。

霧は晴れていた。

夕暮れ近い光が漲る敷地の果てに、廃棟は虚しくそびえ、どの窓にも人影はなかった。

「さようなら」

と誰かが言った。

3

大企業の重役のオフィスを思わせる広い清潔な部屋に、その男はふさわしいとは言えなかった。

ハーディ＝エイミスのスーツを着ても、そのたくましい強靭な肉体の、毛穴という毛穴から立ち昇る生々しい精気は消せない。

それが男を現在の地位にのし上げたものだった。

たそがれの光が漂う世界へ、ひとりの男が入ってきた。

深緑色のスーツを着こなした四十代前半と思しい男は、豪華なデスクの前で、軍隊式の敬礼をして見せた。

「嬉しそうだな、一佐？」

とデスクの向こうから、ハーディ・エイミスが声をかけた。笑い顔とは裏腹に、両眼は凍《い》てついている。

「またひとり死にました」

「〝血の五本指〟か」

「はっ。今日二人目――〝渡し守〟です」

デスクの向こうの男は、テーブル上の両手を組み合わせ、左の薬指に嵌めた指輪のエメラルドを、そっと撫ではじめた。

「〝マリオ〟は行方不明、〝銃火〟と〝渡し守〟は死亡か。残るは二人――」

「〝DM〟ひとりなら、我々のほうで始末するのに事足りたのですが、リゾラ・ベンダーが登場しては、少々厄介です」

一佐と呼ばれた男の言葉に、デスクの向こうの男は嘲笑で報いた。

「〝血の五本指〟が、修羅の一派と戦ってくれたから、こちらの手は汚さずに済んだものの、まともにぶつかっていたら、どのような被害が出ていたか――私と君の見解は大いに異なるようだな」

「仰《お》っしゃるとおりです」

「それなら、残る二人――〝DM〟とリゾラ・ベンダーくらいは片づけられるな？」

「言うまでもありません。水上美冬の拉致を妨げる者はすべて、存在していた証拠まで消してごらんにいれます」

「何にせよ、両者の戦いは終わっておらん。水上美冬、いやミフユ王妃は無事、夫のもとに帰らねばならんのだ。どんな夫のもとにせよ、な」

「仰《おお》せのとおりです」

無感情な部下の返答に、男は満足した。

「亡命先に異常はないだろうな？」

さしたることは、と一佐は答え、洗脳装置の空輪が本日行なわれますと告げた。

「アメリカ製かね？」

「いえ、ロシアであります。向こうは専門家ですから」

「よかろう——行きたまえ」

〝血の五本指〟の生死さえ知悉《ちしつ》している男は惚れ惚れするような敬礼を返し、一佐は歩み去った。

男は立ち上がり、背後の窓をふり向いた。

夕暮れも近い〈新宿〉の夜景が広がっていた。

一抹の不安が夕闇色をした苔《こけ》のように、胸の何処かに粘着していた。その理由を男は探ったが、結局、わからず終《じま》いだった。

せつらたちと人形娘は、〈百人町《ひゃくにんちょう》〉にあるマンションへ入った。笛吹が用意した第二のアジトである。最初のマンションは、もともと敵をおびき寄せるためのものである。平凡なマンションをそのために半日足らずで大改造した笛吹の実力や怖るべしだ。

新しいアジトには、さすがにあそこまでの大仕掛けはないが、〈新宿〉でも最高級のセンサーや武器の装備は怠りなかった。

美冬と豹馬は最上階の一室で待っていた。ワンフロア貸し切りである。他の階には住人が入っている。

ここで、せつらは豹馬の口から〝銃火〟を斃したことを聞いた。

「すると、三人目か」

豹馬はそのつぶやきに眉をひそめてみせた。

「〝渡し守〟とかいう奴のことはいま聞いた。修羅と笛吹の成果はわからねえが、確実なのはこの二人だけだぞ」

「あれ？」

せつらは少し首を傾げた。かたわらの美冬がうっとりと見つめる――どころか、うつむいて肩を震わせていた。タキの運命を聞いたばかりなのだ。――

「いや、マリオというのが行方不明になったはずだ。もう、戻っちゃ来ないよ」

「おまえが片づけたのか？」

「いや、違う」

と美しい顔が、はっきりとかぶりをふって、すぐまた小首を傾げた。

「違う。それは確かだ。けど、何となく、戻って来ない気が……」

「まあ、いい。とにかく、マリオって奴だな。まだ健在ってことで対策を練るぞ」

「うーむ」

せつらの首は傾ぎっ放しである。自分の意見が何に基づいているのか、せつらにもわからない。

茫々たる霧に閉ざされた記憶――というより感覚が、マリオを斃したと告げているのだが、いつどこでどうやってとなると、少しも判然としないのだ。

「おい」

肩を強くゆすられた。

豹馬が、美冬が、人形娘が、緊張を顔に広げてこちらを見つめている。

「――何か？」

と訊き返してから、顔中を汗が伝わるのに気がついた。噴き出していたものが、いまの覚醒で流れはじめたらしい。

「どうなさったんです？」

と美冬が訊いた。

「まるで死人みたいです」

と人形娘が言った。

「いや。そうかな？　あれ？」

と額を拭ったものの、急で多量な発汗の理由は、またもやさっぱりわからない。

美冬と人形娘が近づいてきた。

そんなに大仰な、と思ったら、人形娘が彼を通り越して、

「水月さん⁉」

「え？」

かたわらに、豹馬が蹲《うずくま》っている。

「あの――どうしたの？」

さすがに、身を屈めて肩に手をかけた。

「うわっ⁉」

この若者が、まさか、と思われる悲鳴を上げて跳びのいた。床の上にへたり込んだ豹馬の身体は、天才に叩かれるドラム・ヘッドみたいに震えていた。

訳もわからず、近寄ろうとする美冬の手首を人形娘が摑んだ。

「いけません」

「――どうして？」

「水月さんは感じたんです。人間《ひと》には無い感覚で――」

「何を？」

人形娘の眼に――水晶の眼に、明らかに人間の感情が浮かんだ。苦悩が。

「――わかりません」

美冬は少女を見つめた。

「あなたも――感じたの？」

せつらだけが、訳もわからず立っている。

そのとき、豹馬が口を開いた。しっかりした声である。亡者の声にしては。

「もう治った。……悪いが少し休ませてもらう」

人形娘がドレスの袖をめくり上げ、

「私が診《み》ます。お二人は奥へ」

と、器用に肩を貸して隣りの部屋へと連れて行った。

「この莫迦人形。ボディガードが側にいなくてどうするんだ？」

喚く豹馬へ、

「若い人は若い人同士がいいんです。いざとなったら、壁を破って入ればいいでしょ」

人形娘はこう諭して部屋を出て行った。

二人きりになると、

「困ったな」

とせつらが言った。

そんな様子はちっとも見せなかったものだから、美冬のほうがあわてた。

「あの——何が？」

この状況で困るといったら、想像はつく。白い頬は桜色に染まっている。

「よくわかりません」

とせつらは答えた。

「とにかく困ります」

「私は困りません」

「え？」

せつらは、——この者にしては——驚いたように美しい娘を見た。

「私を助けてくれる人と一緒にいるんです。少しも困りません」

「いや、そういうことじゃなくて」

「え？」

美冬は両頬を押さえた。

手の触れた部分から、うす桃色がせり上がっていく。

窓の外の〈新宿〉は蒼く染まりかけていた。

黄昏どき——

人々はかつてこう呼んだ。

逢魔《おうま》が時、と。

それは、場所を選ばなかったという。

世にも美しい若者と娘は、次に言うべき言葉を見つけ出せぬまま、いつまでも、蒼い光の中に佇《たたず》んでいるのだった。

第十七章　祝勝会の晩

1

隣りの4LDKの寝室のベッドには、豹馬が横たわり、〈新宿〉のマンションならどんな安い賃貸にも置かれている救急箱から出した真言の札を、その顔に貼りつけて様子を見ているのは、人形娘であった。

　サイド・テーブルの上の置時計をちら、と見て、

「駄目ですか？」

「うるせえ」

　豹馬の声は弱々しいが、それはあくまでも肉体的なもので、弱さを何とか克服しようとする精神の強さは、なおも健在であった。

　人形娘は、ぷん、とそっぽを向いた。

「親切に訊いているのに。知りません」

「こんなもの、放っときゃ治る。ちょっと、怖気《おぞけ》をふるっただけさ」

「あなたみたいなタイプが怖気をふるうなんて、大《おお》事《ごと》ですわ。救急車を呼びます」

「やめろ、このチビ人形」

　喚いて、豹馬は自分を抱きしめた。強烈な悪寒《おかん》に身体が痙攣する。

　素早く人形娘がベッドに飛び乗り、首すじと腰に掌をかざして密呪《みっしゅ》を唱える。

　豹馬はすぐ正常に戻った。

　荒い息をつきながら、

「おまえも――感じたろ？」

「はい」

　人形娘はうなずいた。

「あれは――」

　豹馬は言い澱んだ。

　人形娘が継いだ。

「せつ――秋さんの身体の中から」

「そうだ。ほんの一瞬だし、おれに感じられるのは、小指の先くらいのもんだ。だが……まるで、ダ

イ……」

「ダイダラボッチ」

と人形娘は補足した。

この国の昔話に登場する雲を衝く巨人だ。山もひとまたぎし、その足跡に雨水が溜ってできた湖が幾つもあるという。

「小指の先くらいのサイズがな。おれは、あの色男がこわ――薄気味悪くなって来たよ」

「何かの間違いですわ」

豹馬は呆然と人形娘のほうへ顔を向けた。

「おまえも感じたと言ったぞ。嘘をつくな。あいつは確かに――」

「私は何にも感じていません。さっきのは間違いです」

「いい加減にしろよ、このでく人形。そんなおかしな庇《かば》い立てして、せつらのためになると思うのか？　あいつは、途方もない怪物を何処かに飼ってるんだ。今の今まで気がつかなかったが、もう間違いはねえ。あの調子じゃ、せつら自身も知りゃしねえだろ。だから危《やば》い。あいつが制禦法を身につけないうちに、あんなもンが外へ出たらどうなると思う？」

「…………」

「もうわかるだろ。事は〈新宿〉ひとつに留まりゃあしねえ。この国でも収まりゃしまい。世界の破滅だ。いや、ひょっとしたら……」

「やめてください」

と人形娘が叫んだ。

「あなたの勝手な推測で、秋さんを誹謗《ひぼう》中傷したら許しませんわ。あの方は、そんなんじゃ――」

「人柄の話をしてるんじゃねえ。そっちのほうも十分危ねえがな。だが、そいつは深層心理のさらに奥の奥まで封じ込められているはずだ。おれが今まで気がつかなかったってのは、そういうことだからな。何かが、それを表へ出したんだ。何がだ？」

「…………」

「まあ、いい。問題は、それよりも、そいつをもとの精神《こころ》の闇に封じ込める方法だ。おまえ、何とかならねえか？」

「知りません。一方的な野蛮人」

ぴょんとベッドを下りた人形娘へ、

「放っといていいのか？　おまえの愛する秋さまの大ピンチだぞ」

娘は跳び上がった。

「愛してなんかいません！　たとえそうだったとしても、あなたなんかにどうこう言われる筋じゃあありませんわ！」

豹馬は隣りの部屋の方角へ精悍な顔を向け、意味ありげに笑った。

「ひーひっひ」

――が、人形娘が黙って、サイド・テーブルに置いてある石製の置時計を摑んだのですぐに止《や》め、

「とにかく、放っとくと危ねえぞ」

とお茶を濁した。


人形娘は、やや沈痛の面持ちで、ふりかぶった時計を下ろした。言葉とは裏腹に、まさしく小さな胸を痛めている様子だ。

寝室はツインである。豹馬とは反対側のベッドの端に腰を下ろして、

「一体、何が？　どうして、今頃になって……」

時には、主人の魔道士さえへこませる娘が、今は平凡な人間の苦悩に身を灼いているのだった。

「ま、せいぜい考えな」

豹馬の身体が急に縮まったかと思うと、一瞬、発《ば》条《ね》のように弾けて、ドアの前に立っていた。

やや前屈みで、伏せてしまいそうに見えるのは癖だろう。そのまま前のめりになる姿を、人形娘は呆然と見つめた。

まだ回復していなかったらしい。軽々と抱き上げ、ベッドに寝かせると、

「白い眼を剝いているわ」

迷惑そうにつぶやき、キッチンへ入った。トンブ

の家から提げてきたバッグから、得体の知れぬ薬草の根を取り出し、大鍋で煮はじめたとき、可憐な唇から、ようやく切なげなためいきが洩れた。

かすかな携帯の通信音がそれを断った。

豹馬の胸から取り出して耳に当てた。

「おお」

豹馬の声であった。この娘の声帯はどんな人間の声色《こわいろ》も真似できる——どころか、そのものの声が出せるように作られているのだった。

「水月さんかい、笛吹だ」

「おお」

「二人掛かりで、何とかリゾラ・ベンダーを始末したよ。もちろん、あのDMって若造もだ。これから戻る。ひとつ、祝勝会といこうや」

「おお——待ってるぜ」

携帯を切って、人形娘は笑おうと務めた。笑顔はすぐにできた。それから、寝室の反対側の壁を眺めた。その向こうに、せつらと美冬がいるのだった。


笑顔はいつまでも続けることができる。娘は人形なのだから。

少しして、彼女はベッドの豹馬を見下ろし、

「いーっ」

とにらみつけるや、気を取り直して、せつらの携帯へと小さなキイをプッシュしていった。


修羅と笛吹は、電話から四〇分ほどで戻って来た。

人形娘がチェックしても、おかしなところはなかった。術にかかった様子もない。

途中で買って来たらしい食料品や酒を、鼻歌混じりで居間のテーブルに並べながら、笛吹は、

「いやあ、えらい目に遇ったぜ。不意を突いたから良かったようなものの、でなきゃ、返り討ちだ」

こうしゃべりまくり、黙って聞いていた修羅は、ソファにぐったりもたれかかった豹馬のほうを見て、

「水月さん、大丈夫か？」

とこちらはそれらしい質問を忘れなかった。

「大丈夫ですよ」

とせつらが保証した。

「この人は、殺されても死ぬような男じゃない。じき、月に向かって吠えます」

「奴《やっこ》さん——狼かい？」

と笛吹が眉をひそめた。

「いや、豹だ」

修羅がそっと耳打ちして、

「勘違いしてるんだ」

けっと短く吐き捨て、笛吹は、

「あれで〈新宿〉一の人捜し屋かよ。飼猫捜しを頼んだら、河馬《かば》でも連れてくるんじゃねえのか——痛《い》ってえ〜!?」

尻を押さえてふり返ると、人形娘がそっぽを向いている。

「いけね、小《ち》っちゃなマタハリがいやがった」


このとき、修羅が美冬にうなずき、二人は部屋を出て行った。テーブルの仕度が終わると、四人は二人が戻ってくるのを待ち、五分ほどで痺《しび》れを切らした笛吹が、

「なに気分出してやがる」

と立ち上がったとき、戻って来た。

「よっしゃ、乾杯だ」

この辺は、職業的性分《しょうぶん》の笛吹の乗せ方はたいしたもので、たちまち、ビール、ウィスキーとブランデー、どれも最高級の品が注がれ、祝賀会がはじまった。

BGMには、いま〈区内〉で流行のラテン・ロックが鳴り響き、酒の種類も構わず、片っ端からがぶ飲みし、挙句は、ええい面倒だとばかり、ビールのジョッキに全種類を注いで、いいぞ、やれやれ、きゃあきゃあきゃあ。けしかける修羅と人形娘のほうをふり返って、見事に一気飲み——斗酒《としゅ》なお辞せずの笛吹がいわばいけるロだが、静かに飲むだろうと

思われていた修羅が、こちらはウィスキーを次々に空けて、何やら憂悶《ゆうもん》の翳《かげ》が濃い。

人形娘は、これは作りのせいか、どれも平気で、うまそうにぐいぐい飲《や》っているが、味がわかっているのかどうか。

せつらも少しはいけるらしく、ちびちびとビールを口にしているが、戦勝国の気分は毛頭《もうとう》なく、美しい眼差しは、ただひとり――窓辺のソファで、葡萄《ぶどう》色のワインがゆれるグラスを手に、笑顔を絶やさずみなを見つめる美冬に向けられていた。

美冬の顔が上がった。互いの瞳が、互いの美貌を映す。それを消さぬため、美冬はすぐ顔を伏せたに違いない。

そのうち、まず笛吹が床の上へ横になり、豹馬もダウンし、修羅が後を追った。

「あら、みなさん」

と人形娘がきょろきょろしていると、いきなり、笛吹の手が下からのびて、

「とっとと酔っ払わねえか、この優等生」

低く罵って、あ!? と気づいた娘をソファに引き倒した。

みなが鼾《いびき》をかきはじめた。

先に美冬が立って、ベランダへ出た。

これまでの状況を考えれば、危険極まりないが、とりあえずの刺客は壊滅させたという安堵が、大胆な行動に出させたのであった。

ベランダの手すりにもたれて、夜の街を見ずに、美冬は出て来たばかりの戸口を見つめた。

風が髪をなびかせている。ひそやかな冷気が乗っていた。じき、夏は終わる。

世にも美しい人影がベランダへ現われたとき、美冬は眼を閉じた。

気配が近づき、すぐ隣りで止まった。

温《ぬく》もりが伝わってくる。それに自分の何処かが応じはじめている。

美冬はさらに固く眼を閉じた。あまりにも美しい

――現実を見まいとして。

美しすぎれば、それは夢なのだ。

「どうしました?」

と声が聞こえた。夢の声が。

2

「兄から訊かれました。この後、どうするのかと」

こう言って、美冬は眼を開いた。この世のものとは思えぬ美貌が自分を見つめていた。

やはり、夢だ、と思った、だったら、本当のことを口にしても、哀しむ必要も、怖れることもない。

「どうなさるんです?」

とせつらが訊いた。

「私と兄が、この国の人間でないのはご存じでしょうか?」

「はあ」

とせつらは答えたが、どうも心もとない。

「兄は一緒に他所《よそ》の国へ行こうと申します」

「それは――そうでしょうね」

せつらの返事に、美冬の全身に力が漲った。はっきりと口にした。

「私は帰りたくありません。あなた方のいるこの街で生きたいと思っています」

こういうとき、男なら誰でもするように、せつらは沈黙した。誰でもするように、次の言葉は仲々出て来なかった。

やっと、ようやく、

「――それは」

と言った。

美冬の顔にあるものが広がった。長いこと秘めて来た想いであった。

「あなたは――どう思っていらっしゃるのでしょう?」

ここで返事を待つ。だが、待てなかった。想いが口をつぐませなかったのではない。返事を聞くのが怖かった。

「あなたは、私と一度会ったきりなのです。それなのに、こんなにたくさんの人を集めて、私を……いえ、私のためにしてくれたと思っていいのでしょうか?」

「それは、彼らにお訊きなさい」

とせつらは言った。答えになるかどうかもわからなかった。

「僕は彼らに何の報酬も約束していません。それでも彼らは生命を賭けて戦いに加わりました。ひょっとしたら、あなたのためかもしれない。ひょっとしたら、自分のためかもしれません。けれど、理由はどうあれ、あそこで酔いつぶれている男たちは、けっして敵に背中は見せません」

美冬は長い息を吐いた。光るものが頬を伝わっていった。

「私は、この街で静かに暮らしていきたいだけなのです。敵に追われるのは仕方がありません。でも、みなさんは関係ない方ばかりです。それなのに、どうして……?」

せつらは影のように立っていた。

酔いつぶれた男たちは眼を閉じて、長い髪をした娘の顔を夢見ていた。

光に憧《あこが》れる影のように。

光を慈《いつく》しむ闇のように。

いつの間にか、ロックのリズムは絶えていた。曲は自動的にラジオ放送に切り替わり、静かな女性歌手の歌声がベランダまで流れて来た。

美しき明日に　ついても語れず
ただ　あなたと　しばし　この時よ
すべてが　なつかしき　この時よ
すべてが終わる　この夜に
せめて最後に　ラスト・ワルツ

美冬がせつらの胸にもたれかかった。黒い手がその背を抱いた。ぎごちなく。

この暗き部屋の窓から
街の灯は　まばゆく
自由が　見える
すべてが　遠き　この時よ
このまま　若い日が　終わるのなら
せめて最後に　ラスト・ワルツ

重なった影のどちらかから、低い嗚咽が洩れた。〈新宿〉の夜とせつらだけがそれを聞いた。男たちはわからない。人形娘もわからない。


せつらが身を屈め、美冬の膝の裏に手を廻すと軽々と抱き上げた。美冬は眼を閉じていた。

手すりのほうを向いて、せつらは軽く床を蹴った。

助走も無しで垂直に八〇センチも跳び上がるのは、たいした筋力だが、身体は落下を忘れたようであった。

空中に停止したせつらは、危なげない足取りで平然と手すりを越え、マンションの外へ出た。

そこで向きを変え、右へ三メートルほど歩いて、隣室のベランダへ下りた。

どちらのベランダにも侵入防止用のセンサーと麻《パラ》痺銃《ライザー》が装備されていたが、ぴくりとも動かなかった。せつらの妖糸がメカニズムをどう操ったのかは、永遠の謎だ。

電子錠のロックも指一本動かさずに外し、せつらは内部へ入った。

美冬は眼を閉じたまま、黒衣の胸にすがりついていた。少しも緊張していない。全幅の信頼を寄せているのだった。

二人は居間にいた。パーティ会場と同じ間取り。同じ調度である。

ソファに乗せられて、美冬は眼を開けた。

「何か飲みます?」

と立ち上がりかけるせつらの背にまた強く手を廻して、

「駄目」

とすがりついた。

「ここにいてください。ずっとじゃなくていいんです。あと少しだけ側にいてください」

「いや、だけど」

せつらは押し戻そうとしたが、たおやかと思っていた娘の力は驚くほど強かった。

せつらには、美冬を拒む理由がなかった。それなのに、いまは明白な意志で娘から遠ざかろうとしていた。

「この〈街〉へ来るまで、私も兄も緊張と恐怖が道連れでした。他の人たちがどう言っているか存じませんが、私にとって、追手がかからないこの街は、はじめて辿りついた天国でした。陽が落ちても気にせず眠ることができたのです。でも、追手はあきらめなかった。悪夢の日々はまた還って来ました。それなのに、私は怖くありません。あの日――あなたと逢ってからずっと」

せつらを見つめる瞳は、美しい若者の顔と運命を映していた。美冬自身の運命を。その奥にかがやくものがあった。決意だった。運命に挑む漆黒の決意。瞳の中のせつらもそれを見つめていた。

それが消えた。

瞼《まぶた》が落ちたのである。

せつらの腕にかかる重さが急に増えた。

安らかな吐息をせつらは聞いた。美冬に酔いが廻ったのである。

手を離さず、せつらは美冬を抱き上げ、寝室へ運んだ。

ベッドに下ろし、離そうとしたが、美冬は力を入れて来た。

「仕様がないな」

一番楽な道をせつらは選んだ。美冬の隣りに横たわったのである。

美冬の顔を見た。恐怖も疲れも、その瑞々《みずみず》しい若さだけは塗りつぶすことができなかったようだ。

眼の下にかすかな隈《くま》がついている。それだけが、この美しい娘の凄絶な過去の証しだった。

巻きついた腕の肩を、せつらはそっと叩いた。

「ゆるめてくれないか。ずっと一緒にいるよ」

寝息をたてながら、美冬はうなずいた。腕がゆるんだ。せつらは去らなかった。

片手がのびて、美冬の髪を撫でた。


ドアの外に立つ人の気配を、妖糸が伝えて来た。

せつらは起き上がった。美冬は安らかな寝息をたてていた。

右手に重なった美冬の手を、そっと放して、せつらは部屋を出た。

玄関のドアを開けると、修羅が立っていた。

「？」

「もう眠ったか？」

「えーと——たぶん」

「とぼけるな」

「いや、その——添寝って知ってる？」

「何でもいいさ」

修羅はせつらの肩を叩いて微笑した。

「おれは嬉しいんだ。おまえと妹はお似合いのカップルさ」

「いや、その」

「入ってもいいかい？」

「あ、どーぞ」

二人は居間へ行った。分厚いペルシャ絨毯の上に胡坐をかくと、修羅は、

「酒は苦手だったな？」

と言って、上衣の内側からウィスキーの瓶とグラスをひとつ取り出した。

「構うな。手酌《や》で飲る」

「でも、たしなむくらいは」

せつらが抗弁すると、彼はうるさいと言い、坐れと床を叩いた。

グラスになみなみと注がれた琥珀色の液体が、一気に飲み干されるのを、せつらは茫洋と眺めた。

六杯ほど空けてから、修羅は手で口元を拭い、

「どうして、こんな話をする気分になったかはわからんが」

と切り出した。

おれと美冬は本物の兄妹じゃない。あっちはクリニアマラカという国のれっきとした王妃で、おれはただの護衛長だ。軍事政権による反乱が起こって国王様が亡命した際、おれの母が自分の生まれ故郷に身を隠す絶好の場所があると言って、連れて来た。あまりにも暗殺者どもがしつこかったものでな。おれはもう五〇〇人以上殺してる。

それも生き方だ、とせつらは思った。

「愚痴だと取るな。ま、取ってもいいが」

修羅はまたウィスキーをあおった。

「実はな——少々辛い」

このとき、せつらははじめて、この若者が好きになった。

「おれはただの護衛長だ。この方をお守りするのが仕事だと思っても、四年も一緒に、しかも、他人《ひと》の眼を徹底的に欺《あざむ》くため、内でも外でも実の親子、兄妹として暮らすに到ってはな。兄が妹に欲望を抱くなど何処にでもある話だ。まして、ミフユ様はおまえも知っているような御方《も》だ。どうかならん男のほうがどうかしている。守り役と兄の役を兼ねている二重の枷《かせ》のせいだろう。おれは女が抱けない身体になった。誰にも言うな。言ったら殺す」

と詰め寄られ、せつらは後退した。

「わかった。ま、一杯飲《や》りたまえ」

酔わせるしかないと思った。その一方で、まだまだ聞いてみたい気がした。

修羅が話しているのは、苦労話ではなく、哀切極まりない告白なのだった。

「おまえ――ミフユ様を守れ」

いきなり、修羅がグラスを突きつけた。中味が飛んで、せつらの膝にかかった。

沈黙のせつらへ、修羅は、

「嫌か？　ん、嫌か？」

と重ね、

「ミフユ様は、おまえを好きだぞ。ぞっこんと言ってもいい。構わん、母もいなくなったことだし、おれが許す。持っていってしまえ」

「何処へ？」

「そんなこと――自分で考えんか、阿呆」

修羅は罵り、不意に、にんまりとした。ひっかかったな、と眼が笑っている。

「誰が、おまえなんぞに譲るか、バーカ。ミフユ様はおれの宝物だ。こんな汚らわしい街に住む不逞《ふてい》の輩《やから》になどまかせられるものか」

沈黙が落ちた。

修羅の全身から力が脱け、虚ろな表情が広がっていった。幸せを満喫している果報者が、突然、哀しみなどでは到底間に合わない、もう取り返しがつかぬ身の上だと気がついたかのような。

「おれのバイトは知ってるな？」

みずからに尋ねるような口調だった。

せつらは黙っていた。

「おまえに貰った林檎はうまかった。食っちまうのがもったいなくて、実は〈二丁目〉の冷蔵庫に入れてある。受け取ったとき、励まされたような気がしたんだ。おまえのしていることは間違っていない。しっかりやれってな」

せつらはうなずいた。

「従って、おれはミフユ様を守り通す。おまえになど渡さん」

「僕は何も」

せつらは抗議した。胸の中で、誰かが嘘つきと責めていた。

修羅が立ち上がった。

「不愉快だ、おれは帰る」

「はあ」

ぼんやりと見送るせつらを尻目にドアのところまで行き、修羅はふり返った。

「いいことを教えてやろう。おまえ、母をどう思う?」

「………………」

「強くて優しい、立派な女だと思ってるだろう? そのとおりだ。知性も教養も人柄も申し分ない。自分の子供が七つのときに、ミフユ様を守るため、改造手術を受けさせるほどにな。母の専門を知ってるな?」

せつらは、ひとり切りになったような気がした。いや、それは彼だったのか、それとも、修羅のほうなのか。

ドアが閉まった。

凄まじい告白も終わったのだ。

せつらは首を傾げた。よくわからないとでもいうふうに。

それから――寝室へと戻った。

修羅の告白は、美冬の眠りを妨げなかったようだ。

戸口で見ているうちに、美冬は寝返りを打った。両手が見えない腕を求めるように動いて、空を切り、シーツの上で動かなくなった。

唇が動き出すのをせつらは見た。

声にはならなかったが、読み取ることはできた。名前だった。

せつらは無言でドアを閉めた。


アルコール臭が重く地を這う隣室で、ひとつの影が立ち上がった。

笛吹である。

「何処へ行くんだ、こら?」

むにゃむにゃと修羅が訊いた。どちらも酔いが醒めていない。

「便所」

と答えて、ベルトを外しはじめた。

「莫迦野郎、あっちへ行け！」

修羅がかたわらのクッションを摑んで、背中へ叩きつけた。

けっ、と吐き捨てて、笛吹はふらふらと玄関のほうへ歩き出した。

「おい」

と止める修羅へ、

「放っとけ」

これも酔眼朦朧《すいがんもうろう》とした豹馬が声をかけた。

床には空いたビール一〇〇本以上、ウィスキー三ダース、ブランデー二〇本、ワイン三〇本以上が並んでいる。これだけあれば、いくら広い居間でも足の踏み場がない。ところが、床面はがら空きだ。ビールもウィスキーも、まるで柱のように天井へ昇っているのである。さっきまで、四人は空いた瓶を思い思いの場所から、最初に床に置いた瓶めがけて放る。すると、口と口とがキスみたいにくっついて瓶は逆立ちの形を取る。そこへまた一本——今度は底同士がくっつく。こうやって、空き瓶の柱は天井にぶつかるまで、際限無しに伸びていく。柱一本分が終わるとまた一本、これなら床は仲々埋まらないし、通行スペースも十分に取れる理屈だ。

かといって、見たところ、四人が意図的に積み重ねようと思っているふうはない。

笛吹も修羅も豹馬も人形娘も、あるいはソファにひっくり返ったまま、あるいは床に寝そべったまま、ぽんぽんと空き瓶を放る。誰ひとりとして目標など見ていない。にもかかわらず、瓶は奇蹟のように危なげもなく積み重なって天へと伸びていく。

「しゃーねえなあ、ヘンなときに起き出しやがって。お伴しましょうかね」

ぶつぶつ言いながら、修羅も立ち上がった。

「気をつけてね〜」

と人形娘が片手をふる。この娘も酔うことができるらしい。豹馬はそのかたわらで床の上に這っている。

「どっちも玄関か——あーあ、朝が大変ですわ」

人形娘の声を、二人は玄関でかすかに聞いた。

「向こうの二人は何をしてるかな？　おまえ——気になるだろう？」

笛吹に絡まれ、修羅は、

「余計なお世話だ。おまえこそ、自棄酒《やけ》だろうが」

とやり返した。

「うっせー」

喚きながら、笛吹は玄関のロックを外し、ドアノブに手をかけて開いた。

黒い男たちが闇に詰まっていた。

「半分は隣りに廻れ」

と笛吹は低く命じた。酔いは微塵もなかった。

「おれも行こう」

と修羅が言った。

「おやおや」

と笛吹が驚いたふうに、

「いいのかい、愛《いと》しのお姫さまを手にかけても、よ」

修羅はにんまりと唇を歪めた。

「もう一遍、リゾラのキスを受けるためなら、何だってやるさ」

とうに敵の虜《とりこ》になったばかりではなく、操り人形と化していた二人の戦士の標的は、四人の仲間なのだった。

3

男たちは笛吹の部下であった。全員がヘルメットを被り、背広とズボンの下に戦闘服を着用していた。通路の照明に映える黒い武器はSMG《サブマシン・ガン》、レーザー・ガン、火炎放射器、硫酸銃——並みの人間なら一〇〇回も殺せる凶器揃いだ。

「同時にかかれ」

笛吹は横へのいた。修羅の加わった刺客たちが黒い泥濘《でいねい》のように廊下を移動し、こちら側の連中は玄関から奥へと押し進んでいく。

せつらと美冬の部屋の前で一同を止め、修羅は手早く軍隊用の手話で、おれが先に行くと告げた。その眼にも表情にも、生命を賭けて美冬を守ろうとしていた男の清廉はかけらもない。

「続けてこい。おれが二人の居場所を確認したら、よお、と挨拶する。すぐに突入して射ちまくれ」

笛吹は子分たちに、こうささやいた。

「ここで待て。おれが戻ったら、よおと挨拶する。そうしたら飛び込んで来て射ちまくれ」

そして、たちまち酔いに潤んだ眼に変わって、どう見ても血管にアルコールの充満した男の千鳥足《ちどりあし》で、ふらふらと奥へと戻った。

「ああ、さっぱりしたぜえ」

と、顔を出し、

「いねえ⁉」

地獄でも見たような表情になって立ちすくんだ瞬間、頭上から、

「よお」

まぎれもなく自分の声だと気づいた刹那、後ろから突進してきた子分たちの武器が一斉に火を噴いた。

ＳＭＧの炸裂弾を食らったソファが五発で原形もなく吹っ飛び、ビール瓶の柱が崩壊する。火炎放射器の炎がその上を丁寧に舐めていく。

笛吹は、やめろと叫ぶつもりだった。

それが喉から出ないうちに、いきなり炎の筋が乱れて子分たちが絶叫を放った。

せつらと美冬は居間にいなかった。

「寝室か」

修羅の声には嫉妬も含まれていない。

「いいや」

のんびりした声が頭上から降って来た。

せつら！　と気づくより早く、五感を奪う激痛に、修羅は意識を失いかけた。

その耳もとで、

「外の連中を呼べ」

低く美しい、そして、この上なく恐ろしいせつらの声が。

「………」

「よお、だけだ」

そして、喉が自由になった。

たとえ魂を奪われていても、修羅は修羅だ。単身美冬を守って世界を駆け巡って来た男だ。驚愕驚天の超人技を体得しているだろうに、脳は煮え立ち、この痛みから逃げる——それすら考えられない。

何も思考せず、彼はただ、

「よお」

と声を上げた。


黒い塊のように、男たちがドアを押し開けて殺到した。

彼らは何故か、足も止めず、武器も使わず走った。

居間の半ばで首がずれ、胴が離れ、おかしな人体オブジェと化して床にのめったとき、凄まじい血飛沫が巻き上がった。

「押すな！」

とたたらを踏んだ奴も、勢い余った後ろの奴に押し出され、こっちは姿勢が崩れたせいで、胴が半分裂け、ぐええと身をよじった途端に、武器を持った右手が肘の下から落ちた。もう一回転する途中で首のつけ根から右眼の下まで朱いすじが走り、床にぶつかると同時に割れた。

残った連中は後じさった。居間の中には、修羅ひとりしか見えなかった。

「てめえ——騙しやがったな！」

と向けたＳＭＧは、そいつの頭ごと機関部の真ん中から二つに裂け、人ひとり縦にふたつという無惨な姿に、男たちは完全に狂乱した。後をも見ずに玄関へ向かって走り出す。一〇歩と行かないうちに、身体は二つに分かれた。

凄惨とも滑稽《こっけい》ともいえる状況であった。一〇名を越す男たちが一矢も報いず、ふるわれる凶器も、それをふるう敵も見ずに全滅するとは、誰が想像しただろう。

「君が助かったのは、美冬さんのおかげだ」

耳もとで秋せつらが再びささやいた。

ふり向いた刹那、床に崩れ落ちた部下たちを、笛吹は茫然と眺めた。

最後のひとりがほぼ垂直につぶれ、それの向こうから水月豹馬が現われた。

「てめえ！」

悪罵《あくば》とともに、笛吹の身体は石と化した。

その肩に濃紺色のサテン・ドレスをまとった少女が、ちょこんと乗っている。笛吹の神経を麻痺させたのは、その小さな手がぼんのくぼに刺した細い鍼であった。

「声は出せるな？」

象狩り用の大口径ライフル弾さえ弾き返す装甲を無視して、顎へのパンチで全員を仕止めたボディガード――〝用心棒《ザ・バンサー》〟は、凄味のある声で訊いた。

「ああ」

笛吹の声はしっかりしていたが、眼は虚ろだ。視神経もやられているらしい。

「てめえを生かしておいたのは、操られてるらしいと、せつらが言って来たからだ」

二人が外から戻って来たときに巻かれた妖糸が、いまさっきの玄関口での言動をすべてせつらに伝えていたことは、豹馬にもわからぬ謎であった。彼は耳もとで、せつらの声を聞いただけなのだ。

「本来なら、子分どももろとも喉笛を搔っ切ってやるんだ。残念だったぜ」

「…………」

「おれとしちゃ、顔の半分も持ってかなきゃ気が済まねえとこだが、質問に答えろ。そしたら、女をまた口説《くど》けるぜ」

「……何が知りたいの？」

笛吹の声が変わった。官能的な裸身が眼に浮かぶような何とも妖艶な女の声である。豹馬が眼を剝いた。

「リゾラ・ベンダーか？」

「あら、知っててくだすったのね、ありがとう。その二人はあたしのキスを受けてしまったのよ」

「わお」

「〝リゾラのキス〟の魔力を解くには、もう一度、キスを受けさせるか、私を殺すしかないわね。どうする？　あなたのほうで処分なさるかしら？　先のことを考えたら、そのほうがいいかもしれないわ」

「ああ、いま片づけてやるぜ」

と右腕をふり上げた豹馬を、

「いけません」

と人形娘が止めた。

「邪魔すんな、チビ助」

「およしなさい、野蛮人」

とやり返し、人形娘は、しかし、あどけない顔に苦渋を滲ませて、笛吹を見下ろした。

リゾラの声が言った。

「いま、私はこの二人の口を使って同じことを話しているわ。私としては、まだ、大事な操り人形なのよ。できれば生かしておきたいわ」

「おれは面倒だから始末したいんだが。とりあえずは仲間だ、そうもいかねえ。このまま、〈メフィスト病院〉へでも連れてくさ」

「そんな甘いことを言っていると、自分の首を絞めるわよ。この二人が私と同じだということを忘れないで」

「ほう、どうしようってんだ？」

「こうよ」

人形娘が、あっと叫んだ。笛吹の首すじの鍼が、勢いよく弾き返されたのだ。

同時に、笛吹が稲妻の速さでとんぼを切る。

「――!?」

意識より早く豹馬の右手が閃いた。

ばっと血の霧がしぶく。

のけぞった笛吹の身体は、しかし、血のすじを引きつつ、横っとびにジャンプしてソファの後ろに飛びこんだ。

「阿呆」

叫んだ豹馬はもう、ソファの背後の壁に貼りついて、ソファとの隙間を覗きこんでいる。

ずっとその手足が滑った。

「どうしました？」

人形娘も走り寄って、

「いない!?」

幅三〇センチもない隙間に、いま躍り込んだばかりの笛吹の姿はなかった。


驚きのあまり、滑りかけた手足に力を入れ――その瞬間、蚊の羽搏きが起こすような震動が、指先から伝わってきた。

人形娘の身体を抱くなり、ベランダへと跳躍する。せつらと美冬が開けっ放しで出て行ったことに、豹馬は心から感謝した。

ベランダへ出た刹那、背後から爆風が襲いかかってきた。追いつかれたのは、空中だった。

自由落下に移る寸前の身体が燃え上がり、凄まじい勢いで斜め前方へ叩き落とされていった。

マンションのワン・フロアが丸ごと火を噴いて闇を彩《いろど》ったとき、流しの運転手、三須丸真三《みすまるしんぞう》は、ワン・ブロック離れた通りへ曲がったところだった。

フロント・ガラスの真ん前で、炎と黒煙が天空へ伸びていく。落下に移ったとき、それは巨大な生物の極彩色《ごくさいしき》の節足のように見えた。

三須丸は逃げようと思った。あれだけの爆発だ。

救急車の五台や一〇台じゃ負傷者の運搬が間に合いっこない。のこのこ出かけていったら、たちまち警察に接収され、強制的に怪我人の移送を命じられるに違いなかった。

思いきりハンドルを切って、鼻先をもと来たほうへ向ける。その前へ、天空から黒い影が降ってきた。

人間の落下は〈新宿〉では珍しい現象ではない。K2で遭難した人物が、一年後、〈大京町《だいきょうちょう》〉の一角へ降って来た例もある。

だが、目の前に落ちてくれれば身がすくみ、閉じるのが間に合わなかった眼も、その後閉じるのが人間だ。三須丸もそうした。

すぐに気がついた。

凄まじい速度だったのに、地べたへ叩きつけられた音がしないのだ。

「!?」

茫然と眼を開けた。同時に、助手席の窓が叩かれた。

三須丸の口があんぐりと開いた。

こんな美しい拳を彼は見たことがなかった。

その上に浮かんでいる顔も。

油か煤《すす》が派手にこびりついているにもかかわらず、それは地上に舞い下りた聖天使を思わせた。

「ここここんなタクシーに何の用だ？」

思わず呻いたその耳に、

「〈駅〉のほうへ。急いで」

まぎれもない人間の声であった。催眠術にでもかかったように、後部ドアを開けながら三須丸は、世にも美しい若者の肩に、これも美しい娘が、宗教画の堕天使のごとく、もたれかかっているのに気がついた。

第十八章　眠り姫

1

黄金の塵《ちり》と香のかおりが立ちこめる居間で、ガスタンクのような女がぶう——いや、ぶつぶつと呪詛《じゅそ》のような言葉を撒き散らしていた。

寝室はあるだろうに、女は暖炉のある北側の壁と南向きの窓がある壁との間にハンモックを張り、宙に浮かんでいた。

「うーん、畜生、リゾラの奴め……今度あったら只じゃ置かないんだから。うーん、うーん」

小山のような女は、優に一五〇キロを越える女魔道士トンブ・ヌーレンブルクであった。リゾラ・ベンダーとの出会い無き遭遇の結果の悪影響から、まだ脱け出せないらしい。

口に突っこんだ体温計を抜き取り、

「あれま、三九度九分もあるわさ。どーすれば治るべえかな」

まるでこの国の農家の小母さんみたいな物言いをした。体温計をふって水銀柱を戻し、

「うーん」

と唸って、両脚を開いた。

「よっこらしょ」

と腰を上げる。どうやら別の場所へ入れるつもりらしい。

そこへいきなりドアが開いて、ダーク・スーツにネクタイという服装《いでたち》の男たちが、足音も構わず入って来た。

「ちょっと、あんた方、何だい？」

半ば差し込んだまま、トンブはあわてて訊いた。あわてる理由は、体温計の測定場所ではなかった。

「どうやって、ドアを開けたんだい？　あたしの術《し》がかかってるんだよ」

男たちのひとり——品の良い口髭をたくわえた男が右手を上げた。どこの国の銃とも異なる——強いて言えばステヤーＳＭＧに似たボディに、単一電池

くらいの消音器《マフラー》兼反動消去装置を取り付け、延長弾倉《エクステンデッド・マガジン》を装填した——特殊自動拳銃を握っている。

それが、小さく、キュンと鳴った。

「ひっ!?」

トンブの巨体がハンモックごと一回転した。

網袋入りのお握りか蜜柑《みかん》みたいな有様の身体から、赤いものが床にしたたる。

「な、なにをするんだよ、この無法者——あたしを誰だと……?」

「トンブ・ヌーレンブルク」

男は機械みたいな声で言った。

「チェコ一の、すなわち世界一の魔道士ガレーン・ヌーレンブルクの妹だ。だが、おれたちの前では、ただの肥満《でぶ》女に過ぎん」

「こ、こん畜生——イム・ダム・キュビト・エン……」

何処からともなく生あたたかい風が吹きはじめた。壁を飾る剥製《はくせい》が、不気味な肉食獣の唸り声をもらす。

男は眉ひとすじ動かさず、再び引金を引いた。

「ぐわっ!?」

トンブがまた一回転して、ボンレスハムのようになった。

「ひいい……あたしの家で、武器が使えるとは……おまえ……まさか」

「コダイの村から来た」

と男は言った。

「この国の権力者に招かれてな。つまり、おまえの相手は国家そのものということだ。よく考えて返事をしろ。弾丸《たま》はわざと外した」

ひいひいとトンブは呻いた。声も顔も胴体も血まみれであった。

姉に一歩譲るとはいえ、トンブもチェコ第二——世界第二の魔道士だ。それをかくも見事に、子供なみにあしらい抜くとは——この男たちは何者なのか？

「水上美冬、秋せつら、及び、水月豹馬と人形の娘――この四人は何処にいる？」

「し、知らないよ。人形はうちの家政婦だけど、昨日、暇を出したばかりさ」

「とぼけるな」

銃が跳ね上がり、トンブはまた悲鳴を上げた。

トンブへの襲撃は、三〇分程後、〈新宿警察〉にもたらされた。届けたのはトンブ自身である。十数発の二二口径弾を射ちこまれた女魔道士は、

「あたしはしゃべらなかったわよ」

と繰り返しながら、救急車に乗せられた。

現場に駆けつけたのは、高田馬場署の刑事の他に、〝凍らせ屋〟――屍刑四郎である。それに続いて、くねくねと例の三人組がパトカーから降りた。

「ん？」

屍は隻眼に訝しげな光を点した。


すでに到着した鑑識が写真を撮りまくっている玄関先に、二人の男が立って何やら会話中だ。

いやンいやンやってる三人組を引き連れて近づくと、梶原区長は、何となくバツの悪そうな笑顔になって、

「よお、名刑事」

と声をかけて来た。

一見凡人だが、〈魔震〉以来〈区長〉を務める辣《らつ》腕《わん》家には、屍もそれなりの畏《い》敬《けい》の念は抱いているらしく、

「これは〈区長〉――どうしました？」

と丁寧な口をきいた。捜査現場に、〈区長〉が刑事より先に出ているなんて、前代未聞である。

〈区長〉は、話をしていた相手のほうへ眼をやり、

「こちらは――」

と紹介した。ダーク・スーツにネクタイ、見事な口髭をたくわえた男であった。

三人組は本能的に何か危《あや》ういものを察知し、三、四

メートル離れた庭先でうろうろしていたが、屍は一五分ばかりで戻って来た。

「署へ帰るぞ」

ぞっとするほど静かな声であった。

「あら？」

「どうかなさったのかしら？」

「わかった」

と井上刑事が指を鳴らし、

「事件から手を引けと言われたんでしょう」

口調からして冗談であった。

「正解だ」

三人が、えーっ!? とのけぞり返るまでには、数秒の間があった。まだ本気にせず、どの顔も、違うと言われるのを求めて屍を見つめたが、彼はさっさとパトカーのほうへ戻っていった。

かろうじて、一番はしっこい東が追いついた。

「あいつ、誰です？」

この辺はオカマの勘か、鋭い。

「外務省のお偉いさんだ。門戸《もんど》とか言うらしい。今回の事件の一切を、〈新宿警察〉に替わって担当するらしい」

「やだあ」

と東は指を咥えた。すぐに、咥えたまま、

「でぶの女魔道士と外務省がどういう関係にあるのかしら？」

と訊いた。

「さて、な」

「ひょっとして、犯人はあいつらかもよ」

「やあだ」

と追いついた笹川が、東の肩をこづいた。

「あんた、〝火サス〟の見過ぎよ」

「そーかしら？」

と顎に手を当てて宙を仰ぐ。

「きゃあ、可愛い」

と井上と笹川が手を叩いた。

かたわらで、怒号のような爆音が上がり、はっとふり返る三人の眼の前を、華麗な霊柩車が走り去っていった。屍の愛車であった。

でんでこでんという感じで、外谷良子《とやよしこ》はサウナから出て来た。

次のセットはマッサージである。

これを受ければ、ほんの一時間ばかり前に回復した食あたりに、とどめを刺せるだろう。

いつもの個室でいつものベッドが待っていた。

ベッドにうつ伏せになると、盛り付けられた何かの丸焼きを思わせる。楽になったのか、ふう、と洩らした。

マッサージ師が入って来た。眼を閉じた外谷の横に廻ると、まん丸に近い背を上から下に何度かこすり、香料入りのオイルを塗る。

「あら、いつもの人じゃないのだわさ」

外谷がぶうと不平を洩らした。

「申し訳ありません。子供が風邪を引いたらしくて休んでいますの」

「ふーん。あなた、上手なのかしら？」

「頑張りますわ」

マッサージ師の手は肩を揉んでいた。

「あら、お上手だわさ」

すっと瞼が落ちた。首すじに、ちくりと来た。瞼を開けた。

「ぎょっ!?」

と放った。身体が動かない。

「これは何事だわさ、ぶう」

「興奮すると、ぶうが出る」

マッサージ師が笑った。

「今日は特別に鍼《はり》のサービスがございます」

「要らないわさ」

動かないがじたばたしている。

「あんた何者だわさ？」

「政府の人間ですわ」

とマッサージ師は優しく言った。

「今日はお願いがあって参上いたしました」

「何だわさ？」

「今朝から人を捜しておりますの。あなたのお友だち——秋せつらさんを」

「あいつとは、一〇年前に喧嘩別れしたきりだわさ。あたしを、ぶでと呼んだからよ」

「協力していただけるかしら？」

首すじに、ちくりとちょっかいが出された。

「一センチも入れる必要はないわ。五ミリで十分。——いかが？」

「まかしとき」

2

ドアが叩かれた。

同時にインターフォンが、

「リゾラ・ベンダーを連れて参りました」

と告げた。

「入れ」

と大デスクの向こうの男は命じた。

四人の男に両脇と前後を囲まれたラテンの美女は、やや不貞腐《ふてくさ》れたようなふうに男の前に立った。

後ろには若い男——DMがいる。

「ゾッホ将軍から連絡は入ったろうね、〝血の五本指〟のボス？」

男は指輪をいじりながら訊いた。

「何の用かしら？」

ぶっきら棒に女は訊き返した。

銀縁の眼鏡の奥で、男の細い眼が嫌な光を帯びた。

「腕利きといえど殺し屋だ。屑《くず》なみの礼儀も持ち合わせんとみえる」

「雇い主が変わったことは聞いてないわ」

とリゾラ・ベンダーは答えた。

「私は、あなたの指示に従えと言われただけ。だから、首にナイフもあてがわずに対面してあげているのよ」

男が何か口にする前に、リゾラの横にいた男が、

「よさんか」

と止めた。一佐である。

「断わっておくが、我々四人は、〝コダイ村〟で訓練を受けて来た。おまえたちの生死がわかったのも、そこでチェッカーを手に入れたからだ。おまえ並みの技も身につけたつもりだ。これ以上の無礼な言動には、処罰を与えるぞ」

「まあ、怖いこと」

リゾラの眼は、デスクの向こうの男の頭上を越えて、背後の窓を見つめていた。

「まあ、いい」

男が押しつぶしたような声を上げた。何とか自分を抑えたらしい。およそ不向きな行為だ。両親が褒めてくれるだろう。

「不愉快な輩《やから》との話は一刻も早く片をつけるとしよう。ゾッホ将軍の指示どおり、おまえはこれから、そこの門土一佐の指揮下に入る。これまでの〈新宿〉における反社会的行為は、これで帳消しだ」

「あら、うれしいこと」

リゾラは笑った。声を出さぬ嘲笑であった。

「まず、おまえの行動は全面的に禁止する。即刻、帰国しろ。国まではガードをつけてやる」

「わかりました」

リゾラの返事に驚いたのは、男だけだった。

束の間呆然とした表情へ、リゾラはうす笑いを与えて、

「ご命令に従います。その代わり——と申し上げては失礼ですが。二、三お教えいただけないでしょうか？」

「——言ってみろ」

男はうなずいた。大物は時に鷹揚《おうよう》さを示す必要もある。

「私とこのDMを除いて三人の仲間がこの街で斃されました。恨みには思いませんが、任務の打ち切り

は未練が残ります。水上美冬と秋せつら――〝血の五本指〟の全力を尽くしても斃せなかった二人が、いま何処にいるのか、教えてください」

　男は一佐を見た。

「〈新宿〉一の情報屋とやらを捕まえた。その女によると、〝最高危険地帯〟の中の地獄――〈新宿中央公園〉に潜んでいるそうだ」

「それはそれは」

　リゾラと――DMの眼に宿った光に、一佐も気づかない。

「もう人は？」

「じき送り込む手筈《てはず》になっている。あと一時間足らずで準備が完了するだろう」

「頑張っていただきたいものね、DM」

「まったくです」

　ようやく若者が口を開いた。

「それでは、私たちはこれで」

　リゾラが頭を下げた。

　一瞬、男は眼を丸くした。何を言い出したのか、理解できなかったのである。

　硬質の殺気がリゾラとDMを包む。四人の男たちが放ったものだ。DMが肩をすくめた。

「血迷ったか、リゾラ？」

　一佐が向き直った。

　後方と左右のふたりに変化はない。鍾乳洞《しょうにゅうどう》の溜り水のように静かだ。

「あなたは殺しに手を染めて何年？　見たところ、いまの勤めになってからね。私は三〇年よ。はじめて人を殺したのは、立てるようになってすぐ。こんな状況、腐るほど体験して来たわ。どこで、私たちを始末するつもり？」

　沈黙が落ちた。緊張とは逆の、解放感に満ちた沈黙であった。

「プロ中のプロに隠してもはじまらんな。この部屋を出てすぐだ」

「それでは、手間を省いてあげる」

リゾラの右手が一佐へのびた。左側にいた男がその手首を摑んで逆を取った。

奇妙な現象が生じた。

リゾラの腕と肩が物理的にあり得ない動きを示すや、男はリゾラの腕の中に抱きこまれていた。

一〇センチと離れていない顔が急速に近づき、唇が重なった。——と見る間に男は後方に跳びずさるや、空中で銃を抜いた。小さなSMGほどもある円筒弾倉銃《ドラム・マガジン・ガン》であった。毎分一二〇〇回転の円筒弾倉が、同数の発射速度を可能にする。

銃口はリゾラではなく、デスクの男を狙った。

「危ない！」

男を庇った一佐の顔面に直径二ミリ足らずの弾丸が一〇発めりこんだ。躍りかかった背後の同僚も胴体に一〇発食らって吹っとび、右側の男は窓側へと疾走しつつ、同じ武器を抜いた。

その右半身を一〇発の小口径高速弾が貫くと同時に、九発を食らった左側の男の鳩尾も燃え上がる。灼熱の弾頭が集中したため、シャツに引火したのである。

一佐が頭をふった。射入孔からせり出した弾頭が、床に当たってチンチンと硬い音をたてた。

男がデスクの下へ潜ったのを確かめ、銃を射ちまくる左側の男に大股で近づいていく。

左手を広げて口の前に上げた。

ぼっと黒い塊を吐いた。艶《つや》はない。光をすべて吸収するブラックホールを思わせた。

その胴が震えた。左側の男から新たな十連射を食ったのである。その身体から弾丸がこぼれていく。

無駄さ、とさえ一佐は思っていない。直径五センチほどの塊を左側の男に示し、新たな一〇発を顔面に受けるや、右の拳をふり下ろした。ハンマーに似ていた。一佐の左手の中で塊がつぶれた瞬間、左側の男もつぶれた。アコーディオンのように横にはみ出しつつ、十数段にたわんだ肉体から、折れた肋骨《ろっこつ》や大腿骨《だいたいこつ》が突き出ていく。

「逃げるぞ」

デスクのほうから男の叱咤《しった》が飛んで来た。

一佐はドアに背をつけたDMを見た。

リゾラを求めて首を廻す。右側の男と抱擁《ほうよう》を交わしている。唇がつぶし合っている。

一佐の口からもうひとつの塊がせり出してきた。それを左掌《てのひら》に受けたとき、リゾラが後じさった。

キスの相手が一佐へ武器を向けた。今度は拳は落ちなかった。

右側の男が腰のあたりに手を当ててのけぞった。かっと開けた口から、血と腸が噴出した。

リゾラはDMのところへ駆け戻っていた。冷ややかな眼差しに驚愕を込めて、握りつぶされていく右側の男を見つめる。

一佐が右手をひとふりするや、右側の男だった朱色の塊が、餅みたいに床へ落ちた。

「さよなら、団子屋のおじさん」

リゾラが片手を上げた。DMの腰に残りの腕を巻いた身体が、音もなく消えた。

「無事か？」

一佐が声をかけた。

「はい」

返事は背後の男である。左側の男に射ち込まれた弾痕は跡形もなく消えていた。エアコンが、左側の男だった物体から立ち昇る黒煙を吸収にかかる。

「奴らは直接、〈中央公園〉へ向かうぞ。あと七人――コダイの精鋭は、ただのでくの棒じゃあるまいな」

背後の男が、にやりと笑った。それが返事らしい。

「夜、あそこへ侵入するのは自殺行為だが――行けるな？」

「どこであろうといつなりと」

一佐は、ようやくデスクの向こうで立ち上がった男をふり返り、鮮やかな敬礼を見せた。

「外務省〝特攻局〟顧問門土和咲《かずさき》一佐――コダイ傭兵八名とともに、〈中央公園〉へ、水上美冬保護に向かいます」

男は敬礼を返した。

「健闘を祈る」

その姿から、戦闘時、机の陰に隠れていた怯懦《きょうだ》者の姿は、想像もできなかった。

外谷の情報どおり、秋せつらと水上美冬は〈中央公園〉にいた。

〈新宿〉の〝最高危険地帯〟の中の危険地帯と誰しもが認める狂暴な地域で、彼らは何をしているのか？

眠っていた。

そうとしか言いようがない。

二人は眠り夢見ていた。

むろん、その場所、状況、せつらの人間性からして、平凡な夢ではあり得ない。

ならば、夢とはどのような？

自衛隊の最新装備を身につけた九人の男たちが、壁を乗り越えて園内に侵入したのは、午前二時を少し廻った頃であった。

園内に着地すると同時に、彼らは暗視ゴーグルを外し、防弾ベストを捨てた。食料や医薬品の入った背嚢《はいのう》も置き去りにし、二千式自動小銃ひとつで歩き出す。その生命を守るのに、〈区外〉の武器などは邪魔にしかならないのだ。

〝――「血の五本指」の生き残りが二人、先に来ているはずだ。油断するな〟

わずかに残した簡易型通信器が全員に一佐の声を届けた。

返事は全員、同じだった。

面白くもなさそうに、

〝了解〟

つん、と甘酸っぱい匂いが鼻をついた。

〝――キルリアン反応はどうだ？〟

〝――人体パターンの放熱は、ふたつしかありません。ほぼ中央部――森の真ん中です〟

〝速《すみ》やかに移動する。『パーク氏の声』に騙されるな〟

〝了解〟

二〇メートルほど進んだとき、先頭の二名が足を止め、銃を構えた。

前方から数個の人影がやって来たのである。彼らと同じく暗視ゴーグルをつけていない。

3

普通の侵入者なら、自分たちを棚に上げて、何者だと驚くところだが、この男たちは違った。

一佐の合図に従い、素早く左右の繁みに飛ぶや、消音器《マフラー》付きの二千式小銃を構えた。

五・六五ミリ高速弾のみならず、四〇ミリ榴弾筒を装備した国産小銃の弾丸は、本日のみ劣化ウラン弾である。ウラン精製の際に生じる廃棄物を弾芯に使用する弾丸は、通常弾より遥かに硬質で重いため、大口径機関砲に使用すれば、現代主力戦車（MBT）の一〇〇ミリ装甲すら貫通してのけるパワーを発揮するものの、飛び散った破片には多量の放射線を含み、使用地帯を広範囲に汚染するため、二年前の国連条約によって使用を禁止されている。

それをあえて使用する以上、〝コダイ村〟から来た戦士たちは、〈中央公園〉のみならず、〈新宿〉そのものも汚染させる心づもりなのは明らかであった。

だが、彼らが身を隠したと同時に、前方の影たちも左右に散っている。さしものコダイ戦士たちも、その位置が自分たちと寸分違《たが》わぬ対称地点とは気がつかなかった。

双方、身じろぎもせず沈黙の時間《とき》が過ぎていく。

一佐は攻撃を決意した。不気味な相手だが、多少の火器やＥＳＰによる思念攻撃なら、正面から防げる自信があった。

「時間の無駄だ。突っ込むぞ。音をたてるな」

と通信器に命じる。

「了解」

束の間、敵の正体と目的が脳裡を横切ったが、後廻し、とした。知る必要もない事柄ではあった。

「直進して、遭遇した敵を倒せ。目的地で会おう。三……二……一《いち》」

一で地を蹴った。剛体と化した空気が真っ向から挑んで来た。

敵も来た。

一佐は小銃を肩付けした。

左右でかすかな銃声が鳴った。前方から飛来した銃弾が空を切り、右方で鋭い苦鳴が上がる。

それが、敵の位置でも迸り、しかも、同じ声だと知ったとき、一佐は真相に気づいた。

ブレーキをかけた瞬間、銃声が躍った。

突如、胃を肺を心臓を腸をえぐり抜かれた者の叫びが夜気に満ちる。

「攻撃中止。伏せろ」

叱咤の声を一佐は前方の人影から聞いた。自分と同じく片膝をついた男の声を。

凝視した。

向こうも。

五メートルと離れていない。

左背後に人影が生じた。

「ドルフとガルゴンが殺られました。ジャペスが重傷です」

と告げている。

一佐の耳に。右後方からやって来た副官・ノワズリが。

そして、彼も気がついた。前方の人影が、一佐と自分であることに。

「隊長――これは？」

「〝コダイ村〟で訓練を積んだ者にも驚きか。どうやら、〝迷路〟に迷いこんだらしいな。聞いたことがある。そこでは、時々、自分に会う、と」

「どうするんです?」

五メートル向こうでこちらを向いたままささやき交わしている自分たちを睨《ね》めつけながら、ノワズリが訊いた。ネパールの山岳民族元グルカ族出身の戦士は、生命知らずこの上ないが、さすがにまいったと見える。

「自分を射てば自分が射たれる。お互い手出しはできまい」

「しかし、このままでは千日手ですよ」

この副官の趣味が将棋であることを、一佐はようやく憶い出した。

「そのとおりだ。どちらも現実のおれたちだからな。これは手に負いかねるぞ。——向こうもそう思っているだろう」

「では?」

一佐はすぐに判断を下した。

「後退だ」

「え?」

「前進すれば衝突するだけだ。なら、退がれば遠ざかる。その上で、この〝迷路〟からの脱出を計るぞ」

「了解」

とノワズリが応じたとき、左方から草を踏む音が近づいてきた。ひとつだ。

素早くそちらへ眼をやり、一〇メートルほど向こうから近づいてくる人影がふたつだと気づいて、一佐は眼を剝いた。ノワズリも驚いているようだ。自分ばかりか、この副官にまで気取られぬ存在の主とは何者か?

目を瞠《みは》る必要はなかった。

二つの影は月光の下で、一佐と隊員たちの裸眼に、その美貌を灼きつけた。

「秋せつら」

そして、水上美冬。

遭遇を驚く必要はない。むしろ、好都合のはずだ。しかし、現在《いま》のこの状況下では、さすがの超人たちも驚愕するしかない二人の登場ぶりであった。

あまりのことに次の手も思いつかない一佐の眼の前を、二人の若者は静かに通りすぎた。

ひとりの足は軽やかに草を踏み、もうひとりは足音も立てずに。

「自分らに気づいておりません」

二人の後ろ姿を見送りつつノワズリが呻いた。自分らとは一佐とノワズリ自身のことだ。

一佐はうなずいた。

「わかっている。それに、ここは森の中じゃなかったか？」

「――これは⁉」

ノワズリは愕然と周囲を見廻した。奇怪な植物と木立ちは忽然と姿を消し、そこは端正に手入れをされた芝生の上であった。

二人の若者はその間を縫う石畳の路を、ゆるやかに進んでいく。

夜を徹して語り合いたいのに、何ひとつ話せず、そのくせ、何ひとつ語る必要もない恋人たちのように。

「尾《つ》けろ。死体は置いていけ」

本来なら、拉致しろと命じるところだ。それで任務は完了する。にもかかわらず、一佐はそうしかねる何か――想像を絶する不気味な結果を招くがごとき冷気を感じていた。

重傷者を加えた一同は、若者たちの後を追いはじめた。前方の自分たちは、いつの間にか姿を消していた。

二〇メートルほどで終わった。

二人は、そこにあるはずのない石の手すりに肘をつき、眼下のパノラマを見下ろしていた。

影のように闇に溶け、そのくせ、あちこちに明かりを灯した窓の息づく家々。彼方を音もなく路面電車が通り過ぎていく。

ネオンサインのまたたく一角はさらに遠く、二人はひっそりと肩を並べて、夜の市街を見つめている。

「幻か？」

と考える思考力は一佐に残されていた。

「同感です。あの二人の想いが、三次元的に結像し――」

「我々にも同じものを見せている、か。莫迦な！」

一佐は身を屈め、足下の芝生の一部を引き抜いた。

拳を副官の鼻先に押しつけ、

「これが幻か。どう思う？　答えろ」

「幻です。自分たちがそうと気づかないだけで」

「まさか……」

「我々は、彼らの造り出した幻の中にいるのです。そうとしか思えません」

ノワズリの声には歓喜の響きがあった。文明の浸透度が極端に低い山岳地帯出身の彼には、超自然現象が神がかったものに感じられるのだ。

「すると、幻から醒めるには――」

一佐が立ち上がり、小銃を肩づけした。

「二人一緒に見た夢か。それともどちらかひとりの夢か。いずれにしろ、これでわかる」

セレクターは三点射《バースト》の位置にあった。

空薬莢《エンプティ・ケース》が月光にきらめき、銃声が消える前に、せつらはゆっくりと右へ横倒しになった。

その姿が地面に着く前に消失するや、都市のパノラマも消え失せ、一佐たちはもとの木立ちに包まれて立っていた。

彼はふり向いて部下たちを見た。

「私の想像どおりだった。やはり、あの世界は秋せつらが造り出した幻だったのだ」

「隊長――」

隊員のひとりが、一佐のほうを指さした。他の連中も総毛立った表情を崩さない。

ふり向いて、一佐は凍りついた。

水上美冬がそこにいた。

さっきと同じ位置で、同じ石の手すりに両肘をついて、眼前に広がる大パノラマを眺めている。

「あの娘の幻か？」

芝生の上で、一佐は絶望的な声をふり絞った。すぐに疑惑が湧いた。すると、せつらが消えた理由《わけ》は？

背後で悲鳴が上がった。

隊員のひとりが首に手をのばしたところだった。ころりと落ちた。墨汁のような鮮血が噴き上がる。

「散開しろ！　敵の位置を――」

叫ぶ眼の前で隊員たちは動かず、別のひとりが身震いするや、頭頂から縦に裂けた。

胴から二つになる奴、右の首すじから左の腰まで斜めに裂かれた奴等が後を追う。

為す術もなく立ち尽くす一佐の前で、コダイの秘術を身につけたはずの部下たちは、ことごとく二つになって地上に転がった。

一佐を動かしたのは、恐怖の絶頂で思考を無意識化する催眠処置であった。

ロボット化した肉体は、あらゆる感情の束縛を脱して、生存のためにのみ働く。

美冬に駆け寄ったのも、そのこめかみにシグP210を突きつけたのも、脳の命じたものではなかった。

「出て来い」

と命じる声も抑揚《よくよう》が欠けている。

「三つ数える間に出ろ。さもなければ、この女を射殺する」

闇の何処かで、はーいと間のびした返事があった。

同時に、一佐の右手首は、シグごと落ちた。

「もうやめなさい」

のんびりした声が、激痛に溶解中の一佐に命じた。

「貴様――生きていたのか？　しかし、しかし、ど

うやって？」

「これは夢だと、まだ気がつきませんか？」

前方の闇の奥からのんびりと秋せつらが現われた。

第十九章　夢と知りせば

1

「夢？」

「そ。あなたも僕も夢の中にいるんですよ」

「何を莫迦な。いつ、どうやって、何処で？」

「たぶん、壁の内側に入った瞬間から」

さすがの一佐が身震いを止められなかった。

「しかし、だとすると、ここは誰の夢の中だ？」

「内緒」

「知ってるのか。なら、そろそろ夢見るものを起こせ」

「まかせます」

とせつらは答えた。

「ここは他人の夢の中です。夢見る者が、すべてを支配する。僕の行動も」

「あの娘さんも夢か？」

「そ」

「一体——誰の見た夢だ、これは？」

「さて」

一佐は必死に思考を切り替えた。

「私の部下たちは、全員、その持つ能力をふるう暇もなく死んだ。これもすべて夢の中だと考えれば納得がいく。君たちを殺すことはできんのか？」

「さて」

「——いずれにせよ、この世界から脱出しなければ、何もはじまらん。それにはどうするね？」

「眼醒めさせる」

「夢見るものを、か？」

「そ」

次の瞬間、一佐の首は落ちた。

地面にぶつかったとき、その唇の間から黒い球がこぼれて、黒い血の雨が降りそそぐ芝生の上を転がっていった。

せつらは美冬に近づいた。何か険呑《けんのん》な真似をしたような気分だが、何も覚えていなかった。

美冬がふり向いて、

「どうしました？」

と訊いた。

「何も」

とせつらは答えた。

「少し歩きませんか？」

美冬の申し込みは、少し恥ずかしそうだった。

「そう言えば、向こうで甘酒を配ってました。焼きそばもあります」

「私——鯛《たい》焼きがいいわ」

せつらは少し困ったような表情になった。珍しく相手のことを考えているらしい。

「あったと思います」

「よかった」

無邪気な笑顔を見せる美冬へ、

「せんべいはお嫌いですか？」

「はい。あまり」

「そうですか」

それきり二人は肩を並べて歩き出した。

前方の夜空に七彩のきらめきが散っていく。花火だ。子供たちの笑いさざめく声と、ロックの響き。

「お祭りですね」

「そうです」

「私——日本のお祭りってはじめて。母がよく話してくれました」

美冬は浮き浮きしたように四方を見廻した。

それから、急に動きを止めて、

「こんな日がいつまでも続くなら、夢から醒めたくないわ」

美冬の眼が、ひたむきに自分を見つめていることにせつらは気がついた。

彼は眼を伏せた。

「——どうして？」

と美冬が訊いた。

「いや、醒めたくなくても、誰かが捜しに来ます。僕も連れて帰らなくてはなりません」

美冬は一歩前へ出た。

「どうして？」

問いは同じだが、問いかける内容は違った。

「このままいたくありませんの？」

「いられません。それが仕事です」

「こんな世界でも、お仕事が気になるのですか？」

「仕事ですから」

おかしな答えをせつらはした。こういう場合の逃げ方は上手《うま》くない。

「私と一緒では、お嫌なのでしょうか？」

「え？」

棒立ちになった。晴天の霹靂《へきれき》だったらしい。月光がその影を地上に落としている。美しい影を。

「あの」

美冬が促《うなが》した。

「え？　あの——」

せつらの唇が動いた。それだけでは止まらなかった。

「実は——」

と言った。

「はい」

美冬がさらに前へ出て、せつらは後退した。

誰にでも訪れる告白の時間《とき》が、世にも美しい若者に訪れようとしていた。

「……僕は」

「そこまでになさい」

妖艶な女の声が、せつらの告白に楔《くさび》を打ち込んだ。

声のするほうを向けば、左手の小路——街灯が点々と点る下を、ワイン・レッドのスーツを着こなした女がやってくる。

「リゾラ・ベンダー」

せつらが美冬を庇って立った。

「あら、光栄ね。こんなハンサムに名前を知られているなんて。良かったわ、眼が醒めてるときに出食わしたら、あたしの精神《こころ》が先に殺されてしまう」

「ここは――」

とせつらが虚空へ眼を据えた。

「安心なさい。夢からは醒めていないわ。ここはそのまま蜃の夢の中よ。ただし、前よりは悪夢に近いけれど」

「どうして？」

せつらは当然の質問をした。蜃の夢は二人にとって安らぎに満ちたものであった。〝特攻局〟の連中がやって来てもたやすく斃すことができた。リゾラが異なるはずもない。しかし、すでに夢だと知悉している妖女の自信が、せつらに疑問を生じさせた。

「消えておしまい」

リゾラが放った。美冬へ。忽然と彼女は消滅した。

「へえ」

さして驚いたふうもないせつらへ、リゾラは笑いかけた。

「どうせ夢だ、醒めればすぐ会えると思っているわね。でも無理よ。いま見たとおり、蜃の夢とは、私の言いなりになる世界の別名なの」

「どうやって？」

さすがに興味が湧いたらしい。

「公園へ入ってすぐ、蜃を見つけてね。キスしてやった。ただそれだけ」

修羅と笛吹を狂わせ、外務省〝特攻局〟のプロたちさえ奴隷にしてのけた妖女・リゾラの口づけ。その恐ろしさをせつらは知らぬ。魔性の夢さえも自在に操るその威力を。

リゾラは両手を広げた。

「さ、いらっしゃい、ハンサムさん。私を抱くも殺すも自由よ。どちらを試しても、自分の立場がわかるでしょう」

その身体が縦に裂けた。確かに両断の手応えを、糸が伝えた。

ずる、と左右に割れかかる身体を、リゾラの手が抱きしめた。二つは重なり、手を離しても分離しなかった。

リゾラが地を蹴った。爪先で軽く叩いたとしか思えないのに、その身体はせつらの頭上を易々と越えて、妖しい凶鳥《まがどり》のように、その背後に下りた。

せつらは動かない。動けないのだった。

背中から凄まじい痛みが前方へ抜けた。

胸郭から突き出た女の細腕をせつらは見た。

それが引き抜かれると同時に、せつらは前のめりに倒れた。

「わかって？　夢の世界って楽しいところね」

血の海でのたうつ黒衣の美青年を見下ろし、リゾラは嘲笑した。

急速に苦痛が退いていくのをせつらは感じた。

ここは退き時刻《どき》だった。

彼は跳躍し、手すりを越えて崖下へと降下していった。

着地は一〇メートルほどで済んだ。

一歩踏み出して止まった。眼の前に美冬が横たわっていた。

一糸まとわぬ裸身が月光に妖しく映えている。豊かな乳房を、引き締まった腰を、ぬめぬめとした絹のような腹部を、光の珠が飾っていた。

何のチェックもせずに駆け寄ったのは、やはり、夢の世界ゆえかもしれない。

かたわらに膝をついたとき、美冬の両腕が蛇のように躍ってその首に巻きついた。

女はリゾラであった。

「あなたにも、私のキスを」

せつらを引き寄せる腕が、肘から両断された。

首と胴とを断って、せつらは立ち上がった。美冬の首が。

その足下に生首が転がってきた。

「行かないで」

とそれは哀願した。

せつらは走り去った。

気がつくと、広場にいた。周囲を街灯が照らしている。街灯の背後は森であった。

広場の中央で全裸の男女がひとつに固まっていた。

男の動きと、その腰に巻きついた白い脚を見れば、何をしているかは一目瞭然であった。

「ごらんなさい」

首すじと腰を冷気が硬直させ、せつらを前方へと押し出した。

女は美冬だった。

豊かな乳房は片方が鷲摑みにされ、片方は男の動きに合わせて激しく揺れている。

苦痛の表情の下から湧き上がってくる法悦の兆《きざ》しがせつらの眼に灼きついた。

「ごらんなさい」

と背後でリゾラの声が告げた。

「あれが、あなたの愛した女の正体よ。男と女のことが少しはわかったかしら？　さ、優秀な教師にお礼を言いましょう」

声に合わせて、男がふり向いた。首だけが廻ったのである。

それは笛吹の顔であった。

「悪いな。先にさせてもらうぜ」

にやりと笑って首は戻った。

美冬の声がひときわ高く響いた。汗の粒が飛んだ。

せつらは動かない。

「どう、燃える？」

とリゾラが訊いた。

笛吹が美冬の顔に近づいていった。

「いや」

小さく呻いて、美冬は顔をそむけた。

その顎をごつい手が摑んで止めた。

「いや、いや、いや」

哀切な声が、せつらの耳に届いたかどうか。

笛吹が舌を吐いた。それは多条鞭《べん》のごとく五条に分かれ、その先端に男の顔を持っていた。すべて笛吹だった。固く閉ざした美冬の唇へ五つの首が襲いかかった。小さな舌が次々に唇を舐め、ついに乳首にも吸いついた。堪らず美冬は口を開けて喘いだ。五つの笛吹がその喉まで飛び込んだ。

「ぐ……ぐう……ぐ……」

わななく唇に汚らわしい唇が重なった。

ひときわ高くリゾラが哄笑した。

その刹那、笑いは絶叫と化した。

せつらはふり向いた。

リゾラの身体は腰のやや上で二つに断たれていた。少し右にずれているのでそれとわかる。

「こんな、莫迦な……痛い……苦しい……これは……私の夢よ」

「そのとおりだ」

とせつらが言った。その顔も身体も何故か闇に閉ざされていた。

「お、おまえは……誰だ？」

驚くべき問いをリゾラは発した。前にいるのは、せつら以外にないではないか。


「だが、夢は変わる。おまえが変えたように」

リゾラの上半身が地面に落ちた。その眼は見た。天が地が、あらゆるものが歪み、崩れ、その形を失っていく！

意味するところはひとつしかなかった。

「夢が消えていく——夢の世界が」

これほど凄まじい恐怖と絶望の叫びを聞いた者はいまい。しかし、それすら、次のせつらの言葉の前では甘いささやきに過ぎなかった。

「いいや、世界だ」

と彼は言った。

美冬は夢から醒めた。今まで見ていたのが夢だとは意識していた。それはあまりに生々しく、しかし十分に甘美な世界ではあったが、別れを告げたのは、はっきりとしていた。

よろめく身体を、力強い腕が抱き止めた。せつらがそこにいた。

「良かった」

正直なひとことが洩れた。

「大丈夫ですか？」

茫洋とした声が、ここは現実だと告げた。いつもの声、いつものせつら。

「はい」

「覚えていますか？」

問う声は低かった。

「あの女の人が現われるまでは。私は——何も。あの、憶い出してみます」

「よしなさい」

とせつらは止めて、右方へ眼をやった。

人影がよろめきながら近づいてくる。

リゾラ・ベンダーだった。

「無事？」

とせつら。夢の中の出来事を覚えているとしたら、いい玉だ。

「いいえ」

答えは下へと流れた。リゾラの上体は血煙とともに崩れ落ちたのである。右手だけが反動のように、せつらのほうへのびた。

2

美冬は悲鳴を呑みこんだ。確かに五、六十センチは離れているはずの上半身がせつらに抱きついたのである。

「こら」

鋭い吐息を放って、せつらはリゾラを押し戻した。

——と、女は忽然と彼の背後に廻り、後ろから肩越しにのしかかるようにして、せつらの唇に、月の光に濡れ光る唇を押しつけようとした。

「あっ!?」

短いが、絶望的な美冬の叫びであった。

だが、唇が重なる前に、リゾラの首は、鮮やかな切断面を示して地面に転がったのである。胴も後を追った。

「ふう」

と、仰向けになったせつらが安堵の息を吐いた。

「——!?」

息を引いたのは美冬である。彼女は、首無し胴の手が生首を摑み、斬り口同士をぴたりと押しつけたのを目撃したのである。

「せつらさん!?」

名字ではなく名を呼んだ。

安堵に気の緩んだせつらの反応の遅延を見透かしたかのように、リゾラの身体がのしかかった。

その瞬間、リゾラの身体は数個の肉塊に分解し、せつらの両脇に落ちた。——首だけを除いて。

せつらがそれを押しのけた瞬間、確かに固く重なった唇と唇とが離れるような音が流れたのだ。

素早く手の甲で唇を拭うせつらへ、美冬が駆け寄った。

「敵もさるものですね」

とせつらが何故か、照れ臭そうに洩らしたとき、

「これで……あたしの……虜《とりこ》」

地底の死霊がささやくような低声がひとすじ噴き上がった。

ふり向いて、美冬は硬直した。しゃべっているのは、リゾラの生首であった。

にんまりと、微笑というにはあまりに恐ろしいふうに唇を歪めて、

「この程度の傷で……普通なら……死にはしない……のよ……でも……私は……夢の中でいったん……死んだ……ハンサムさん……あんたに……殺されたのよ……おかげ……で……現実の……糸にまで……斬られ……ちゃっ……た」

美冬がせつらを見つめた。リゾラの声に、無限の怨《うら》みよりも、切なげな欲情ともいうべき響きを聞き取ったのである。

「でも……わかるわよね……私に唇を奪われた……

こと……ああ……なんて地獄めいた……感触なの……きっと……美しいところね……地獄って……」

声は確実に小さく、確実に死へと近づいていく。

「私の口づけを……受けたも……のは……死ぬまで……私の奴隷に……なる……覚悟おし……死んでも……側についてる……よ」

いきなり声が途切れて、ひゅうと空気を吸いこむ音が、リゾラの喉から漏出した。

すでに月光と闇とに死相を露呈したリゾラの生首が、このとき微笑した。

不思議と——少女のような純朴な笑みであった。

「なんて……いい男……私も……素晴らしい夢を……見られ……た」

死が妖女の顔を覆った。二度と動かぬ顔の中で、眼ばかりが、なおもせつらを映していた。

「何だか……いい顔をしています」

ぼんやりと美冬がつぶやいた。優しい声である。

それから、はっと気づいて、

「いま——変なことを。せつ——秋さん、大丈夫ですか？」

「別に何も」

せつらも、さっきから意識はしているのだが、異常は感じられなかった。

いや。

異常は前方から近づいてきた。

「はあ？」

せつらは奇妙な声を出した。異常の内容も原因もわかっている。なのに、理解できないというふうな。

「また、あいつらだ」

「え？」

と柳眉《りゅうび》を寄せた美冬の身体が、不意に跳ね上がった。

声も出せぬまま空中へ飛び出し、みるみるうちに左側の木立ちの頂《いただ》きに消えてしまう。

「しばらく、そこに」

美冬の身体を天高く拉致し去ったのは、いかなる妖糸の技によるものか、とりあえず足手まといの美女を安全地帯へ送り出し、せつらは近づきつつある敵を迎えた。

　彼らは九人いた。その全員が、先刻、射たれて死亡、またはせつらの糸に首と胴を斬り放されたはずであった。

　外務省〝特攻局〟顧問・門土和咲一佐率いる〝コダイ村〟の力を身につけた八名の暗殺者――彼らは何度死ねば気が済むのか。

　せつらから三メートルばかりの位置まで近づき、一行は立ち止まった。

　血の気の失われたゴム仮面のように青白い顔、斬り放された胴にも首にも一滴の血もついていない。すべては夢の中の出来事だったとでもいうふうに。

「夢の中で殺されたおかげで、眼が醒めたら不死身になっていた」

　一佐は釈然としないようであった。

「DMはいなかったが、リゾラは君が斃した。我々は君に殺《や》られて、また甦った。甦ったのはいいが、どうも、雲の中を歩いているようだ。一生、このままかもしれんな」

「お察しします」

とせつらは返した。本気かどうかわからない。

　一佐は苦笑した。

「しかし、おかげで君の美貌にも魂を奪われずに済みそうだ。これは悲しむべき事態だな」

「はあ」

　曖昧な返事には、薄紙のような自負が貼りついていた。

「まあ、いい。とにかく君の生命を貰ってから、水上美冬を連れ去るのが、我々の任務だ。覚悟してもらおう。抵抗しても構わん」

「あなた方――政府の人間《ひと》？」

「そうだ。外務省〝特攻局〟顧問門土和咲一佐だ」

「政府は、美冬――水上さんをどうするつもり？」

「クリニアマラカへ送り届ける」

「ゾッホ将軍のところへ？　銃殺だな」

「その点は安心したまえ。水上美冬――もと王妃の生命の保障と引き換えの送還だ」

「そうやって、もと国王をおびき出すか。軍事政権らしいな」

「その先は我々の知ったことではない」

「興味があるのはクリニアマラカの資源の独占」

茫洋たるせつらの言葉は、九人を緊張させた。

「死んでもらおう」

二千式小銃の銃身が上がった。

妖糸はことごとく機関部を切断したはずだが、銃も不死性を帯びたのか、一斉に火を噴いた。

灼熱の痛覚がせつらの全身を貫き通った。

彼は斃れなかった。痛みは水泡《みなわ》のごとく消えていた。その不思議を不思議と思う前に、せつらは理解していた。

前方の九人に、

「ねえ、蜃がまた夢を見たよ」

と言った。

「そうらしい」

と一佐。

「これで互角か――やっとこいつらの腕がふるえるな」

彼は横へのいた。

すぐ後ろにいたひとりが、右手を心臓の上に当てた。

すうと青白い顔から、どこにあったのかと思う血の気が引いていった。

せつらも胸を押さえた。

「自分の心臓とともに、相手のも停めるか。でも、こっちが止まらなかったら？」

男がよろめいた。自縛心の限界が来たのだ。その首と胴が、きれいに、としか言いようのない鮮やかさで分離する。

血煙りに包まれて、どっと倒れる男を見下ろし、

せつらは、

「斬れるな」

と言った。

愕然となった男たちの別のひとりが、みるみるガス体と化す。

青白い塊は、せつらの全身を包んだ。窒息させるつもりに違いない。

その光が急速に白っぽく変わり、まばたきする間に白く凍《い》てついた塊になった。せつらが右手を上げて打ち下ろすや、ガス塊はきらめく破片と化して飛び散った。

「夢か」

とせつらはつぶやいた。彼はみずからの体温が零下二七三度――絶対零度まで下がったのを意識していた。

蜃の見る夢――しかし、リゾラの口づけを受けた蜃は狂気した。

その結果、戦いは一方的なものとなった。

〃コダイ村〃で訓練を受けた超戦士たちは、その能力のすべてを発揮する前に、せつらの妖糸の餌食になってしまったのだ。

ひとりのみが残った。

いつの間にか木立ちも道も蜃の姿も消え、濛々《もうもう》たる霧の立ちこめる世界に、二人は立っていた。

「何故、蜃は君を選んだ?」

と一佐は肩をすくめた。それから、あきらめたように微笑して、

「やはり、男は顔だな」

と言った。

その口から右手に黒い球体がこぼれた。

それに眼を落とし、かすかにかぶりをふってから、彼はそれを足下に叩きつけた。

その瞬間、一佐の身体は爆発した。

血と肉片の散乱が一段落してから、せつらは周囲を見廻した。

美冬を求めたのである。

探す必要はなかった。

霧を踏んで、前方から美しい娘が駆けてくる。

せつらの前へ来てもスピードをゆるめず、そのまま胸の中へ飛びこんだ。

「よかった。無事だったんですね。よかった」

震える肩を、せつらはぼんやりとしか言えない動きで抱いた。

「これは夢です。僕にも脱出する方法はわからない。糸は現実に通じていません」

「あなたといるのが現実です」

と美冬は言った。

「物語なら、〝それから二人は幸福《しあわせ》に暮らしました〟となります。私はそれで十分です」

せつらは美冬を見つめた。

「現実のあなたは、蜃の夢の外にいるはずです。つまり――ここにいるあなたは、蜃の造り出した夢だ」

「それでもいいと思ってくださいませんか」

涙に濡れた眼が、せつらを見上げた。

蜃のこしらえた夢。だとすれば、夢見る怪生物も、せつらを愛しているのだろうか。

せつらの脳裡に軽い衝撃が走った。

ここは蜃の支配する夢の中であった。

「行きましょう」

と彼は言った。

「はい」

やがて、寄り添うように、二つの影は霧の彼方へと遠くなっていった。

現実のすべてを忘れ、心地よい夢に没入する――それを選ぶのか、秋せつら。美しき魔人よ。

3

せつらにとって、時間は存在しなくなった。

美冬だけがそばにいた。

せつらは何かしたいと思ったが、美冬はいいえと首をふった。何もいりません。何もしてくれなくてもいいの。あなたがそこにいてくれるだけで、私は嬉しいんです。それよりも、私が。

白くあたたかい腕が、せつらの首に巻かれ、しなやかな指が頬に触れた。

そのとき、美冬は霧しか纏《まと》っていなかった。白桃《はくとう》のような乳房が、せつらの胸の下でつぶれ、引き締まった腿が、慎《つつ》ましく、しかし、妖しくせつらの足に絡みついて来た。

唇はためらいなく重なった。語りたいこと語るべきことは空気ほどもあった。二人はそれを呑み込み、ささやきひとつ交わさなかった。お互いがそばにいる。言葉は必要ないのだった。

それは、せつらの想いだったのだろうか。それとも、妖女の口づけに夢見る蜃の精神《こころ》だったのか。

夢の中には時間《とき》は流れず、しかし、時間はたっていった。

二つの影が〈中央公園〉に侵入したのは、せつらとリゾラ、一佐らが死闘を展開した翌日の昼である。

異様に太ったほうは七色のスカーフを頭に巻き、ガスタンクでも隠れるようなギャバ地のスカートをはいて、分厚い唇の間から体温計を突き出していた。

「ひいひいい。せつらがここにいるなんて、占ってやるんじゃなかったよ。おかげでまだ熱が――」

と口から体温計を抜き取って眺め、

「――四〇度もあるのに、引っ張り出されるなんて。ああ、あたしゃ善人だよ」

トンブ・ヌーレンブルクである。小さな影は、濃紺のサテンのドレスを翻して、ゆるんだガスタンクのような巨体を見上げた。このぶよぶよが、いくら〈メフィスト病院〉とはいえ、よくも命を長らえたものだ。

陽光に弾ける黄金の髪――人形娘であった。

「私にお金を借りてる間は善人でいらっしゃいますね」

と、やや、こまっしゃくれた声で返した。

「あのお家《うち》の居間の改築費用、キッチンの流しの修理代、ここ三ヵ月分の妖草・魔草代金と航空運賃——しめて五三九万円強。即刻、お支払いいただけます？」

「えーい、このどケチ人形。わかってるわさ。だから、病身を押してつき合ってるんじゃないのだわさ」

「おわかりなら、ようございますわ」

人形娘は、ふん、とそっぽを向いて、しかし、人間の娘よりよっぽど不安げな表情をつくった。

「あの爆発で、笛吹さんも修羅さんも行方不明。間一髪で私を救い出してくれた水月さんは、炎とコンクリ破片を全身に浴びて入院中。トンブ様がひっくり返っていたおかげで、私も折れた首を修理するのに、二日もかかりました。二日もあれば、絶対に何か起こっています」

「そらま、そうだろうよ」

とトンブは、草むらから飛びかかって来た三つ目の毒蛇の頭を踏みつぶして、

「けど、おまえ、どうしてそんなにせつらに肩入れするんだい？　一文の得にもなりゃしないのにさ」

「お金がすべてではありませんわ」

「あたしには、すべてとしか思えないわさ！」

「その辺の議論はよしにします」

「ふん、たかが小娘、しかも人形の考えてることくらい、あたしにゃすべてお見通しだわさ。おまえ、せつらにぞっこんだろ。こら、人形のくせに赤くなるんじゃないよ。けど、よくお聞き、そんな恋、どうせ実りゃあしない。せつらがなぜこんな物騒《ぶっそう》な場所に身を隠したか、まあだわからないのかい？」

「トンブ様には、わかるとおっしゃるんですか？」

ミットを丸めたような拳が、水の入った革袋みたいな胸を、ぶちょんと叩いて、

「魔道士の目的とは何だい？　おかしな妖術を使って人間や自然をたぶらかすことかい？　違う。堕天使サタンを喚《よ》び出して、ロクでもない願いを叶えてもらうことかい？　違う。魔道士の目的はね、人間っていう不可思議な宇宙を極め、知り尽くすことさ。それはすなわち、大宇宙の神秘の根源を、精髄《せいずい》を知ることになる。古今の魔道士は、全員、この目的達成に生命を賭けたんだ。そのナンバー2たるあたしが、たかが人間の、それもまだケツの青い若いのの胸の裡《うち》を読めないはずがあるもんか」

のけぞるようにして、がははと高笑いするのを、人形娘は無言で凝視していたが、

「――で？」

トンブは大仰《おおぎょう》にうなずき、何とも意地の悪そうな眼差しを、小さな召使いに送った。

「せつらはねえ、その美冬とかいう娘と夢の世界に隠れたのさ」

「え？」

「ここには蜃がいるだろ。夢みるでかい蛤がさ。そいつは、人間を丸ごと夢に引き入れちまう。夢にしてしまう。これなら、どんな刺客も見つけられないし、真相に気づいても、襲って来れやしない」

人形娘は、ぴしりとフィンガー・スナップを利《き》かせた。

「さすが、せつ――秋さんですわ」

純粋な歓びに満ちた声を、ひっひっひとせせら笑いが迎え討った。

「おまえの脳味噌、姉さんがどんな材料を使ったか知らないが、やっぱ、アル中の死刑囚の一部で間に合わせたようだね。ただ、身を隠す目的で、わざわざ蜃の夢に入る莫迦がいるもんか」

「え？」

険悪な視線が女魔道士の巨体を貫いた。それが賞讃だとばかりにそっくり返って、トンブ・ヌーレンブルクは宣言するように言った。

「蜃の夢になんか入ったら、いつ出て来られるとお

思いだね？　あの計算高いハンサムのことだから、いずれ誰かが見つけてと考えたのは間違いないさ。けどね、蜃の夢の中からあの二人を救い出せる人間なんて、世界を探してもせいぜい四人、〈新宿〉ならこのあたし、トンブ・ヌーレンブルクしかいやしない。あたしゃ、現金主義だよ。後払いお断わり。つき合いが長いの深いのは、あたしの世界には縁のない言葉さ。彼だってそれは心得てる。それなのに蜃の夢を選んだってことは」

　ここでわざとひと息入れて、食い入るように見つめる小さな顔へ、

「おや、眉がしっぺ下がりになってるよ。ようやく人生ってもんがわかってきたようだね。そうとも、おまえの大好きなせつらはね、美冬とかいう娘と、いつまでも夢の中で暮らすつもりで、ここを選んだのさ」

　その鼻先へ、ぐいと小さな人さし指が突きつけられた。

「邪推《じゃすい》です。あなたは、私に対する悪意を中心に据えて物を言っています」

「真相とは、えてして人を傷つけるものさ」

「私は認めません。それに――」

「それにィ？」

　トンブが嵩《かさ》にかかった。人形娘の声が尻すぼみになったのだ。

「それに、あんなきれいで聡明で、精神《こころ》の正しい女性なら、せつ――秋さんがそう思っても少しも不思議ではありませんわ」

　またもや、つんとそっぽを向いた可憐な顔へ、

「そりゃ理解あるご発言だけどね、少しべそをかき過ぎだよ。大体、人間てものは、人間以外のものなんか絶対に愛せないようにできてるんだ。人魚姫なんて、最後は哀しみのあまり泡になっちまったって言うけれど、ホントは宮殿で首くくったのさ。裏切った坊主を隠れた鐘ごと焼き殺した清姫《きよひめ》のほうが、よっぽど正解だよ。おまえもさっさとあきらめちま

いな。どんなに尽くしたって、見返りなんかありゃしないんだからね」

太鼓腹をゆすって大笑するトンブを、人形娘が睨みつけたとき、頭上で羽音が湧いた。

「またとなけめ《ネヴァー・モーア》——いや、あったぞ。ここだ」

こう叫んで身を翻し、羽搏きはじめた大鴉の後を、人形娘は紺色のつむじ風のごとく追っていった。

体温計を咥え直したトンブが、ようよう見つけた擂鉢状の地面の底に、巨大な貝は横たわっていた。

地面の縁で見下ろしたまま、為す術もない人形娘へ、トンブはひ《い》ひ《い》ひと意地悪く笑い、それでも、何やらぶつぶつと唱えはじめた。首だけが——というより頭だけが——きりきりと三六〇度回転した。

ひょい、と前方にそびえる木立ちのほうを向いて、頭上を旋回中の大鴉へ、

「そのでかい化物杉のてっぺんに、人間の女が縛りつけられてるよ。二人して、すぐ下ろしといで」

と命じるや、今度は眼を半眼に閉じて、カバラもどきの呪文を口ずさみはじめた。

五分とたたず人形娘が戻ってきた。小さくてか細い両腕に抱いているのは美冬だった。

突っ立ってるトンブへ、人形娘が感動したように、

「杉のてっぺんに、せつらさんの糸で巻きつけてありました。おまけに護衛用の糸まで付属していて、近づいた妖物が三〇匹以上、ふたつにされていましたわ」

「ふん、おまえはよく無事だったもんだわさ。悪運が強いんだね」

憎々しげに罵る女魔道士は、いいえ、と答えて美冬を地面に横たえた人形娘の右腕が、肩のつけ根から落ちたのを見て、さすがに眼を瞠った。

「阿呆かい、おまえは。その娘はいわば恋敵《がたき》だろ。そのために腕まで落として。——そこまで義理立てする必要があるもんか」

答えはない。

人形娘は残る左手で美冬の頬をさすっていたが、

「私では駄目です。蜃の夢から脱出しましたが、まだ影響が残っています。治してあげてください」

心底からの申し出であった。当然、トンブは悪態で報いるかと思われたが、こちらも、

「さっさと家へお運び」

憎々しげに言ったものの、どうも力《りき》が入っていない。

「あたしは、せつらを脱出させる。もう少し時間がかかるよ。一刻も早く出ておいき。もうおまえたちは足手まといだよ」

「お願いします」

およそ尊敬の断片も抱いていない主人へ、ぺこりと頭を下げて、人形娘は落ちた右手をポケットへ仕舞い、片手で美冬を持ち上げた。恐ろしい力とタイミングであった。

大鴉が、ぎょええと鳴いた。

トンブに背を向けて、人形娘は数歩前進した。

何を感じたのか、トンブが独楽《こま》のように猛然とふり向いた。

その眼の中で、すう、と人形娘と美冬が溶けていく——とは、トンブの双眸《そうぼう》だからこそ見えたのだ。常人の眼には、一瞬のうちに空気に吸いこまれたとしか思えまい。

トンブの右手がのびたが、芋虫のような指が摑んだのは空気だけであった。

「この技は次元移動だわさ」

と、太った女魔道士は呻いた。

「どこのどいつか知らないけれど、このトンブ様の眼の前で、ふざけた真似をおしでないよ。この借りは必ず返す——そのとき泣き叫ばないこった」

そして、巨体は再び向きを変え、愚痴としか聞こえない神秘の密呪《みっしゅ》を唱えはじめたのだった。

第二十章　〈新宿〉黙《もく》示《し》録《ろく》

1

陽光の下で三〇分近い時間《とき》が流れた。

途方もなく長い、物音ひとつない死闘であった。

トンブは蜃と――正確には蜃の夢と戦っていたのである。

リゾラの口づけを受けた蜃には、前夜のように、近づいたものすべてを夢と同化するパワーは備わっていなかった。口づけに吸いとられてしまったのである。ただ、夢を見ていた。

トンブの勝算はそこにあった。夢の成分に関して、チェコの魔道士たちは十分なノウハウを確立していた。唯一の欠点は、それを覚醒に向かわせるための手段が、八割方個人の能力に依存する点であった。そして、これが魔道士たちの魔術妖術に対する能力とは別ものなのである。

チェコ第二――すなわち世界第二のトンブ・ヌーレンブルクは、覚醒法に関しては「苦手」なひとりであった。

できるものなら、ずらかりたい。失敗だったよ、と人形娘に言えば済む。どんな悪評が立とうと、この女の心臓はびくともしないはずであった。

ところが、彼女は別人のごとき真摯《しんし》さをもって、みずからの不得手な戦いに挑んだ。

夢とは、実は極めて論理的な観念の集合体であり、この観念が成分と呼ばれる。覚醒に到る道は、魔道士の培《つちか》って来た論理でもって、成分の有する論理性を、蜃に納得させつつ破綻《はたん》させていけばいい。

つまり、論理的思考の得意な魔道士ほど勝利し易《やす》いのだ。

そしてトンブは、借金の取り立て法以外は非論理の塊であった。

苦悶する彼女は汗を掻いた。陽射しも強かった。

その匂いを嗅ぎつけ、おびただしい食肉生物が現われた。

に食いこんだ。

〈新宿〉最大の危険地帯《デンジャラス・ゾーン》――〈新宿中央公園〉の死体食いども《スカベンジャー》は、次々に、垂涎《すいぜん》の餌に襲いかかった。牙が爪が針が、滋養分たっぷりそうな皮膚と肉に食いこんだ。

ところが、まさしく歯が立たなかったのである。

皮も肉も引っぱることはできた。それ以上はびくともしなかった。髪の毛も抜けず、眼の玉も貫けなかった。あたかも、トンブ自身が一個の硬質ゴムの塊と化してしまったかのように。欲の皮がつっぱっているどころのレベルではなかった。

人食い鷲もその爪をトンブの肩に食いこませ、運び去ろうと試みた。びくともしなかった。トンブの質量は、このとき一トンを越えていたのである。

だが、次々と現われる彼らはけっしてあきらめず、後追いの妖物たちとの死闘を繰り広げた。見よ、トンブの足下を。

数十匹の妖物の死体が重なった上に、勤勉で空腹の人食い虫どもが羽音も高らかに群がり、ぴちぴちと肉を咬み取る音がする。――ばかりか、トンブの全身もまた、赤青黄緑、あらゆる色彩の血虫群に彩《いろど》られているではないか。

死闘とはこのことだ。

トンブの身体が、ゆらりと前後した。極度の精神集中が、それ自体と疲労のために破れたのだ。

同時に、鮮血がふぶいた。虫どもの牙が、ついに効果を発揮したのである。

いかにトンブといえど、こうなれば、後に控えるのは、食い尽くされ、白骨となる運命か――

きらと光ったものがある。

それが、信じられない速度と動きを示すや、数千匹の卑《いや》しい虫どもは、ことごとく切断されて地を覆った。

なおも、呪文を唱えつづける血まみれの肉塊へ、

「ご苦労さま」

と声をかけた者がいる。

ちら、と薄目を開いて、

「これは秋せつら」

言うなり、トンブはへたりこんでしまった。

せつらは足早に近づき、血まみれの女魔道士を抱き起こした。

その顔を真近に見た途端、ひと睨みで人間も妖物も石に変えてしまう女が、恍惚と溶けた。

「おかげで夢から醒めた。どーも」

と礼らしい口をきき、彼方から猛スピードで疾走してきた三つ首蜥蜴《とかげ》を四匹真っぷたつにして、

「美冬さんは何処だ？」

とせつらは訊いた。

「あんたと一緒にいたろ、夢の中で」

これは嫌がらせである。

「あれは夢だ」

とせつらは答えた。

「おやま、よくご存じで」

「何処にいる？」

「持ってかれたよ。次元移動を使う奴に。あたしとしたことが、ヤキが廻ったもんさ」

トンブは素直に答えた。何故か、冷たいものが首すじを撫でたのである。

「DMだね」

せつらの声は尋常――春風の午後だ。

「探せる？」

「そんなに気になるのかい？」

とトンブは呆れ果てたように訊いた。

「そもそもあんた、誰に頼まれて、あの娘に入れこんでるんだい。さっき夢ん中を覗いたところによると、そら楽しそうだったから、わからないこともないけどね」

「あれは夢」

何気なく、きっぱりと、せつらは口にした。

「いい夢だった――かな」

「現実は厳しいよ」

とトンブは、珍しく諭《さと》すように言った。

「けど、ひとつわからないことがある」

横合いから飛びかかってきた大蜘蛛《おおぐも》を躱して胴締めに入り、一気に絞めつぶしてから、トンブは訝《いぶか》しげに、

「あんたの夢、少々きれいすぎた。まるで恋愛モードさ。けど、あれは妖術の虜になった蜃の見た夢だよ。とても、あんなに軟弱で済むとは思えないねえ。あんたたち二人が地獄めぐりをしたって、あたしゃ不思議とは思わないよ。そもそも、あの娘——本体が杉の木のてっぺんに縛りつけられてた以上、蜃が見せた夢だろう。それだって信じられない。あんたに媚《こび》を売ってるようじゃないか」

「ふうん」

せつらも、それなりに考えてはいるらしい。

トンブが結論を出した。

「何かが蜃を無視して、あるいは蜃に命じて、そんな夢を見させたんだ。心当たりはあるかい？　たぶん、あんたの味方だよ」

即答が来た。

「全然」

「そうかい。そうだろうね」

とトンブはためいきをついた。それから、

「あんたが夢から醒めた瞬間、あたしはおかしなものを見ちまったんだよ。おかげで、ほれ、怖気《おじけ》づいてたのがどっかへ飛んでっちまった。あんなもの見たら、他を怖がっちゃいられないね」

「——何を？」

「わかんない。あんまり途方もなくて、考えもつかなかったよ。少しでも意識を向けたら、勘づかれて、今頃はオッペケペーさ」

トンブは頭上で円を描いた。

「行くよ」

せつらは歩き出した。行こうとは言わない。彼は常にひとりなのだ。

「何処へ行くのさ？」

せつらは両手を腰から三〇センチばかり横に離し、身体をゆすって見せた。

〈区民〉なら誰でも一発正解のジェスチャーを見なくとも、いまの状況を考えればわかる。

美冬と人形娘の居場所を知る人物のもとへ、だった。

頭上で大鴉がひとつ鳴いた。


横たわる美冬と、かたわらで炎のような眼差しをこちらに向けている、針金でがんじがらめにされた人形娘を見下ろして、ＤＭはにんまりと唇を歪めた。

美冬の美貌と、その下の身体が極上品だとようやく気づいたのである。

確かに美冬の白いシャツの胸もとは幾つもボタンが飛んで、その下の白いブラと豊かなふくらみが生々しく覗き、投げ出されたジーンズの右腿は、生地が大きく裂けて白い肌を剝き出しにしていた。

これに、意識を失い、何をされてもわからないという一項がつけ加われば、どんな男でも獣欲に点火されて少しの不思議もない。

清純そのものの美貌に秘匿されてきた腰のくびれと、その下のダイナミックな張りを見て、いまのＤＭ以外の反応を示す男など、いるはずもなかった。

「こいつあ、うまそうだ。もう邪魔は入らねえ。味見させてもらうとするか」

廃ビルの地下と思しいだだっ広い空間に囲まれて、ＤＭは舌舐めずりをした。

〈河田町〉の〈第一級危険地帯〉に属する小さな廃墟のひとつである。

〈新宿〉へやって来たとき、まず、暗殺者の心得第一条――『地理に詳しく』に基づき、次元移動を敢行した。

めぼしい〈廃墟〉と〈危険地帯〉を巡り、アジトや牢獄としての使用に耐えるものをチェックし、その中の幾つかに食料や寝具、武器等を運びこんでおく――ＤＭならお易い御用であった。

リゾラが〈中央公園〉へ侵入しようと言い出した

とき、彼も同行を申し出たが、危険すぎるから残れと命じられた。それきり連絡は絶えた。丸一日の間、〝新宿ニュース〟にも〈中央公園〉は登場せず、契約しておいた情報屋からも何も言って来ない。

これはおかしいと、今日出向いてみたら、黄金の状況に遭遇したというわけである。

誰も邪魔が入らぬ場所で、煮て食おうと焼いて食おうと自分の勝手——死体の心臓をゾッホ将軍に手渡し、DNA鑑定を行なえば任務は完了する。

そうなると、ひと思いが惜しくなる。それが未練や暗殺者としての自覚の欠如をちっとも感じさせぬ美冬の魅力であった。

人形娘を捕らえたのも、一瞬のうちに美冬を嬲《なぶ》りものにするところを見せつけた上で、この少女も犯してやろうという、変態的な欲望に支配されたからだ。

のろのろと、マットレスの上に横たえた美冬のかたわらに行って膝をつき、片手でシャツのボタンを外しはじめる。

「………」

人形娘が身悶えした。小柄な身体は、軍用のナイロン・テープ——太さ〇・五ミリ、強度は同じ太さの針金の千倍——に絡《から》め取られていた。口には猿ぐつわがかまされている。

「邪魔すんなよ、チビ助」

とDMは人形娘のほうを見て、ささやいた。

「次はおめえの番だ。正直言うと、人形とやるのはどんなもんか、この娘より興味があるくらいなのさ。大人しく、おれを歓《よろこ》ばす体位でも考えてな」

ボタンは外された。

美冬の乳房に食いこんだブラの生々しさに、ごくりと喉を鳴らしたDMが、それに手をかけたとき、

「そこまでにしときな」

と声がかかったのである。

露骨な嫌悪に顔を歪めて、DMはふり向いた。

人形娘の眼がかがやいた。

少し離れたところに立つ男は、修羅だったからだ。

「邪魔すんなよ」

敵意に全身を燃え立たせるＤＭへ、

「悪いが、味見はおれが先だ」

人形娘の眼が呆然と見開かれた。

2

「驚いたかい、チビ助？」

ＤＭは苦笑を隠さず、人形娘にささやいた。

「あいつはまだ、ボスのキスの影響から逃れてねえのさ。もうひとりも奥にいるぜ。あの爆発の後、近所に留まって様子を窺ってたら、うろついてやがったんだ。ま、これはこれで面白え展開だがよ」

邪悪な淫光ともいうべき光を眼に湛えて、ＤＭが脇へのくと、修羅が近づいてきて、人形娘を見下ろした。

「元気そうだな」

声は懐かしそうだが、表情には前に見かけたこともない邪《よこし》まな翳《かげ》がある。

身を屈めて人形娘の猿ぐつわを外した。

「眼を醒ましてください」

即座に人形娘は叫んだ。

「いえ、私が何とかします。このロープを切ってください」

修羅はにやにやしながら、小さな額を撫でた。

「そうもいかんのだ。おれはどうやら以前の自分ではないらしい。いま、何を考えているかわかるか？　無性《むしょう》にミフユさまを犯し抜きたいんだ」

「そんなこと——許しません」

「おまえに何ができる。それに、どうやら、あいつは、おまえの肉体《からだ》も奪う気でいるらしいぞ」

「——正気に戻って。美冬さんは、あなたが守るべきお妃《きさき》さまですよ」

「妃を犯す護衛長——男にとって最高のシチュエー

ションだとは思わんか？」

　これが修羅だろうか。精悍無比の男の顔が、だらしなく卑しく笑み崩れ、舌舐めずりする唇の端からは涎《よだれ》がしたたり落ちているのに、拭おうともしない。

　手がスラックスのジッパーにかかった。彼のものは猛《たけ》っていた。

「見ろ。やっと――やっと男になれた」

　守るべき妃を妹と偽《いつわ》って、彼は耐えていた。

　女を前に為す術もなかったのは、その精神的抑圧によるものであった。

　人形娘は声もない。呆然と彼を見つめる小さな顔がこう告げている。

　――それが、あなたの胸の奥で望んでいたものなのですか？　そんな想いで美冬さんを見つめていたのですか？

　訴えがこもる瞳を直視することはさすがにできぬのか、修羅は眼を反らして、美冬の上に屈みこんだ。

　ブラの肩紐が外された。ぷくりと現われた鴇色《ときいろ》の乳首を、修羅は口に含んだ。

　この後に続く淫景を、人形娘は見ずに済んだ。

　その唇が尖ると、細い光が修羅のこめかみに走り、二〇センチほどの鍼灸《しんきゅう》用の鍼となって突き刺さったのである。

　トンブに打っていた吹き鍼の一本を、彼女は喉の奥に忍ばせておいたのだ。命中地点は急所だったのか、修羅は絶叫を撒き散らしつつ床上を転げ廻った。ＤＭは駆けつけようともしない。

　ようやくそれを抜き取って立ち上がったとき、半顔を血に染めた顔は悪鬼の形相を成していた。

「貴様あ」

　人形娘に歩み寄る様は、その先に繰り広げられる無惨な破壊の光景をたやすく想像させた。

「やめとけや」

　声がかかった。修羅が現われたのと同じ闇の奥から、飄々《ひょうひょう》とやって来たのは笛吹童子であった。修羅同様、すり傷程度だが、全身から立ち昇る妖気は、もとがもとだけに一〇倍も凄まじい。

　ふり向いた修羅が、

「邪魔するつもりか？」

　爛たる眼で見据えると、

「ああ、そうだ」

　平気で応じた。

「なにィ？」

「おれも男だ、レイプは嫌いじゃねえ。何百人って姦《や》ったさ。だが、そんな小娘は良くねえよ。寝醒めが悪いだろうが」

「犯すんじゃない、壊すんだ」

「どっちにせよ、子供に手え出しちゃいけねえよ。何があっても、おれは阻止するぜ」

　漲る気迫が、本気だと告げている。

　修羅は、ちらりとDMのほうを眺めた。伏せた顔の中から上眼遣いに修羅を見つめている。敵の眼差しだ。

　彼は肩をすくめて、人形娘から離れた。

「わかった。だが、おまえも手を出すなよ。妹にもだ」

「そいつぁ聞けねえなあ」

　DMが両手を腿に叩きつけた。

「おれがその二人を生かして連れて来たのは、嬲りまくるためだぜ。役立たずが一人前の口をきくんじゃねえよ」

「何だと？」

　修羅の視線がDMを貫いた。DMは平然と見返した。

「妹に手え出すな？　おっぱいを吸ったのは、どこのどいつだ？　何なら眼を醒まして、教えてやったっていいんだぜ。あんたの胸は信頼してたお兄さまに汚されましたってな」

　修羅の姿が消えた。

　DMも、また。

笛吹と人形娘が四方へ視線を飛ばした。

「あそこ！」

人形娘の見上げた先を、笛吹の眼も追った。

人形娘の位置から左三メートルばかりの天井で、黒い靄《もや》のようなものが蠢《うごめ》いていた。ひとつではない。数個のそれが、接近し、跳ね合い、遠ざかり、また近づく。一部が消えて、また別のところに現われる。形は決まっていないが、形や動きに何処か共通点のようなものがあるのは見て取れた。

「何だ、ありゃ？」

と首を傾げる笛吹へ、

「三次元の人間が二次元の世界へ下りたら、足跡が残ります。それと同じ。四次元へ入った生物が三次元へ接触したら、ああ見えるんです」

「訳がわからねえ——おめえ物識《ものし》りだなあ」

「いえ」

と慎ましく応じた途端、黒い靄はすうと地上へ降下し、修羅とＤＭの形を取った。

左右へ飛びずさった修羅の右肩からは鮮血が噴き出し、ＤＭの押さえた左の脇腹からも、赤いものが滲んでいる。かなり深いのか、どちらも膝が笑っている。

「そこまでにしとけや、なあ」

と笛吹が声をかけた。それでも、眼を血走らせ、殺気の牙を互いに剝いている二人に変化がないと知るや、

「じゃ、おれがいただくぜ」

怒号のように宣言した。

二人の間に張られた殺気の線が、激しくゆらいだ。

その期を逃さず、笛吹が、

「奥で手当てしてこいや。安心しろ、指一本触れねえと誓うよ」

「莫迦野郎。おめえなんか信用できるか」

即座にＤＭが言い返し、脇腹を押さえて、低く呻いた。笛吹は笑いをこらえた。

「異次元をうろつく者同士のつけた傷は、さすがに治せねえか。なあ、奥にある薬で何とかなるのか？」

「いいや」

修羅が首をふった。その顔は薄闇の中でも白蠟《はくろう》のようと知れる。

「おまえのひとり勝ちだ。結果は相討ちで、この血の止めようはない」

彼は肩の傷から手を離した。噴き出す血はすべて五センチほど上の空間へ吸いこまれていく。

「奴《い》も同じだ。じきに出血多量で二人ともお陀仏《だぶつ》さ」

「そいつは気の毒にな」

と笛吹は破顔した。

「ここまでやったんなら、決着をつけなよ。後のことはおれにまかしとけ」

動揺していた二人の殺気が、また空気を凍らせる。

そのとき、人形娘が、

「私が治せます」

と言って、笛吹の眼を剝かせた。

「なにィ？」

「四次元負傷の手当ては習いました。手を自由にしてくだされば、五分で治療してごらんに入れます」

修羅とDMが顔を見合わせ、けっと分かれた。

「本当か？」

と修羅。

「はい。ただし条件があります」

「二人とも逃がしてくれってのは無駄だぞ。そんなことなら、いま片をつけてやる」

これはDMだ。

「わかってます」

人形娘は淡々と言った。透徹した物言いである。

「ただし、治療に成功したら、一日だけ時間をください。その間に助けが来るかもしれません」

交渉というには、あまりにも素直な申し込みである。ＤＭも修羅も、こいつ気は確かかという表情だ。ＯＫして、手当てが終わり次第、始末をすれば済むことなのである。

それを読んだように、人形娘がにっこりして、

「手当ては五分でできますが、完治には一日かかります。かかるように致します。その間に私と美冬さんに手を出せば、あなた方は二日目の朝に亡くなります。如何《いかが》でしょう？」

少し間を置いて、ＤＭが低く、

「おめえが、おかしな手当てをしねえとどうしてわかる？」

「あなた方と同じにしないでください。偉大なるガレーン様に生命をいただいたとき、虚偽という観念は除かれております」

「嘘をつくな」

「嘘って何ですか？」

また少し間を置いて、

「おれは乗った」

ＤＭが苦々しく言った。

「よかろう」

と修羅も同意した。

「いいぞ、いいぞ、二人とも精々気張りなよ」

と笛吹が手を叩いた。

その右肩と脇腹が鮮血を噴いた。血は空間に吸いこまれた。

「三人で気張ろうや」

と消えたばかりのＤＭが、笛吹の背から離れながら、人形娘のほうを向いた。

「――じゃあ、早速治療にかかってくれや。お互い生命がかかってる」

修羅が人形娘のロープをほどいた。

同じ夜、ある男のもとへ、〈区外〉から極秘通信文が届けられた。〈区外〉からのあらゆる電子通信手段は、〈新宿〉へ届かぬのである。〝外務省極秘〟と記された封を切って読み、男は死人の顔になっ

た。

「まさか――全面降伏？　将軍は拘束？　一体全体、いつ、誰が、どうやって？」

子供のような叫びを上げる男の前で、〈新宿区役所〉迎賓室の扉は重々しく開いた。

入って来たのは、男の秘書でも梶原区長でもなく、白い――神秘なほどに白い影であった。

3

街路を渡る風はなおも熱を帯びていたが、ハンカチで額を拭う人々が、ふと、放心したような表情をこしらえる――そんな秋の気配が確かに含まれていた。

いま、市谷台町にある笛吹組のオフィスを出て来たばかりのせつらは、そんな風に吹かれて足を止めた。〈靖国通り〉の上である。

茫洋とした表情は相変わらずだが、黒衣の姿が醸《かも》し出す雰囲気には、奇妙な焦燥が見え隠れしていた。

美冬と人形娘を見つけ出すための方策は、ことごとく挫折したのである。

外谷良子は入院中であった。何でも、激しいショックを受けて、また胃を壊したらしい。

珍しく、舌打ちしたい気分なのをこらえて、せつらは次に笛吹のオフィスを訪れた。向こうも心配だったらしく、親分は何処にいると詰問を放ってきた。

それを本物と見抜いて立ち去りかけたせつらの背後から、待ちやがれの叫びとともに、組員たちが斬りかかって来た。

一〇人ほどの首を落として、外へ出たせつらを晩夏の風が迎え、その胸を吹くのは焦燥の風であった。

「警察だな」

人捜し屋が、けっして救いを求めてはならない場所へ赴《おもむ》くことをせつらは迷うことなく決めた。

そのとき、眼の前に黒塗りのリムジンが停止した。

前後のドアが開いて、黒服の男たちが降り立った。

子供ならひきつけを起こしそうな魁偉《かいい》な面《つら》が、一斉にせつらへ向けられた。


約束の一日が終わるまで、あと三〇分という頃になって、敵も気になり出したらしい。

「じき、だぞ。気の毒だが、もう来やしねえな」

とDMが悪態をついた。

相手は美冬のそばにいた。三人の手当てを終えてから、美冬につきっ切りで面倒を見ていた——と言っても、相手はほとんど寝たきり老人だから、時折、嗅ぎつけてやってくる妖物の撃退とこれ以外は、することもなかった。

知る限りの呪文を唱え、DMの用意した薬品を使って、美冬の眼を醒まそうとしていたのである。

蜃という伝説の妖物の見る夢から醒ますのに、人形の努力は卑少《ひしょう》に過ぎた。美冬は眉ひとすじ動かさず、寝息ひとつ乱さなかった。

DMにあと三〇分と告げられても、人形娘はその試みを放棄しなかった。

「そろそろだぞ」

声が違う。修羅だ。

「わかってます。放っといてください」

ふり向きもせず、美冬の額に指を当て、覚醒の一〇単語を唱えていると、

「逃げろ」

いきなり言われた。

「え？」

左の半顔にガーゼを押し当てた精悍な顔が真剣この上ない調子で、

「今ならDMは奥にいる。笛吹は外だ。美冬を連れて逃げろ」

人形娘は彼を見上げた。さして驚いたふうもない。

「やっぱり、効いていたのね、鍼」

「ああ」

修羅はガーゼをあてがったこめかみに触れた。

人形娘は、闇雲《やみくも》に鍼を吹いただけではなかった。催眠覚醒のツボを刺していたのである。

「一時間ばかりで元のおれに戻った」

修羅の声は重く沈んでいた。人形娘にも理由はわかる。催眠状態――リゾラの仲間と化していた間の行動の記憶が消えていないのだ。

修羅は、それこそ、実の妹に対するように美冬を庇《かば》い続けた。そんな自分と自分への誇りが、妖女の口づけひとつで無惨に打ち砕かれ、あろうことか、掌中の珠玉《たま》のごとき美冬の乳房を汚すという蛮行までやってのけたのである。術にかかっていたという言い訳を、修羅は潔《いさぎよ》しとしなかった。

精神《こころ》の奥の闇で、ぎらついた獣の眼が愛しい娘を睨《ね》めつけていた。それが自分の眼であることに、彼は耐えられなかった。

「早く行け。ここはおれが食いとめる」

「駄目です。一緒に来てくれなくては。美冬さんもあとひと息で眼を醒まします」

「おれは行けん。自分の正体を知ってしまったのでな。もう兄貴面《づら》して美冬を守ってはやれん」

「人間《ひと》は弱いものですわ」

修羅は微笑して、娘の金髪を撫でた。

「ありがとうよ、小さな淑女《リトル・レディ》くん――ところで、おれとDMに施した治療は本物か？」

「はい」

「人形は嘘つかない、か」

修羅は優しく小さな頭を押した。

ふり向いて、

「行け」

と言った。強いものが含まれていた。

「高田馬場〈魔法街〉で待ってます」

人形娘は美冬を抱き上げて、戸口へと向かった。

ドアを開けて外へ――と見る間に、二人は向こうから入って来た。

きょとんとした表情が、一瞬のうちに鋭いものに変わる。

「何処へ行くつもりだい？」

天から地から、ＤＭの声がやって来た。

「鍼を打たれたときから用心してたんだぜ。これで心置きなく三人とも皆殺しだ。ゆっくりと料理してやるぜ」

「そうはいかん」

修羅の声も虚空から聞こえた。

「早く行け。美冬を――頼む」

修羅のいた位置から二メートルほど上方に、靄《もや》の群れが蠢きはじめた。

激しく戦う気配を背に、人形娘はドアをくぐった。

廊下へ出て、端にある階段を駆け上がる。滑らかな足取りに遅滞はない。

頭上に開いた出口の彼方に、青い闇と星がかがやいていた。夕暮れ時である。

四方は瓦礫の山だ。極めて〈新宿〉的な光景であった。

一〇歩と行かないうちに、眼の前に赤い人影が出現した。

「修羅さん!?」

どっと倒れた身が血しぶきをふり撒いた。

美冬を下ろし、人形娘は駆け寄って、その身体を仰向けにした。

左手を額から鼻すじ、顎から胴へと走らせる。傷を走査しているのだ。

「無駄だよ、助からん」

驚くほどしっかりした声を、修羅は出した。

人形娘が眼を伏せた。

「だが、これでおれは救われる。早く行け。ＤＭはしばらく四次元に封じた」

人形娘は少し考え、修羅の頭を地面に寝かすと、美冬のところへ戻りその耳もとで何かつぶやいた。

数秒。

美冬の眼が開いた。

その手を人形娘が取って立ち上がらせ、自分のかたわらへ導くまで、修羅は濁った眼にはっきりと驚きの感情を漲らせて見つめた。

「おれの言うことが、わかるのか？」

「はい」

人形娘はうなずいた。

「まだ夢の中にいらっしゃいますが、あなたの仰っしゃることはわかるはずです」

修羅は上体を起こそうとしたが、わずかに手が震えただけだった。

美冬は動かない。兄を見下ろす眼も虚ろだった。

その視線を受ける修羅の眼には、無限の想いがゆれていた。

人形娘が立ち上がり、背を向けて歩み去った。

それを見届けてから、修羅の右手が動いた。その顔は死相だ。肌は白蠟に近い。手の動きを支えるものは執念——否、純粋なある想いであった。

美冬の手を取った。慎ましく、指先だけを。

「お許しください……」

地を這うような声が言った。

「自分は、あなたを守り切れず斃れます。それだけをお許しください」

死を抱いた胸の中で、なお熱くたぎるものがあった。しかし、言葉に変える時間がもうなかった。

修羅はそれを呑み下した。もう片方の手で前方を指さす。

「早く……お行きなさい……魂魄《こんぱく》というものがあるのなら……自分はまだ……お伴ができま……す」

その手ががくりと落ちた。

美冬の手から右手の指がゆっくりと離れ、滑って

——

一度の痙攣もなく、動かなくなった。

薄闇の世界に、死が訪れた。

しばらく――深沈たる時間が流れた。

美冬の右手が動いたのは、このときだ。

白い指が修羅の右手を握り、すぐに離れた。

人形娘が歩み寄ってきた。修羅の脈を取って、

「お気の毒に」

と言った。

美冬がまだ修羅の言葉が理解できないことを、彼女は知っていたのである。

修羅は知らずに死んだ。

そして、彼の手を握った美冬の指を、人形娘は知らない。恐らくは、美冬もまた。

「行きましょう」

人形娘は美冬をそっと抱き上げた。

ひとつの死とひとつの生が別れるとき――廃墟の出口へと向かう足取りは、死を悼《いた》むことを知る生者の敬虔《けいけん》なものであった。


廃墟の外周は五万ボルトの高圧電流を流した針金が囲んでいる。

その前まで来て、人形娘は足を止めた。

バリケードの向こうに一台のタクシーが止まったのである。

「天の助けですわ」

笑顔がふくれ上がり――急速にしぼんだ。

降りたのは笛吹であった。人形娘が咄嗟に身を隠すこともできなかったのは、美冬を抱いていたのと、自分もこのタクシーでと考えたからだ。笛吹の出現が止まってすぐだったせいもある。釣はいらんという声もした。だが、人形娘には絶望的な出逢いであった。

走り去るタクシーの排気煙に巻かれた笛吹の顔が、二人を見てにんまりと笑った。

「こいつぁ驚いた。どうやら、修羅の野郎が正気に返ったようだな。で、どうなった、相討ちか？」

「はい。ＤＭさんは、まだ何処かの次元で生き延び

ていらっしゃるようですが」

「そうかい。だが、負傷している、と？」

「はい」

「まったくおれの都合のいいように話が運ぶもんだな。これで邪魔は入らねえ、そのお嬢ちゃんを置いて、とっとと逃げな」

「どうなさるおつもりです？」

「知れたことよ――ぶち殺す」

第二十一章　今夜限りの

1

人形娘はやくざの顔をじっと眺め、

「それでは、私は行けません」

断つように言った。

「ほお。携帯を無くしたんで、子分どもにここまで迎えに来るよう、電話をかけに行ったんだが、虫の知らせか、大急ぎ戻って来てよかったぜ。まず、おまえからバラしてやる」

「やれるものならやってごらんあそばせ」

人形娘は片手だ。その手には美冬を抱いている。

圧倒的に不利な状況だ。しかし、その両眼は映すはずのない闘志を映し、全身からは不可視の炎《フレア》が燃え上がるようだ。

二対の視線が空中でぶつかり、見えない火花を散らした。

どのような死闘が繰り広げられてもおかしくはない沈黙が、この一角を青く染めた。

不意に笛吹がにいっと笑った。

「冗談だよ、お嬢ちゃん――こんなとこで打ち明けるのも何だが、おれぁその娘さんに、ぞっこんなんだ。殺す気なんざ最初からありゃしねえ。二人してどっか他人《ひと》の眼につかねえ僻地《へきち》へ隠れ、一生出て来やしねえよ」

「なおさら、いけません」

「なんでだよ。おれはしがねえやくざだが、惚れた女を幸せにするファイトくらいあるぜ」

「やくざなんかと一緒で幸せになれっこないわ」

「なんかてな何だ、このチビ」

笛吹は牙を剝いた。

「小娘だと思って、たかが人形に情けをかけてやりゃ図に乗りやがって。お嬢さんを下ろせ。その場で八つ裂きにして、ゴミ処理場へ叩きこんでくれる」

「ベー」

人形娘は可憐な舌を突き出して、あかんべをした。

「この餓鬼ィ」

笛吹の右手が懐ろへとび込む。白鞘《しらさや》の匕首を抜き放ったその頭上へ、美冬の身体が躍った。人形娘が跳躍した——そう判断して、視線を送った笛吹の胸もとへ、濃紺のドレスが吸いこまれた。

「ぐおお」

のけぞる身体の右の脇腹には、細い鍼が打ち込まれていた。

間髪入れず跳躍した人形娘の胸へ、下方から斜めに迸った匕首が突き刺さった。

殺人者ですら凄まじい後悔に捉われるような可憐な苦鳴が上がり、小さなドレス姿は、青い色彩を波打たせつつ地に落ちた。

脇腹を血に染めたまま笛吹は後退し、両手を突き出した。その上に美冬が落ちた。本来なら人形娘の仕事である。

五メートルばかり離れたアスファルトに横たわる人形娘に眼もくれず、笛吹は美冬の重さを味わうように両手を上下させた。脇腹の痛みなど、忘れ果てていた。

「やっと、ふたりきりになれたな、お嬢さん」

恋に狂った男の声ではなかった。

両眼には凶気の光があった。

「あのチビ助を油断させるためにああ言ったが、おれにはまだリゾラのキスが効いている。悪いが、一緒になるのはあの世でだ」

寸秒のためらいもなく、右手が美冬の喉にかかった。

白い首の何処かで、骨がきしんだ。次の瞬間——

「おごご」

どっと美冬を落として、笛吹はのけぞった。

その胸から右手が生えていた。親指のみを曲げ、四指をのばした貫手《ぬきて》の形だ。奇妙なことに、右手にも笛吹の胸にも一滴の血も見えず、手と胸の接触部も、物理的に突き抜いたというより、写真のトリック合成を思わせた。

「最後まで仲間だったな。嬉しいぜ」

とDMは、わななく笛吹の耳もとでささやいた。

「き……さま……仲間を……?」

「この街で、裏切り者なんて恥ずかしい台詞は無しにしようや」

笑いかける若者の顔は、歓喜に歪んでいる。

「悪いがとどめはおれの仕事だ。死んだ仲間に申し訳が立たねえんでな。あばよ、束の間の友よ」

右手は体内へ沈んだ。

胸にも背中にも傷痕ひとつ残さず、DMは笛吹を突きとばした。

蒼茫《そうぼう》たる天を仰いで、大きくのびをする。清々《すがすが》しいとさえいえる姿だった。

それから、

「さあて――フィニッシュだ」

ふらふらと美冬に近づく顔は、空気と同じ色に染まっていた。


「二度は辛《つれ》えが、これでボスの大願成就《じょうじゅ》だ」

右手が上がった。いかなる鋼鉄、コンクリでも阻止はできぬ四次元の手刀。ふり下ろさんとする若者――最後の〝血の五本指〟の顔は血笑に崩れている。

その全筋肉に意志の力が加わった瞬間、耳を押しつぶすようなクラクションの叫びが、動きを凍結させた。

反射的にふり向いてしまったのは、やはり、好きなときに獲物を料理できるという驕《おご》りがあったからだろう。

急ブレーキをかけた車からこぼれた黒白《こくびゃく》の人影――包む闇がかがやいている。

血に狂ったDMの眼の殺気が、激しく動揺した。

「間に合ったね」

と秋せつらが茫洋と言った。

「そのようだ」

とドクター・メフィストが、冬の聖夜のような声で応じた。

みるみる茫ととろけるDMの顔――しかし、彼は忘我の域に堕落する寸前、自分を取り戻した。

その気になれば、せつらの妖糸よりも、メフィストのメスよりも素早く、美冬の心臓のみを四次元へ送り込むことができる。

それを止めたのは、二人の魔人の背後から降り立ったスーツ姿の男が、彼の足下へ放ったMDプレイヤーであった。

そこから声と、髭面の男の顔が空中に躍り上がった。

「ゾッホ将軍だ。暗殺は中止するぞ。〝血の五本指〟。妃に手はかけず、帰国せよ。身柄は日本政府が保護してくれる」

声は訛《なまり》だらけのアメリカ英語だ。

DMの表情が変わった。全身の力が抜けた。

声はその微妙な発音と抑揚で、彼の雇い主《クライアント》のものだと証明していた。

スーツ姿の男が、乾いた声を出した。

「そういうわけだ。しかし、〈新宿〉の力がここまで凄まじいものだとは。――ゾッホ将軍の軍事政権は三日で壊滅した。プロの分析家によれば、これをやり遂げた人物なら、アメリカを壊滅させるのに、ふた月で事足りるそうだ」

怯え切った――というより放心状態に近い眼が、隣りの白い医師へ注がれ、

「クリニアマラカには亡命中の前国王による政権が復活し、国王は我が国へ立ち寄り、妃とともに帰国する。クリニアマラカに、あらゆる形で利害関係を持つ国の主張、権利はすべて無視された――というより、それらの国々が自発的に放棄を余儀なくさせられたのだ。ただひとりの医師の活動によってな」

せつらが横目でちらりと覗いた白い医師の顔は、氷のように冷たく澄んでいた。

ハーディ・エイミスのスーツ姿――外務大臣・迫谷広紀は疲れ切ったように続けた。

「ゾッホ将軍の言葉どおり、君の身柄は政府によって安全に保護される。同行したまえ」

「御免だな」

即答であった。

DMの右手は美冬の胸に指先を触れていた。

「おい!?」

「仲間四人はみな返り討ちになった。おまえの部下に殺られた者もいる。ここで、おれひとりがいい子になったら、地獄で八つ裂きにされちまうぜ——おっと、おめえの糸は四次元へ送ったよ。あきらめな」

このとき、DMは背中に吹きつけた殺意の凝集を確かに感じたのだ。それを無視したのは、この世の形ある存在ことごとくを四次元へ放逐し得る力への圧倒的な自信であった。

彼の背中から右肺へ灼熱の痛覚が突き抜け、常人なみの激痛を与えた。

ふり向いた眼の中に、右手をこちらへのばした笛吹が映った。

彼のかたわらで、人形娘が身じろぎした。その小さな身体を貫いた凶器は、DMを新たな標的に選んだのだ。

「闘神・摩利支天の匕首だ。おめえの四次元バリヤーなんぞ、紙みてえなもんさ」

そして、彼はがっくりと首を垂れた。DMの次元貫手を受けたとき、リゾラの術も解けたのだ。

せつらが美冬に走り寄った。

DMには眼もくれない。彼は忽然と消滅していた。

脈を取り、瞳孔を調べる世にも美しい背中へ、

「無事だろ?」

と笛吹が声をかけた。

「ああ」

「当然さ。おれが助けたんだ」

「礼を言う」

「いいさ——おっと、気を遣うなよ、やっぱり、あ

んたとが一番お似合いだ。けど——ひと晩だけ……」

急に声が落ちていった。その顔を小さな手が支え起こした。

笛吹は少し頭を動かし、かたわらの人形娘を見て、うなずいた。

それから、小さく唇を動かし、こと切れた。

「……二人きりで、と仰っしゃいました」

人形娘が言った。

二人の男の死と、遺した言葉を美冬は知らぬまま、街は闇に包まれようとしていた。

「お連れしろ」

迫谷の声と同時に、もう一台のリムジンから、数個の人影が降り立ち、せつらと美冬を取り囲んだ。

メフィストの唇が動いた。せつらの名を呼ぶつもりだったのか、それとも——彼の現在《いま》の想いを責めるつもりだったのか。

だが、白い言葉が結晶する前に、せつらは立ち上がった。

足は人形娘のほうを向いていた。

差し出された指先を、人形娘が握りしめた。

「無事かな？」

「はい」

そんな筈はない。魔術師の人形を刺し貫いたのは、摩利支天の匕首だったのだ。

だが、そんな姿はおくびにも出さず、小さな影は、せつらに連れられてリムジンのほうへ歩き出した。

最初のリムジンの後部ドアのところに立つ男が、無言でドアを開けた。笛吹の片腕——瀬次谷《せにや》であった。

人形娘をそっとシートへ置いたせつらを見つめる眼から、恍惚の光がしたたり落ちていく。随分と以前、笛吹ともどもはじめてせつらに会ったときから、その光が絶えることはなかったのだ。

だから、今日、〈市谷台町〉でせつらと会ったとき、つい声をかけてしまった。

社長のところへ行く途中だと。笛吹は、せつらについて、何もケアしていなかったのだ。

順調に進めば、せつらは笛吹と瀬次谷の待ち合わせの時間に加われたはずである。それを邪魔したのは、〈河田町〉まであと少しというときに接触してきた、メフィストと迫谷のリムジンであった。

〈メフィスト病院〉の〈特別病棟〉に眠る〝千里眼〟を叩き起こし、DMの居場所を探り出した二人は、迫谷の部下とともに急行するところだった。後は言うまでもない。

残っていた運転手に、せつらは〈魔法街〉へやってと告げた。

運転手は迫谷を見た。外務大臣はうなずいた。

「片づいたようですな」

迫谷はリムジンを見送り、すぐにもう一台に乗せられる美冬へ眼をやった。

〝外攻局〟は大打撃を蒙《こうむ》ったが、補充はいずれつけるし、駄目ならつぶせばいい。彼に残された課題は、妃から事情を聞いた潔癖と評判の国王が、国交断絶を言い出さぬように手を打つことであった。

だから、美冬を見向きもせず、走り去るリムジンにも眼さえやらない白い医師が、

「何がだね？」

と応じた意味も、ついに理解できなかった。

2

閉め切ったはずなのに、夏祭りのお囃子《はやし》が、耳の奥で鳴っていた。

「今日か」

「秋人捜しセンター《DSM》」のオフィス——奥の六畳間に寝そべって、秋せつらは、さして気にもならない催しものに関する内容を口にした。

あれから二日が経っていた。

あの夜、彼は人形娘を〈魔法街〉のトンブのもと

へと送り届けてから真っすぐ家へ戻った。

それからのことは、白紙のごとく無知だ。

店で会ったバイトの娘が、

「どうかしたんですか？」

と、呆れ顔をして見せたが、せつら自身は何も感じていなかった。

いつもより少し疲れ、いつもより空しい気分が強い。それだけだ。

やがて、この件に纏《まつ》わるすべては、せつらの知らぬ世界を風のように吹き抜けて、後にはいつもどおりの日常が戻ってくるはずであった。

消えたきり死体も見つからぬDMも気になるが、それは若い妃を守る連中の問題だ。

今日も〈新宿〉の夜は更け、祭り囃子《ばやし》は長いこと続くだろう。

チャイムが鳴ったとき、せつらはアルバイトの娘かと思った。昨日から、二人で夏祭りに行きたいと、言葉や態度で積極的に告げていたからである。

インターフォン兼用のコードレスを取り上げ、一時間ばかり前にいれた番茶をひと口飲って、

「うるさい」

と言った。

「ごめんなさい」

せつらが立ち上がるまで、少し間があった。

三和土《たたき》へ下りて、ドアへ近づき、開ける――優雅な動きには秒瞬の停滞もなかった。

蒼い夕暮れが流れ込んで来た。

庭先に立つ娘は、白い木綿のブラウスの袖をめくり上げ、細いジーンズをはいていた。それの似合うのが不思議だった。

「御用は？」

とせつらは訊いた。他に訊くこともなかった。

「明日、帰国します」

と美冬は静かに言った。

「夫には断わって来ました。ここへ来るまで護衛がついていましたが、もう帰しました」

せつらはうなずいて、

「僕が送ります」

と言った。

「そこでお待ちなさい。仕度をして来ます」

向けかけた背に、声は静かでしっかりとしていた。

「〈新宿〉は怖いところだけれど、本気で生きる人たちの街だと聞きました。私もそう思います」

長い時間が経ったような気がせつらにはした。もう終わらせなければ。

「待っていてください」

もう一度繰り返して、彼は歩き出した。声が追って来た。

「笛吹さんとシュラのこと——聞きました。他に亡くなった人たちのことも。私は、あの人たちの最後の言葉も聞いてあげられなかった。だから、わかりません。あの人たちは、どうして私のために死んでくれたのでしょう」

美冬の眼から光るものが落ちた。せつらは動かなかった。蒼い闇に魅せられたかのように。

「私はシュラが、何をして生活の糧《かて》を得ていたかも知らずにいた莫迦な女です。そんな女のために——どうして……」

せつらはふり向いた。

「誰が話を？」

「——ヌーレンブルクさんに夢から醒めさせていただいた後で——夫から」

「………」

「夫に話したのは〈二丁目〉の人たちでした。何も知らずに国へ戻るのもよいと夫は考えていたようです。ですが——」

おまえのために生命を捨てた人々がいたことを、やはり知っておくがよいと夫は静かに言い渡したのだった。それが彼らの願いに反するとしても、だ。その後で、長い時間がたってから、私は一国を治めるにふさわしい国王に、おまえはその妃になれる。

「おまえもすべてを話してくれと言われ、私は打ち明けました。ある方への想いを。そして、その方のおられる場所へ参りました」

「ご主人は何も？」

「信じているとだけ申しました」

「国王になられる方でしたね」

せつらはお囃子のざわめく彼方を見た。夏の終わり——一夜限りの宴《うたげ》。

「行きましょう」

と彼は言った。


一〇分ほどで公園に着いた。

二人は手をつながなかった。肩を並べて歩いた。どちらからも手は差しのべなかった。

誰もそれを不思議に思わなかった。白い浴衣に夏の花々を散らした人々は、茫然とふたりを見つめたきり、何も言わなかった。

ただひとり——白髪で腰も曲がった老婆が、しみじみと、

「なんてきれいな。なんてお似合いな。まるで、月の王子さまとかぐや姫だわ」

こう洩らして、こう付け加えただけである。

「——二人して何処へ行くのかねえ」

露店が出ていた。せつらは、そのひとつで綿飴《わたあめ》を二本買った。

ひとつを美冬に渡し、歩きながら口にしていると、

「待ってください」

と哀しそうな声がかかった。

「歩きながらじゃ食べられません」

「そんなことはありませんせん」

せつらはふり向いて、ピンクの毛玉みたいな塊を少しちぎって、口に入れた。

「こうすれば？」

「あ」

それでも、少しは足をゆるめるくらいの気遣いは

した。

公園の中心——盆踊り用の櫓《やぐら》の下を通りかかったとき、楽器の用意をしていたバンドのリーダーが二人に気づいて、口笛を吹いた。

歩みを止めず散歩道に入ったとき、バンドが古い流行歌を演奏しはじめた。

二人を見かけたリーダーは、ボーカル担当だった。

悲劇的な恋
破滅的な吐息
僕の心を奪う
きれいごとや理想の愛だけじゃ
生きてはいけないよ
行き着く場所も知らず
寄り添って
あなたの口づけが欲しい
いつかは愚《おろ》かと気づく愛でいい
こうしてあなたといられるなら
いつかは愚かと気づく愛でいい
こうして　あなたといられるなら

いつの間にか、という言い方がもっともふさわしいに違いない。二人はせつらの家の前にいた。

通りを渡って来た風が、美冬の髪をゆらした。

「冷たい」

と美冬が言った。せつらは無言だった。夏が終ろうとしている——それだけはわかっていた。

「送って行きます」

とだけせつらは言った。

美冬は答えない。

嗚咽《おえつ》が洩れた。こらえようと思った。夫は信じていると言った。でも、他にどうすればいいのだろう。美冬は泣きつづけた。

そして、いつの間にか、肩が抱かれていた。どちらが抱き寄せたのか、どちらが身を投げたのかはわからない。

月の光が夏掛けを照らしていた。カーテンは先週破れたままだった。

夏掛けに小さなふくらみが生じると、その上に光が留《とど》まった。ふくらみが動くのに合わせて光も移動した。

ふくらみは、先にできていた二つのより大きなふくらみの片方を包み、激しくそれでいて微妙な動きと、それによって生じる凹凸《おうとつ》を、光と影が彩った。

「あなた」

切なげな声が耐えかねたように呻いた。

「ずっとお慕《した》いしておりました。病院の屋上でお目にかかったときから。もう一度、仰っしゃってくださいい、聞かせてくださいい——私と」

3

某国の国王と王妃が〈新宿〉を去る時刻は、翌日の午前一〇時だった。

当初、〈区役所〉で別れを告げるはずだったものが、王妃の意見で、〈四谷ゲート〉の前に変更された。理由は〈亀裂〉を近くで見たいという子供じみたものであった。お世話になった人たちも来てくれると、彼女はつけ加えた。

ゲートの前の広場で一同は車を降り、国王と王妃は、梶原区長や〈区〉のＶＩＰと別れの握手を交わした。

気品は争えない二人の風貌と物腰に、広場の観客たちが輪をつくり、その輪の内側にガードたちが別の輪を作った。内側の輪は二つあった。小さなほうは、四人の呪術者から成っていた。

二人は終始落ち着いていたが、挨拶を終えた王がリムジンに乗せようとするのを王妃は辞退し、ドアのそばに立って四方を見廻した。

周囲の人々は、はじめて、さっきまで幸せそのものだったその美貌に、哀しみの色を見た。

誰もがその意味を理解し、最近味わったばかりの、あるいは、長いあいだ忘れていた想いに胸を締めつけられたとき、小さな輪を構成していた呪術者のひとりがのけぞって消失した。

ガードたちが武器を構え、残った三人は、破綻《はたん》した呪圏を繕おうと念を強化したが遅かった。

王妃のかたわらに忽然と若い男が出現し、立ちすくむ彼女の肩に右手を乗せたのである。

男と王妃は空気に吸い込まれるように消えた。

声ひとつ上がらなかった。何が起きたのか、理解できなかったのである。だが、理解する前に、人々は新たな怪異を目撃することになった。

二人が消えた位置から少し離れた地点——人垣の手前で、空中から男の右腕が落ちてきたのである。


鮮血が後を追い、人々は悲鳴を上げて後じさった。

不意に男と王妃が出現した。男の右腕は肩のつけ根から失われていた。

男は身を右へねじ向け、誰だ、と叫んだ。

崩れる人垣の中から、この世のものとは思われない美貌が現われ、陽光はかがやきを失った。

「秋せつら」

と右腕を失った男が叫ぶ朱色の声を人々は聞いた。

「どーやって、おれの次元層を破った?」

「高くついたよ」

とせつらは応じた。彼がメフィストから受けた「手術」とはこれであった。同時に男の首は宙に舞った。血の噴水が後を追い、後じさる人々の足下を叩いた。

火器を手に、押しつぶすみたいに周囲を囲んだボディガードを押しのけ、王妃が現われた。

その眼の前で、美しい黒衣の若者は歩み去ろうとしていた。

夏のように。愛のように。

「待ってください」

妻の悲痛な叫びに王が車を出たとき、王妃のしなやかな肢体は、黒衣の若者の胸に飛びこむ寸前であった。

短い音が鳴った。

王妃が激しく身体を前方へ折り曲げた。

浅葱色《あさぎいろ》のドレスの胸に、赤い染みが広がっていく。

それでも、王妃は数歩走った。

いつかは愚かと気づく愛でいい
まるで、歓喜に背中を押されたかのように、若者の胸にとびこむ。両手がそれを抱きしめた。

こうして　あなたといられるなら

死を目撃した人々のどよめきは、不思議とすぐに熄んだ。駆けつけるガードマンの足も止まった。すべてを見ていた王でさえ、その場を動こうとしなかった。

立ったまま抱き合う二人は、幸せそのものに見えたのである。

少し置いて、ようやく人々の顔が向きはじめた人垣の一地点から、小柄な娘が走り出し、たちまち近くの観光客に取り押さえられた。右足が不自由だったのである。彼女がその場に居合わせたのは、〈新宿〉を出ようとやって来たためであった。

「あたしと話してくれると言ったのに。あいつら、きれいすぎるのよ。あたしと同じになればいいんだわ」

護衛の警官に引き渡されながら、娘は情熱をこめて繰り返した。

「ミフユ」

悲叫が天に消えてから、国王は走り出した。ガードたちもせつらと王妃へ突進する。

その姿が、すうと翳った。

陽が雲に隠れたのだ――否、中心温度一五五〇万度に達する火の核炉は、中天に白く燃えている。突如として皆既日蝕《かいきにっしょく》に見舞われたかのような不気味な自然現象に、あらゆる動きが凍りついた。

ぐらり、と世界がゆれた。それが、どのようなゆれであったか、わずかな例外を除いて、あらゆる人々がその場にへたり込んでしまったのである。彼らは神経細胞まで狂騰する感覚を覚えたのだ。

秒瞬の間を置かずゆれは収まったが、人々は、ゆれのほうがましだと知った。

何かが現われようとしている。

天から。

地から。

ある者は虚空を見上げた。

ある者は〈亀裂〉のほうを。

そして、三人のみがせつらのほうを。

彼らは美冬に招かれていたのである。

ドクター・メフィスト。

水月豹馬。

人形娘。

「何事だ、ドクター？」

水月豹馬が訊いた。

「破壊神の発動だ」

静かな声は、破滅を司《つかさど》る神のそれのように不気味だった。

「四年前、〈第二の〝魔震〟〉と呼ばれたゆれが生じたとき、せつらは私の部屋にいた。〈新宿〉は、このために造られたのかもしれん。そのとき――見た。〈新宿〉そのものを世界に発現させるために」

「そんなことしてどうなるんだ？　訳のわからねえことを言うな」

「すべての破壊」

人形娘がつぶやいた。

「何ィ？」

　と豹馬が眼を剝いて小さな顔を見下ろした。

「宇宙におけるあらゆる〝負〟――誕生に対する死、創造に対する破壊、光に対する闇。〈新宿〉は、そのために造られたのでしょうか。あの人も、また」

　青い瞳の中に、秋せつらが映っていた。愛する娘《ひと》を支えるように立って。だが、彼女の愛したのは、どのせつらだったのか。

闇よ集え
四騎士よ、黙示を語れ
罪深き我らにふさわしい鉄の表紙を繙《ひもと》いて
闇よ、いま、ひとつになれ
否――ひとりに

あらゆる眼が、一ヵ所に集中した。

せつら。

お前か。

お前がそうだったのか。


　人々の耳の中で、何かが鳴っていた。地から伝わる地鳴りが。天より降り注ぐ交響《ファンファーレ》が。

「せつらは知っていた。トンブもだ。だが、もはやどうしようもない」

　メフィストの声を風がちぎった。

　ゆっくりと、せつらが後退した。前にのめる美冬の身体を、そっと地に横たえてから立ち上がった。

　何処へ行こうというのか？　何をしようというのか？

「おい、ドクター」

　と豹馬が声をかけた。

「何とかしろ。あいつを止めなくちゃ」

「私に八つ裂きになれというのかね？」

　ああ、〈魔界医師〉さえ怖れるとは。

　せつらが歩き出した。〈新宿〉のほうへ。天与の美貌にも、黒衣の姿にも、わずかな変化さえ見られない。

　だが、人々は見た。その背後に、〈僕〉でも〈私〉

でもない、巨大な存在を。

何が起こるのか、人々にはわかっていた。だが、理解できなかった。破壊する神の蹂躙《じゅうりん》とは、どういうものなのか。

秋せつらは黙々と進んでいく。

誰かが叫んだ。

ドクター。

ドクター・メフィスト。

だが、救いは来ない。動かない。伝説の白い塩の像と化したかのように。

その前を、せつらは通りすぎた。

遠ざかる背を見送るしかないのか、メフィストよ。豹馬よ。絶対の死を前にして、おまえたちも、ただの人間と化したのか。

風がせつらの顔面を叩いた。

彼は立ち止まった。

その娘の髪は、黄金《こがね》のように波打って。

せつらは、三メートルほど前方を見下ろした。小さなドレスの人形がそこにいた。

「……どけ」

とせつらは言った。いつもの声で。

「どきません」

と人形娘は答えた。

ああ、破壊神の前に立ちはだかったのは、白い医師ではなかった。〝用心棒《ザ・バンサー》〟でもなかった。それは、ちっぽけな、取るに足らない人形だったのだ。

彼女は、しかし、死と破壊を阻止するために躍り出たのではなかった。小さな身体を突き動かす想いはただひとつ――せつらを殺戮者にしたくない。それだけであった。

だが、そのために、この娘は泣きもしない、すがりもしない。この娘は――

「あのチビ、せつらと闘《や》る気だぞ!?」

ついに、水月豹馬は愕然として叫んだ。

その耳に、

「どけ」

とせつらの声が聞こえた。

「どきません。あなたも行かせません」

――

人形娘が宙に舞った。

びしっと空気が鳴った。

無惨――小さな身体はぼろ布のように横に流れて、遥か彼方の地面に叩きつけられたのである。

かすかな音がした。

それだけだ。

そちらのほうを見もせず、せつらは立ち尽くしている。

再び歩むか、せつらよ。

だが、その前に今度こそ、二つの人影が立ちはだかったのである。白いケープが風にはためいた。

ドクター・メフィストと水月豹馬。

「……邪魔を……するな……」

とせつらは言った。〈僕〉でも〈私〉でもないせつらが。


「そうはいかねえな」

豹馬は黒い手袋をはめ終えた両手に眼をやった。

不敵な笑みが口もとにゆれていた。

「危なく、この手袋の使いどころを間違えるところだったぜ。これじゃ、あの世で一生、あのチビに頭が上がらねえ。おめえはどこへも行けねえよ、せつら」

「………」

「断わっておくが、せつら」

とドクター・メフィストが言った。

「一対三だぞ」

その眼に、横たわる少女が映っている。

〈魔界医師〉と〈用心棒〉――そして、秋せつらの間に、いかなる死闘が繰り広げられるのか。

圧倒的な恐怖の混沌の中に放り出されながら、人々は興味を抱かざるを得なかった。それがみずからの死を招来すると知りながら。

だが――魔人たちの対峙は短かった。

せつらの全身を急速な弛緩《しかん》が襲ったのだ。数秒間立ちすくみ、彼はゆっくりと向きを変えた。

「おい」

前へ出る豹馬の腕をメフィストが摑んだ。

せつらが歩みを止めたのは、人形娘のそばであった。

身を屈め、彼は小さな身体を両手に抱き上げた。

ただひとり、彼を救おうとした娘を。

破壊神は消えていた。

二人は歩き出した。

〈新宿〉のほうへ。

何処へ行く、せつらよ。

誰も動かない。追おうともしない。

「ドクター」

と豹馬がふり向き、おっ？　と眼を細めた。

白い美貌の片頰がかがやいて見えた。

闇の何処かから、ひとすじの光がさしこんでいるのだった。


だが、せつらを閉ざした闇はなおも重く暗い。

その中を、美しき魔人の後ろ姿は、〈新宿〉の彼方へと遠ざかっていった。

JASRAC　出0314407—301

あとがき

本当は書くべきことが山ほどある――
しかし、それは後にしよう。（「著者のことば」を読んだ方ごめんなさい）
いまは、この物語が一冊にまとまったことだけを記しておく。
『闇の恋歌』完成いたしました。
長い間待ちつづけてくれた皆さんに感謝いたします。

二〇〇三年十一月某日
「?」を観ながら

菊地秀行

「?」の映画タイトルを祥伝社ノン・ノベル編集部宛にお送りください。ヒント＝一九五〇年代の名作です。
正解者三名（先着順）に菊地先生の秘蔵スチル・セット一〇枚をプレゼント致します。

闇の恋歌

ノン・ノベル百字書評

キリトリ線

なぜ本書をお買いになりましたか（新聞、雑誌名を記入するか、あるいは○をつけてください）

□（　　　　　　　　　　　　）の広告を見て
□（　　　　　　　　　　　　）の書評を見て
□ 知人のすすめで　　□ タイトルに惹かれて
□ カバーがよかったから　　□ 内容が面白そうだから
□ 好きな作家だから　　□ 好きな分野の本だから

いつもどんな本を好んで読まれますか（あてはまるものに○をつけてください）

●**小説**　推理　伝奇　アクション　官能　冒険　ユーモア　時代・歴史
恋愛　ホラー　その他（具体的に　　　　　　　　　）

●**小説以外**　エッセイ　手記　実用書　評伝　ビジネス書　歴史読物
ルポ　その他（具体的に　　　　　　　　　）

その他この本についてご意見がありましたらお書きください

最近、印象に残った本をお書きください		ノン・ノベルで読みたい作家をお書きください	

1カ月に何冊本を読みますか	冊	1カ月に本代をいくら使いますか	円	よく読む雑誌は何ですか	

住所					
氏名		職業		年齢	
Eメール		祥伝社の新刊情報等のメール配信を希望する・しない			

あなたにお願い

この本をお読みになって、どんな感想をお持ちでしょうか。

この「百字書評」とアンケートを私までいただけたらありがたく存じます。今後の企画の参考にさせていただきます。

あなたの「百字書評」は新聞・雑誌などを通じて紹介させていただくことがあります。そして、その場合はお礼として、特製図書カードを差し上げます。

前頁の原稿用紙に書評をお書きのうえ、このページを切りとり、左記へお送りください。Eメールでもお受けいたします。

〒一〇一・八七〇一
東京都千代田区神田神保町三・六・五
九段尚学ビル　祥伝社
NON NOVEL編集長　辻　浩明
☎〇三（三二六五）二〇八〇
nonnovel@shodensha.co.jp

NON NOVEL

「ノン・ノベル」創刊にあたって

「ノン・ブック」が生まれてから二年一カ月、ここに姉妹シリーズ「ノン・ノベル」を世に問います。

「ノン・ブック」は既成の価値に〝否定《ノン》〟を発し、人間の明日をささえる新しい喜びを模索するノンフィクションのシリーズです。

「ノン・ノベル」もまた、小説《フィクション》を通して、新しい価値を探っていきたい。小説の〝おもしろさ〟とは、世の動きにつれてつねに変化し、新しく発見されてゆくものだと思います。

わが「ノン・ノベル」は、この新しい〝おもしろさ〟発見の営みに全力を傾けます。ぜひ、あなたのご感想、ご批判をお寄せください。

昭和四十八年一月十五日

NON・NOVEL編集部

NON・NOVEL—770

魔界都市ブルース　闇《やみ》の恋歌《こいうた》

平成15年12月10日　初版第1刷発行

著　者　菊《きく》地《ち》秀《ひで》行《ゆき》

発行者　渡辺起知夫

発行所　祥《しょう》伝《でん》社《しゃ》

〒101-8701
東京都千代田区神田神保町 3-6-5
九段尚学ビル
☎03(3265)2081(販売部)
☎03(3265)2080(編集部)
☎03(3265)3622(業務部)

印　刷　萩原印刷

製　本　明泉堂

ISBN4-396-20770-0　C0293

Printed in Japan

祥伝社のホームページ・http://www.shodensha.co.jp/

菊地秀行

迸《ほとばし》る妖気と戦慄《せんりつ》の巨編！　興奮の超人気シリーズ！

長編超伝奇《スーパー》小説

バイオニック・ソルジャー・シリーズ

魔界行〈全3巻〉★
①復讐編　②殺戮《さつりく》編　③淫獄《いんごく》編

魔童子《まどうじ》 魔界行異伝★

魔界都市ブルース・シリーズ

魔界都市ブルース①〜⑧
①妖花の章★ ②哀歌の章★ ③陰花の章★ ④蛍火の章★
⑤幽姫の章★ ⑥童夢の章　⑦妖月の章　⑧孤影の章

魔王伝〈全3巻〉★
①双鬼編　②外道編　③魔性編

双貌鬼《そうぼうき》★

夜叉姫《やしゃき》伝〈全8巻〉★［文庫判は全4巻にて刊行中］
①吸血麗華団の章　②朱い牙の章
③魔都凶変の章　④美影去来の章

鬼去来《ききょらい》〈全3巻〉★
①邪鬼来訪の章　②邪鬼狂乱の章　③邪鬼怪戦の章

死人機士団《しびときしだん》〈全4巻〉

緋《ひ》の天使★

ブルー・マスク〈全2巻〉★

〈魔震〉戦線〈全2巻〉★［文庫判は全1巻にて刊行中］

シャドー〝X〟

魔剣街

紅《くれない》秘宝団〈全2巻〉

青春鬼

魔人同盟 青春鬼〈全2巻〉

闇の恋歌

魔界都市ノワール・シリーズ

媚獄王《びごくおう》

魔香録《まこうろく》

NON NOVEL

★印は、祥伝社文庫もございます。